가슴으로 애 낳은 여자

― 참척의 슬픔을 장학사업으로 승화시킨 감동스토리 ―

국립중앙도서관 출판예정도서목록(CIP)

가슴으로 애 낳은 여자 : 정정자 자전에세이 / 지은이: 정정
자. -- 서울 : 선우미디어, 2015
    p. ;   cm
표제관련정보: 참척의 슬픔을 장학사업으로 승화시킨 감동스
토리
ISBN 978-89-5658-386-0 03810 : ₩15000
자전적 수필[自傳的隨筆]
818-KDC6
895.785-DDC23   CIP2015006997

가슴으로 애 낳은 여자

1판 1쇄 발행 | 2015년 3월 5일

지은이 | 정정자
발행인 | 이선우
펴낸곳 | 도서출판 선우미디어
    등록 | 1997. 8. 7 제303-2014-000020
    130-100 서울시 동대문구 장한로12길 40, 101동 203호
    (장안동 562 우성3차아파트)
    ☎ 2272-3351, 3352 팩스: 2272-5540
    sunwoome@hanmail.net
    Printed in Korea ⓒ 2015. 정정자

값 15,000원

ISBN 978-89-5658-386-0 03810

故 효봉 조성열 박사

조덕행 부군과 함께

참척의 슬픔을 장학사업으로 승화시킨 감동스토리

가슴으로
애 낳은 여자

정정자 자전에세이

선우미디어 sunwoomedia

책머리에

도덕경에 이르기를 '기자불립 과자불행(企者不立 跨者不行)'이라 했습니다. 까치발로는 오래 서지 못하고, 가랑이를 한껏 벌려 성큼성큼 걷는 걸음으로는 멀리 가지 못한다는 뜻입니다. 옳고 그름의 균형, 빠르고 느림의 균형, 사이와 거리감의 균형을 맞추며 살아가는 일은 생각보다 쉽지 않습니다.

새롭게 살자는 다짐으로 매년 새해를 맞이하지만, 모두가 그때뿐, 일상 속에 묻혀 마음은 무디어지고 타성에 젖은 귀는 진실의 말을 듣지 못하고 산 세월이 벌써 칠십 년입니다. 반복의 허송세월을 보내는 동안 나는 어떤 향기를 피우고 살았는지 지금도 알 수가 없습니다. 떠밀리듯 쫓고 쫓기며 사느라 본래의 내 모습까지 잃어버리고 산 세월이었습니다.

제 잘난 멋에 길들여 진정한 '인생의 참 뜻'도 모르고 살아온 것에 대한 후회가 일어납니다. 꿈의 나래를 활짝 피우던 아들을 잃고서야 내 살아온 모습들에 부끄러움을 온몸으로 느꼈습니다. 부모가 자식에게 물려줄 소중한 유산은 물질이 아닌 '삶의 지혜'라는 걸 자식을 통해 깨달았습니다. 많이 나누고, 의지가 되고, 친구가 되는 따스한 햇살 같은 사람으로 살아야 한다는 걸, 성열(효봉)이의 고귀한 영혼에게서 배우고 느꼈습니다.

『효봉장학회』는 성열이의 유지로 만들어진 우리 모두의 소중한 자산입니다. 세상을 아름답게 만드는 학생들에게 희망의 불빛이 되고 싶다던 성열이의 간절한 소망이 고려대의 많은 후배들에게 전달되었으면 하는 마음 간절합니다.

'잔돌이 많으면 소란스럽다. 그러나 깊은 물은 소리가 없다.'는 말처럼 효봉장학회는 나라의 일꾼으로 커가는 학생들에게 꿈과 이상이 되기를 희망합니다. 지금도 앞으로도 효봉이가 꿈을 이루어 가듯 세상의 빛으로 희망으로 효봉장학회가 발전하기를 기대합니다.

끝으로 이 책이 나오기까지 도와주신 모든 분들께 감사드립니다.

2015년 3월 우이동에서
정정자 씀

曉(새벽 효)峰(봉우리 봉) 새벽 봉우리

곽성규 (장학생)

새벽 봉우리에 불이 피워졌다
인류를 위해 이바지하려던 젊은 학자의 별이 졌다

아아! 어찌 안타깝지 않으리
세상을 바꿀 수도 있었던 젊은 인재의 죽음이여!

죽음에 이르면서도 후진을 생각하는 그 장대한 마음
당신은 갔지만 당신의 뜻은 모교에 계속 이어지리라

세속의 부귀를 따르지 않고
인류의 발전을 위한 학문을 고집한 당신
진정한 학자의 자세를 지니셨던 당신
학문연구를 위해 자신의 몸까지 주신 당신

존경을 받아 마땅하고
본이 되어 마땅한 당신
참 학자 참 선배인 당신이 자랑스럽습니다

아아! 아까웠던 당신의 재능, 당신의 학식
민족을 위해 더 쓰일 수 있었건만

당신의 숭고한 뜻만은 후배들에게 전해집니다

새벽 봉우리에 별이 진다
아까운 인재의 별이 졌다
훌륭한 선배가 갔다

효봉!
그 높고 위대한 뜻
새벽 산봉우리에서 세상을 깨우듯
그의 뜻을 좇아 후배들이 학문의 여명을 깨우리
식품자원경제의 아침을 열어 젖히리

효봉!
당신의 세상을 향한 사랑
당신의 학문에 대한 사랑
당신의 학교를 향한 사랑
당신의 후배를 향한 사랑
영원히 잊지 않겠습니다
당신이 도운 후배들을 통해
세상에 길이길이 남을 것입니다

진정한 학자정신을 가졌던 분이여…
후배들을 사랑한 진정한 선배여…
당신을 만나지 못해 진정 아쉽습니다
한번도 보지 못한 당신이 그립습니다

차 례

제 4 부 효봉의 깃발! 세상의 빛이 되다

추모 헌시

효봉장학금 수여식 -축사, 격려사, 기념사

아, 그리운 벗이여

제 5 부   효봉장학재단의 현재와 미래

한벌국민학교 시절 친구들과

청주여고 친구 예태네 집에서

청주여고 친구 예태, 명자, 한순, 정희와

충북대학교 교정에서

제 1 부

유년의 꿈,
그리운 학창 시절

하늘이여, 하늘이여!

● 아! 8월 15일

강물은 오직 현재만 있을 뿐, 과거라는 그림자도, 미래라는 그림자도 담지 않고 흘러간다. 덧없는 세월도, 슬픈 이별도, 울지 않고 보내는 강물의 도도한 힘은 어디서 생겨나는 것일까? 가끔씩 내 자신을 주체하지 못해 소리를 내지르기도 하고 눈물이 마를 때까지 섧게 섧게 통곡을 해도 세상은 변한 게 없다는 듯 시치미를 뚝 떼고 저 혼자 흘러간다. 갈 곳 없는 나의 아픔처럼.

8월이 왔다. 예기치 않은 불행의 검은 그림자는 어둠처럼 덮쳐 들어와 야금야금 병실로 스며들었다.

"엄마, 오늘이 며칠이야?"

"8월 2일인데, 왜 무슨 일이라도…."

"의사가 말했잖아. 일주일이 고비라고…. 8월말까지는 꼭 살아 있어야 하는데…."

"걱정 마, 넌 오래 오래 살 수 있을 거야. 네가 누구냐? 조성열 박사가 아니더냐. 꿈으로 키워온 많은 일들을 두고 어찌 그런 마음

약한 소릴 하누….”

순간 오래된 슬픈 기록을 발견한 것처럼 그애는 눈을 크게 떴다.

“엄마도 참….”

힘겨운 듯 말끝을 흐리곤 눈을 감았다. 그저 운명이 겨냥하는 힘에 끌려가는 사람처럼 몸도 마음도 가을바람에 흩어진 가랑잎이었다. 그애의 얼굴, 그애의 몸 어느 구석에서도 불타는 청춘은 찾아 볼 수 없었다. 곧 떨어져 내릴 것 같은 마지막 잎새처럼 헐렁해진 모습은 내 가슴에 못이 되어 박혔다. 사람이 한 치 앞도 모르면서 이것이 옳다, 저것이 그르다 하며 괜한 일로 아옹다옹 살아온 시간들이 문득 덧없고 부질없게 느껴졌다.

“엄마! 나 장가가면 준다고 한 거 있잖아요….”

“그래, 그런데 그건 왜?”

“보험금 나오는 거 하고…. 꼭 써야 할 데가 있는데….”

“어디다 쓰려고…. 너와 약속한 거니 당연히 주어야지. 그동안 공부도 잘했으니 다른 것도 다 잘될 거야.”

울지 말자. 가슴이 아프고, 목젖이 내려앉고, 눈물이 흘러내릴지라도 울지 말자. 흐르는 눈물을 애써 진정시키려 안간힘을 써보지만 살을 에는 슬픔을 막을 길이 없었다. 연극으로라도 태연할 수 있다면 얼마나 좋으랴. 그애를 웃게 하고 싶어 약간의 농담 섞인 말을 했지만 가슴은 천 갈래 만 갈래 찢어졌다.

성열이를 낳았을 때 나는 그애가 장차 교수가 되거나 공무원이 되어 나라를 위해 이바지하는 애국자가 되기를 꿈꾸었다.

다행히 성열이가 운동뿐 아니라 공부를 좋아하여 내가 바라던 대로 학자의 길을 걷고 싶다고 했다. 꿈으로 간직한 소망처럼 교수가 된다면 집안 걱정 안하고 학문에 몰입할 수 있도록 아파트 한 채 사주마 했고, 저 낳은 기념으로 1971년도에 외할아버지를 통해 사놓은 땅도 형하고 반씩 나누어 주겠노라고 약속했었다.

"엄마! 돈은 귀중하게 쓰면 사람도 귀한 사람 되잖아요. 내가 모교에서 교수가 되어 학생들과 공부도 같이하고 격의 없이 친구처럼 지내면서 21세기 글로벌 스승이 되고 싶었는데…."

말을 잇지 못하는 그애의 눈에서 눈물이 반짝이는가 싶더니 더이상 주체할 수 없는지 장대 같은 눈물을 쏟아냈다. 그애의 눈물은 어떤 것일까? 서른여섯이라고 하지만 아직 꽃다운 꽃조차 피워보지도 못했으니 제 심사는 오죽할까. 하늘도 참을 수 없었던지 슬픈 눈물 같은 비를 종일 내렸고 병원 화단의 나무들은 샤워하듯 비를 온몸으로 맞고서 있었다.

그애가 눈을 감고 있는 시간이 길어지자 병실은 갑자기 죽음 같은 고요가 흘렀다. 눈을 감고 있었으나 성열이의 양 볼에는 쉴 새 없이 눈물이 흘러 내렸다. 아들의 눈물을 손수건으로 닦는 동안 내 얼굴도 눈물바다였다. 죽음을 맞기에는 너무 이른 나이가 아닌가. 고약한 병마를 이기지 못한 자식을 허무하게 떠나보내야 한다는 건, 형벌이었다.

'너 가면 아버지도, 엄마도 같이 따라 갈 거야.'

차마 그 말은 하지 못하고 나는 마른 갈대처럼 가벼워진 그애의 몸을 붙들고 얼굴을 비비며 몸부림쳤다. 어찌나 격했던지 우리 모자는 의사가 들고 나간 것도 몰랐고, 비바람이 푸득이며 창문을 두드리는 소리도 듣지 못했다.

얼마의 시간이 흘렀을까, 성열이는 안정을 되찾은 듯 얼굴이 편안해졌다.

"엄마, 아빠! 어제 문병 왔던 친구들(고광림, 김원용, 장재익, 신원상)하고 상의했는데요. 내가 세상에서 못 이룬 꿈을 죽어서라도 이루고 싶다고 했어요. 장학사업을 해서 우리 과 후배들을 훌륭한 인재로 키워주고 싶어요. 미국에서 공부할 때도 나라를 위해 무엇을 하면 좋을까 생각을 많이 했었어요. 물론 누님들과 형님하고도 의논하시구요. 엄마! 부탁해요. 나는 집에서 막내로 자라 그런지 후배들이 오빠! 형! 하는 소리만 들어도 그렇게 좋을 수가 없었어요. 그 녀석들이 모두 친아우 같아 내가 갖고 있는 건 뭐든지 다 주고 싶었어요. 참 이상하지? 특히 휘몰이(축구동아리) 놈들은 피를 나눈 형제처럼 잊히지가 않아요. 내 장학금 받는 놈들, 이왕이면 공부도 잘하고, 운동도 잘했으면 좋겠는데…."

기운이 다 빠져 금방이라도 쓰러질 것 같던 아이가 기운차게 툭 털고 일어날 것처럼 얼굴빛도 밝아졌고 말에도 힘이 들어간 것이 또박또박 한마디 한마디가 분명했다.

"언젠가 내가 엄마한테 말한 적 있지? 내가 2학년 올라가서 신입생 환영회 날, 구두에다 막걸리 따라주고 마시게 하는 당번이었다고…. 우물쭈물하다 작대기로 맞은 녀석들이 깜짝 놀라는데 나는 더 놀라 자빠질 뻔 했다니까요. 놀라는 후배들이 어찌나 귀엽던지. 크크크…. 연애도 결혼도 고대 동문을 잡아보려 했었는데 그게 마음대로 잘 안 되더라고요!"

말이 길어질수록 성열이는 숨이 차오르는지 연신 헐떡거렸다. 그런데도 뭐가 즐거운지 얼굴은 철부지 소년처럼 웃음을 가득 머금고 있었다. 죽음이란 이렇게도 철저히 혼자서만 떠나야 하는 길이란 말인가. 가쁜 숨을 몰아쉬는 아들을 보고 있자니 나는 다리가 떨리고 목이 메어 아무 말도 할 수 없었다. 곁에 있던 남편이 그런 아들을 더는 볼 수 없었던지 한마디 거들었다.

"그래, 알았다 알았어. 성열아, 네 소원 다 들어 줄 테니 이제 그만 쉬고 내일 말하렴."

"네 그럴 게요. 아버지! 아참 깜박 잊을 뻔 했네. 내 죽거든 몸도 고대 안암병원에 기증해 주세요."

현대 의학으로도 못 고치는 혈액암을 연구하는데 연구 자료로 써 달라는 것이었다. 그 길로 남편은 쏟아져 내리는 장대비를 뚫고 차를 몰아 고대병원으로 갔다. 전화로 환자의 사후 시신을 기증하겠다고 했으나 보호자가 직접 와서 계약서에 날인을 해주어야 한다는 것이었다.

형벌과도 같은 고통의 날들이 며칠인가 흘러갔다. 고비라고 하는 기일을 넘겼으니 기적이란 게 오는 건 아닐까 하는 기대가 내 가슴에 연둣빛 싹이 되어 올라왔다. 정말 살 수 있으려나. 나는 밤낮으로 기도했고 정말로 기적이 오기를 갈망하며 하루에도 몇 번씩 하느님을 찾았다.

삶이 그대를 속일지라도/ 슬퍼하거나 노하시 말라/ 우울한 날들을 건디면/ 믿으라, 기쁨의 날이 오리니/ 마음은 미래에 사는 것/ 현재는 슬픈 것/ 모든 것은 순간인 것, 지나가는 것이니/ 그리고 지나가는 것은 훗날 소중하게 되리니….

알렉산드르 푸쉬킨의 노래를 입속으로 웅얼거리며 나는 기적이 우리에게 오기를 바라고 바랐다.

늦장마는 계속되었다. 더러는 비바람이 휘몰아치기도 했고 꾸준히 추적추적 내리기도 했다. 하루는 성열이가 일으켜 달라기에 침대를 올려주었다. 앉아 있기보다는 걷고 싶다며 엄마인 나를 붙잡고 일어나 간신히 두어 발자국 떼더니 창틀에 팔을 기대어 넋을 잃은 채 멍한 눈으로 창밖을 내다봤다.(그 순간 마치 여우가 시집가는 날처럼 햇빛이 반짝 들더니 일곱 빛깔 무지개가 찬란한 곡선을 그렸다)

"엄마! 저 이층집 좀 봐. 정원도 예쁘지만 담장 너머를 기웃대는 능소화가 더 아름다운 걸…. 나도 저런 그림 같은 집에서 아빠 엄마 모시고 여우같은 마누라와 토끼 같은 자식 낳아 알콩달콩 살면서 제자들 집에 데려와 술도 마시고 학술에 관한 토론도 해가며 멋지게 살고 싶었는데…. 엄마, 형한테 전화해 줘! 누나 매형들은 자주 보았지만 미국에 있는 형하고 조카들은 본 지가 오래인 것 같아. 어쩌면 곧 마지막이 될지도 모르니까 말이야.(두 달 전에 조카들 보고 싶다고 해서 형수와 네 식구가 귀국했다가 형만 직장 때문에 먼저 떠나고 형수는 한 달 동안 시동생 간호할 겸, 와 있었다.) 멀리 있어서 그런지 못 보고 떠날 것 같은 게 자꾸 건희, 윤희가 보고 싶어지네."

8월 15일! 끝내 성열이 최후의 날이 왔다. 1945년 우리나라가 일본의 오랜 속박에서 벗어난 민족해방의 날에 하필이면 나에게 잔인한 날이 되려 하는가? 새벽 세 시경, 미국에서 큰아들 내외와 건희, 윤희가 도착했다. 공항에서 내리자마자 곧바로 병원으로 달려왔고 누나, 매형, 조카들도 다 왔다.

"형님, 가지 말고 곁에 있어 줘요. 오늘 아무래도 제가 식구들에게 마지막 인사를 드려야 할 것 같습니다."

애처로운 눈길을 떼지 못하고 머뭇거리고 있는 형에게 성열이 아니 효봉이는 응석하듯 형을 붙잡았다. 누나 매형에게도 똑같은 말을 했다. 마지막 인사를 해야 하니 다같이 있어 달라고….

"매형! 그동안 누님 많이 사랑해주시고 예쁜 조카들 잘 키워주셔서 고맙습니다. 앞으로도 우리 누님 많이많이 사랑해주세요…."

말하기가 너무 힘들었는지 한 사람에게 말하고는 쉬듯 잠시 눈을 떴다 감았다를 반복했다. 병실 안은 무거운 침묵이 흘렀고 성열이는 그 침묵을 깨듯 한 사람 한 사람의 얼굴을 보면서 어렵게 입을 열었다.

"엄마! 내 친구 원용이 있지? 나한테 하듯 그 친구한테 잘해줘. 나 보고 싶거든 원용이 불러다 보고, 장가갈 때는 나한테 하는 거라 생각하고 잘해 줘요."

원용이는 학교에 오가는 길이 같아서 더욱 친해진 친구였다. 그때 원용이는 고시공부를 하는 중이었고 만약 이번에 고시에 합격하지 못하면 사업하시는 아버님의 가업을 이어받을 생각이라고 했다. 원용이는 고시공부를 하는 중에도 자주 들러 효봉을 안아 일으켜주기도 하고 눕혀주기도 하면서 진한 우정의 시간을 함께 했다. 그런 원용이를 효봉은 몹시 고맙게 생각하고 그 우의를 가슴에 깊이 새긴 것 같았다.

나는 원용이가 우리보다 더 잘 사는데 왜 잘해 줘야 하냐고 물었다. 효봉은 쓰러질 듯 지쳐하면서도 친구 원용이 장가가는 것을 저 장가보내는 마음으로 진실로 잘해 줄 것을 나에게 몇 번이고 다짐을 했다. 제 걱정도 힘겨운 판에 어찌 이다지도 다른 사람을 챙기려 하는가.

마지막 떠나는 길에도 그토록 절실하게 친구인 원용이를 챙겨달라던 성열이의 마음을 나는 아직도 이해할 수가 없다. 그러나 성열이는 세상을 떠나는 다른 이들과 분명 달랐다. 신기할 정도로 정신도 또렷했고 한 마디 한 마디가 정확했고 전해줄 사람의 이름을 대며 유언 같은 말을 남겼다.

말을 다 마친 효봉은 눈물을 주르륵 흘렸다. 그런 자식을 바라보는 어미의 심정이 오죽할까. 무너져 내리는 가슴을 부여잡고 나는 울고 또 울었다. 효봉이 역시 마지막 눈물샘을 다 짜내려는 듯 눈물을 펑펑 쏟았다.

한참을 오열하듯 울던 성열이가 눈물을 그치는가 싶더니 얼굴에 엷은 미소가 어리기 시작했다. 그리고 그 가엾은 영혼을 천사들이 내려와 보듬어 안고 갔고 순간, 성열이의 몸이 힘없이 늘어졌다. 나는 아들의 온몸을 붙잡고 울부짖다 정신을 잃고 말았다. 사랑하는 내 아들 성열이가 떠난 빈자리, 누가 와서 채워주랴. 기진해서 쓰러진 그 자리는 그 무엇으로도 채워지지 않을 것 같았다. 한창 화려했던 서른여섯의 청춘이여! 아~ 네가 살고 내가 죽는다면…….

짧은 생이었지만 성열이는 그 누구보다 치열하게 살다 갔다. 막내 성열이가 태어났을 때 우리 부부는 세상을 다 얻은 듯 얼마나 큰 기쁨을 누렸던가. 오로지 우리 부부를 기쁘게 해주기 위해 태어난 아이였다. 굳이 말을 하지 않고 눈빛만 봐도 알았고 이심전심으로 모자간의 텔레파시가 어디서든 제일 잘 통하던 자식이었다. 성열이의 모든 행실이 오직 부모를 기쁘게 해주기 위한 것이란 걸 알고 있었지만 성열이가 없는 지금, 나는 그 자식의 효심을 더욱 **뼈저리게** 느낀다.

나에게 보내졌던 한시적인 하느님의 선물이었던 효봉이! 너를 보내 놓고 이 어미는 하느님을 많이 원망했다. 그렇게 짧은 생을 주시려거든 차라리 보내주시지나 말지 하면서. 사람의 일생이 불확실하고 엄청난 곡선을 그려가는 것이라지만, 자식을 잃은 어미에게 삶은 가혹한 형벌이었다.

자식을 보낸 얼룩은 영원히 아물지 않은 상처로 가슴에 묻었다. 치유해 줄 손길을 갈망했다. 그것은 하느님을 향한 내 마음이었다. 고해성사하듯 무릎 꿇고 수없이 참회하고 원망하며 눈물을 쏟았다. 구원의 손길이랄까, 설명할 수 없는 어떤 힘이 나를 지탱해 주었다. 고통스런 절망의 회오리를 감당하지 못하는 나를 버리지 않고 지켜주신 것은 효봉이의 장한 뜻을 기려주라는 가르침이지 싶었다.

1971년 1월 31일 12시에 태어나 2006년 8월 15일 12시에 떠나간 너는 어떻게 그리도 이 땅에 오고 간 시간이 똑같을 수가 있는 것인지, 더군다나 천주교 전례로 성모승천대축일(하늘 문이 열리는 날)이기도 한 그날 그 시각인 것만 보더라도 너는 분명 신이 보내주신 선물임에 틀림없다.

고귀한 영혼을 나같이 볼품없는 여자에게 자식으로 주셨으니 얼마나 아까웠으면 시샘하듯 그리도 빨리 나에게서 떼어가셨을까.

'우리는 매일 헤어지는 연습을 하며 살자'고 노래하던 조병화 시인을 생각한다. 성열이와 나는 잠시 이별한 것뿐, 언젠가 다시 만나리라고 나는 확신한다.

유년의 꽃동산

● 내 고향 복대동

나는 충북 청원군 사주면 복대리(福臺里) 153번지에서 태어났다. 1963년 사주면이 청주시로 편입되기 전에는 상복대, 하복대로 나뉘어져 있었다. 상복대는 동네 앞 냇가에 대나무가 즐비하게 서 있었다. 그래서 죽헌이라고 했고, 하복대는 임진왜란 때 박춘무, 박동명 부자 의병장이 지형이 질퍽하고 평평하여 陣(진대)을 세우고 의병 훈련장소로 진법을 펼쳐 훈련하던 곳이라 하여 짐대(진대)마루로 불렸다.

이지함과 박춘무는 이곳에 번창한 도시가 이루어지기를 바라는 마음으로 무쇠로 만든 당간을 세우고 마을 이름을 '짐대마루'라 불렀으며, 배가 함부로 떠내려 가지 않도록 하기 위해 아양산 동쪽 기슭(현 지동동)에 쇠대를 박았다. 이같은 유례로 지금도 이곳을 '쇠대박이'라고 부르기도 한다. 그 후 토정 일행은 우암산에 올라가 청주를 바라보고 청주 땅이 진정한 행주형임을 알고 짐대마루보다 청주가 더 발전을 하게 될 것이며, 더불어 짐대마루도 크게 번창할 것이라고 예언하였다. 그 예언 덕인지 몰라도 오늘날 복대동 일대는 신식 고층 건물과 아파트, 고급 주택이 즐비한 번화가를 이루고 있다.

다시는 돌아 갈 수 없는 그립고 아련한 시절, 가난했던 기억을 되살려 덧칠을 하다보면 그것이 어느새 튼튼한 반석처럼 느껴진다. 그래서일까, 가끔 몸과 마음이 지친 날에는 회귀본능인지 고향 복대동을 떠올리곤 한다.

우리 고향은 자연환경이 너무나도 아름다운 동네였다. 삼태기에 안기듯이 산 아래 다소곳이 파묻힌 마을로 50여 가구의 초가집이 정남향을 향해 의좋은 형제처럼 옹기종기 모여 있었다. 동네 앞으로는 맑은 개울이 흘렀고 사방팔방 천지가 나무요 들판이었다.

그곳은 봄, 여름, 가을, 겨울, 어느 한 계절 찬란한 추억이 물들지 않은 날이 없다. 봄의 산자락에는 지천으로 핀 붉은 진달래꽃을 따먹으러 다녔고 열기가 들끓던 여름의 개울가는 남자, 여자 가리지 않고 어울려 부끄러운 줄 모르고 멱을 감던 놀이터였다. 가을이면 넓은 들판은 황금물결이 출렁거렸고, 소달구지가 오가는 길옆으로는 코스모스가 무리지어 춤을 췄고, 냉기로 뒤덮인 겨울이면 두 손을 호호 불어가며 눈사람을 만들거나 얼음판에 썰매 타러 내달리곤 했다. 뿐이랴, 기억의 저편을 더듬어 보면 그땐 자연 모두가 아이들의 장난감이었고 놀이터였다.

들판에 파란 싹이 돋기 시작하면 친구들과 달래, 냉이, 씀바귀, 쑥, 꽃다지 등을 캐러 다녔다. 나물을 씻으러 개울가로 가보면 밑에 깔린 자갈을 셀 수도 있을 만큼 투명하고 깨끗했다. 거꾸로 잠긴 푸른 하늘의 구름사이로 희롱하듯 노니는 송사리 떼라도 만나는 날이면 옷 젖는 것도 아랑곳 않고 그것들을 잡으려고 물속으로 첨벙 뛰어들곤 했다.

한여름 날 참나무에 매달린 풍뎅이를 잡아 다리를 자르고 모가지를 비틀어 놓고 '앞마당 쓸어라, 뒷마당 쓸어라' 뱅뱅 돌아가는 걸 보며 신나게 박수치며 놀기도 했고, 작은 돌멩이를 장난감 삼아 엄지와 검지를 이용하며 땅따먹기도 했다. 뿐이랴, 헌 고무줄을 이어 목청껏 노래불러 가며 지칠 때까지 고무줄놀이에 빠져 있었지만 황혼이 마냥 길게 늘어져 있는 여름은 도무지 깜깜해질 줄을 몰랐다. 밤이면 마당에 모닥불 피워놓고 식구들이 둘러 앉아 '별 하나 나 하나. 별 둘 나 둘' 숫자놀이도 하고 어른들이 들려주는 옛날얘기를 듣다가 멍석 위에 그대로 누운 채 잠들기 일쑤였다.

추수가 시작된 들판에는 동네아저씨들의 낫이 가을빛에 번득이고 논두렁에는 빈틈없이 콩깍지가 입을 벌린 채 땅바닥을 내려다보았다. 이렇듯 들판의 풍요가 질펀해지면 어른들의 입에서는 감탄사가 절로 나왔고 카펫처럼 깔린 누런 빛깔은 단순한 심미안을 넘어 더할 나위 없는 평화와 만족감을 주었다.

아이들의 놀이는 끝이 없었다. 놀이기구가 없으면 가위 바위 보로 술래를 정하고 '무궁화꽃이 피었습니다'를 외치며 숨바꼭질을 하고 놀았다. 땅에다 나무막대기를 연필삼아 그림을 그리기도 하고 들판의 이름 모를 나무 열매 풀들, 빛 고운 단풍, 꽃잎이 소꿉놀이의 밥과 반찬이 되어 주었고 사금파리는 그릇이 되고, 움푹 팬 돌은 솥이 되기도 했다. 담장 밑에 멍석을 깔아 놓으면 아늑한 방이 되었고 뜨락의 돌기둥은 부엌이 되기도 했다.

놀다가 잘못되어도 요즘의 장난감처럼 고장 나거나 소모되는 물건이 없었다. 대청마루, 대문 밖의 넓은 골목, 동네 동구나무 아래,

모두가 개구쟁이들의 놀이터 아닌 곳이 없었다. 그 외에도 제기차기, 연날리기, 윷놀이, 닭싸움, 말뚝박기, 자치기, 실뜨기 등등 그야말로 하늘과 땅, 산과 들은 나를 살찌게 하는 정서적 자양분이었으며 사랑이었다.

학교 다니는 길도 그랬다. 조치원에서부터 양옆으로 플라타너스가 사열하듯 펼쳐진 길을 걸어가노라면 바람에 흔들리듯 들쑥날쑥 징그러운 뱀들이 가끔씩 튀어나와 지나는 차에 깔려죽는 일이 허다했다. 죽은 뱀을 볼 때마다 온몸에 소름이 돋고 무섬증이 일어 두 눈을 질끈 감고 걷다가 다시 또 얼마쯤 가다보면 그 징그러운 정경이 또 다시 보이곤 했다. 뱀이란 동물은 상상만으로도 끔찍했던 터라 여학생들에게는 더없이 두려운 존재였다. 우여곡절 끝에 내수동 길을 벗어나면 저만치 공동묘지가 있었고 또 가다보면 상여집이 나왔다. 그래도 지루하다거나 그 길이 무서워 싫다는 생각은 조금도 없었다. 학교 가는 길이니까 당연한 것으로 받아들였다.

동네 골목에는 가꾸는 사람 없이도 백일홍, 맨드라미, 봉숭아, 샐비어, 붓꽃 등이 선연하게 피어 지나는 사람을 반기는 듯 기분 좋은 정이 흘렀다. 꽃이 피면 피는 대로 잎이 푸르면 푸른 대로, 꽃도 잎도 지면 지는 대로, 덩그마니 줄기만 남으면 남는 대로 부지런히 살다간 흔적을 보면 슬프다 불행하다 말하는 것조차 복에 겨운 입방아였다.

그때는 종이도 귀했다. 화장실이란 고상한 말은 알지도 못했고 '뒷간'이라거나 '똥소간'이라고 했다. 일을 보고 나면 밑씻개로 지푸라기를 비벼서 쓰거나 아주까리잎이나 호박잎으로 대신했다. 그리고 세상이 바뀌면서 다 쓴 공책이나 학년을 넘긴 책을 찢어 휴지로 사용했다.

그런 고향을 떠나오던 날, 나는 자꾸 되돌아보고 또 되돌아보고 하던 그 무엇이 지금도 어딘가에 숨어 있지 않을까 하는 생각을 문득문득 하곤 한다. 그러나 내가 느끼던 그 아늑함과 편안함은 오간 데 없고 개발 바람이 불어닥친 고향은 이제는 견고한 시멘트 건물들이 우후죽순처럼 늘어났고 이웃 간에 나누던 인심도, 정도 겨울날씨마냥 싸늘해졌다.

동무들과 술래잡기하고 소꿉놀이하던 골목은 지금은 커다란 도로가 되어 차들이 씽씽 오가고 매연과 바람만 흐느끼듯 거리를 맴돌고 있다. 물질문명의 발달로 고향의 아름다운 정취는 물론 내가 놀던 놀이터도 다 사라져 버렸다.

요즘의 장난감은 아이들의 두뇌발달에 기여하고 상상으로 미래를 체험하는 상징적인 의미가 담겨 있다고는 하지만 그 시절 자연을 이용하여 정서적 향기가 깃든 놀이감과는 너무나 동떨어진 것 같아 아쉬움이 남는다.

풀냄새 거름냄새와 함께 저녁 밥 짓는 냄새가 흥건했던 복대동! 지금은 어느 대도시 못지않게 불빛이 휘황찬란하게 번득일 뿐 내 놀던 옛것의 흔적은 눈을 씻고 찾아봐도 찾을 수가 없다. 버드나무 아래 얼굴이 비치도록 맑고 깨끗한 개울은 덮개를 씌웠는지 길이 되었다.

10년이면 강산도 변한다는데 60년 70년이 지났으니 오죽하랴. 고향냄새는 이제 먼 옛날이야기가 되었다. 황금물결이 일렁이던 들판은 빌딩이 숲을 이루고 나물캐던 뒷산은 한국도자기 공장이 넓게 자리하고 있다.

소박하고 아름답던 복대동의 모습이 떠올리면 마음이 처연해진다.

문명의 이름으로 파괴된 자연의 상처를 쓸쓸하게 바라보며 폐허처럼 잘려나간 산이며 논둑길을 나 혼자 마음속에 떠올려 본다.

♬~ 나의 살던 고향은 꽃피는 산골/ 복숭아꽃 살구꽃 아기 진달래/ 울긋 불긋 꽃 대궐 차리인 동네/ 그 속에서 놀던 때가 그립습니다 ♪

새삼 어릴 적 고무줄놀이하며 부르던 노래가 생각난다. 서울로 시집와 산 지가 오래임에도 말을 하다 보면 나도 모르게 고향사투리가 툭툭 뛰어 나온다. 그럴 때면 남편 역시도 충청도 출신이면서 마치 서울 토박인 것처럼 재미있다는 듯 나를 놀리며 느린 충청도 말을 흉내 내기도 한다. 가끔 라디오에서 흘러나오는 고향노래를 듣다보면 나도 모르게 짠한 그리움 같은 게 솟구쳐 오른다.

언제든 갈 수 있지만 다시는 볼 수 없는 내 고향 복대리, 울긋불긋 꽃대궐 차리인 동네는 흑백영화 속 한 장면처럼 지금은 내 머릿속의 아름다운 추억으로만 남아있을 뿐이다.

● 푸른 날의 추억

국민학교를 들어가기 전부터 나는 공부하는 걸 무척 좋아했던 것 같다. 글자라고는 낫 놓고 기억 자도 모르면서 글씨만 보면 그게 알고 싶고 궁금해 귀찮다고 뿌리치는 사촌언니에게 묻고 또 물었다. 저고리 동정 밑에 손수건 달고 그 위에 자기 이름표를 달고 학교 가는 게 그렇게 부러울 수가 없었다. 생각 같아서는 언니들을 따라

가고 싶었지만 어린 내게는 허락되지 않았다.

어린 마음에도 우리 집 앞마당에서 멀리보이는 팔봉산 아래 학교가 생겼으면 좋겠다는 생각을 했다. 생각은 그렇게 꿈으로 영글며 익어갔다. 대학교가 하나 있고, 그 밑으로 고등학교 중학교를 차례로 세우고 길 건너편에는 초등학교가 있다면 얼마나 좋으랴. 어린 나이라고 학교에 갈 수 없는 나도 그 정도 거리라면 충분히 다닐 수도 있지 않을까 싶어 나 혼자 음미하고 되새김질 하면서 책가방을 둘러멘 내 모습을 비춰 보기도 하고 환상에 젖기도 했다.

사촌언니와 나는 지금도 마주 앉으면 고향이야기를 즐겨한다. 유년시절 기억의 조각들을 퍼 올리며 모자이크 하는 재미라니…. 세월이 바래져 더러는 마모되고 부스러기로 소멸된 것까지 온전하게 짜맞추며 동화 속 이야기를 엮어가듯 생동감 넘치는 애깃거리가 구름처럼 쏟아져 나온다. 어떤 대목에서는 서로 공감하고 일치되어 손뼉도 치고 웃기도 하면서 그 시절로 되돌아간 듯 고향 삼매경에 빠져 밤새는 줄 모른다.

내 가슴 안에는 영원히 자라지 못한 소녀가 있는 듯하다. 장독대 뒤란 뜰에 나란히 앉아 봉숭아물을 서로서로 손톱 위에 얹혀 주던 자매, 아주까리 잎새로 여민 손을 실로 꽁꽁 묶어주던 언니, 그것이 빠질까봐 두 손을 하늘 위로 치켜세우곤 잠들지 못했다. 등잔불 아래 해진 양말을 깁던 어머니의 투박한 손, 새벽이면 '꼬끼오' 울어대던 수탉 소리 등등, 희미하던 영상을 한참 뒤적이고 있으면 약물에 담근 인화지처럼 옛날의 일들이 어제의 일처럼 선명하게 떠오른다.

개울가 뒤 산비탈에는 탐스럽고 풍성한 나무들이 언제나 하늘을 향해 우뚝 서 있었다. 마을의 좋은 집이래야 달랑 양철집 한 채뿐, 대부분의 초가집이었다. 학교가 끝난 오후의 한낮은 동네 아이들의 달뜬 목소리가 들판 길을 가로 질렀다. 내수동 동네를 지나면 왼쪽으로 덩그마니 있던 상여집과 오른쪽 조금 멀리에 공동묘지가 있었다. 초등학교 시절도 그랬지만 중고등학교를 다니는 내내 나는 그 길이 무서워 눈을 반쯤 가리고 뛰어다니곤 했다.

해가 바뀌고 또 바뀌면서 어느 날부터인가 그곳에 학교가 세워지기 시작했다. 불도저의 엔진 소리가 전쟁통 탱크소리처럼 요란하게 들리더니 그토록 무섭던 공동묘지까지 밀어붙이고 충북대학이 들어섰다. 또한 멀리 보이던 팔봉산 아래에는 교육대학이 들어서면서 명실공이 교육의 중심지가 되었다. 중고등학교도 많아졌고 내가 바라던 가까운 초등학교는 동네 신작로 바로 옆에 생겨 막내동생이 1회로 졸업을 했다.

개발의 바람은 기세 좋은 점령군처럼 어쩌다보면 건물들이 즐비하게 들어서기 시작했다. 하늘 향해 우뚝 솟은 성냥갑 같은 아파트가 들어서면서 낯선 사람들이 늘어갔다. 기어를 5단에 놓고 달리듯 모든 게 숨 가쁘게 돌아갔다. 복대동 접경지역인 가경동에 고속터미널이 생기면서 복대동 또한 청주의 중심지가 되어 발전에 발전을 거듭했다.

어린 시절 집 가까운 곳에 학교가 있었으면 좋겠다는 꿈은 이루어졌지만 이렇게 마구잡이로 밀어붙여 자연환경을 파괴하면서까지 도시화되는 것을 꿈꾸었던 건 아니었다.

옛날 그대로 자연환경과 지형을 살려 학교가 세워졌더라면 얼마나 좋았을까. 내 나름 소박한 마을 배경으로 밑그림을 그려 본다.

미국의 시애틀처럼 도시 전체가 푸르름으로 덮였으면 하는 바람, 나무가 우거진 숲길을 따라 걸어 들어가면 동네가 있고 또 그 숲을 헤치고 가다보면 학교가 있는 풍경은 생각만 해도 마음이 넉넉해진다.

흰 머리카락이 늘어갈수록 옛 고향풍경이 새록새록 그립다. 애착과 집착을 버리려 하면 할수록 유년의 본능이 되살아나고 고향에 대한 향수로 인해 회귀본능(回歸本能)도 더 강해지는 듯하다.

고향! 그 푸른 시절은 그리워하면 할수록 되돌아 갈 수 없는 세월의 기억 밖으로 점점 멀어져 간다.

사람에게도 연어의 회귀본능이 있는 것일까. 가끔 휴식을 취하고 싶을 때면 숲이 우거지고 맑은 물이 흐르는 곳을 찾아 나선다. 어릴 적 고향에서 맛보던 달콤한 향수라도 맡아 볼 수 있을까 하는 가슴 벅찬 기대를 안고 간다. 그러나 가는 곳마다 개발의 바람이 거세게 불고 있다. 농촌도 점점 도시화를 꿈꾸고 있는 듯하다. 휘황찬란하게 변하는 모습에 감탄하기보다 가슴 먹먹한 통증이 느껴진다.

● 고향의 겨울 풍경

창문 너머로 함박눈이 쏟아지고 있다. 오랜만에 풍기는 겨울 냄새, 반가운 선물을 받은 듯하다. 이렇게만 종일 내린다면 온 천지가 금방 흰 눈에 묻혀 버릴 당당한 기세다. 겨울은 역시 눈이 와야 제격이다. 향기와 빛깔의 싱그러움을 음미하면서 한 잔의 차를 마시며 내리는 눈을 바라본다. 새하얀 흰옷을 입고 나풀나풀 허공을 떠도는 모습이 마치 천진스런 아이의 춤사위 같다. 눈송이가 점점 소담스러워지면서 도심의 풍경들은 파묻혀 가고 내 어릴 적 추억의 풍경들이 하나 둘 선명하게 눈 속을 헤집고 나온다.

동네 앞 시냇물은 무척이나 아름다운 냇가였다. 그다지 깊은 곳은 없었지만 중간 중간 깊은 곳이 있어 무리지어 헤엄치는 물고기들이 간혹 눈에 띄곤 했다. 겨울 추위가 본격적으로 시작되는 소한(小寒)이 오고부터 갑자기 수은주가 뚝 떨어지면서 시냇물이 죄다 얼어붙었다. 여기저기 쾅쾅 얼음 깨지는 소리가 들렸다. 금방이라도 얼음이 부서져 내릴 것만 같아 겁이 났지만 친구들이 썰매 타는 걸 보고 나도 그 틈에 끼었다.

냇물 옆 언덕에 군불을 지피겠다며 어른 두 분이 그루터기 위로 나무를 쌓아 올렸다. 마른 소똥을 주워다 나무 아래에 가지런히 놓고 불을 붙였다. 그루터기로 불이 옮겨 붙자 마른나무는 속절없이 벌겋게 자신을 태웠다. 손끝이 떨어져 나갈 것 같은 추위를 피해 어른도 아이들도 불 주위로 모여들었다.

그리고 또 다시 자고나면 냇가 얼음판으로 달려 나갔다. 겨울방학이라 할 일 없이 집안에만 있는 게 답답하였으므로 추위에도 아랑곳 않고 동네 동무들과 어울려 썰매 타는 게 마냥 즐겁기만 했다. 시린 손에 입김을 호호 불어 손을 녹이면서 불의 유혹에 끌려 못 이기는 척 달려가 불을 쬐기도 했다.

송판을 몇 개 합쳐서 만든 썰매와 두 개의 나무막대기에 못을 박은 꼬챙이를 열심히 찍어가며 나도 친구들 틈에서 신나게 썰매를 탔다. 어느덧 추위는 사라지고 등판에 땀줄기가 몽글몽글 피어나기 시작했다.

날씨도 조금씩 풀려갔다. "애들아, 이제는 조심해서 썰매를 타도록 해라. 여기저기 얼음에 구멍이 나 있어 위험하단다." 동네 어른들의 말을 한쪽 귀로 흘리고 우리는 추위도 잊은 채 열심히 썰매 타는 재미에 빠져 날이면 날마다 냇가로 내달았다.

방학이 거의 끝나갈 무렵이었다. 그날도 친구들과 어울려 썰매를 타고 있었다. 아이들은 썰매 타는 재미에 지칠 줄을 몰랐다. 이제 추위가 풀려서 얼음이 녹았으니 조심하라는 어른들의 말씀을 까맣게 잊고 있었다. 그런데 어느 순간 나는 얼음구멍 속으로 쏙 빠지는 절체절명의 순간을 맞이했다. 같이 놀던 아이들이 울며불며 소리쳤고, 아이들의 비명소리에 놀란 동네 어른들이 재빨리 달려와 물속에 빠진 나의 머리채를 끌어 올려 간신히 살려냈다.

그때의 충격으로 썰매는 나의 트라우마가 되어서 얼음 위를 걷는 것조차 무섭고 두려워했다. 그때 나는 썰매를 매우 잘 탔는데 얼음 속으로 빠지는 일이 없었다면 어쩌면 나도 세계적인 스키선수가 되지 않았을까. 우리의 세계적인 피겨여왕 김연아 같은 선수 말이다.

자연과 벗하며 살아가는 건 우리의 몫이다. 그렇지만 자연은 사람만 보면 괴롭다고 아우성이다. 숲이 흔들리는 건 바람 때문이 아니라 미구에 닥칠 자신들의 운명이 괴로워서가 아닐까. 사람들이 자주 찾는 산과 강은 평화롭지가 않은 것 같다. 자연스럽게 사는 건, 사람이나 자연이나 있는 그대로를 보존하는 일이다.

강추위가 몰고 온 어린 시절의 추억, 60년도 넘은 지난일이지만 지금도 그때 일을 생각하면 가슴이 오싹해진다.

추억의 편린들

● 국민학생이 되다

1950년 3월 초 봄비가 보슬보슬 내리던 날, 나는 우산도 없이 아버지 손을 잡고 멀고 먼 신작로 길을 지루한 줄도 모르고 걸어갔다. 아니 좋아 깡충깡충 뛰어가고 싶었지만 아버지 눈치가 보여 차마 그럴 수가 없었다.

숲이 울창한 국머리 산을 지나 내수동 길로 접어들었다. 봄을 시샘하듯 차가운 바람이 목덜미를 훑고 지나갔지만 나는 마냥 행복했다. 길가 양옆으로 서 있는 가로수는 연둣빛 봄물을 빨아올리며 가지마다 생명의 불꽃을 피우느라 분주했고, 나는 추위를 피해 따뜻한 봄볕과 눈 맞추려 애썼다. 그러나 아버지는 양반의 후예답게 반듯한 자세에 흐트러짐이 없었다. 내수동을 지나 사직동에 이르니 기와집들이 즐비했다. 다닥다닥 붙어 있는 기와집이 많은 게 그렇게 신기할 수가 없었다. 고급스러운 주택이 있는 걸 보니 이곳이 시내 중심가인 듯싶었다.

서문다리 길을 건너는데 차들이 휙휙 지나갔다. 양복을 차려 입은 남자, 파마머리에 곱고 예쁜 양장을 한 여자들이 여기저기 눈에 띄었다. 뿐이랴 무릎만 덮을 정도의 짧은 치마를 입고 거리를 활보하는 언니들을 생전 처음 본 나는 눈이 휘둥그레져 여기저기를 두리번거렸다. 촌뜨기처럼 구는 나를 어이없는 눈빛으로 바라보시던 아버지는 나무라듯 나를 향해 한마디 쏘아붙였다.

"볼게 뭐 있다고 그러누, 한눈팔지 말고 빨리 따라 오너라."

아버지가 뭐라 하던 내 눈에는 모든 게 신기했다. 화려한 옷에서부터 얼굴의 화장도 그랬고 우리 동네에서는 볼 수 없는 기와집과 이층집, 아스팔트가 깔려 있는 도로를 주행하는 차량들에 이르기까지 내게는 모든 게 낯설고 신기했다.

충북 도청을 지나 중앙국민학교 뒤뜰에 있는 단층건물이 내가 다닐 국민학교였다. 담임선생님은 여선생님이셨는데 곱슬곱슬한 파마머리에 보라색 짧은 주름치마와 연분홍 저고리를 입고 있었다. 아름답고 고귀한 스테파네트 주인아가씨를 바라보는 목동처럼 나는 선생님의 단아한 모습을 황공스런 눈길로 바라보았다.

이튿날은 혼자 학교에 갔다. 집으로 돌아오는 길을 잃어 이리저리 헤매었다. 분명히 무심천 다리 쪽으로 간 것 같았는데 다리는 보이지 않고 시장이 나타나 이 길인가 싶어 골목으로 들어갔다가 낯설어 다시 나와 다른 길로 갔다가 되돌아 나오기를 수차례, 시장을 몇 바퀴를 돌고 돌았다.

시장이라 그런지 사람도 많았고 진귀한 생필품에서부터 과일, 채소, 사기그릇, 무쇠 솥 등 없는 거 없이 물건들이 지천이었다. 특히 야트막한 초가집 앞에 사기그릇을 즐비하게 진열한 것과 양옆 노란 흙벽돌에 새끼줄을 십자로 사발, 대접들을 열 개씩 묶어 질서 있게 싸놓은 게 어찌나 신기했던지 아직도 내 기억의 창고에 그 모습이 그대로가 남아있다.

처음 보는 시장 구경은 재미거리였다. 길을 잃었음에도 두려운 걸 몰랐고 배가 고프고 다리가 아파도 지루하지 않았다. 오히려 다 돌아보지 못하는 아쉬움이 더 컸다. 하늘에 석양이 물들기 시작하자 집 찾아 갈 일이 걱정되기도 했다. 그런데도 무슨 배짱인지 누구에게 물어볼 생각도 하지 않고 무턱대고 시장 골목길 여기저기를 돌아다니다가 마지막 골목에서 나물을 팔고 있던 아주머니가 나를 보며 아는 체를 했다.

"너 정자 아니냐. 이 시간에 여긴 왜 와 있냐?"

낯익은 동네 아주머니였다. 잃어버린 자식을 되찾은 듯 아주머니는 나를 다독여 주었지만 학생이란 자존심은 있어 나는 끝까지 아주머니에게 길을 잃었다는 말을 하지 않고 아무 말 없이 아주머니 뒤를 따라 집으로 돌아왔다. 나중에 알고 보니 내가 헤매던 시장은 청주에서 제일 큰 남주동시장이었고 그 사기그릇 가게는 지금의 한국도자기 원조집이었다.

● 국가고시

한벌국민학교 6학년 때, 3반 담임인 우리 선생님의 이름은 민재기였다. '선생님 똥은 개도 안 먹는다.'는 옛말은 우리 선생님을 두고 한 말이었다. 밤늦게까지 과외공부 시키고, 방학이면 집에 데리고 가 손수 밥해 먹여가며 우리들에게 공부를 가르쳤다. 그 당시 중학교에 가려면 국가고시를 치러야 했는데 선생님의 욕심은 우리 반 모두를 중학교에 보내고 싶은 마음에 열심히 공부를 가르쳤던 것 같다.

우리 반에서 십리가 넘는 길을 걸어다닌 건 나와 문자뿐이었다. 동절기 저녁 9시면 꽤나 늦은 밤이었다. 우리 동네 남학생은 박인규, 이완구, 김동배 3명이 있었으나 우리는 서로 내외한답시고 거의 말을 하지 않고 지냈다. 지금 같았으면 남녀 학생들이 한데 어울려 재미난 추억도 많이 만들었을 터인데, 그때는 남학생과 눈길을 마주치는 것만으로도 커다란 흉이었다.

불빛이 없는 컴컴한 길을 간다는 것은 모험이었다. 나무는 우거지고 사방은 허허로운 들판뿐, 얼음 깨지는 소리는 천둥치는 소리처럼 적막을 뚫고 울려 퍼졌다. 지금의 충북대학 정문에 와서는 서로 갈라서야 했다. 우리는 상대의 모습을 볼 수 없는 길을 걸으며 '정자야!' '문자야!' 를 상대의 목소리가 들리지 않을 때까지 목청 돋우어 불러가며 무서움을 달래곤 했다.

● 자전거 부대와 여학생들

민정자, 민청량, 민병채, 배양자, 정정자. 다섯 명은 조치원에서 청주까지 신작로길 15~20리 길을 6년을 함께 걸어 다닌 먼거리 통학생들이었다. 선배언니는 각 동네를 다 합쳐야 한두 명이었는데 우리 학년에는 강서에 사는 양자와 복대리에 사는 나, 그리고 용정의 민씨(영친왕 약혼자와 10촌) 후손들인 정자, 청량, 병채 합이 다섯이었다. 다섯 명 중 병채는 키가 제일 작았는데 웃기는 얘기도 잘했고 말도 유창하게 제일 잘했다. 그녀 세 민씨들은 자신들이 왕족의 외척이라는 걸 항상 자랑 삼아 얘기했고 걸핏하면 왕족의 공주님 흉내를 냈다.

아침 뉴스 당번은 늘 병채였다. 그녀는 마치 아나운서나 된 듯 일상의 지속되는 이야기를 그럴듯하게 꾸며 우리의 귀를 쫑긋 세워주었다.

"얘들아! 어제 우리 아버지가 서울 갔다 오셨는데 사업차 미국에 갔다오신 큰아버지가 그러는데 미국이란 나라는 차가 우리들 자전거만큼 많다는 거야."

"칫! 말도 안 돼. 그렇게 차가 많으면 사람은 위험해 어떻게 다니겠니?"

"니들이 미국 안 가봐서 그래. 그뿐인 줄 아니. 똥간도 방 옆에 있고, 거기 앉아 빵도 먹고 껌도 씹는다더라."

"똥냄새나는 똥간에서 어떻게 껌을 씹고 빵을 먹을 수 있겠니?"

"아냐 아냐, 우리 큰아버지가 그랬어. 똥냄새도 전혀 안 나고 똥도 안 보인다던데. 사기 같은 요강에 걸터앉아 오줌도 누고 똥도 눈다고 했어."

"넌 본시 말하기를 좋아해 꾸며서 말하는 거 다 알거든. 제발 그만 좀 해라."

"정말이라니까. 우리 큰아버지가 무역일을 하시기 때문에 미국을 자주 가신단 말이야. 그리고 정자야, 너 내게 그리 말하면 곤란해. 이씨 조선이 망하지 않았으면 아마도 내 얼굴은 볼 수도 없었을 걸! 감히 공주님을 친구로 만날 수 있기나 할까. 호호호…."

흔들리는 그녀의 웃음 뒤에서 갑자기 따르릉 자전거 소리가 요란하게 합창을 하면 우리는 놀라 길가로 몸을 피했다. 자전거를 탄 남학생들이 우리 앞을 앞질러 가면서 뒤를 홱 돌아보는 건 늘 있는 일이었다. 청고, 상고, 공고 남학생들과 말을 하고 싶었지만 모자 쓴 남학생하고 사꾸라 마찌(무심천 둑)를 지나가면 정학(일주일 학교를 못나감)이라는 서슬 푸른 가정 선생님의 말씀이 무서워 감히 눈길이라도 마주칠까 겁이 나서 고개를 아래로 떨구고 다녔다.

그 후 몇십 년이 흐른 후, 배양자 남편이 주택은행 지점장이었을 당시 어찌어찌 소식을 들어보니 그 자전거 부대 중에서 주택은행장, 국민은행장, 산업은행장 등이(그 당시 여학생들은 동네 부잣집 딸들이고 남학생들은 가난한 농부의 아들이 많았다) 나왔다하니 사람의 가는 길을 그 누가 알 수 있으랴.

중년에 이르러 먼 거리 통학생 남녀 몇몇이 한자리에 모여 서로 안부를 들어보니 모두가 중상위권 생활을 하고 있었다. 이렇듯 잘 사는 것을 보니 부모산(초등학교 때 소풍가던 산)의 정기를 이어 받아서이기도 하고, 하루 20~30리 길을 걷다보니 삶의 끈기를 배운 것 같다.

젊어 고생은 금을 주고 산다는 말은 괜한 말이 아닌 것 같다. 그때는 너나없이 배고팠던 시절이었다. 먼거리 학교를 가야하니 아침이면 급하게 부뚜막에 앉아 보리밥에 물 말아 멸치와 풋고추를 고추장 찍어 먹는 둥 마는 둥, 도시락은 보리밥이라고 거의 안 가져가는 날이 태반이었다. 반찬 한 가지에 보리밥 먹고 하루 6~7시간 수업 듣고, 청소하고 나면 어둠이 깔리기 시작했다. 용정 사는 민씨 딸들은 나와 양자보다도 집이 멀어 컴컴해야 들어갔다. 아침 해가 뜨기 무섭게 책가방 들고 나서면 해는 꼴딱 넘어가고 어슴푸레 밤에나 집에 들어가곤 했다.

걸핏하면 굶는 날이 많아서 우리는 배고픈 시름을 달래려고 노래를 부르곤 했다. "바위고개 언덕을 혼자 넘자니♪♬…"를 목청껏 부를라치면 간혹 뒤에서 오는 짓궂은 군인아저씨들이 우리를 놀래키려고 트럭을 바싹 들이대곤 했다. 자칫 차에라도 칠까 겁이 나서 길가 끝으로 피신하다가 그 아래 논두렁으로 넘어지기도 했다. 그때 뒤엉켜 넘어졌던 정재진은 시름시름 앓더니 여고를 졸업하고 일 년 반 만에 죽었다. 아마도 그때 넘어지면서 뇌를 다친 게 아닌가 싶기도 하다.

민정자는 중년에 남편이 청주 부시장이었다가 충주시장으로 재직 중 나이 50도 안되어 죽었다. 몇 해 전 그분이 간암으로 세상을 떠나서 양자와 나는 충주로 조문을 갔다. 병채는 70나이에 시인으로 등단하여 『노을이 지는 호숫가에서』를 출간하였고, 나는 76세에 사이버대를 졸업했다. 불행하게도 청량이는 70대에 치매에 걸려 요양소를 들어갔다는데 그후 소식은 알 길이 없고, 양자만 한 달에 한번 동창모임에서 만난다.

오래 된 추억에서라도 고향의 시원한 숨결이라도 맛보고 싶다. 고향에는 여전히 꿈과 그리움이 있지만 이제는 모두 다 늙어 생로병사의 길 위에 서 있다.

'만남은 짧고 이별은 길다'는 말을 새롭게 실감한다. 다음에 만나자고 작별의 인사를 나누지만 그 다음은 오지 않을지도 모른다. 만남은 결코 얼마 남지 않은 듯하다. 함께 하는 시간만이라도 미워하지 말고 서로를 그리워하는 마음으로 살아야 하리니….

● 얼굴에 분을 바르지 말고 마음에 분을 바르자

'언제나 착하게 살자'

청주여중 1학년 순 반의 급훈이다. 언행을 일치하라는 담임선생님은 가르침의 표상이었다. 성품도 온화하고 학생들에게는 더없이 다정다감한 분이었다. 특히 종례시간에는 독서 교육을 강조했고, 시간을 쪼개서라도 책을 많이 읽어 꿈을 키워나갈 것을 당부하셨다.

"책은 사람을 만들고 사람은 책을 만드는 법, 너희들이 이다음에 현모양처가 되려면 얼굴에 분 바르기보다는 마음에 분을 발라야 하느니…. 학생이라면 항상 손에 닿는 곳에 책이 있어야한다. 그렇다고 책꽂이에 잘 정돈만 해서는 안 된다. 그건 장식품에 불과할 뿐이다. 학교 공부도 중요하지만 교양서적을 많이 읽어야 자신감도 생기고 얼굴도 예뻐 보인다." 라는 말씀으로 독서의 중요성을 가르치셨다.

성공은 부지런하고 끊임없이 노력하는 사람의 전유물은 될 수 있지만 게으르고 태만하면 꼴찌를 면하지 못한다며 우리들 개개인은 물론 반끼리의 경쟁심을 은근히 부추기기도 했다. 사친회비 내라, 공부해라, 떠들지 마라… 라는 직언보다는 독서 강조와 여자로서의 덕목을 배워야 한다는 가르침은 우리 반 전체의 단결심을 일으키는 훈풍의 말씀이었다. 공부든 체육이든 학교 행사 경쟁만 있으면 언제든 우리 반이 일등이었다.

일제고사도 1학년 여섯 반 중 일등, 사친회비 성적도 일등이었다. 그 당시 학교 운동장 귀퉁이에 돼지우리를 만들어 반마다 돼지 한 마리씩을 길렀다. 돼지우리는 생물 선생이신 경천수 선생님과 수위 아저씨가 판자때기를 주워 모아 두 분이 합작으로 만들어 학교 운동장 뒤편 구석에 세워주었다. 和(화), 順(순), 正(정), 熱(열), 敬(경), 英(영)이라고 붓글씨로 예쁘게 각반 이름을 작은 널빤지에 써서 철사로 매달아 놓았다.

신기한 것은 우리 반 돼지가 잘생겼다는 것과 털도 반들반들 윤기가 흐르고, 통통하게 살도 적당히 쪄서 우리학교 돼지의 모델로 선정되었다. 안 그래도 학교의 모든 경쟁에서 매번 일등을 놓친 일이 없던 우리 반이 돼지까지 모델로 선정되는 쾌거를 이루자 교실은 그야말로 하늘을 찌를 듯한 패기로 가득 넘쳤다.

곧기로 이름난 생물선생님이 심사를 보셨다. 꺾이지 않은 대나무라는 별명을 지닌 분이시기에 누가 봐도 공명정대한 판결이었다. 연세로는 담임선생님의 아버지뻘로 교사 경력도 만만찮은 분이라 그분의 결정에 토를 다는 이는 아무도 없었다. 우리 반 돼지에게 점수를 많이 주신 것도 어쩌면 교사로서 우리 담임의 열정과 인품에 후한 점수를 주신 것이 아닌가 싶다.

우리 담임 윤상진 선생님은 아침마다 머리를 감고 오시는지 촉촉한 파마머리에 단아한 한복 차림이었다. 우리 반 아이들의 대부분이 선생님을 좋아했지만 나는 그분을 내 영원한 스승으로 인생의 멘토로 삼았다. 선생님은 내 마음 깊이 잠들어 있던 꿈을 처음으로 깨워주신 분이었고 내가 고1 때 책을 많이 읽은 것도, 과학과목을 좋아하게 된 것도 순전히 선생님의 영향이 컸다.

선생님은 후생사업에도 관심이 크셨던 것 같다. 공부를 잘하는 학생 중 가정 형편이 어려운 제자들을 위해 구매부를 설치하여 담당선생님으로 좋은 일을 많이 하셨다. 학용품은 물론 학생들이 좋아할 것들을 받아다 판매한 이익금으로 생활이 어려운 학생들의 학비를 조달해 주셨다. 우리 반 친구들 역시 이런 담임선생님의 정신을 이어받아 생물선생님께 돼지새끼를 분양받아 정성들여 키웠고 그 돼지를 팔아 구매부 친구들을 도와주었다.

그때는 지금처럼 사료가 없었던 때라 쌀뜨물, 들겨, 음식찌꺼기를 조달해서 돼지에게 먹였다. 지금 생각하면 그때 어디서 그런 것들을 구해다 먹여 키웠는지 경탄을 금할 수가 없다. 불도를 닦던 선사(禪師)가 어느 날 무릎을 치며 깨달은 일화가 생각난다.

'오! 놀라운지고. 내가 장작을 패네. 내가 샘물을 긷고 있네.'

누구나 할 수 있는 일이었지만 그 시절 우리들의 희비애락은 교만하지도 아부하지 않은 질그릇처럼 소박하고 청순했다.

지금 학생들의 눈으로 보면 후진국의 미개인 이야기쯤으로 여길 수도 있겠으나 50, 60년대 우리나라의 실상이고 현실이었다. 6·25 직후, 전쟁으로 인해 너나할 것 없이 가난한 시절이었으므로 없이 살아도 그게 부끄럽다거나 흉될 일은 아니었다. 오히려 많이 채우고 사는 지금보다 인정은 더 따뜻했다. 선생님의 그림자도 밟지 않는다고 할 만큼 스승에 대한 존경심도 컸다.

과학문명으로 비록 삶이 윤택해졌으나 개인의 이기심이 높아진 요즘, 신성해야할 교단에 사건사고가 비일비재한 것은 일부 사도를 망각한 선생님들과 학생으로서 도리를 지킬 줄 모르는 철없는 아이들, 오직 내 자식만 생각하는 학부모의 이기심으로 인해 마땅히 존경받아야 할 교권이 맥없이 무너지는 것 같아 안타까울 뿐이다.

올바른 정신문화는 우리의 마음을 살찌게 한다. 가끔 누군가의 정이 그리울 때면 그 시절 담임선생님의 따뜻한 사랑이 생각난다. 선생님이 살아 계신다면 찾아뵙고 엎드려 인사드리고 싶다.

나의 친정아버지

● 근면과 정직이 신조이신 아버지

아버님 함자(銜字)는 정(鄭) 자, 재(在) 자, 원(琬) 자이시다. 일찍이 아버지를 여읜 탓에 할아버지 슬하에서 자랐다. 아버지 나이 열네살이 되던 해, 열여덟의 어머니를 만나 결혼했다. 어머니는 철든 나이였지만 아버지는 철이 덜든 소년이었다. 나이는 어렸지만 하늘같은 남편 노릇은 톡톡히 하셨다고 했다.

아버지의 성격은 조급하기도 했지만 생활에 충실하고 정직하셨다. 배움이래야 초등학교 5학년 학력이 전부인데도 동네 조합장과 구장을 35년씩이나 하셨다. 동네의 유지로 그렇게 장기 집권을 하실 수 있었던 것도 정직의 생존방식과 의로운 일이라면 내 일 남의 일 가리지 않고 발 벗고 나서는 의리의 사나이로 통했기 때문이었다.

그 당시 큰아버지는 청주고보를 나오셨고 동네 아저씨 박석규님은 국회의원 출마까지 하셨다. 마을은 소박하리만치 작은 동네였지만 농과대학(충북대학)을 나오신 분도 계셨고, 사회적 지위, 학력, 재력 등을 따져 봐도 아버지보다 월등히 나은 분들이 있었다. 그럼에도 불구하고 35년 동안 동네일을 보신 것은 근면 정직하시고 고난에 인내하며 좌초하지 않는 세상의 중심에 서 있었기 때문일 것이다. 중간 중간 다른 분한테 조합장이며 구장이란 감투가 넘어가기는 했어도 2년을 못 버티고 다시 아버지에게 돌아오곤 하였다.

아버지에게는 타고난 리더십도 있었지만 무엇보다 유머가 풍부해 동네 노인에서부터 젊은 아낙네들에 이르기까지 두루 신망이 높았다. 봄부터 가을까지, 농촌은 한가할 틈이 없었지만 아버지는 동네 일이라면 언제나 개미처럼 뛰어다녔다. 농사꾼으로 평생 살아서 그런지 땅을 보면 저절로 힘이 난다고 했다. 마치 대지에 닿기만 하면 힘을 얻을 수 있는 神 아타이오스처럼, 아버지의 몸과 마음을 대지(大地)로 착각했던 것은 아니었을까.

농촌의 겨울은 한가했다. 가마니 짜는 일 외에는 남자들이 할 일이 별로 없었다. 요즘처럼 여가를 즐길만한 곳이 없었으니 사랑방에 두서너 명만 모여도 화투판을 벌이곤 했다.

화투는 일제 강점기 시대 일본이 한국을 망치기 위해 들여온 작품이라고 아버지께서 늘 말씀하셨다. 평생 나쁘다는 것에는 눈도 돌리지 않으신 분이셨다. 동네에 화투꾼들이 성행하자 뿌리를 뽑겠다며 화투판을 벌이는 곳마다 쫓아다니며 판을 뒤엎고 호통을 치셨다. 저녁만 되면 동네 새댁들이 우리 집으로 우르르 몰려오곤 했다. 남정네가 놀음하는 것을 구장인 우리 아버지에게 일러주려는 거였다. 어떤 새댁은 남편의 노름빛 때문에 식구들의 양식인 쌀을 몽땅 내다팔아 끼니조차 잇지 못할 지경이라며 이장인 아버지에게 쌀을 꾸어 달라는 이도 있었고, 손버릇 좀 고쳐 달라며 애원하는 이도 있었다.

아버지의 불호령은 남의 부부싸움에 불을 댕기는 일이기도 했지만 아들 편드는 그 집 시어머니로부터 원망의 말을 듣기도 했다. 엄마와 나는 제발 남의 일에 나서지 말라며 애원을 했지만 아버지는 개의치 않고 오직 정의의 사자처럼 옳은 일이라면 내 일이든 남의 일이든 가리지 않고 나섰다. 그래도 그때는 인심이 좋아 남의 조언도 무탈하게 넘어갔지만 지금 같았으면 어림도 없는 일일 것이다.

아버지는 늘 배우지 못한 당신의 처지를 한스러워하셨다. 그래서 남보다 더 부지런하고 자신에게 더 엄격했는지도 모른다. 가난을 극복하기 위한 몸부림이랄까, 어릴 적부터 일에 묻혀 살다 보니 친구들과 놀 시간도 없었다. 수고의 열매를 하나 가득 거두어들이는 삶의 기쁨을 일찌감치 터득했던 것 같다. 본인의 선택과는 상관없이 어찌하든 돈을 벌어 집안을 번듯하게 세우겠다는 사명감은 다잡은 마음을 향해 필사적으로 성냥불을 그어댔다. 그 희망의 불꽃을 피우기 위해 그토록 소망하던 공부를 내려놓았다.

아버지가 처음 시작한 일은 조치원에서 청주시내까지 소달구지로 짐을 운반하는 일이었다. 몸은 고되었지만 돈이 손에 들어올 때마다 열다섯 살 어린소년의 가슴엔 성공이라는 희망찬 광풍(狂風)이 드세게 몰아쳤다. 아버지의 지혜와 근면 성실한 자세, 타고난 부지런함이 몸에 배어 있었다. 소달구지로 짐을 운반해 주던 그 일이 지금의 택배회사 원조가 아닌가 싶다.

아버지는 자식들에게까지 당신의 부지런함을 늘 강조하셨다.

"농사꾼이라고 농사일만 열심히 한다고 땅이 불어나는 것은 아니란다. 사람은 모름지기 발이 넓어야 하느니! 고여 있는 물은 썩지만 끊임없이 퍼내는 물은 맑은 것처럼 사람도 항상 부지런해야 건강하고 잘살 수 있는 법이다."

집안 대대로 사회생활하는 사람이라고는 면서기도 없었다. 집안에 라디오는 물론 신문 보는 이도 없었고 듣고 배울 그 어떤 매개체가 아무것도 없던 시절인데도 아버지는 어찌 동네 구장이며 조합장 일을 보셨을까. 그렇게 사는 동안 얼마나 많은 날들을 가파른 삶의 언덕을 오르내리셨을까.

자의든 타의든 동네일을 보다보니 자연스레 면사무소와 농협을 오가는 일이 잦았다. 평생 농사밖에 모르던 아버지는 면직원이나 농협사람들을 만나면서 점점 더 넓은 세상으로 눈이 뜨이기 시작했다.

우리 집안에 종손 광호 오빠가 계셨다. 아버지에게는 육촌 형님의 아들이다. 옛날에는 한마당에서 팔촌이 나온다고 했을 만큼 대가족이 모여 살았다. 명절이나 제사가 있는 날이면 가까운 집안 식구는 물론 먼 친척들까지 종손의 집으로 모여들곤 했다. 하루는 제사를 지내러 다녀오시더니 집안의 맏손인 광호가 천안 농고를 졸업하고 놀고 있으니 걱정이라며 아무래도 내수동에 사는 강봉규 형사라도 찾아가 보아야겠다고 하셨다. 그분 친구가 청주사범학교 교직에 근무하고 있으니 그곳 학교라도 넣어줄 수 있는지 알아보아야겠다는 것이었다.

그 당시는 일반 고등학교를 나와 사범학교에 재입학해 일년 연수를 받고 수료하면 초등학교 선생님 자격증을 소지할 수 있었다. 소식을 듣고 달려온 오빠는 우리 집에 얼마동안 한 식구처럼 살았다. 몇 달쯤 지났을까 무슨 연유인지 오빠가 우리집을 나가 6·25때 혼자된 사촌언니 집으로 거처를 옮겼다. 그후 사범학교 연수를 마치고 곧바로 본고장 천안 ○○초등학교에 발령을 받아 선생님이 되었다.

지금도 종손 얘기가 나오면 그 옛날 광호 오빠 생각이 난다. 오지 랂이 넓은 아버지는 조카든 남이든 잘 살게 해주는 걸 기쁨으로 여기셨다. 그러나 그 마음이 지나쳐 가끔은 내 식구들에게 하듯 내면에서 발효된 자연 발생적인 언행으로 본의 아닌 상대의 가슴에 상처를 던지기도 했다. 좋아하든 싫어하든 개의치 않고 당신 눈에 거슬리는 행동에는 그게 누구든 인정사정 보지 않고 그 자리에서 야단을 치셨으니 좋다 할 사람이 누가 있었겠는가.

자식인 나도 어릴 적엔 그런 아버지의 성정으로 인해 마음의 상처를 받았고 행동반경에 불평불만이 많았다. 처음 선생님이 되는 길을 아버지가 열어주었음에도 불구하고 선생으로 발령 받아 간 후, 우리 집엔 통 오가지 않은 걸 보면 얼마동안 함께 지낼 때 아버지에게 뭔가 섭섭한 소리를 들었던 것 같다. 그래서 갑자기 광호오빠가 사촌 언니네 집으로 간 것인지도 모른다.

아버지는 종손에 대한 기대가 컸던 것 같다. 그래서 내 자식에게 하듯 훈계 같은 가르침을 주었을 터이다. 성인이 된 이후 그런 아버지의 마음을 오빠에게 전해주고 싶었지만 기회가 없었다.

● 큰바위 얼굴

국민학교 5학년 때의 일이다. 학교를 갔다 오니 천안에 사는 아버지의 사촌동생, 다시 말해 나에게는 당숙님이 되시는 분이 자식들 사남매를 데리고 우리 집으로 오셨다. 무슨 연유인지 모르나 가볍게 다니러 온 것은 아닌 듯싶었다. 며칠 전, 아버지는 천안의 작은아버지 제사라고 다녀오신 적이 있었다. 미루어 짐작컨대 그때 무슨 약속을 하신 게 분명했다.

너무 오랜 세월이라 확실한 기억은 없지만 그 당시 당숙님이 사업에 실패하여 살길이 막막하다 하니 아버지는 그냥 우리 집에 와서 함께 살자고 하신 것 같았다. 물론 그 당시 우리 집은 농사일도 많았지만 방앗간을 하다 보니 일손이 부족했다. 방앗간을 사촌에게 맡기겠다 하시어 당숙은 그런 아버지의 말만 믿고 따라 왔던 것이었다.

냉정할 정도로 이성적이고 괴팍할 정도로 까다로우신 아버지가 어머니와는 한마디 상의도 없이 사촌의 여섯 식구들을 불러 들였으니, 평소 감정노출을 잘하지 않는 어머니였지만 그때만은 당황한 기색이 역력했다.

몇 달 동안 우리 식구와 당숙님의 여섯 식구가 같이 포개져 살았다. 우리의 삶이 알라딘의 램프처럼 주문만 외우면 나오는 요술이 아닌 바에야 어차피 힘들고 허덕일 수밖에. 어머니의 인내는 그 복잡함에도 불평의 말 한마디도 하지 않았다. 아버지가 먼저 서둘러 방앗간 안에 작은방을 들여 당숙님네 식구들은 그리로 옮겨 앉게 했다. 통풍도 잘 안 되고 부엌도 없는 방앗간, 먼지구덩이 속 방 하나에 여섯 식구가 살고 있다는 걸 생각할 때마다 흥부가 연상되었다.

피난민보다도 못한 새살림의 시작이었지만 당숙은 방앗간 일을 열심히 도와주었다. 뿐만 아니라 매일 우리 집을 오가며 허드렛일까지 했다. 다행히 엄마와 당숙모도 친자매이상 가깝게 지냈고 우리도 육촌들과 사이가 좋았다. 하루 한 끼쯤은 밥도 늘 같이 해먹었고 엄마와 당숙모는 빨랫거리가 있으면 함께 가지고 냇가로 나가 쉭쉭 소리 내며 방망이질을 했다. 장날엔 당연히 장도 같이 보러 다녔고 우리는 귀찮다고 쫓아오지 말라는 엄마의 말을 뿌리치고 뒤를 졸졸 따라다니며 달콤한 것을 사달라 졸랐다.

함께 밥을 먹는다는 것은 식구 그 이상의 의미와 관계이기도 했다. 성경에 두 사람 이상이 모여 기도하는 가운데 나도 함께 있노라 하는 말이 있다. 당숙네 식구들은 우리와 한식구처럼 살았는데 아이들 사 남매도 모두 잘 자라 지금은 남이 부러워하는 가정을 이루고 제각기 잘 살고 있다.

내 마음속에 있는 아버지는 늘 엄한 존재였고 늘 높은 곳에 있었다. 모든 일에 사리가 분명한 어머니는 자식들에게만큼은 사랑이 지나쳐 과잉보호로 키워서 그런지 어릴 적 나는 몹시 자립정신이 나약했던 것 같다.

아버지는 당신의 못 배운 한을 자식을 통해 대리만족하려는 경향이 컸다. 특히 아들들한테 더 그랬고 딸들에겐 그저 적당히 공부하여 시집이나 잘 가면 그게 효도하는 일이라고 했다.

내가 약학대를 졸업하고 서울로 시집와 약국을 처음 열었을 때 "네가 아들이었으면 내가 우리 근동에서는 제일 팔자 좋은 사람이 될 수도 있었을 터, 딸이어서 남의 집 좋은 일만 시키는 것 같아 아깝다."며 혀를 차는 아버지의 말씀에 나는 마음이 짠했다.

언젠가 아버지는 농림부장관 초대로 상경을 하신 일이 있다. 그때 장관실에 초청한 이들이 모였는데 바지저고리에 두루마기 입고 간 사람은 당신과 어떤 촌부 한 사람이어서 창피했다고 했다. 그렇지만 막상 회의가 진행되고부터는 평소 정부시책에 불만이 많았던 아버지는 쌓인 분노를 털어내듯 농부들의 대변인인 양 앞장서 정당한 발언을 서슴지 않았다는 것이다.

쌀값이 너무 싸서 농사를 지어도 타산이 안 맞는다고 했고, 특수작물을 재배할 수 있게 정부에 자금을 요청했다고 했다. 그 덕을 본 것인지 한때 보리밭에 포도나무를 심고 딸기를 심는 특수작물 농가로 변신도 했다.

사실 그때 양복을 입고 넥타이 맸더라면 더 근사했을지도 모르지만 그 많은 사람 중, 당신만큼 잘난 사람이 별로 없더라 해서 우리는 한바탕 웃었다.

시골분이라지만 자만심은 대단했기 때문에 술을 사도 남보다 많이 사야 직성이 풀릴 만큼 남에게 지는 걸 몹시 싫어하셨다. 내 아들 성욱이와 성열이가 경쟁하듯 공부를 잘해준 것도, 근면함이 몸에 밴 것도 그런 외조부를 닮은 것 같다.

우리 집은 가을에 벼 타작을 하고 나면 그 볏단이 산봉우리를 이룰 만큼 마당에 높게 쌓였다. 뿐만 아니라 돼지도 새끼를 낳았다 하면 열 마리 이상이고 텃밭의 가지나 오이, 호박도 남의 집보다 크고 많이 열렸다. 동네 사람들에게는 우리 집의 그런 경사가 부러움이 되었다. 비법이 있으면 가르쳐 달라며 아버지에게 은근히 친절을 베풀기도 했다. 그러나 그건 저절로 굴러 들어온 호박덩굴도 아니요, 재수 좋아 터진 복도 아니었다. 아버지 어머니가 진종일 농사일에 매달린 땀의 결과물이었다.

평생을 그토록 부지런하게 사신 두 분의 은혜로 우리 사남매는 모두 대학을 졸업하고 남동생 둘은 서울까지 유학했다. 그러나 나부터도 부모님만큼 부지런하지 못하고 지혜롭지도 못하여 지금껏 시행착오를 많이 했다.

젊어 고생은 금을 주고 사야하는 것 아닌가.

민족의 비극 6·25

● 6·25전쟁과 우리 고향

초등학교 4학년 때 6·25전쟁이 일어났다. 우리 동네 복대리는 시골이어서 그런지 직접적인 폭격도 당하지 않았지만 인민군이 들어와서도 총살당했다는 사람이 별로 없었다. 다만 보도연맹으로 끌려간 후 소식 모르는 청년이 몇 명 있었다. 그중에 우리 삼촌도 끌려간 이후 지금까지 생사를 모른다. 우리 사촌 남동생이 6·25때 유복자로 태어났으니 지금 65세이다. 작은어머니가 남편 없이 큰집 사랑방에서 혼자 애 낳던 모습을 생각하면 같은 여자로서 지금도 마음이 아프다.

그 당시 나는 초등학교 4학년으로 과학에 매우 재미가 붙어 있었다. 전쟁으로 인해 학교는 휴교령이 내려졌고 할 일 없이 심심해진 나는 무료함을 채울 길 없어 어머니를 따라 빨래터며 우물가를 자주 쫓아다녔다. 동네 아낙들은 두서너 사람만 모여도 시국 얘기로 수군거렸다.

"서울이 폭격으로 쑥대밭이 되었대, 누구네 외가 동네서는 인민군이 들어와 토지를 많이 가진 부자들과 공부 많이 한 사람들을 한 줄로 세워놓고 따발총으로 다 쏴 죽였다던데…" 등등 소름 끼치는 무서운 얘기만 나누었다. 전쟁의 참상으로 마을의 분위기가 어수선했다.

동네 누군가가 청주 시내를 다녀왔다며 머지않아 여기도 불바다가 될지 모른다고 하자 몇몇 어른들이 팔봉산 쪽이 안전하니 그리로 피난을 가야 한다고 했다. 덕수 할머니를 시작으로 동네 사람들 너도 나도 피난 보따리를 싸들고 소에 안장을 얹어 무거운 것들을 싣고 팔봉산으로 향했다.

우리 식구는 아버지를 따라 나섰다. 나는 책보를 허리에 동여매고 동생 손을 잡고 뒤따라갔다. 여름이 시작되는 산천은 파란물감을 풀어놓은 듯 나무마다 녹음이 짙었고 태양은 머리 위로 쏟아져 내려 등줄기에 땀이 흘러내렸다.

피난민 대열은 하얗게 줄을 지어 이어졌다. 그때만 해도 시골 사람들은 무명 아니면 광목 삼베로 옷을 지어 입었는데 남자들은 고의적삼, 여자들은 적삼에 흰 치마였다. 지금 같았으면 울긋불긋 옷색깔이 요란했을 터이지만 옷도 짐을 싼 보따리도 하얗다 보니 녹색 들판에 흰 백마대열이 줄을 이은 형상이었다.

조금 전 탱크가 지나가던 신작로는 한적했다. 조심스럽게 살펴가며 그 길을 건넜고 꾸불꾸불 논두렁길로 접어들어 걷다보니 우거진 풀들이 뒤엉켜 다리가 휘청거렸다. 20리쯤 가다가 황새울이라는 동네에 이르렀다. 허름한 집 마당 한가운데 있는 대추나무 아래 버려진 디딜방아 돌 위에서 쉬어가기로 했다. 어른들이 여섯이고 아이들이 여덟 명이었다. 싸가지고 온 밥이나 먹고 쉬어가자고 한 것이 그냥 그 집에 눌러앉게 되었다. 저녁이 되어 국수 한 판재기를 삶아 사이

좋게 모두 나누어 먹었다. 전쟁통이라 그렇기도 했지만 그때는 나도 너도 나누어 먹는 일은 당연한 일이었고 그런 게 이웃 간 인정이었다. 우리 어머니는 돼지고기를 삶아 고추장 항아리에 넣어가지고 갔는데 그걸 동네사람들과 나누어 먹던 기억이 생생하다.

낮이면 아이들끼리 물가로 나가 미꾸라지, 새우, 송사리 같은 것들을 잡아 매운탕을 끓여 먹기도 했다. 어두운 밤이면 반딧불을 잡으러 풀밭을 뛰어 다녔다. 철모르는 아이들은 학교 가지 않는 걸 좋아하며 언제까지나 그런 날이 계속되기를 바랐다.

동네 아이들과 어울려 놀다 들어올 적마다 누군가 내 뒤를 졸졸 따라왔다. 뒤돌아보니 피난 가 있는 그 집 아들이었다. 가끔 고구마나 감자를 찌면 슬그머니 내 주머니에 넣어주곤 했다. 나는 그게 싫어 부러 피해 다녔다.

피난 일주일이 지나갈 무렵, 우리와 같이 지내던 아저씨가 동정을 실피고 돌아오더니 나라가 완진 해빙되었으니 집으로 돌아가자고 했다. 그 길로 우리도 마을 사람들과 함께 집으로 돌아오는 길이었는데 그애가 나를 쫓아오더니 뭔가 접은 종이 하나를 내게 주고는 뒤도 돌아보지 않고 뛰어갔다. 멀어져 가는 그 아이를 확인하고 종이를 펼쳐보았다. '나는 너를 처음 만날 때부터 네 얼굴이 떠올라 밤에도 잠이 안 왔다. 우리 중학교 가서 다시 만나자.'는 내용이었다.

해방이 되었다기에 돌아와 보니 인민군 통치였다. 이해할 수 없었던 것은 지주로 살던 사람은 죄인이 되고 그 밑에서 일하던 머슴은 빨간 완장을 찬 당원으로 득세를 하였다. 뒤바뀐 세상은 사람의 마음을 혼란스럽게 했다. 36년을 통치하던 일제가 망했듯이 인민군의 시대도 오래 가지 못했다.

마음의 행로

● 처음 교회에 나가다

어느 날인가 중학교에 입학한 사촌언니가 교회 가면 떡도 주고 빵도 준다며 같이 가자고 했다. 내가 살던 동네는 교회가 없었고 사촌언니가 말하는 교회는 꽤나 먼 거리였다. 그렇지만 우리는 떡과 빵을 얻어먹는 재미로 친구들과 어울려 교회에 자주 몰려다니곤 했다.

여름이 성큼 오고 해가 길어진 어느 날, 파스텔조의 노을빛을 받으며 교회 안으로 들어서려고 문을 여는 데 갑자기 누군가 통곡하듯 우는 소리가 들렸다.

"하느님 비를 내려 주십시오. 논바닥이 다 갈라져 농작물들이 죽어가고 있습니다."

통곡에 가까운 울음소리가 제 먹이를 빼앗긴 야수의 울음소리처럼 들렸다. 내가 배운 바로는 수증기가 하늘로 올라갈 때 더운 공기를 만나면 비가 되고 찬 공기를 만나면 눈이 되는 거라고 분명 과학 선생님이 말씀하지 않았던가. 과학의 원리와는 상관없이 떼쓰듯 하느님한테 비를 내려 달라는 말이 내 아는 상식으론 도저히 이해가 되지 않았다. 자연과학에 대한 원리를 전혀 모르는 아주머니들의 샤머니즘적 신심은 내 어린 마음에 상처를 주었다. 언젠가 우리 뒷집 무당할머니가 아들이 아프다고 굿을 하면서 예리한 작두에 올라가 춤을 추는 것을 보고 얼마나 무섭고 놀랐던지 엄마에게 당장 이사 가자며 조르기까지 했다.

그 당시 나의 짧은 식견으로는 종교를 갖고 싶지 않았다. 이런 저런 일들을 직접 눈으로 확인하고 나니 종교에 대한 회의도 생기고 머릿속이 혼란스러웠다. 그래서 친구들이 아무리 가자고 해도 나는 교회 근처에도 가지 않았다. 어린 마음이 입은 작은 상처랄까, 신앙에 대해 좋은 의미로 인정되지 않았다.

● **친구 따라 불교에 입문하다**

고등학교 1학년을 마치고 2학년에 올라갈 봄방학 때였다. 초등학교 동창인 문자가 찾아와서 가까운 절 용화사에 가보자고 했다. 절은 산 속에만 있는 줄 알았는데 용화사는 청주 시내에서 좀 떨어진 북쪽의 그렇게 높지는 않은 산골짜기에 위치하고 있었다.

우리 조치원 쪽하고는 정반대였다. 나는 그때 절을 처음 가보았다. 상상도 못한 웅장함에 놀라 나도 모르게 살짝 주눅이 들었다. 마침 사월 초파일이 다가오는 시기여서 그런지 절 가까이부터 화려한 연꽃 등이 줄줄이 매달려 있었다. 익숙한 풍경은 아니었지만 그리 낯설지는 않았다. 경내 분위기가 고요하고 정갈스러운 게 신령스런 종교적 냄새가 났다.

산속의 고요함을 깨는 건 처마 끝에 매달린 풍령소리뿐이었다. 일주문을 지나 절 안으로 들어섰다. 대웅전을 통해 저만치 모자 쓴 남학생 한 무리가 앉아 있었다. 그들과 함께 강의실로 옮겨 법문을 들었다. 신도회장님이라는 분이 칠판에 한문을 빽빽이 써가며 반야심경(般若心經)을 강의하였다.

고요, 평화 부드러움의 감촉이 내 몸을 맴돌았다. 황홀하고 감미로운 수면 속으로 서서히 침몰되는 느낌이랄까, 한문을 풀어가는 강의였음에도 가슴 울리는 뭔가가 느껴져 그날로 학생회원으로 등록을 하였다.

그때 가장 인상 깊게 공부했던 몇 가지 법문이 아직도 내 귀에 남아 있는 걸 보면 진심으로 불교교리에 심취해 있었던 것 같다.

반야바라밀다(般若波羅蜜多)

'반야'는 지혜란 뜻을 담고 있다 하였다. '바라'는 청정하다는 뜻이요, '밀다'는 모든 법이란 뜻으로 전체적으로는 이 세상 모든 어리석음으로부터 벗어난 '완전한 지혜'라는 뜻이다.

색즉시공 공즉시색(色卽是空 空卽是色)

색은 물질 또는 몸을 나타내는 것으로 반야심경에 나오는 말이다. 물질적인 세계와 평등무차별한 공(空)의 세계가 다르지 않음을 뜻함으로 원문은 '색불이공공불이색(色不異空空不異色) 색즉시공공즉시색(色卽是空空卽是色)'이다. 이는 "색과 공이 다르지 않고 공과 색이 다르지 않으며, 색이 곧 공이요 공이 곧 색이다."라고 했다. 범어(梵

語)의 원문을 보면 "이 세상에 있어 물질적 현상에는 실체가 없는 것이며, 실체가 없기 때문에 바로 물질적 현상이 있게 되는 것으로 우리 몸에는 눈 귀 코 혀 몸 마음의 감각기관이 있다. 이와 같이 각기 느끼는 감각에 따라 모양, 소리, 냄새, 맛, 감각의 뜻이니 공(空)은 즉 없는 것과 같다는 뜻이다. 색은 물질이요. 공은 없음이다. 그러므로 물질도 없으며 영원한 것도 없다. 즉 有도 아니요 無도 아닌 空에 집착하여 사는 것은 어리석은 삶이란 뜻이다.

인과응보(因果應報)

원인이 있어 결과가 생긴다. 불법에서는 이승에서 내가 지은 업에 따라 다음 세상에서 나의 삶이 결정된다는 것이다. 원인이 없는 결과란 있을 수 없다는 뜻이다. 따라서 이승에 살면서 선업을 많이 쌓아 내세의 삶을 기약할 수 있고 불보살의 세계에 도달할 수 있다는 거였다.

절에 가서 법문을 들을 때마다 그 말씀이 나의 마음을 일으켜주는 튼튼한 반석처럼 느껴졌다. 지금껏 깨닫지 못한 나의 어리석음과 무지를 벗어나 진정한 나의 참모습을 찾을 수 있다는 믿음을 갖게 되었다. 법문을 공부하고 나면 많은 지혜를 얻은 것도 같고 마음이 평화로운 게 맑은 공기가 가슴 가득 차오르는 듯했다.

한창 감수성이 예민했던 고교 시절이어서 그랬는지 그때는 정말 한 말씀 한 말씀이 내 가슴을 두드렸다. 인생을 사는 동안 나는 늘 무엇인가를 선택하지 않으면 안 되는 순간들을 맞이하곤 했다. 그것은 남들도 아는 표면에 드러난 일도 있었고 나의 내면 깊숙이 갇혀 있는 갈등도 있었다. 표면의 갈등이야 어떤 대상과의 관계에서 비롯

되었지만 나의 내면 속의 갈등은 내 자신 안에 내재되어 있는, 즉 두 개의 선과 악, 도덕과 부도덕의 상반된 감정으로 야기되었다.

굳이 말하자면 인과응보의 가르침은 내 생활의 정신적 멘토가 되었다고 할 수 있겠다. 보이지 않은 신의 존재를 믿기보다는 내 자신 깨달음의 종교라는 게 마음에 와 닿았다.

일요일이면 시험 때 말고는 거의 법문을 들으러 친구 문자와 절을 찾았다.

날씨처럼 사람의 마음에도 변덕이 이는 것일까, 몸이 멀어지기 시작하자 마음도 멀어졌다. 동반자였던 문자와의 만남이 어려워지면서 절에 다니는 것도 뜸해졌다.

푸른 날의 꿈

● 충북대학교 약대생이 되다

충북대학은 농과대학에서 약학과가 신설되면서 종합대학으로 승격되었다. 여학생들에게는 입학을 장려하기 위한 것인지 등록금이 반액이었다. 그런데 나는 아버지의 '여자가 무슨 대학을 가느냐는 만류에도 불구하고 시험을 본 터라 합격되었지만 집에도 알리지 못하고 가슴만 태웠다.

고민 끝에 김형수 담임선생님을 찾아가 합격을 먼저 알렸다. 담임선생님은 우리 가정 형편과 아버지의 성품을 잘 아셨기에 그 자리에서 뭔가 열심히 쓰시더니 내게 주시며 당시 충북대 학장이셨던 연규행 선생님께 갖다 드리라고 하셨다. 학장님은 편지를 다 읽으시고 빙그레 웃으시더니 "등록금은 가을 추수하고 내도되니 입학하라."고 하셨다.

그렇게 어렵사리 입학을 할 수 있었다. 여고 교복에 흰 카라만 떼고 입학식에 참여하였다.

공부를 해야 하는 의무에 시달리거나 지루함으로 마음이 답답할 때는 읽고 싶은 책을 읽는 것으로 마음을 달랬다. 세계의 고전 등 책을 읽으면서 자연히 글 쓰는 일에 마음의 불이 당겨졌다. 그 당시 학교 신문에 글을 기고한 적도 있었다.

〈농촌은 우리를 부른다〉라는 제목의 내 글이 학교 신문에도 실렸다. 내용은 1960년대 우리나라 농촌의 경제적 피폐함과 무지함에 대한 계몽운동을 우리같이 젊고 배운 여성들이 참여하여 농촌을 살리자는 취지를 바탕으로 제법 선각자다운 이론의 글을 쓴 것 같다. 2학년 겨울방학을 이용해 같은 과 화자와 농업 경제학과 3학년 오빠, 그리고 나 셋이서 옥천 감나무골 동네로 계몽운동을 열흘간 다녀온 경험을 투고한 것이다.

내성적인 데다 매사 적극적이지도 못했지만 농촌계몽 운동은 절박했고 간절했다. 신문을 보고 혹시나 나와 뜻을 같이하자는 친구가 있을까 싶은 기대가 앞서 '편지요' 하는 집배원의 소리만 들려도 누워 있다가 벌떡 일어나곤 했다.

그때 내 글을 읽고 감동을 받았다는 학우들로부터 여러 통의 편지를 받았다. 그 중에서 지금도 기억에 남는 편지는 우리의 앞길을 밝혀줄 약사증이 있기 때문에 둘이 손만 잡으면 계몽운동뿐 아니라 정치가든 사업가든 뭐든 할 수 있다는 내용이었다. 4·19직후였기에 시대의 혼란함을 개탄하는 글도 써 보내준 학우도 있었고 감나무골에서 한양대 기계공학과 다닌다는 사람은 우리가 있을 때는 얼씬도 않더니 편지를 보내 언제 또 계몽운동을 오느냐며 만나자는 이도 있었다. 내 보기에는 염불에는 관심 없고 잿밥에만 관심을 기울이는 것 같았다.

그 후 박정희 정권이 들어서면서 새마을운동을 펼쳐 농촌문화의 꽃을 피우는 계기로 발전하였다. 농업시대에서 산업시대로 접어들면서 수작업이 기계화되기 시작했고 지금은 지방마다 지자체 행정으로 저마다의 특수성을 개발하여 고장의 발전을 꾀하고 있으니 그 옛날 농촌계몽의 열기로 들끓던 내 가슴에 한줄기 자부심의 빛이 되어 추억의 앨범으로 남아있다.

인생은 내가 생각하고 꿈꾸던 길하고는 상관없이 언제나 다른 길을 걷는 듯하다. 엄벙덤벙 속절없이 대학 4년을 새떼처럼 날려 보낸 생각을 하면 지금도 가슴이 뻥 뚫린 듯 뭔가 허전하고 아쉽다.

● 제주도 수학여행

1961년도 10월, 드디어 기다리던 그날이 다가왔다. 떠난다는 건 기대와 설렘을 동반한다. 소풍도 그렇고 수학여행도 그렇다. 떠나기 며칠 전부터 행여나 비라도 올세라 조바심을 잠재우지 못했었다. 마음은 가슴 설레는 즐거운 나들이에 온 정신이 기울어져 있다.

태양과 들과 산과 나무와 꽃과 풀들이 다 함께 결실을 재촉하고 있는 계절, 세상이 모두 우리의 여행을 축하해 주는 듯 하늘을 날 것 같은 기분이었다.

상쾌한 가을바람을 맞으며 어둠을 헤치고 낯선 부둣가로 나갔다. 바람을 타고 비릿한 바다 냄새가 확 끼쳐왔다. 찰싹이는 파도소리마저 정겨웠다. 조금 가까이 다가가보니 빛나는 파도는 감청색 어둠에 씻겨 더욱 눈부시게 솟아오르다 밀려가곤 했다.

부둣가는 꿈으로 생각했던 상상을 초월했다. 집채만한 배들과 작은 배들이 흔들대며 흥겨운 듯 물위에서 춤을 추고 있었다. 우리는 기다리던 페리호에 올랐다. 출발신호와 함께 배는 물위에서 미끄러지듯 바다로 향했다.

배가 워낙 커서인지 몰라도 걱정했던 흔들림이 크지 않았음에도 어떤 친구는 토악질을 하면서 배 멀미에 시달리며 진저리를 치기도 했고, 몇몇 친구들은 삼삼오오 짝을 지어 갑판 위로 올라가 캄캄한 밤바다를 바라보며 감상에 젖기도 했다.

얼마쯤 갔을까. 갑자기 배가 멈추었다. 금방이라도 무서움을 할퀴어 버릴 것 공포가 젖은 안개처럼 온몸을 휘감았다. 잠수복을 입은 50대 아저씨가 걱정할 일이 아니라며 맥주병 하나를 들고 침통한 표정으로 배 밑으로 내려갔다. 칠흑 같은 어둠을 뚫고 바다 속으로 들어가야 했던 그분의 심사가 오죽했을까. 헤밍웨이의 대표작 《노인과 바다》가 연상되었다. 비록 대어를 잡으러 내려간 것은 아니었으나 살기 위해 좌초되는 실수를 극복하려는 용기의 메시지가 한눈에 보였다. 가을이라고는 하지만 바닷물은 거칠고 차가웠을 터였다. 그럼에도 주저 없이 바닷물 속으로 들어가는 것을 보니 문득 가정을 책임지고 있는 가장의 무게가 무겁게 느껴졌다.

한참 만에 아저씨가 배 위로 올라왔다. 고기를 잡기 위해 쳐놓은 그물에 걸려 정지된 것이라고 했다. 장애물을 거두자 배는 아무 일도 없었다는 듯 빠른 속력을 내며 거칠고 빠르게 물결을 헤치며 앞을 향해 달려갔다.

어느덧 어둔 밤이 꼬리를 감추기 시작하자 동쪽에서는 붉은 해가 아침을 맞이할 준비를 서두르고 있었다.

아침 공기가 상쾌했다. 배안에서의 긴장과 압박감을 벗어난 탓인지 얼굴마다 모두 밝게 빛났다. 우리는 줄을 서 배에서 내렸다. 수학여행을 온 건 우리과 여자 4명, 남자 36명이었다. 수학여행의 열기에 도취된 것인지 윗옷을 벗어 휘휘 흔들어가며 날아갈 듯 흥에 겨운 휘파람소리를 허공에 대고 불어제쳤다.

아침을 먹고 우리는 본격적인 제주관광길에 나섰다. 흥분의 광기를 발산하며 즐거워하는 모습들이라니, 하기야 공부에서 벗어난 해방감이었으니 그 기쁨이 오죽했으랴.

삼도의 고장 제주도에서 처음 간 곳이 아마도 지금의 관광명소라고 일컫는 성읍민속마을이었던 것 같다. 제주의 전통적 풍습을 고스란히 간직한 곳이었다.

소피가 마려워 화장실에 갔다. 변소 아래쪽에서 돼지가 꿀꿀대며 어슬렁어슬렁 거리고 있는 걸 보고 어찌나 놀랐던지, 볼 일도 보지 못하고 도망치듯 나왔다. 말로는 들었지만 실제 그런 상상을 한 번도 해본 직도 없었기에 더 놀랄 수밖에.

점심을 먹으려니 도저히 밥이 넘어가지가 않았다. 돼지고기를 벌겋게 고추장에 묻혀 나왔는데, 문득 아까 변소 안에서 보던 돼지 생각이 났다. 비위가 상해 도저히 먹을 수가 없었다. 나같이 비위가 약한 친구들이 몇이 있었다. 우리는 식당 문을 열고 나와 디딜방아 돌 위에 앉아 가을 햇볕을 쬐고 있었다.

그때 갑판 위에서 보았던 대학생 2명을 만났다. 그들은 고향은 제주도이지만 서울에서 대학을 다닌다고 했다. 사각모에 짙은 곤색의 학사복을 입고 우리 앞에서 자랑하듯 건들대며 알맹이 없는 얘기만 나누다가 헤어졌다.

이 동네 사람들은 양가 부모가 어려서부터 미리 짝을 정하고 성장한 후에 결혼을 시킨다고 한다. 전기세 수도세도 국가에서 내주고 또 스스로 약품을 개발하고 식량도 마련한다니 발전은 되지 않았지만 평화로운 마을이었다. 아마도 그때부터 자치도가 되기 위한 기지개를 켰던 것이 아니었을까 싶다.

제주도가 우리나라 땅이라는 게 얼마나 다행한 일이고 행운인가. 제주도만의 특별한 문화가 있고 기후도 육지와 달라는 아열대지방에서 나는 귤과 바나나 등이 생산되고 있다. 세계 어느 곳에 내놓아도 뒤지지 않을 풍광까지 갖추었으니 무한 관광자원이 제주도가 될 것이라는 생각을 했다.

가을이라고는 하지만 뙤약볕이 머리 위로 따갑게 쏟아져 내렸다. 간간이 풍겨오는 해풍 냄새를 맡으며 우리는 제주도의 관광지를 섭렵하고 다녔다. 천기의 질서가 주는 빛깔을 보면서 다시는 오지 못할 수학여행을 즐기며 철없는 꿈에 부풀어 기념으로 남겨둘 사진을 찍느라 분주히 웃었다. 특히 용머리를 닮은 바위 '용두암'에서 바다를 배경으로 단짝 친구들과 기념촬영을 했다.

꿈같이 다녀온 대학시절 제주도 수학여행은 내 추억 속에서 미화되고 신비화된 제주도의 비경(秘境)이 지금도 내 가슴에 남아있다.

우리 부부의 결혼식

큰딸 성희

큰아들 성욱

작은딸 지희의 세 자녀

막내 성열

시부모님과 시동생, 시누이들과 자녀들

큰딸 성희 돌기념

신혼 초 저자

시어머니와 큰딸 졸업식

建碑場所：江內面 蓮亭里於口
建碑日字：西紀 1980年 庚申 3月30日

제 2 부

1인 다역,
아내와 어머니,
약사가 되어

저자부부와 자녀들, 손자, 손녀

둘째딸 지희 결혼식

큰딸 성희와 사위 손용배, 손주 희정, 주현

둘째딸 지희와 사위 전중석, 외손주 예원, 태준, 태훈,

저자부부와 큰아들 손녀 윤희 돌기념

큰아들 부부와 손주, 넷째시누이 숙명여중 교장실에서

내 인생의 아름다운 날

● 크리스마스이브에 운명처럼 나타난 그이

만남은 인연이다. 전생과 금생으로 이어진다는 불교적 표현이 맞을지도 모른다는 생각이 든다. 처음 본 그 남자, 분명 낯선 사람인데도 밝은 불빛을 찾아낸 반가움으로 다가왔다. 미지의 세계를 탐험하는 즐거움은 스물네 살 내 가슴을 한없이 설레게 했다. 인생의 반짝이는 행복이 있다면 그건 아마도 사랑하는 사람을 만나는 즐거움이지 싶다.

대학 졸업이 얼마 남지 않은 크리스마스이브, 바람이 불고 흰 눈이 간간히 흩날리던 오후, 수업이 끝나기가 무섭게 습관처럼 친구 해자, 인자, 화자를 찾았다. 하시만 그들은 약속이나 한 듯 모두가 어디론가 사라지고 없었다. 나 혼자 버려진 쓸쓸한 교정엔 황량한 바람만 불었다. 내 마음을 녹여줄 누군가를 찾아보았지만 아무도 없었다.

인연이 되려고 그랬을까, 그때 맞은편 복도에서 걸어오시던 유기제학 김재완 교수님과 마주쳤다.

"교수님 안녕하세요."

무미건조한 인사치레를 끝내고 돌아서는데 갑자기 반가운 제자라도 만난 듯 눈을 반짝이며 나를 불러 세웠다.

"정양 잠깐만! 결핵으로 고생하는 친구가 있어서 약을 조제해 주려고 하는데 나좀 도와주지 않겠어?"

청주 본정통빼가리 빵집에서 숙자, 아자, 영상이 정희랑 만나 청주 지방법원 판검사 서기들과 6시에 중국집에서 미팅하기로 약속한 시간까지는 아직 5시간이 남았으니 시간은 충분할 것 같았다.

"정양, 미안해. 오늘 같은 날 일을 시켜서, 내가 그 대신 약사고시만 끝나면 멋진 남자 하나 소개시켜 줄게!"

미안해서 하시는 말씀인 줄 알면서도 멋진 남자란 말에 조금은 귀가 솔깃했다. 교수님 말씀대로 졸업을 앞둔 약대생들한테는 1월에 치러야 하는 약사고시가 큰 부담이었다. 그 시절엔 매년 학사고시까지 있어 딴 데 눈길을 돌릴 틈이 없었다. 졸업생들에게는 꼭 치러야 할 관문으로 대학 입시만큼이나 신경이 쓰이는 일이었다.

교수님의 청을 거절할 수 없었다. 제약실 문을 열자 병원에 들어선 듯 약냄새가 코끝을 자극했다. 약사는 항상 청결해야 한다는 가르침대로 약포지와 약저울이 처방전 실습대 위에 잘 정돈되어 있었다. 수십 포를 교수님 혼자 조제 하려니 시간이 촉박했던 게 분명했다. 서둘러 끝내자던 일을 내게 모두 떠밀어 놓고 교수님은 학장님을 만나야 한다며 나가 버렸다. 결국 그 일은 모두 내 몫이 되었다.

조제약 중에 극약이 있었는데 아주 소량을 수평저울로 측정하여야 하는 어려움은 신경을 곤두서게 했다. 침묵하던 말초신경까지 세워놓고 진짜 약사가 된 듯 정성스레 한 포 한 포를 채웠다.

얼마의 시간이 흘렀을까, 용량이 얼마만큼 채워질 즈음 약간의 지루함이 몰려왔다. 고개를 들어 좌우로 목운동을 하고 나니 뭉쳐있던 긴장이 한 순간 풀어졌다. 손을 씻고 두 손으로 허리를 받쳤다. 그때 문득 창밖의 텅 빈 교정으로 시선이 갔다. 홀로 보는 쓸쓸함이 아름다웠다. 그것은 견고한 현실의 관념을 허무는 감성의 짧은 시간이었다.

　잎새를 다 떨군 나뭇가지가 차가운 바람에 외롭게 떨고 있었다. 내 마음에도 외로운 냉기가 흘렀다. 그 사이사이로 소나무 잣나무의 푸른 잎 위로 지난밤 내린 눈이 하얀 솜처럼 쌓여 대조를 이루고 있었다. 맑은 햇살이 하얀 눈 위로 쏟아져 내려 눈이 부셨다. 어쩌자고 저리도 아름다운 것인지, 한겨울 오후의 풍경은 절대 잊혀지지 않을 추억과 함께 내게로 성큼 다가섰다. 거짓말처럼 그 기억은 오랫동안 나를 배부르고 화려하게 해 주었다.

　그토록 아름다운 풍경을 홀로 본다는 게 왠지 아깝게 느껴졌다. 이럴 때 사랑하는 누군가 곁에 있다면 얼마나 좋을까. 상대가 누구인지도 모르면서 나는 내 앞에 펼쳐진 풍경 위로 멋진 왕자를 동경하며 꿈의 무늬를 그리고 있었다. 문득 어떤 예감이 스쳐지나 갔다.

　그때 누군가 휘도는 바람을 휙휙 휘저으며 성큼성큼 나에게 가까이 다가오고 있있다. 안개 속을 헤치며 바람을 빌어내며 걷는 모습이라니, 무척이나 듬직하고 당당해 보였다. 실루엣이 걷히자 남자의 모습이 확연히 드러났다.

　지남철에 이끌린 내 시선은 이미 땅을 내려다보고 있었고 창 가까이에 한 남자가 우뚝 서서 나를 바라보고 있었다. 꿈과 현실의 착각 이런가, 눈을 크게 뜨고 아래를 내려다보는 순간 그 남자와 눈이 마주쳤다. 도둑질하다 들킨 사람처럼 내 가슴은 걷잡을 수 없이 마구 뛰었다. 사위(四圍)는 한 순간 죽은 듯이 조용했고 고압에 감전된 것 같은 흐름이 내 몸을 휘감으며 저릿저릿 맴돌았다.

제약실은 건물 2층 끝자락에 있었다. 부끄러움을 팽개치고 나는 얼른 제약실을 나오려 문을 열었다. 마치 영화의 한 장면처럼 방금 전 창문 너머 보았던 그 남자가 내 앞으로 성큼성큼 다가오고 있었다. 여인 스칼렛을 향한 레트 버틀러 선장처럼.

블루진 재킷과 바지를 입고 나온 그는 가을 하늘만큼이나 청아해 보였다. 키 크고 준수한 그의 외모와는 대조적인 또 한 남자가 그의 옆에 서 있었다. 땅딸이 이기동 같은 몸체에 얼굴은 가수 최희준을 닮은 남학생이었다. 우리는 누가 먼저랄 것도 없이 반가운 지인을 만난 듯 서로 인사를 나누었다. 그 남자의 몸짓과 표정에 따라 내 눈은 바쁘게 움직였고 숨을 쉴 때마다 맑은 바람이 내 목구멍을 타고 몸으로 흘러 들어왔다.

이 남자가 누구던가. 전생의 사람, 아니 어느 별에서 나를 만나러 온 것인가 싶었다. 지나가는 바람을 세울 수 없고 흐르는 물을 멈추게 할 수 없듯 내 생각의 필름은 상상 그 이상의 세계로 끝없이 이어졌다. '로터스꽃'을 따먹고 항해도 잊고 고향에 돌아갈 것도 잊어버린 오디세이의 병사들처럼 우리는 그렇게 시간을 세워놓고 멈추어 있었다.

어느 순간, 땅딸이 이기동은 사라지고 우리는 다정한 연인처럼 벌거벗은 플라타너스가 사열하듯 서 있는 교정의 샛길을 걷고 있었다.

"학교가 너무 아름답습니다. 이렇게 공기 좋은 곳에서 4년간 공부를 하였다니 부럽습니다. 졸업하려면 아쉽겠어요?"

"아쉽기도 하지만 학교에서 해방될 것을 생각하면 시원하기도 합니다."

"아참, 졸업식은 언제지요?"

그의 거침없는 질문이 나를 향해 날아드는데도 굳어버린 내 입은 속수무책이었다. 지금껏 하던 말과 언어들이 나를 무력하게 했다. 두어 번 그가 채근하듯 물었을 때 그제야 나는 사춘기에 접어든 소녀처럼 아주 작은 목소리로 모른다는 의사표시를 했다. 그런 나를 보며 그는 좋아 죽겠다는 듯 하하하 호탕하게 웃었다. 나를 주시하고 있는 그의 눈길을 피해 나는 두 손으로 입을 가리고 수줍게 따라 웃었다. 함께 왔던 친구는 사촌동생인데 농과 2학년이라고 했다. 최희준을 닮은 만큼 노래도 잘한다고 했다. 말을 길게 나누면 나눌수록 나타나는 그의 진가는 근래에 보기 드문 맑은 영혼의 소유자임을 느끼게 했다.

정문에 이르자 조치원으로 가는 버스가 몇 대 지나갔다. 그는 연신 손목시계를 들여다보며 조치원으로 갈 시간이 다 되어간다며 못내 아쉬워하는 눈치였다. 이별의 아쉬움은 빠르게 흘러갔다. 짧은 시간이었지만 그의 따뜻한 친절은 나에게 즐거움을 주었고 다시 또 만날 수 있다는 어떤 기대를 갖게 했다. 생전 처음 성숙의 첫발을 내딛는 느낌이랄까, 나는 숙녀로서의 조신한 모습을 보이려 애썼다. 그를 태우고 갈 조치원행 버스가 우리 앞에 멈춰서 있었다. 그 남자의 눈은 내게 박혀 있는 듯 했지만 몸은 이미 버스에 오르고 있었다.

버스가 출발하자 그가 차안에서 나를 바라보며 익숙하게 손을 흔들었다. 사랑이거나 정이거나 연민이라는 것으로 표현할 수 없는 어떤 먼 인생여정을 함께 걸어 온 사람처럼 그의 인상은 좋은 느낌으로 내 머리에 깊게 각인되었다.

우연인 듯 필연인 듯 그를 만난 이후부터, 내 눈에 보이는 세상 모든 것들이 새롭고 싱그럽게 느껴지기 시작했다.

● 인연의 길 위에서

그를 떠나보낸 아쉬운 적막감을 뒤로하고 나는 집을 향해 걸었다. 잔뜩 감상적이 된 나는 어느 별에서 왔는지도 모를 그 남자 생각으로 머릿속이 갑자기 뒤죽박죽 모든 게 혼란스러웠다.

감미로운 꿈처럼 내 앞에 나타난 그는 도대체 누구일까, 화려한 환상을 좇아가느라 현실과는 너무나 동떨어진 생각에 친구들과의 선약까지 까맣게 잊었다.

내 몸 어딘가에 남아있던 기운마저 다 빠져나간 느낌이었다. 맥 풀린 몸으로 터벅터벅 집을 향해 걸었다. 하기야 영화를 보거나 책을 볼 때도 그랬었다. 터무니없게도 나는 멋진 남자주인공의 모습에서 내 남자를 연상하곤 했다. 세상에 태어나 한번쯤은 기막힌 사랑의 주인공이 되고 싶었다. 베아트리체 단테의 ≪신곡≫를 동경하며 한 남자에게 구원의 여인이 되기를 갈망했다.

그런데 아주 짧은 순간 내 머리를 스쳐 지나가는 게 있었다. 언젠 가 엄마가 내게 맞선 한 번 보겠느냐며 '아버지 친구분 중, 집안에 동생뻘 되는 사람의 아들이 있는데 한양 조씨로 고려대 수학과를 졸업하고 대학원을 다니는지 취직을 했는지는 잘 모르겠다는 것과 그의 어머니가 직접 연정에 와서 농사를 지어간다.'는 말을 우연히 귀 너머 들었던 기억이 났다. 그가 혹 그 남자일지 모른다는 생각이 번개처럼 스치고 지나갔다. 그를 처음 봤을 때처럼 가슴이 콩닥콩닥 뛰었다.

그를 어쩌면 다시 만날 수 있다는 기대감으로 번잡스럽던 내 마음이 금방 평온해졌다. 발걸음도 가볍게 거의 집 앞까지 다다랐을 즈음 불현듯 친구들과의 약속이 생각났다.

'아참 그랬지, 청주 본정 통삐가리 빵집!' 시계를 들여다보니 뛰어가면 만날 수 있을 것 같았다. 다시 만날 수 있다는 기대 따위는 훌쩍 벗어던지고 나는 오던 걸음을 되돌려 버스 정류장을 향해 냅다 뛰었다. 시계는 6시를 향해 달려갔고 내 마음은 그 시간을 쫓고 있었다.

숨을 헐떡이며 빵집 문을 열고 보니 다행히 친구들은 그때까지 참새 떼처럼 모여앉아 수다를 떨고 있었다. 얼마쯤 시간이 흘렀을까, 남자들과의 약속시간이 다 되었다며 한 친구가 일어나자 모두 따라 일어섰다. 먼저 일어난 친구가 빵집 유리문을 거울삼아 옷매무새를 고치자 갑자기 여성적 취향이 타오르는지 너도 나도 옷매무새 고치랴, 머리 손질하랴, 화장 고치랴, 저마다 단정한 분위기를 연출하느라 북새통을 이루었다. 거울 아닌 창문을 통해 각기 감정의 배후에 있는 두 겹의 욕망을 들여다보고 있었다. 연애는 성년으로 변신시키는 힘과 묘한 감정의 변화를 일으키게 했다.

막상 약속한 청요리 집에 도착하자 우리는 서로 들어가라며 밀치고 당겼다. 이미 남자들은 겉저고리를 벗고 와이셔츠에 넥타이차림으로 단정히 앉아있었다. 우리가 들어서자 남자들은 일제히 일어났고 우리는 그들의 특별한 공주가 되었다.

식사를 하면서 짝끼리 통성명을 나누었다. 의외로 분위기는 화기

애애 즐거움이 넘쳐 났다. 타고난 성정도 능히 변경할 수 있을 정도로 엄청난 동력을 가진 감정의 교감을 나누며 모두가 로맨틱한 기분에 젖어들었다. 넓지 않은 공간에서 각자의 상대와 눈을 맞추며 꿈꾸는 누군가는 소망을 이룰 수 있을 거라는 예언도 기대하며 각자의 젖은 마음을 말리고 있었다.

친구들과는 달리 나는 오늘 낮에 만났던 그 남자 생각으로 가득 차 있었다. 내 앞에 앉아 무엇인가 열심히 자신을 보여주고 있는 남자의 표정이 마치 외국어로 말을 하는 먼 타인처럼 느껴졌다.

● 운명처럼 다가온 인연의 수레바퀴

어느 별에서 온 남자인 듯, 바람처럼 나타난 그를 만나고 우리의 운명은 정해졌는지 모른다. 이미 친정어머니를 통해 혼담이 오간 줄을 나는 꿈에도 몰랐고 나는 처음 본 순간 그에게 사로잡혔다.

1962년 그해 크리스마스이브, 내게 운명처럼 나타난 그와 결혼하게 되어 우리는 부부가 되었고, 그윽한 전깃불 아래 형형색색의 중국 음식점에서의 남녀 미팅에서도 또 한 쌍의 부부가 탄생하였다. 친구 김예태가 그 날 만난 남자와 결혼을 하여 지금까지 잘 살고 있다.

지금도 가끔 예태와 나는 친구들의 안주거리로 등장하곤 한다. 예태와 나는 그날의 추억을 절대 잊지 말고 오래오래 잘 살아 친구들에게 모범을 보여주자고 웃으며 약속했었다.

운명이란 말, 팔자란 말을 나는 믿지 않는다. 그러나 누군가를 만나는 데 있어 장소와 시간을 마음대로 정할 수는 없지만 만나야할 사람은 어떤 우연이라도 만나게 된다는 사실이다. 어떤 상황, 어쩌지 못하는 찰나에 운명과 팔자소관을 용기 있게 거역할 수 있는 자 누구던가. 신이 목숨을 주관해 주는 거라면 운명은 스스로 만들어가는 것이 아닐까.

친구들과 함께 했던 그해 겨울의 싱싱한 기억들, 지금 생각하면 크게 웃을 일도 아닌 걸 가지고도 우리는 배를 잡고 웃었다. 벌써 50년하고도 두 해, 지금 그들은 모두 어디서 무엇을 하고 살고 있는지, 아니 모두가 건강하게 잘 지내고 있는지 궁금하기 이를 데 없다.

먼 과거는 아름다운 추억으로 내 가슴에 남아있다. 세월의 마술은 못 견딜 아쉬움과 그리움으로 둔화시키며 아늑한 추억의 베일로 가려주고 있다. 기대가 크면 실망도 크다 했던가. 그와 나의 삶이 행복의 강물로 넘쳐날지 회오리바람으로 얼룩질지는 그 누구도 모르는 일이었지만 우리의 인연은 그렇게 성큼 다가와 백년해로의 길을 열어 주었다.

사랑하고 결혼하고 애 낳고 살림하고 저축하며 사는 게 현모양처의 삶일 줄만 알았다. 그래서 죽자고 사랑했고 간절하여 결혼했다. 하늘이 노랗고 땅이 갈라지는 고통을 겪으며 아이 낳고, 몸을 혹사해 가며, 쓰고 싶은 것도 참아가며, 저축하고 알뜰살뜰 매일의 삶과 씨름하며, 살아온 나의 여름 같은 젊음은 그렇게 속절없이 흘러갔다.

대학 교정에서 그를 처음 만났을 때 가슴이 뛰고 마냥 설렜다. 지금 생각하면 내게도 그런 시절이 있었던가 싶을 만큼 아득한 옛날이 되었다. 그럼에도 우리는 여전히 부부로 희로애락을 함께 나누며 살고 있으니 우리는 천생배필임에는 틀림없다.

한양 조씨 가문

● 유학생 원조이신 시아버님

시할아버지는 고향에서 일찍이 높은 수준의 한학을 공부하시고 중추원의관(中樞院議官) 벼슬을 하신 분이다. 아들 뿐 아니라 사위들에게까지 한학을 전수하셨으며 학자로서의 고고한 품성과 인격을 갖춘 분이었다. 당대 신학문이 들어오긴 하였으나 오로지 한학만이 선비의 지조를 지키는 일이라 생각했다.

그런 부친의 자식이어서 시아버님 역시 양반 가문의 후예를 자랑스럽게 여기며 상투를 틀만큼 완고한 분이셨다. 시아버님 나이 15세, 이웃의 중매로 오송 밀양 박씨 집안으로 장가를 들었다.

결혼한 후, 우연히 사촌 처남이 연희전문학교 영문과를 다니는 걸 보고 내심 큰 충격을 받았다. 처가인 오송 뜰은 바다같이 넓어 보였고, 자신이 살고 있는 연정 산골은 소박하다 못해 초라한 무지렁이 촌처럼 느껴졌다. 처남에 대한 열등의식이랄까. 학문에 대한 질투심은 곧바로 신문학에 대한 동경을 하게 되었으며, 그 열정은 곧바로 향학열로 불타올랐다.

바지저고리와 상투는 양복과 신식 머리를 한 이들과 조화를 이루는데 걸림돌이 되었다. 하여 과감하게 모습을 바꾸기로 하고 제일 먼저 상투부터 자르고 한복 대신 양복을 입었다. 변화된 자신조차도 낯설었다. 그런 모습을 차마 부모님께 보일 수 없어 시아버님은 그 길로 도망해 만주로 갔다.

만주에서 봉천중학을 들어갔다. 조씨 가문에 유학생 원조가 된 셈이다. 그 당시 시아버님과 함께 공부한 친구들 중 이름만 대면 알만한 사회의 저명인사들이 많다. 특히 음악가 오현명 씨와는 동기 동창생으로 한 교실에서 공부를 했다고 하니, 뉘라서 알까 미래의 희망은 맑게 닦은 영혼에서 비롯된다는 것을.

그 후 몇 십 년이 지나 내 아들 둘이 유학을 갔다. 핏줄은 억지로 맞추려고 하는 것이 아니라 그냥 생긴 대로 이어가는 편안한 동행자와도 같은 것이다. 우리 아들 둘이 미국으로 유학을 떠난 것도 어쩌면 시아버님의 혈통을 이어 받은 것인지도 모른다. 특히 우리 아들 둘다 시아버님을 많이 닮은 것 같다.

시아버님의 유학은 100년 전 일이다. 그 시절 한국을 비롯해 아시아의 경제는 전쟁으로 인해 피폐된 상태였다. 너나없이 배고프던 시절이었으니 굶주림은 물론이고 타향살이 설움도 만만치 않았을 것이다. 늦은 밤 공부를 하다 배가 고프면 부엌에 가서 찬물로 배를 채웠다고 하니 배고픈 설움을 겪어보지 않은 우리가 그 시절 시아버님의 곤궁함을 어찌 알 수 있으랴.

몸부림과 회한을 극복하고 공부를 다 마친 시아버님은 흥농합작주식회사에 입사하였다. 돈을 벌기 시작하면서 남동생 둘(넷째와 다섯째)을 불러 함께 공부시켰다. 아우들이 상급학교에 진학할 수 있도록 길을 터주신 걸 보면 형제간의 우애가 돈독했던 것 같다. 작은 천조각을 이어 붙여 식탁보를 만들 수 있듯, 맏이의 그늘로 형제분들까지 인생을 개척할 수 있게 밑받침이 되어 주셨으니 부모 같은 형님일 것이었다.

시아버님의 일화는 후손들에게 아름다운 향기로 남아 있다.

연정 산골 마을에서 최초의 유학생이었고 그분의 장조카는 청주사범학교를 수석으로 입학해 수석으로 졸업하는 영광으로 학교 교장실에까지 사진이 붙어 있었으니 그야말로 조씨 가문을 빛낸 분들이시다.

● 광복과 한국전쟁 외중에 닥친 가문의 비운

일본이 망하고 해방을 맞은 조선인들은 이제는 잘 살게 되리라는 꿈에 부풀었다. 그러나 거대 미국과 소련의 싸움으로 이 나라 민초들의 꿈은 산산조각이 났다. 그야말로 고래싸움에 새우등이 터진 꼴이었다. 좌익사상과 우익사상이 치열한 상태에서 38선이 휴전협정으로 이북과 이남이라는 두 나라로 갈라졌다. 그후 한반도 정세는 민주주의 뿌리가 내려가고 있을 무렵 1950년 6월 25일 이북의 남침으로 전쟁이 나면서 조씨 가문에도 회오리 바람이 불기 시작했다.

1945년 해방 이후 한반도 정세는 한 치 앞을 내다 볼 수 없는 상황으로 치달았다. 좌익과 우익의 사상싸움은 형제간에도 총부리를 겨눌 만큼 치열했다.

시아버님의 막냇동생(다섯째 작은아버지)은 고향의 경찰서에서 지서주임으로 일하며 새로운 생활에 안정을 찾아갔다. 모두가 부러워하던 직업이었다. 그런데 6·25의 전쟁이 나면서 그 부러움은 불행의 화근이 되었다. 인민군의 남침으로 목숨이 위태로운 지경에 이르렀다. 당시 남한에서의 경찰관 신분은 바로 인민군 타도의 대상이었다. 천만다행으로 북한의 인민군 장교로 돌아온 넷째(넷째 작은아버지)의 도움으로 간신히 목숨은 구할 수 있었다.

두 형제는 사상과 이념을 놓고 밤을 새워가며 싸웠다. 자신이 세상이 옳다는 이론은 피를 나눈 형제라도 다를 것이 없었다. 그해 겨울 1·4후회 때 다섯째 작은아버지는 가족은 남겨둔 채 처남과 함께 피난길을 나섰다. 그러나 전세(戰勢)가 악화되면서 아군의 퇴로는 막히고 피난민의 행렬은 끝이 없었다. 더 이상 밀려날 것도 밀려 갈 곳도 없었다. 이러다 타향객지에서 죽으니 차라리 죽어도 부모님 계신 곳에 가서 죽겠다는 심정으로 되돌아 왔다. 죽을 고비를 수없이 넘기며 천신만고 끝에 집 가까이에 이르렀으나 그것이 불행한 운명의 길이 될 줄이야. 길목을 지키고 있던 내무서원에게 배낭에 들어있던 포승줄이 발각되어 끌려갔다. 그리고 지금까지 그분의 생사는 알 길이 없다.

그때 함께 동행했던 다섯째 작은아버님의 처남이 어디선가 총소리를 들었으며 누군가는 동네 우물에 집어넣어 죽게 한 것 같다고도 했다. 우물에서 꺼내놓은 시체는 30명 정도 되는데 너무 얼굴이 붓고 상해서 어머니와 부인도 찾아내지 못하고 돌아왔다고 했다. 인민군들은 경찰관이나 관에서 일하던 사람들을 반동분자로 몰아 우물에 던져 죽이거나 총살형을 시켰다. 본인이 아무리 신분을 감추려

하여도 평소 마을 사람들의 미움과 질투를 받았던 사람들은 동네사람의 밀고로 쫓기는 신세가 되거나 끌려가 총살당하는 일이 잦았다.

조씨 가문의 형제가 남다른 우애를 과시했다고는 하나 전쟁으로 빚은 사상과 이념의 차이는 돈독한 형제 사이도 갈라놓았다. 인민군 장교였던 넷째 시아버님도 후퇴할 때 이북으로 월북했다는 말은 있었지만 아직도 생사를 모르기는 마찬가지다. 이 어찌 조씨 가문만의 비애일 수 있으랴. 6·25와 같은 참상은 다시는 이 땅에 일어나서는 안 될 일이다. 다른 집안들도 형제간에 총부리를 겨누어야 하는 아픈 사연들이 많았다. 넷째와 다섯째 작은시아버님들은 집을 나간 날을 기일로 잡아 두 분의 아드님들이 각기 제사를 지내고 있다.

● 효심이 남다른 시댁의 유전인자

다섯 형제중 제일 큰시아버님은 특별히 존경할만한 분이시다. 시할아버지께서는 첫째, 둘째 부인이 일찍 병사하는 바람에 세 번째 부인을 맞이하셨다. 이 셋째 부인이 바로 큰시아버님을 훌륭한 인물로 키워내신, 일명 내조의 여왕이며 장한 어머니이시다. 그분은 시집오기 전, 세 번째 부인으로 혼인해야 잘 산다는 말을 듣곤 처녀의 몸으로 시할아버지에게 시집오게 되었다고 한다. 그때 나이 열여덟이었다.

그분이 시집오던 첫날밤, 신랑 신부가 한 방에 들었는데 웬 어린아이가 들어오더라는 것이다. 첫째부인의 소생임을 눈치 챈 새신부는 신랑대신 이 아이를 끌어안고 잠자리에 들었다. 이후 부인은 아들

넷에 딸 둘을 출산하였으나 첫째 부인의 소생을 집안의 장남으로 대우하며 뱃속으로 낳은 제 자식보다 더한 정성과 사랑으로 키웠다고 하니 그분의 넓은 마음씀에 존경심이 인다.

큰시아버님은 효성도 지극하였다. 배다른 아우들을 한 뱃속에 나온 친형제 이상으로 대우하셨다. 부친의 뜻을 받들어 한학에 열심인 한편 부지런히 농사를 지어 동생들을 공부시켰다. 또한 선친이 85세의 노환으로 돌아가실 위험에 처하자 손가락을 퇴침 위에 손가락을 놓고 또 하나의 퇴침으로 내리쳐 피를 짜서 아버지 입속에 넣어 금방 돌아가실 분이 3일을 더 생명을 연장하셨다. 현대의학의 수혈 효과를 보신 것 같다.

이런 효행이 알려지자 마을 사람들은 큰시아버님을 존경하게 되었고 더불어 우리 가문을 우러러 보았다. 살아생전 그분이 말씀과 행실은 사람들의 칭송거리가 되고도 남으며 마을 뿐 아니라 인근 고을에까지 효행이 알려져 사람들에게 존경받는 인물로 손꼽힌다.

1980년 3월 30일 마을에는 큰시아버님(石堂)의 孝子(효자) 기적비(奇蹟碑)가 세워졌다. 큰시아버님에 대한 칭송은 타의 귀감으로 마을사람들은 마치 자신의 일처럼 자부심을 갖고 즐거워하였다. 기적비가 세워지던 날, 이민우 국회부의장이 직접 내려와 행사에 참석해 축사를 해주셨다고 한다. 또한 14년간 청주향교 장을 역임하신 성균관장으로부터 효자표창(孝子表彰)을 추서(追敍) 받기도 하였다.

큰시아버님이 돌아가신 후, 그분의 셋째 아들 조관행(趙觀行)은 1980년에 선친(先親)의 효의 근본과 유지를 받들어 '石堂明倫장학회'를 청주 향교에 설립하였다. 이때 석당의 둘째며느리가 2천만 원을 쾌적하셨다 하니 조씨 가문의 며느리들 역시 남편의 뜻을 잘 따르는 현모양처로 알뜰살뜰 내조는 물론 자녀들도 잘 키워 집안을 바로 세웠다. 점이 모여 선이 되고, 선이 모여 면을 이루어내듯 가문을 빛내는 일에 며느리들도 단단히 한 몫을 한 셈이다. '되는 집안은 가지 나무에도 수박이 열린다'라는 속담처럼.

이런 사실만 보더라도 가문의 DNA는 확실히 존재하는 것 같다. 유전인지 몰라도 아들 성열(曉峰)이의 효성과 살신성인, 애국 애족하는 충정 또한 결코 우연이 아닌 성싶다. 혈통의 맥을 이은 필연인 것이다.

내 아들 성열이도 한학자요 민중의 삶을 보듬는 중추원의관(中樞院議官)으로 높은 수준의 한학을 연마하고 실천하신 증조부의 큰아들 증조할아버지의 지극한 효성과 형제간의 우애가 뿌리내려 세상을 하직하면서도 엄마 앞에 아프다 소리 한번 안하고 괴로울 때도 '하느님, 빨리 저를 데려가세요.' 하는 사려 깊은 아들이었다. 효성이 지극한 건 말할 것도 없고 형, 누나들과 우애도 깊고, 성품도 종조할아버지를 많이 닮았다.

그 뿐인가, 가까이에서 할아버지와 할머니를 모시는 것을 행복의 가치로 여기던 아버지의 삶을 보면서 자랐으니 성열이의 심성이 어찌 맑지 않을 수 있으랴.

사람은 언젠가는 모두가 떠나기 마련이다. 다만 헤어진 자리에 남는 건 함께 지냈던 아름다운 기억뿐, 내 아들로 태어나 사는 동안 내게 준 기쁨과 행복은 말할 수 없을 만큼 크다. 그 모든 사연을 내 가슴에 남겨두고 어느 날 그애는 내 곁을 홀연히 떠나갔다. 떨어질 계절이 오면 어김없이 떨어져 내리는 나뭇잎처럼….

운명이란 태어날 때부터 이미 삶이 예정되어 있었던 것인지도 모른다. 누구나 열심히 살다가 때가 되면 떠나야 하는 게 순리인 것처럼 성열이도 그렇게 떠나간 것 같다. 자식을 앞서 보내고 살아야 한다는 건 생살을 찢어내는 아픔을 견디는 일이다. 무엇보다 보고 싶어도 참고 견디어야 하는 괴로움은 너무나 가혹한 형벌이다. 눈에 넣어도 아프지 않을 아들을 떠나보낸 후, 나는 숱한 날들을 가슴 에이는 슬픔과 싸우면서 지냈다.

사라져 가는 비애를 맛보고 나니 지금껏 살아온 내 인생이 부질없고 허허롭다. 아픈 만큼 성숙해지듯 뒤늦게 그애가 남긴 정신적 유산이 나에게 새 삶의 가치를 깨닫게 한다. 몇 만 년 살 것처럼, 아니 영원히 죽지 않고 영생(永生)할 목숨처럼 황홀히 부풀리던 꿈과 허세들, 이 모든 게 가을비에 떨어져 내린 한 잎 낙엽이 아니던가.

시간의 수레바퀴는 오늘도 덜컹거리며 구르고 있지 않은가. 젊은 나이에 요절한 내 아들 성열이(효봉)! 다시는 볼 수 없는 먼 곳으로 떠나갔지만 그애의 맑은 정신만은 길이 남아 살아 있는 모든 이들의 귀감이 되었으면 한다.

삶의 형태는 끊임없이 바뀌어 간다. 굴러가는 수레바퀴처럼 세상에 변치 않는 것은 없다지만 아들 효봉이가 전하는 따뜻한 연서(효봉 장학회)는 오래도록 이 땅에 남아 세상에서 하나의 밀알이 되기를 바란다.

운명의 수채화, 그 환상을 좇아서

● 어설프기만 했던 신부

내가 자라온 환경이나 시집 와서의 시부모와의 가족관계에 있어서도 나는 열린 마음이기보다는 경직된 삶이었다. 나는 시댁이 어렵기만 하여 늘 긴장하고 있는 풋내기 어설픈 신부였다.

오로지 남편 하나만 믿고 시집온 나에게 그는 유교적인 사상과 조상 대대로 살아온 관습이 몸에 밴 무조건 어른 말씀이면 따르는 효자일 뿐이었다. 신혼의 달콤한 꿈같은 환상에 불과했다.

남편은 부모님께는 자기주장을 내세우지 못하고 무조건 순종하는 게 자식의 도리로 알았다. 또 우리 세대 여자들은 창공을 제압하는 날개를 아무도 갖지 못했다. 단지 참는 것이 미덕이요 집안을 평화롭게 하는 게 여자의 덕목이었다. 그래서 부부간에도 개방적이지 못했다.

그 부모에 그 자식이었고 그 자식에 그 부모이기에 부전자전이라고 했던가. 남편이 7살 때 아버지에게 '아버지 밥 먹어' 했다가 그 반말이 화근이 되어 그 자리에서 할아버지한테 싸리 빗자루가 다

부러지도록 매를 맞았다고 했다. 시아버지 역시 눈에 거슬리거나 잘 못을 할 때면 자식에게 이르기를 "네 인석! 나 보고 아버지라고 부르 지도 말거라." 하여 그게 남편의 가슴의 상처로 남았다고 한다. 그래 서 남편은 나는 아무리 자식이 잘못해도 그런 말은 절대 입 밖으로 내지 않을 것이며, 자상한 아빠가 되어주겠노라고 마음으로 맹세했 다고 한다. 그런데도 그는 아이들에게는 권위적이고 엄격한 아버지 였고 나에게는 가부장적인 남편이었다.

우리가 결혼할 당시 남편은 스물아홉이었고 나는 스물다섯이었 다. 시아버지는 마흔다섯, 시어머니는 마흔여섯, 그 아래 시누이 시 동생이 스물다섯, 스물 셋, 열일곱, 열 살, 여덟 살, 여섯 살이었다. 남편은 아버지하고는 열다섯 살 차이였고 막내여동생과는 스물두 살 차이였다. 이렇듯 많은 식구가 좁은 한옥에 모여 살았기에 갓 시 집온 새댁에게는 하루하루가 긴장의 연속이었고 힘겹기만 했다.

좁은 집에서 복닥이며 살았지만 시댁의 훌륭한 유전인자는 면면 히 이어져 모두다 인품이 훌륭하고 사회성이 좋아 타인의 모범이 되게 잘 살아주니 감사한 일이다.

● **따뜻한 만남**

시댁식구들이 다 모였다. 형제들을 비롯하여 사촌에 조카들까지 다 모이니 50~60명이나 되었다. 내가 시집 와 20여 년간 지속된 행사로 해마다 추석을 지내고 그 주 첫 일요일에는 버스 한 대를 대절하여 일가친척들이 성묘를 다녔다.

지금은 집마다 자가용이 있으니 각자가 자기식구들을 태우고 음식을 장만해 가지고 모인다. 장손은 언제고 제일 먼저 와서 납골당 열쇠를 따고 문을 활짝 열어젖히고 제사를 차린다. 서울, 대전, 청주에서 모두 모여 각기 가져온 음식을 차려놓고 제를 올린다. 물고기 두 마리와 빵 다섯 개로 5000명을 먹고도 남을 예수님의 기적을 보는 듯하다.

이런 일련의 행사도 조씨 가문 만이 내려오는 아름다운 가풍인 듯싶다. 제를 끝내고 나면 푸짐한 먹을거리 앞에 모여 앉는다. 풍요의 배부름이랄까, 열띤 수다와 토론의 장이 되어 그동안 못 다한 이야기꽃을 피운다. 전설처럼 내려 내려오는 조상님들의 이야기에 이르러서는 서로가 증인이나 된 듯 자신이 알고 있는 것에 자신감을 부여하며 확신에 찬 도장을 찍는다.

시대는 세월 따라 흘러간다. 덩달아 나이도 먹고 연륜도 깊어감에 따라 자연스레 촌수도 높아간다. 언제 이렇게 많은 세월을 먹었던가. 한 세기 가깝게 살았건만 산 자취는 없고 정신적 욕구만 늘어난 것 같다. 사촌동서 세 분이 돌아가시고 나니 의관댁 이야기는 역사 속으로 스며들고 이제는 80고개를 넘어간 내 남편이 조씨 가문에 제일 큰어른이 되었다. 실 가는데 바늘 따라가듯 나도 그이의 항렬에 따라 어른의 반열에 오를 수밖에.

어른노릇을 한다는 건 쉽지가 않다. 좋든 싫든 집안의 어른의 자리에 앉긴 했으나 환갑을 넘긴 조카들의 정중한 인사를 받을 때마다 왠지 남의 옷을 입은 듯 어색하기만 하다. 그것은 내 스스로가 어른노릇을 못한 부끄럼 때문이다. 아이들에게는 집안의 가풍을 지키고 살라 했으면서도 정작 나 자신은 잘 지키면서 살았는지 확신이 가지 않는다.

조카들을 보면 늙어가는 내 모습이 비춰진다. 거칠 것 없는 젊은이로 승승장구 세상을 향해 달려가던 조카들도 이제 은퇴라는 인생 내리막길을 걷고 있는 것을 보면 문득 세월이 덧없다. 모두 훌륭한 나라의 일꾼으로 주역이 되었던 인물들이다. 잘 나가는 기업체 사장에서부터 구청의 도시국장, 대기업의 임원진 대열에 이르기까지, 다양한 직업과 성공담은 조씨 가문을 빛낸 얼굴들이라 해도 과언이 아니다.

뿐이랴, 내가 막 결혼하고 시집을 간 우리 첫째 시누이 남편도 쌍용 부회장까지 지냈고, 대학생이었던 둘째 시누이 남편은 제비표 페인트 이사를 했고, 셋째 시누이 남편은 중학교 교장을 지내고 정년퇴직하고 난 후 지금은 강원대학교 외래교수로 있다. 넷째 시누이 남편도 연대 정외과를 나와 신학대학원까지 졸업한 재원으로 철학자 못지않은 인품을 지닌 분으로 친척들 사이에는 존경의 대상이시다.

막내시누이 남편은 미국으로 가면서 그 많은 재산관리를 우리 남편인 큰처남한테 다 맡길 정도로 통이 큰 분이다. 지난여름에는 아들 군대 가기 전 옛 친구를 만나게 해준다며 부자가 한 달가량 우리 집에 머물다 갈만큼 처남 매제 사이에도 우애가 돈독하다. 와 있는 동안, 내가 수영장 가느라 미처 설거지를 못하고 나가거나 할 때면 얼른 손 걷어붙이고 설거지까지 해준다. 민망한 남편이 한마디쯤 내게 핀잔이라도 줄라치면 "형님! 제가 애란이한테 그렇게 하면 좋겠어요. 그저 처복으로 이만큼 건강하게 잘 사는 거 고맙게 생각하시고 아주머니한테 잘해 주세요." 한다. 남이야 시누이 남편이 와 있으니 불편하다고 했지만 나는 그분과 함께 한 달 내내 날개를 달고 산

듯 매일이 신나고 즐겁고 흐뭇했다.

센스 있는 사촌시누이의 주선으로 사촌 모임을 만들어져 20여 년 동안 동기간의 사랑과 우애를 나누며 지냈다. 한 계절에 한 번 정기 모임으로 가끔은 전국 명소를 관광 삼아 나들이도 다녔고 맛난 것 먹어가며 향내 나는 수다삼매경에 빠지기도 했다. 만나는 날이 가까워질 때면 마치 소풍갈 아이처럼 가슴이 설렐 만큼 즐겁고 행복한 모임이었다.

그런데 생로병사(生老病死)는 누구에게나 공평한 것일까. 이제는 사촌들도 늙고 병들어 죽고 만나는 게 어려워졌다. 그러다 보니 모임도 자연히 시들해지더니 얼마 전 부산에 사는 사촌시동생 초청으로 부산에 모인 게 마지막인 듯싶다. 덕분에 부산 전역의 명소를 잘 구경하고 왔다. 늙은 우리들을 대신해 이제는 조카들이 그 아름다운 모임을 가풍으로 이어갔으면 하는 마음 간절하다.

역사는 수레바퀴처럼 굴러간다. 피를 나눈 형제자매가 대를 이어 의좋게 지낸다면 얼마나 좋을까. 가문의 전통을 잇는 것도 중요하지만 가풍을 아름답게 장식하는 일도 소중한 일이 아닐 수 없다. 나이가 더할수록 그 옛날 옹기종기 모여 살던 때가 그리워진다고 사촌동서들은 늘 이야기한다.

● 꽃향기, 꽃소식

2009년 3월1일 넷째 시누이가 교장으로 취임했다는 향기로운 꽃소식을 전해왔다. 그 무렵 나는 사랑하는 아들 효봉을 떠나보내고 의기소침(意氣銷沈), 삶의 의욕을 상실한 사람처럼 죽지 못하고 힘겹게 살던 때였다. 세상과 담을 쌓듯 홀로이 집안에 틀어박혀 나 스스로를 자학하며 사느라 전화벨소리까지 외면했다.

슬픈 늪에 빠져 마음 밭은 진흙탕 속이었지만 집안의 맏며느리인 나로서 이 경사를 그냥 넘길 수는 없었다. 가뭄에 시들어가는 꽃에게 한 방울 생명수라고나 할까. 나는 그날 내내 부산, 대구, 대전, 청주 등 친인척들에게 시누이의 기쁜 소식을 알려주었다. 역사와 전통을 자랑하는 숙명여중 교장선생님이 되었다고. 모두가 내일처럼 기뻐했고 나는 잔치를 열어 주마고 친척들을 우리 집으로 초대했다.

내가 시집 왔을 때 그 넷째시누이가 8살이었다. 어찌나 깔끔한지 도시락도 깨끗한 손수건에 싸지 아니면 가져가지 않았다. 매사 분명하고 정확했으며 흐트러짐이 없었다. 어려서부터도 총명하고 영특하여 공부도 썩 잘했다. 노력한 만큼 성공의 탑을 이룬 것이다.

3월 중순, 예정대로 축하연을 벌인 그날, 40여 명의 친인척이 좁은 우리 집에 모였다. 두 식구 하루 세 끼 챙기는 것도 힘들어 하던 내가 어디서 그런 힘을 솟아났을까. 나는 며칠을 그 많은 식구들 먹을거리를 사드리느라 시장을 분주히 오가며 음식장만을 했다. 부산에 사는 사촌시동생이 싱싱한 광어회를 산만큼 떠왔고, 청주의 사촌시누이도 노토리묵을 손수 쑤어가지고 왔다. 좁다란 거실에 40여 명 모여 앉자니 무릎과 무릎이 겹쳐지는 불편함이 있었지만 모두가 즐거운 이야기꽃을 피우며 팝콘 같은 웃음을 터트리곤 했다.

모두가 잔을 높이 들고 건배를 외치자 시누이가 감격에 겨웠는지 눈물을 찔끔 거렸다. 곁에 앉은 사촌오빠가 토닥이며 달래주었지만 그럴수록 어깨를 들먹이며 울었다. 친척 모두가 내일처럼 기뻐해 주는 것도 그렇지만 교장이 되기까지 남모르게 시누이가 감내해야 했던 일들이 얼마나 많았겠는가. 그런 역경을 이겨내고 교장이 되었으니 어찌 감회가 깊지 않았으랴. 나는 그런 시누이가 한없이 자랑스러웠다.

대학을 진학할 때도 시누이는 의대를 가겠다고 했으나 부모님은 여자가 너무 높은 공부를 하면 팔자가 사나워진다며 가정과를 가야 한다고 하는 통에 본인의 의지가 꺾이고 말았다. 시누이가 여럿 있었지만 어디서나 당차고 똑똑한 넷째시누이 대하기가 제일 어려웠다.

우리 가문에 몰려온 먹구름이 시누이의 교장취임을 계기로 맑은 햇살이 반짝이듯 따뜻한 온기가 감돌았다. 아무리 어둡고 습한 곳이라 해도 햇살은 비추기 마련이라 했다. 나의 아픔을 잠시라도 녹여주는 훈풍 같은 기운을 시누이가 채워준 셈이다.

4년 후, 연임이 되었다. 50명의 학교 이사님들의 만장일치로 재임용되었으니 정말이지 조씨 가문의 자랑거리가 아닐 수 없다. 평소에도 근면과 성실함이 몸에 밴 사람이기도 했지만 교장으로서의 책임과 의무를 지키느라 이가 아파도 치과에 갈 시간조차 허락지 않았다고 했다.

작년여름 방학 때 미국에 있는 우리 손자 손녀가 교장인 고모할머니학교에 가보고 싶다기에 나도 처음으로 시누이가 근무하고 있는 교장실을 가보았다. 교장이라기에 근사할 것을 기대했는데 초라해보일정도로 검소한 방을 보고 느끼는 바가 컸다. 교장이 이러하니 평교사들의 모범이 되었을 터이고 학교재단 이사들도 재임을 마다할 이유가 없었을 것 같다.

손주들 역시 고모할머니를 어려워하지 않고 영어로 이야기를 주고받았다.

시누이는 이왕 만났으니 저녁이나 같이 먹자고 해 생각 없이 따라 나섰다. 그런데 식당에 가보니 웬 잔치를 벌인 것인지 한 상이 크게 차려져 있었고 꽃다발까지 두 개를 가져와 남편과 내게 하나씩 주었다. 그야말로 서프라이스, 남편의 팔순잔치를 열어 준 것이었다. 셋째시누이 내외까지 와서 뜻하지 않게 남편의 팔순상을 받았다. 오순도순 식사를 하는 내내 가족들이 흐뭇하고 단란한 한때를 보냈다.

돌아오는 길에 나는 며느리에게 이런 말을 했다.

"옛날, 네 시아버지가 동생들을 애지중지하고 나는 소 닭 보듯 하여 그게 속상해 시누이를 밉기도 하고, 괜한 일을 트집 잡아 투정도 부리고 나 혼자 외롭기도 했는데, 지금 돌아보면 아마도 아내인 나를 믿는 마음이었던 것을 내가 몰랐고 너무 옹졸했다 싶구나. '시' 자가 싫어 시금치도 안 먹는다고 한다는 우스갯소리가 있다마는 다행히 너는 네 시누이들과 친자매처럼 지내니 고맙구나." 내 말을 들은 며느리는 시누님, 아니 언니들이 저를 친동생처럼 잘해주시니 저 또한 친언니로 대하는 게 당연한 일이라며 겸손한 말로 내 마음을 녹여 주었다.

제사도 며느리가 모두 가져갔다. 시동생을 잃고 어머니가 어찌 시동생 제를 지내겠느냐며 마땅히 큰아들이 해야 할 일이라 했다. 아들이 떠나던 날, 나는 향과 제기(제사에 쓰이는 그릇) 일체를 미국으로 보내주었다. 요즘 그런 며느리가 어디 있냐며 사람들이 나를 부러워했다. 이 모두 조씨 가문의 복이 아니고 무엇이랴.

그럼에도 제사도 없는 친정을 시누이(교장) 내외는 한 번도 빠짐없이 명절이나 어버이날이면 그이와 나를 부모마침이라며 선물까지

들고 와 인사를 한다.

미국에 사는 막내시누이도 한국을 방문할 때면 한 달이고 두 달이고 간에 꼭 우리 집에 머물다 가는 게 얼마나 감사한지 모른다. 나는 정말이지 시누이도 그렇지만 시매부(媤妹夫)님들도 친동기간 이상으로 정이 가고 마음도 편하다.

지금은 같이 늙어가는 동성이라 그런지 시누이들도 오빠인 남편보다 나를 더 좋아하는 것 같다. 내가 신혼 초에 남편과의 갈등으로 어린 시누이들에게 살갑게 대하지 못했는데, 나의 시누이들은 그런 나의 모습은 기억조차 없는 듯하다. 많은 세월이 우리를 시누이와 올케라는 정으로 더욱 끈끈하게 묶여서 서로 이해하고 다독이는 말을 아끼지 않는다.

무엇보다 이렇게 모두 건강하게 생존해 있다는 게 더없는 기쁨이다. 언젠 기회가 닿는다면 다함께 여행이라도 떠날 수 있기를 이 시간 소망한다.

● 화성 남편, 금성 아내

나는 비교적 자유로운 분위기에서 성장하였는데 유교가풍이 남다른 시댁에 맞추는 건 때로 나를 지치게 했다. 거기에다가 가족 생계에 관심이 없는 남편에 대한 불만은 쌓여만 갔다.

그즈음 나에게는 슬픔보다 오기가, 오기보다 절박한 생활고가 나를 더 압박했다. 내 정신의 촉각은 언제나 가파르고 불안한 밑바닥을 끌려 다니느라 참담했다. 내 삶은 낯선 불모지나 다름없었다. 스무

해가 넘도록 서로 다른 환경에서 자란 탓인지 남편과 나는 생각하는 것도 마음 씀씀이도 화성과 금성만큼이나 멀었다.

그때 소망이 있었다면 나를 알아주고 보듬어줄 동아줄이 절실하게 필요했다. 날마다 나 혼자 궁지에 몰려 나락으로 떨어지는 심정이었다.

결혼이란 무엇일까? 사랑하는 이와 단 둘이 오붓이 알콩달콩 사는 것? 좁지만 따뜻한 집안에서 그는 소파에 앉아 신문을 보고 나는 주방에서 그를 위한 만찬을 준비하는 풍경을 그려 보았다. 그러나 그런 그림은 영화 속에서나 가능한 일이었고 나의 현실은 늘 차갑고 삭막했다.

한 발은 고통의 늪에 한 발은 삶의 모래밭에 처박고 몸부림치는 형국이었다. 몸도 마음도 지쳐가던 나에게 추적의 발걸음까지 따라붙었다. 남편이 내 심기를 건드릴 때마다 내 감정의 흔들림은 거친 파도처럼 출렁댔다. 그러나 그것은 고작 소리 없는 항거의 몸부림이었을 뿐, 또아리를 튼 내 안의 절규를 감히 드러내지 못했다.

그의 눈빛만 봐도 가슴 뛰던 시절이 내게도 있었던가? 그의 여자로 평생을 살 수만 있다면 더 이상 바랄 것이 없다고 생각했던 때가 있었다는 게 꿈만 같았다. 그의 존재는 불쑥불쑥 찾아오는 치통처럼 내 마음을 쑥대밭으로 만들곤 했다. 실수와 바보짓과 시행착오를 거치며 우리는 점차 사랑의 윤기를 잃어갔다.

남편이 옷을 바꿔 입고, 상큼하게 이발한 걸 보아도 아무런 감흥이 일어나지 않았다. 구겨진 종이처럼 내 삶은 차츰 시들해졌고 내 영혼도 초췌해져 갔다.

● 안국동의 한옥 집

"옳은 말이 말대답이다, 맏며느리는 하늘이 낸다."는 말씀은 곧 우리 할머니의 구호였고 가르침이었다. 경제적인 부담뿐 아니라 정신적인 혼돈과 불균형까지도 가정의 평화를 위해 내 감정을 절제하면서 언제까지나 참아야 했다. 내 속이 병들어 가도 티내지 않아야 하고 특히 여자는 시집가면 귀머거리 삼 년, 눈먼 장님으로 삼 년, 벙어리 삼 년을 보내야 일부종사한다지 않았던가.

적어도 나는 그렇게 배웠고 그렇게 살았다. 안국동 한국일보가 있는 막다른 뒷골목 좁은 한옥에서 시누이 다섯에 시동생 하나 시부모님 내외와 우리 내외, 우리 딸 둘을 합해 12식구가 콩나물시루 속처럼 살았다. 시골 나의 친정 넓디넓은 집에서 살던 내가 대지 26평에 건평 16평에서 신혼생활을 해야 했으니 그 옹색함에 하루하루가 고달팠다.

나는 식구들이 북적대며 한 집에서 사이좋게 지내는 걸 사실 좋아한다. 친정에서도 큰집, 작은집이 모여 한 식구처럼 살아왔었기에 자연스러웠으나 워낙 좁은 집이 문제였다. 내 나이 또래의 시누이도 있고 여자들과 함께 하며 매일 깔깔 호호 웃음이 끊이지 않아서 남편과의 갈등도 어느 정도 해소되는 숨구멍 같기도 했다.

그런데 사촌동서(청주여고 대선배)가 보기에 전문직까지 있는 내가 사는 꼴이 초라해 보였던지 따로 분가해서 살아보지 않겠느냐고 했다. 동서는 내가 시부모님께 말하기 힘들면 직접 도와주겠노라고 했다. 그렇지만 그런 호의가 나는 하나도 반갑지 않았다.

나의 선입견은 약국을 하게끔 도와준다는 소리처럼 들려 그게 싫었다. 약국은 시집 온 지 한 달만에 개업해서 일 년을 못 채우고 폐업한 경험이 있기 때문에 산다는 건 단순할 수도, 복잡할 수도 있는 것이 아니던가. 살다보면 의지와는 상관없이 길도 잃고, 실패를 부둥켜안을 수도 있고, 넘어져 상처를 입기도 하지만 의식주(衣食住)는 사람이 살아가는데 필수적인 항목으로 채워질 수만 있다면 그럭저럭 살아갈 것 같았다. 비록 주위 환경이 다를지라도 살아가며 개척해야 할 운명이라 생각했다. 아니 그게 여자인 내게 주어진 팔자려니 체념한 지 오래였다.

친정에 살 때야 돈을 벌어보지도 써보지도 못했지만 궁핍은 모르고 살았다. 가을 추수를 끝내고나면 친정 집 마당엔 볏단이 산처럼 쌓였다. 소 돼지 닭들까지 새끼들을 많이 번식해 마당으로 가득 했다. 여름 삼복더위에는 보양식으로 개 한 마리 돼지 한 마리를 잡아 동네 사람들과 나누어 먹곤 했다. 그뿐이 아니라 집도 안채 사랑채 안마당 바깥마당까지 1,000여 평이나 되어서 좁은 걸 모르고 살았다.

우리 집 사랑채 대문 앞에 큰 둥구나무가 있었다. 그 나무는 우리 집 뿐만 아니라 동네 지킴으로 여름이면 어른 아이 할 것 없이 그곳에 나와 시원한 그늘 밑에서 더위를 피하곤 했다. 어르신들은 모여 앉아 장기를 두셨고 아이들은 풍뎅이나 여치 같은 곤충들을 잡아가지고 와서 그곳에서 놀곤 하였다.

시골이라 돈이 궁하긴 했지만 부족한 걸 모르고 살았다 해도 과언이 아닐 만큼 친정집은 풍요로웠다. 문화적인 생활에 눈을 뜨지 못하였으므로 군이 경제관념을 가질 필요가 없었다. 그저 도시 사람들은 우리보다 배불리 잘 먹고 잘 살려니 싶었을 뿐이었다. 학식도 높아

시골사람보다 겸손하고 예의 바르고 사람을 대하는 데 있어 사랑이 깊은 줄 알았다.

사촌동서는 청주에서 충북 연정으로 시집갔다가 남편직장을 따라 인천의 나의 아버님 댁에서 첫아기를 낳고는 새살림을 나갔다. 그녀는 대가족 시집살이가 얼마나 어려운가를 경험으로 잘 알기에 자기네가 살던 문래동 사택을 빌려 주겠다는 거였다. 사촌동서네는 아현동에 새로 집을 장만해서 내일 이사를 한다며 우리 시어른들께서 오해하지 않도록 남편에게 잘 이야기하라면서 급히 가셨다.

● 분가하다

사촌동서의 제안을 받아들이기로 했다. 퇴근하는 남편에게도 말하지도 않고 나는 동서에게 곧바로 문래동으로 이사를 하겠다며 사촌동서의 제안을 받아들였다.

2년을 동서가 빌려준 방림방직회사의 사택인 넓은 이층집에서 4식구가 오순도순 살아갈 생각을 하니 세상을 다 얻은 듯 행복했다.

시댁에서 분가하여 우리 가족만의 보금자리에서 생활을 하게 되니 그동안 한없이 나락으로 빠져드는 정신적 피폐가 어느 정도 가셔지는 듯했다.

삶은 어쩌면 간단한 것이라는 생각이 들었다. 보통 상투적인 일들이 실제의 삶에서 많이 일어나고 있을 뿐, 문래동으로 이사를 무사히 하고 나서 오롯한 내 가족의 단란하고 달콤한 생활을 한동안 누린 것 같다. 그곳에서 세 번째로 아들 성욱이를 낳았으니 나는 그때 남

부러울 게 없었다. 큰딸을 유치원에 입학시키고 아침마다 셋째 업고 둘째딸 손잡고 유치원을 따라다녔다.

그런데 심술첨지 불행의 그림자는 어디엔가 남모르게 숨어 있다가 느닷없이 나타나 행복한 미소를 가차 없이 몰수해 가는 것인지 큰딸이 유치원을 졸업할 무렵 방림방직회사로부터 집을 비우라는 내용증명이 날아 왔다. 趙寬行. 趙悳行. 寬자 悳 자도 언뜻 보기에는 비슷하니 한자 문패를 달고 그대로 살면 회사도 모를 거라고 했고 나는 그 말을 철석같이 믿었다. 갑자기 몰아닥친 소속부재의 상태를 느끼면서 모든 끈이 떨어져 나가고 이 세상에 우리 식구만 남겨진 것 같은 허탈감이 온 몸을 훑고 지나갔다.

"할 수 없지, 본가로 들어가는 수밖에." 남편은 고민할 것도 없다며 단호하게 말했고 그것이 그의 결정이었다. 그러나 나는 다시 시가로 들어가기가 싫었다. 하여 궁여지책으로 친구들을 모아 계 1번을 타서 80,000만 원에 월 3,000원짜리 사글세 방 두 칸짜리로 이사를 했다. 그것도 남동생이 인하대를 입학했다고 해서 방 2개가 있는 것으로 얻었다.

나의 신혼은 남보다 잘 살기 위해 앞도 뒤도 돌아보지 않고 달렸지만, 결과적으로 남을 닮기 위한 것이었을 뿐, 세상에서 가장 소중한 하루하루를 잃어버리고 살아온 것 같다. 10년의 세월과 여자로서의 감성과 어머니로서의 따뜻함을 상실한 세월이었다.

● 나의 사랑, 자랑스런 딸들과 아들들

여자는 약하나 어머니는 강하다고 했다. 달콤한 결혼생활을 꿈꾸던 나는 환상이 산산이 깨어졌지만 나에게는 세상 어느 것과도 바꾸지 않은 귀한 네 자녀가 생겼다.

모정의 샘물은 궁지에 몰린 내 마음을 씻어 주었고 잡풀처럼 자란 원망, 충동, 이기심, 타산, 기분 등을 다독여 주곤 했다.

결국 내 인생의 무대에서 남편과 아이들은 주연이었고 나는 무대 뒤에 숨은 연출자였던 셈이다. 세월이 흘러 때가 되면 모두가 사라져 가듯 어렵고 힘들었던 내 삶의 여정도 세월 속으로 묻혀가고 있다.

이제 가만히 앉아 생각해 보면 그 먼 길을 어찌 견디고 살았나 싶다. 그 많던 시름의 사연도 저만치 물러난 듯 공허했던 마음이 밝은 빛으로 가득 채워지는 느낌이다.

결혼하여 50년 넘은 세월을 함께 살아오는 동안 씨줄과 날줄을 엮으며 한 가정의 울타리로 이루었으니 밉든 곱든 남편이란 존재가 내 곁에 있었기에 가능한 일이었지 싶다.

최전선에 홀로이 서다

● 약국을 개업하다

마포구 용강동 시범아파트를 서울시에서 분양을 하였는데 나는 꿈에도 그리던 그곳의 아파트 18평이 당첨되었다. 그것도 3동 1층 6호를 제비뽑은 덕에 약국 개업할 수 있는 행운까지 얻었다. 그때 나는 막내를 임신 중이었지만 18평에서 4평을 나누어 약국을 개업하였다.

그동안 이 아파트와 약국을 얻기 위해 나는 참으로 눈물겨운 노력을 하였다.

우리가 매달 지불하는 보증금 8만원에 월 3천원 내는 사글세를 면하기 위해 관리약사의 월급과 남편의 월급을 쪼개고 또 쪼개 쓰면서 저축하였다.

아파트에 입주하고 약국을 개업하자 시부모님과 친정어머니가 축하해 주시러 오셨다. 그런데 그 누구도 우리가 어떻게 약국까지 차리게 되었는지 궁금해 하지 않으셔서 조금은 섭섭했다. 또 연년생인 아이들 셋과 얼마 후 태어날 아기를 데리고 어떻게 약국을 운영할 거냐고 걱정해 주지도 않았다. 그래도 친정어머니는 밥도 안 해본 애가 시집을 와서 도우미도 없이 네 아이들과 약국까지 하는 꼴이 보기 싫다며 그날로 내려가 버리셨다.

몇 달 후 친정어머니는 "네가 고생하는 것을 생각하면 잠이 안 온다."면서 제천에서 연초 조합에 다니는 내 사촌동생한테 부탁하여 심부름할 아이를 구해서 데려왔다. 그때 시골에서 6학년 재학 중인 아이를 겨울방학을 한 틈에 데려오신 거니 얼마나 있을까 싶었다.

"죽을 苦(고)에도 살 苦(고)는 있다."고 그 아이가 얼마나 착하고 인정이 넘치는 아이였는지 우리 막내를 업어 길렀고 다른 아이들한테도 맏언니,누나 노릇을 제법 하고 함께 잘 놀아주었다.

우리 집에 온 지 일 년 지났는데 집안 형편이 나아졌다며 그 아이 부모님이 중학교 공부를 시키겠다고 데리러 오셨다. 그런데도 그 애는 가지 않겠다고 자기 부모님께 볼멘소리를 하더니 우리 막내를 업고 나가서는 끝내 들어오지 않았다. 그 애 부모가 점심을 먹고 기다려도 오지 않자 "약사님이 얼마나 잘해 주셨기에 부모보다 더 좋아하느냐?"고 하면서 공부라도 가르쳐 달라는 부탁의 말씀을 하고 갔다.

그 후 그 애 집에서는 전화도 없었고, 그애도 시골집에 다녀오겠다는 말도 하지 않았다. 나는 그 이듬해 봄 서울역 부근의 야간중고등학교가 함께 있는 학교에 입학시켜 고3 때 경희대병원 간호보조원으로 취직이 되어 나갔다. 그때 나는 "네 장래를 위해 너를 더 이상 함께 있어 달라고 할 수는 없지만 나는 어떻게 살아야 하느냐?"고 함께 울었다.

우리 큰딸보다 6살 위인 막내시누이가 들락날락 했고, 또 내 막내여동생이 방학 때면 자주 와있었는데 동네 사람들이 "약사님 네는 웬 아이들을 그렇게 많이 낳았느냐?"고도 했다.

아파트 위치는 여의도를 마주 보는 한강 둑 밑이었고, 앞에는 국민주택이 있었는데 새우젓 동네는 한 가구당 땅을 100평씩 있는 꽤나 넓은 부촌이었다.

약국은 그런대로 잘 되었다. 아이들 다니는 초등학교도 길 건너 15분 거리에 있었고, 신석시장도 가까웠다. 유명 탤런트 최 모씨 어머니가 시장입구 커브에서 조그마한 고무신 가게를 했었는데 주부들이 슬리퍼 하나를 사도 구경한다면 두세 명씩 몰려가곤 했다. 최 모 탤런트는 어머니를 많이 닮는 것 같았고, 그분은 인심 좋은 시골 아주머니 같아서 항상 사람들로 버글거렸다. 아들의 후광으로 아마 돈을 버셨는지 어느 날 보니 상호가 바뀌고 다른 분이 장사를 하고 계셨다.

우리 약국은 동네 사랑방 역할까지 톡톡히 했다. 때마침 우리 아파트 주부클럽이 이화여대 사회학과 연구대상으로 선정되었는데, 이효제 교수님이 제자 한 분과 우리 약국을 자주 방문했다. 생활용품의 공동구매에 대하여, 또 주부들에게 교양강좌를 위한 설명을 하시면서 회합장소를 마련해 보라고도 했다. 아파트 주부회장이 따로 있었지만 항상 문이 열려 있어서 언제든 들르기 쉬우니 우리 약국은 공동사업을 하는데 최적의 장소였다.

하루는 KBS방송국에서 왔다면서 마이크를 내게 들이대고 "이 아파트에 문제점과 자랑거리를 이야기해보라."고 했다. 갑자기 들이대는 마이크에 당황했으나 "우리가 이화여대 사회학과 모범주부클럽으로 선정되어 세탁비누와 설탕 등 생활용품을 공동구매할 수 있어 가정 경제에 많은 도움이 되고 있다. 정광모 씨와 조경희 씨 같은 저명 여성인사들을 통해 세상 돌아가는 이야기도 많이 듣게 되었다."고 했다.

문제점은 아파트 뒤에 있는 둑이 한강과 바로 인접해 있어 무너지면 동네가 물바다가 될 것 같아 불안하다는 말을 했는데 왜 내가 왜 아파트 6층 높이까지 쌓은 견고한 한강 둑이 왜 무너질까 봐 불안하다고 했는지 알 수가 없었다. 그러나 이미 엎질러진 물 다시 주워 담을 수는 없고 쥐구멍이라도 들어가고 싶었다. 지구를 지탱할 만큼 튼튼하고 육중한 둑을 왜 얼토당토 않은 말을 했을까? 아마도 둑이 5층까지는 창으로 가려 있어 집이 어둡다는 불만이 쌓여 있어 그런 부정적인 표현을 한 것 같다.

"너 방송국에 빽 있냐? 방송국에 출연을 다하고. 말 잘 하던데."

방송을 타고나서 나는 말을 잘못했다고 비난의 화살이 쏟아질 줄 알았는데 오히려 청주, 여수 등에서 전화가 왔다.

우리 아파트 주부클럽에는 인텔리여성들이 많이 있었다. 고려대 법대 출신 병묵이 엄마(가수 김상희 씨와 동기동창), 수도사대를 출신 앞집 은정이 엄마, 엄앵란 씨와 숙대 동창이라는 엄마, 초등학교 선생님 출신 지영이 엄마 등등. 그들은 아침에 남편이 출근하면 우리 약국에서 거의 매일같이 모였다. 어떤 때는 많은 아줌마들이 모여서 수다를 떠니 어떤 아저씨가 술 먹고 피임기구를 사러왔다가 되돌아 갔다고도 하는 등 약국에 방해가 되기도 했다.

우리 용강동 시범아파트는 얼마 전에 와우아파트가 무너지는 바람에 김현옥 시장이 튼튼한 중산층 아파트를 지으라고 특명이 내려서 지은 이름도 시범아파트로 분양 대수가 매우 높은 아파트였다.

대졸 이상 주부가 80%가 넘는다고 이효제 교수님은 나에게 귀띔해 주셨다.

나는 장사에 조금 손해를 보았더라도 마음 맞는 주부들이 모여서 때로는 남편 흉도 보고 아이들 하고 집에서 지지고 볶는 이야기를 서로 내뱉으며 스트레스 푸는 것이 훨씬 즐겁고 건강에 보탬이 되었다고 생각한다.

나이도 학벌도 비슷해서 무척 다정하게 지내며 깔깔댔는데 지금은 어떻게들 살고 있는지 그리움만 남아 있다.

● 물난리

우리 막내아들이 두세 살쯤 되었을 때였다. 밤중에 장대 같은 비가 계속 쏟아져서 잠을 설치다가 새벽녘에 잠깐 잠이 들었나보다. 그런데 밖에서 시끌벅적한 소리가 나더니 누군가 우리 약국 셔터 문을 세게 두드려댔다.

잠에 취하여 비몽사몽 쪽문을 열었더니 희 엄마(주부회장)가 바지를 무릎까지 걷어 올린 채 우리 셔터 문으로 들어오는 빗물을 밖으로 세차게 쓸어내면서 빨리 자기네 집으로 애들을 올려 보내고 옷과 이부자리를 이층이나 삼층으로 올리라고 다급하게 소리쳤다. 사태의 급박함을 인지하고 나도 급하게 남편을 깨우고 셔터 문을 열었다. 위층에 사는 많은 엄마들이 내가 미처 보자기에 짐을 쌀 사이도 없이 들어와서는 한 아름씩 옷이며 이불이며 약들을 바쁘게 위층으로 날랐다.

아이들은 한 집에 한 명씩 다들 데리고 갔다 이웃사촌 덕에 급한 불은 껐지만 하수구가 넘쳐 집안은 진흙투성이가 되었고 똥물까지 넘쳤다. 호마이카 장이며 약장과 미처 못 치운 물건들은 쓰레기 더미가 되어버렸다.

동네가 빗물에 침수된 후유증은 심각했다. 삼 일간 새우젓 동네사람들은 배를 타고 다녀야했다. 또 우리 앞집 은정이 아버지는 그 3일간 집에 들어오지 못해서 바람피운 게 들통이 났고 그 소문이 동네방네 났다. 그 후 내외가 티격태격 싸워대더니 딸 셋에 아들 하나를 두고 끝내 이혼을 하고 말았다.

수해민인 우리를 돕는다고 북한에서조차 우리가 50년도에나 입었을 만한 옷감을 구호물자로 보내오고, 전국적으로 수재민 돕기 운동도 벌였다. 쌀과 밀가루, 생활용품을 반장을 통해 받았다. 그때 한강 수문을 열어놓지 않아서 마포 용강동 일대가 물바다를 되었던 것인데 그 피해액이 상당했고, 그 책임을 물어 수문장과 관련 공무원 몇 명이 파면을 당하기도 했다.

노랫말처럼 세상은 요지경 속이다. 강 건너 불구경이란 말도 있잖은가? 바로 길 건너 신수동 사람들만 해도 집에 물 한 방울 안 들어왔는데 배가 떠다니는 우리 동네의 풍경을 재미있어 해서 야속했다.

온 세상을 덮칠 것 같던 장대비가 그치자 하늘은 시침이 뚝 떼고 밝은 햇살을 쏟아 부었다. 그때 햇빛이 얼마나 감사했는지 모른다. 그 와중에 나도 햇빛처럼 살아야겠다는 생각이 들었다. 모든 것은 다 지나가는 것, 오늘 지금 이 시간이 제일 중요하다는 생각으로 아수라장이 된 약국부터 우선 말끔하게 정리하였다. 약사라는 직업의식을 가지고 가운을 챙겨 입고 당당하게 약국 문부터 열었다. 정리정

돈이 특기인 남편도 회사를 결근하고 빗물에 잠겼던 살림을 쓸고 닦으며 정리해 주었다.

3일간 빗물과 오물에 푹 잠겼던 마포 용강동은 병원균이 제 세상 만난 듯 들끓었다. 전화위복이라고 했던가. 비록 수마가 우리 동네를 할퀴고 지나갔지만 나에게는 새로운 도약을 하는 계기가 되었다고나 할까. 피부병이 온 동네를 뒤덮었고 우리 약국은 감기, 설사, 이질 약을 조제하러 오는 손님들로 아침부터 밤늦게까지 이어졌다.

그때는 의약이 분업이 안 되어 약사가 조제권을 가지고 있을 때였다. 나는 밥 먹을 새도 없고 우리 막내를 동네사람들이 이 집 저 집 데리고 가서 밥을 먹였는지 젖을 먹였는지 모른 채 어미는 돈 버는 데만 정신이 팔렸었다. 그때는 나의 능력에 스스로 감탄하고 기뻤는데 지금은 슬픔이 내 심장을 찌른다. 그때 우리 막내가 젖배를 곯아 그 몹쓸 암에 걸린 것은 아닌가 싶어 가슴을 치며 후회를 한다.

● 친정아버지 덕에 이룬 꿈

그즈음 친정아버지께서 물난리를 치르며 고생했을 딸을 위로차 오셨다.

밀려드는 손님에게 약을 조제하고 파느라 식사할 틈도 없는 딸을 보신 것이다. 친정어머니가 그 모습을 보셨다면 딸의 고생에 속상해 하셨을 텐데 우리 아버지는 사고가 어머니와는 대조적이셨다. "네가 아들이었으면 내가 근동에서는 팔자가 제일 좋은 사람으로 대접 받았을 텐데…" 하시면서 돈 잘 버는 딸을 대견해 하셨다. 그리고는

"외손이든 친손이든 다 잘되어야 한다. 나는 못 배웠어도 너희들을 대학까지 공부시켰다. 너는 네 아들 성욱이 성열이는 유학까지 보내는 게 경우에 맞지 않니? 내리사랑은 있어도 치사랑은 없다고 하잖느냐? 사람은 자신보다 잘나기를 바라는 것은 오직 자식뿐이라고 한다. 형제간에도 서로 경쟁의식이 있어서 형도 저보다 잘난 것도 싫고, 동생 또한 나보다 잘난 것도 싫은 게 인지상정이라고 한다. 오직 자식만이 나보다 높이 배워 훌륭한 사람 되기를 바라는 게 부모 마음이고 부모의 바람이다." 하시면서 우리 부부가 대학출신이니까 한 단계 자녀를 더 공부시켜야 한다는 뜻을 내비치셨다.

시골 노인의 생각이 이렇게 원대하고 혜안이 깊으신 것이 내심 놀라웠다. 대학은 몰라도 외손자 유학까지 생각하시다니? 솔직히 그때 나는 이민은 생각해 보았어도 내 아이들을 유학 보낼 생각은 꿈에도 하지 못했는데 앞선 생각을 하시는 아버지가 놀라웠던 것이다.

70년대는 나라에서 이민을 권장하였고 미국에서는 의사, 약사, 간호사 순서로 이민을 받아준다는 공문이 이민국을 통해 수시로 우편으로 날아오던 때였다. 약사는 신청만 하면 즉시 떠날 수 있었다. 그때 약국 반원 12명중 6명이 미국으로 이민을 떠나서 남은 우리들도 마음이 심란한 상태였다. 우리 약사들은 그때 모이기만 하면 창살 없는 4평(그 당시는 4평이면 약국 허가가 났음) 감옥에 사니 땅 넓고 하늘 높은 데 가서 세탁소를 하더라도 체면에 구애받지 않고 살아보고 싶다는 게 이구동성 하는 말이었다.

나도 양가의 맏자식이라는 굴레를 벗어나고 싶기도 했다. 그렇지만 양가 부모님들이 의지하시는 건 오직 우리 부부 맏자식이실텐데 싶으니 그런 생각을 하는 것조차 해서는 안 되는 일이라고 머리를 저으면서 유혹을 떨쳐버리곤 했다.

그때 내 생각으로는 유명한 하버드대학이나 MIT공대, L.A.의 UCLA대학 등은 이민을 가야만 바라보기라도 할 수 있는 대학이지 한국에 살면서 그런 대학으로 유학을 간다는 것은 언감생심 꿈도 못 꿀 일이었다. 그런데 나의 친정아버지는 공부도 하지 않으신 시골 할아버지가 외손자들을 유학까지 보낼 생각을 하시는 진취적인 분이셨다. 그 외할아버지 예감은 적중해서 후에 우리 아들 둘 모두 미국으로 유학을 갔으니…. 예사 어른이 아니셨다.

나의 친정아버지는 나에게 고향에 땅을 사두라고 하셨다. "복대라는 지명은 복이 있는 동네이다. 그곳에 공업단지가 들어서고, 청주 남주동 시장에서 사기그릇 장사하던 사람이 아들들을 잘 두어 한국도자기인가 무슨 공장이 들어온다고 야단들이다. 우리는 공장할 사람도 없고 공부를 해야 한다. 지금은 평당 천원이 안 되는 땅이지만 사두면 네 아들 유학 갈 때쯤이면 50만원이 될지 500만 원이 될지 누가 알겠니? 이렇게 약국이라고 할 때 사놓아야 한다."고 적극 권하셨다.

살림은 오르막길이 있고 또 내리막길이 있다면서 "돈도 들어올 때 들어오지 아무 때나 들어오는 것이 아니다."라고도 하셨다.

그때 내 형편은 분양받은 아파트의 빚을 겨우 갚고는 안정을 막 찾을 때였다. 수해를 당한 딸을 위로차 들르신 아버지의 느닷없는 제의에 내 머릿속은 다시 불쏘시개처럼 복잡해졌다. 싫기도 하고 어른 말을 잘 들으면 자다가도 떡이 생긴다던데… 하는 유혹도 느꼈다.

나는 아버지의 권유를 받아들이기로 했다. 복대동 96-6번지 땅은 아버지의 권유에 못이기는 척 사놓은 논 서마지기의 일부다.

세월이 많이 흐르고 이제 그곳은 조치원에서 청주와 연결된 50미터 도로변, 주위가 온통 등산용품 가게가 들어섰다.

그곳에 우리 효봉장학재단 3층 건물이 세워졌다. K2가 아래 위층을 차지하고 있고 3층은 교회가 들어왔다. 오십 후반의 K2 사장님은 6남매의 맏아들로 가방에 싸구려 옷을 넣어가지고 다니면서 난전에서 장사하면서 동생 다섯을 공부시켰고, 지금은 전국에 지점을 6개나 가지고 있는 큰 사업가로 변신한 자수성가한 분이다. 그분은 건물 월세가 장학금으로 쓰인다는 것에 감명 받았다면서 별도의 후원금은 못 낼망정 월세는 등록금 내는 셈치고 밀리지 않겠다고 한다. 그래서 서로가 고마운 관계로 이어가고 있다.

청주 복대동 96-6에 서있는 건물은 고려대가 없어지지 않는 한 영원토록 보존해 가기를 여러 이사님들과 나의 아들 손자에게 부탁한다. 내 어릴 적 꿈은 여학교를 세워 여자들도 마음껏 공부할 수 있는 터전을 마련하는 것이었다.

그 꿈이 장학재단을 설립한 것으로 바뀌기는 했지만 그 인연이 이어지기까지 내 운명을 송두리째 바꾸어놓은 고통과 슬픔은 하늘이나 알까?

● 슈퍼에 투자를 하다

단골손님 중 한 분이 우리 약국에 오시어 앞으로는 구멍가게가 모두 없어지고 슈퍼라는 대규모 업체가 등장할 것이라고 귀띔을 해 주었다. 자기도 그것을 하고 싶은 데 돈이 모자란다며 내게 동업 의 사를 넌지시 타진해 왔다. 바쁠 땐 서로 교대로 도와가며 아이들도 돌보고 집안일도 할 수 있을 거라고 했다.

나는 내 자식들과 알콩달콩 지내는 게 소망이었기에 약국을 처분 하여 아파트 23평을 사서 옮기고 슈퍼도 동업을 하기도 했는데 모자 라는 돈은 아버지가 외손자 유학 보낼 때 쓰라던 땅 일부를 팔아 보탰다. 그리고 남은 돈을 다시 친정 근처에다 땅을 사서 재투자했 다.

그런데 그 사놓은 땅이 문제가 되었다. 그때 내 명의로 등기를 하 려면 주민등록을 옮겨야 하는 등 귀찮은 일이 많아서 그냥 친정 남동 생 명의로 해놓았다. 이웃집 아주머니가 절대로 그러지 말라 하며 '내 칼도 남의 칼집에 들어가면 내 마음대로 못쓴다는 속담도 있지 않느냐.'고 극구 만류했었다.

아버지가 자전거 사고로 별안간 돌아가시고 문제가 생겼다. 남동 생은 들은 바 없다는 게 아닌가. 돌아가신 아버지가 증언해 줄 수도 없고 그렇다고 동생과 시시비비를 가릴 수도 없었다. 그때 친정어머 니의 증언이 필요했는데 아무 말씀을 해주지 않으셔서 그게 섭섭함 으로 남아 있다.

나와 동생은 한 부모 밑에서 태어나 함께 자란 혈육이다. 어찌 재 산을 가지고 형제간에 싸움을 할 것인가. 깨끗이 체념하니 오히려 마음이 편해졌다.

사라져 버린 삶의 향기

● 약사증이 망할증이 되게 해서는 안 된다

"약사증이 망할증이 되어서는 안 된다."

70년대에 이태영 박사께서 마포 여약사회의 때 강단 위에서 힘주어 말씀하신 강의 제목이었다.

이 박사께서는 약사의 남편이 셔터 맨이라고 혹은 월급봉투가 얇다고 무시하거나 애정에 갈등을 느낀다면 자기 가정을 파멸시키는 길이고 여자로서 불행을 자초하는 지름길이라고 하셨다. 남편을 하늘같이 여기고 전문직 여자로서 당당하게 사회생활을 잘하라는 당부의 말씀이기도 했다.

이 박사는 남편과 12살 차이인데, 아이들을 다 낳고 어느 날 "우리가 12살 차이라는 걸 왜 못 느꼈지?"라면서 서로 바라보며 웃었다고 한다. 여성변호사로서 자기직업에 충실하랴, 집안 살림하랴 애 키우다 보면 싸울 여가가 어디 있느냐고도 했다.

그분의 "약사증이 망할증이 되어서는 안 된다."는 말은 나에게 일침을 가하는 말씀이었다. 나는 성격이 자연을 좋아하고 감상적인 여자여서 연애감정으로 남편을 선택하였지만 남편은 지극히 현실적인 계산으로 사랑보다는 약사라는 타이틀이 마음에 들어 나와 결혼한 게 아닐까 늘 의심하고 있었다. 남편이 나를 아내로 맞이한 게 아니고 일군으로 데려 왔다는 생각으로 나는 속으로 분노하고 그에게 몸부림치게 반항하고 싶었다.

달콤한 환상으로 결혼한 나의 신혼은 시부모와 시누이, 시동생과 한 집에서 시작되었다. 그래서 남편으로부터 어떤 사랑의 표현도 받지 못했고 나 또한 애틋한 사랑의 감정도 표현하지 못한 채 신혼이 끝나버렸다.

남편은 나와 결혼했으되 어머니의 아들일 뿐이었고 시누이 시동생의 맏이로서 역할에 더 충실했다. 그 안국동 작은 집에서 나 홀로 작은 성을 쌓고 사는 기분이었고 왕따 당한 느낌이었다. 꿈처럼 달콤할 것이라 여겼던 사랑은 봄눈처럼 허망하게 녹아 버렸고 사랑의 광채는 미풍에 날아가 버렸다. 다만 내 정신적 튼튼한 의지로 내 자신과 싸우면서 하루하루를 버텨야 하는 생활이었다.

여자는 약하지만 어머니는 강하다는 말처럼 허니문베이비로 생긴 내 뱃속에서 자라는 아기의 엄마가 된다는 사실에 희망을 걸고 살았다는 게 나의 신혼생활이었다.

계획하고 절제할 사이도 없이 어느새 네 아이의 엄마가 되어 있었다. 나는 끊임없이 이혼의 유혹도 느꼈지만 목숨과도 바꿀 수 없는 보석 같은 네 아이가 어머니로서 나를 버티게도 살게도 해주었다.

남편은 내가 보기에는 아내를 위해 자식을 위해 열심히 살아야겠다는 의지보다는 부모와 동기간의 화목이 지상의 목표인 것 같은 사람이었다. 설마 그의 속마음까지는 그렇지 않겠지! 아내를 믿는

마음에서 그들을 더 살갑게 대하는 것이라고 나를 다독이고 마음을
누그러뜨리려고 노력도 하였다.

가정에 평화와 안정을 위해서 내가 참고 살아야지 했지만 그는
칭찬에 인색했고 사랑의 표현마저 서툴러서 나는 늘 애정결핍을 느
끼며 살았다. 자연 내 속에는 불만과 화증이 가슴에 똘똘 뭉쳐져서
공격적인 마음이 되었다.

남편은 또 화초가 물만 주면 잘 자라 저절로 잎도 달리고 꽃도
피듯이 아이들이 속 썩이는 일 없이 잘 커주고 공부도 잘하니 우리
아이들에게도 무심했다. 아이들이 어렸을 때 "아버지 날 낳으시고
어머니 날 기르시니…"가 그가 아침마다 부르는 노래였다. 나는 농
담처럼 부르는 노래인 줄 알았는데 자식은 네가 알아서 키우라는
책임전가였던 것만 같다. 아내는 소 닭 보듯 하고 아이들은 어미라는
닭이 몰고 다니는 병아리로 생각하고, 부모 동기간에만 신경을 쓰는
그였다. 효자의 아내는 집안에서 얼마나 고달파야 하는지는 겪어 보
지 않은 사람은 모른다.

이태영 박사의 강의를 듣기 전까지는 이런 생각으로 남편을 원망
하는 마음으로 가득했고 항상 가슴에 화증을 담고 살고 있었다. 그런
데 "약사증이 망할증이 되지 말라."는 강의가 내 마음을 뒤바꾸어
놓게 되고 비로소 남편의 입장에서 그를 긍정적으로 생각하는 계기
가 되었다.

남편은 성실한 사회인으로 동일방직 사원인 데다가 일주일에 한
번은 어김없이 부모님 찾아뵙은 효자이다. 게다가 월급봉투는 반이
라도 가져오니 얼마나 다행인가.

긍정의 힘은 마음먹기에 달라질 수 있다는 것을 깨달았다. 내 잣대

내 욕망으로 까맣게 닫힌 눈이 환하게 열리면서 나를 타인의 입장에서 바라볼 수 있게 된 것이다.

정정자! 너는 남편하고 관계 개선을 위해서 얼마만큼이나 노력했느냐? 너 자신을 알라는 소크라테스의 말에 귀를 기울여 보았느냐? 네 이웃을 네 몸같이 사랑하라는 예수님 사랑을 실천해 보았느냐?

내 자신한테 질문을 던지고 답을 찾아보려 하니 답이 나오지 않았다.

나는 그를 사랑하기보다는 사랑 받기를 원했고, 그를 이해하기보다는 이해 받기만을 원했고, 내가 받은 상처만 야속하고 내가 그에게 주었을 상처는 조금도 헤아리려 하지 않았다.

이태영 박사님의 말씀은 부부의 인연을 맺었으면 능력의 차이도 서로 저울로 재듯이 비교 하지 말고 서로 다른 환경에 자란 부부가 어떻게 성격이라는 색깔도 같을 수 있느냐? 엇박자로 나가지 말 것과 서로 맞추어 행복에 길로 가라는 좋은 말씀이었다.

나의 삶의 철학이 바뀌는 순간이었다.

좁은 길을 걷는 나에게

● 기독교에 의지하여

사촌언니의 아들, 큰조카와 나는 친구처럼 지냈다. 일상의 이야기
든 학문적 이야기든 서로 말이 잘 통하는 사이였다. 우연히 이야기를
나누다 전생과 이생에 관해 말을 나누게 되었다.

"이모! 이 시대의 실존주의 철학자 키엘 케고르가 이런 말을 했어
요. 불교는 괴로운 종교라고…. 기독교는 구원의 종교라고 그러니까
기독교를 한 번 믿어 보시는 게 어때요?"

'구원'이란 말을 듣는 순간 마음에 가벼운 파문이 일어났다. 아버
지 권유로 동생 명의로 사놓은 땅을 아버지가 돌아가시자 동생이
모르는 일이라 하여 심한 마음앓이를 하던 중이었다. 우연히 내 눈에
들어온 잡지 <신앙계>를 보았다.

'핏빛보다 더 붉은 죄를 눈과 같이 희게 해준다'는 구원의 메시지
가 눈에 확 들어왔다. 순간 나도 모르게 손뼉을 쳤다. 구원이 있고
용서가 있어야 살아갈 희망이 있지 않은가 싶었다.

● 천주교 신자가 되다

막내여동생은 자기가 다니는 교회 바로 앞집에서 살았다. 교회는 성당과 담장 하나 사이로 나란히 붙어있었는데 동생 집을 가려면 성당과 교회를 거쳐야 했다.

성당은 마당이 제법 넓었고 마당 안쪽 제일 높은 곳에 성모님이 우뚝 서계시면서 우리를 내려다보고 계셨다. 교회는 마당도 없이 들어서자마자 계단이 나오고 예배당으로 이어졌다.

그때 나는 교회에 나가고 있었다. 그러나 구원의 메시지는 얼마만큼 본인의 깊은 신심과 성령에 감동을 받아야 하는데 나와 같이 미적지근한 믿음으로는 불가능하다는 회의를 느끼고 있을 무렵에 동생이 교회 앞집으로 이사를 한 것이다. 나는 동생네를 방문할 때마다 왠지 성모님에게 끌리고 있었다.

성모님은 왜 성전 앞에 저렇게 사랑스럽고 인자한 모습으로 서계실까. 내 아들한테로 어서 올라가라 하는 안내자 역할을 하는 것 같기도 하고, 아들집(성전)을 보호하기 위해 눈이 오나 비가 오나 바깥마당에 서계시는 지킴이 같기도 했다.

중학교 사회시간에 마르틴 루터의 종교개혁을 배운 기억이 난다. 그렇지만 성모님에 대해서는 교과서에 언급이 없었던 것으로 기억된다.

영혼의 구원은 "선행에 의하지 않고 그리스도의 복음에 대한 신앙심에 의해서 결정이 된다."고 면죄부의 악폐를 공격하는 신부간의 논쟁이 독일 국민들 전체에 파급이 되어 루터를 지지하는 다수의 국민에 의해서 신교가 탄생했다.

베드로 사도를 통해 하느님이 직접 세우셨던 초대 교회의 모습, 그 전통을 이어오고 있는 성당에 한번 가보고 싶기도 했다. 교회는 한 동네에 수없이 많다. 그러나 성당은 한 동네 하나 있기가 어려웠다.

개신교는 지금 여러 파로 갈라져서 분열되었지만 가톨릭은 교황청 아래 하나로 일치되어 있다. 이는 성모님 즉 어머님의 위대함이 교회 안에서도 살아 계시기에 분열되지 않고 신앙의 구심점이 되고 있다는 증거이다. 개신교 교인으로 수년간 신앙생활을 하였지만 나는 목사님의 광적인 강론말씀을 반감을 가지고 있었던 게 솔직한 고백이다.

그런데 막내여동생 집을 오가면서 나는 자애로운 성모님의 표정에 끌렸고 마음속 깊은 곳에서 개종하고자 하는 열망 같은 게 일었다. 그래서 막내여동생 집 옆에 있는 성당에서 남몰래 미사에 참여하곤 했다.

그럴 때는 누가 내 마음을 훔쳐보는 것 같아 두렵기도 해 사방을 둘러보기도 했다. 누가 보면 "순복음 교회신자가 왜 성당 문 앞에 서있어?" 뒤로 쑥떡거리는 것도 같았다.

● 드디어 천주교에 입교하다

많은 회의 끝에 나는 성당에 나가보기로 결심을 하였다. 그래서 동생네 옆에 있는 등촌동성당에 나갔다. 처음에는 아무도 나를 반기거나 곰살갑게 대해 주는 사람이 없어 어색함은 이루 말할 수 없었다. 그러나 미사시간의 근엄하고 엄숙한 분위기에 나 자신도 거룩해지는 것 같아 신도들 하는 대로 일어났다 앉았다 했다. 성가가 흘러 나오는 데는 개신교처럼 발랄하고 리드미컬하지는 않아도 은은하고 장중함에 나는 매료되어 레지오 띠를 두른 분께 처음 성당에 나왔다 며 내 신분을 밝혔다.

그분과 약속한 날짜에 교리반에 안내되어 ≪초대받은 당신≫ ≪구교와 신교의 차이≫ ≪기도서≫ 등등 가톨릭 기초 교리책을 접하고 공부를 하다 보니 종교는 근본이 되는 으뜸 가르침인 엘리지오(eligio)에는 다시 묶는다는 뜻이 있고 바로 사람들을 하느님과 연결시킨다는 뜻이라는 걸 깨달았다. 종교에는 일정한 규율이 있어 신자들은 함께 믿으면서 생각을 나누고, 전례는 정해진 시간에 함께 기도하는 시간이기도 함도 알게 되었다.

인간의 원죄는 탐욕, 음란, 탐식, 교만, 게으름, 분노, 질투 등 일곱 가지 원죄가 내 안에 잠재해 있다는 것을 앎으로써 '왜 내 마음이 이럴까' 하는 반성의 지침서가 되었다. 그런 죄의식에서 벗어날 수 있는 길은 견진성사였다.

슬기, 깨달음, 일깨움, 굳셈, 앎, 받음, 두려움, 통찰, 의견 등 은사를 받음으로써 우리는 죄에서 해방감을 느끼고 구원의 역사에 입문할 수 있다는 것을 앎으로써 머리가 아주 맑아졌다.

나는 견진성사를 받고 나서 이 기쁜 소식을 알리고 싶어 남편과 네 자식들에게 열심히 전교의 장을 펼쳤다.

● 성가정이 되다

큰딸 성희는 초등학교 5학년 때부터 동네 친구들과 함께 개신교를 열심히 다녔던 것 같다. 그때는 약국을 할 때였는데 아침에 아이들 이불을 정리하다 보면 매번 성경책이 이불 속에서 나왔다. 어느 날 내가 "왜 성경책을 이불 속에 넣고 자느냐?"고 했더니 "엄마 아빠가 교회에 잘 안 나가니까 마음이 불안해서 성경책을 가슴에 얹고 기도하고 자면 편안하다."고 했다.

내가 천주교로 개종했을 때는 이미 대학생이 된 성희였다. 뭐라고 말할 수 없어서 "공부보다도 더 중요한 것은 믿음생활인 것 같다." 했더니 "엄마, 약간 정신이 이상해진 것 아니야? 공부, 피아노, 지긋지긋하게 다그치던 엄마가?" 성희가 내 이마를 짚어보며 병원에 좀 가자고 해서 나도 저도 한바탕 웃고 말았다. 그 후 성희는 나를 따라 명동성당에 입교하여 아키나스 합창단에서 활동하고 같은 합창단에서 남자를 만나서 교제하더니 대학졸업을 앞두고 명동성당에서 결혼식을 올렸다.

우리 둘째딸 지희는 사춘기를 힘들게 보냈다. 지금 생각해 보면 그것은 순전히 우리 부모의 잘못이 컸다. 위에 언니, 밑으로 남동생 둘, 엄마는 언니만 알고 아들만 안다는 것이 그 아이 가슴속에 맺혀 있다는 것을 우리 부부는 깨닫지를 못하고 상처만 주었다.

남편은 우리 아이들에게 엄격한 아빠로서 대화로 의견을 나누며 자상하게 타이르기보다는 매로 다스리려고만 했다. 자식들의 의사는 존중은커녕 말대답한다며 밀어 붙이고 입을 막아버리곤 했다. 그런 남편의 권위주의가 우리 아이들은 물론 나에게도 가슴속 상처로 쌓였다.

지희가 초등학교 이학년 때다. 잠에서 깨자마자 햇빛이 방안 가득히 들어온 것을 보고 "엄마, 늦었네. 아침밥을 안쳐야 하는데…." 하는 가사 일을 돕는 신통한 딸이었다. 그런 지희에게 나는 퉁명스럽게 "무슨 밥이냐? 공부나 하지." 했으니 지금 생각해도 나는 잘못돼도 한참 잘못한 엄마였다.

만화방에 자주 가는 큰딸에게는 만화라도 읽으니 신통하다고 해주고, 지희는 두 남동생 머리도 감겨주고 목욕시키고 청소도 잘하는 딸이었는데 그럴 시간 있으면 책을 한 자라도 더 읽으라고 다그쳤었다. 그때로 돌아간다면 내 심리분석을 한번 해보고 싶다.

내가 성당에서 견진성사를 받고 둘째 지희에게도 편지를 앞뒤로 10장을 써서 책상 위에 올려놓았다.

"지희야, 피아노도 치기 싫고 공부도 하기 싫은데 성당을 다녀 보는 게 어떠냐? 다 너한테는 중요한데 사람은 무슨 일을 하든지 마음이 먼저 정리되어야 해. 엄마는 그동안 너한테 아무것도 해주는 것도 없이 야단만 쳤단다. 엄마대신 하느님을 믿고 의지해 보거라."

그 이후에 나는 수녀님께 눈물을 흘리면서 우리 둘째딸을 하느님 자녀로 만들어 달라고 사정을 했다. 수녀님은 우리 집까지 오셔서 둘째 딸과 많은 대화를 나누었고 드디어 입교까지 하게 되었다. 지희는 일요일 저녁반에서 교리공부를 하게 되었지만 그애가 고3 입시를 앞두고 있어서 출석 반 결석 반으로 교리공부를 하였다. 다행히 졸업과 동시에 영세를 받았다.

지희가 영세를 받고나서 차츰 엄마를 바라보는 눈이 달라졌다. 중

앙대학교 피아노과를 입학하자 수녀님은 곧 바로 성당 반주자로 추천해 주시는 등 공로가 컸다. 그 후 명동성당 오르겐 공부도 성당 자비로 시켜주서서 대미사 오르겐 반주자가 되었다.

지희가 지금 나이가 50세인데도 자기가 맡은 반주 시간은 새벽이든 저녁이든 한 번도 결석한 적이 없다니 그에게 그만한 건강을 주심에 감사하고, 쌍둥이를 임신하고도 막달까지 반주를 했다는 건 하느님이 우리 딸에게 축복을 가득히 퍼부어 주신 것 같다.

큰아들 성욱이는 초등학교 4학년 때 앞집 권사님 아들하고 친하게 지내더니 열심히 교회를 다녔다. 나는 처음엔 교회라도 다니는 것이 낫겠지 싶어 개종하라는 소리를 하지 않았다. 고등학교 때는 자율학습에 매달려 내 자식이고 남의 자식이고 시간이 없다. 우리 큰아들도 그렇게 고등학생 시절을 보내고 대학 2학년 때 운전병으로 군대를 가더니 부대장님을 대부로 모시고 영세를 받았다. 나중에 성욱이 실토를 했는데 맏아들인 자기가 부모님과 종교가 달라서 되겠는가 평소에 고민을 했다고 한다. 그래서 군대에 가서 가톨릭으로 개종을 했다니 우리 아들은 효자이다.

지금은 시애틀 한인성당에서 사목위원으로 봉사하고 있는데 장차 사목회장감이라고 내가 미국 성당 갔을 때 교우들의 칭찬이 자자했다. 며느리는 불교 집안에서 시집왔는데도 손주 둘을 복사 만들고 내외는 M.E.교육 꾸리실요 교육도 받고 자모회장을 하는 등 성당 봉사에 앞장서고 있으니 대견하다.

막내아들 성열은 초등학교 5학년 때 단짝 구본만을 만나 성당에 다녔다. 그애 집은 5대째 내려오는 순교자 집안이었다. 엄마끼리도 잘 아는 이웃사촌이었다. 신부 중에는 복사 출신이 많다는데 복사였던 본만이는 그래서 성열이의 부러움에 대상이었다. 자기도 본만이 같이 신부님 옆에 서고 싶다고 하여 신부님께 말씀드렸더니 아버지가 냉담자라 자격 미달이라고 했다. 본만은 지금 가톨릭대 교수신부가 되었다.

나는 성열이가 고3때 신학교를 보내고 싶었다. 그래서 "성열아! 너는 형이 있으니까 신학대학을 가서 하느님의 대리자가 되어 여러 사람에 영혼을 구원하는 신부가 되면 어떻겠느냐?"고 했다.

"엄마 나 같은 사람은 종자가 아까워. 씨를 퍼뜨려야 돼. 우리는 조광조 후손이고 조병옥 씨도 같은 조 씨라고 고향 연정으로 그 아들 둘이 성묘도 오고 해잖아." 하며 단호하게 거절하는 것이었다.

"너는 어쩜 그렇게도 기억력이 좋으냐? 너 어렸을 때인데 조윤형과 조순형 그 아저씨들을 기억하니?"

"엄마가 얘기했잖아요. 조병옥 씨는 이승만 박사가 미국에 예금하라는 돈을 미국 가서 기차를 대절하는 비용으로 반은 쓰고 예금했다는 사실. 남자는 그런 배짱과 애국심으로 나라의 일꾼이 되어야지…."

나는 그 이후부터는 성열에게 신앙에 대해 다시는 언급하지 않았다.

성열은 대학을 졸업하고 미국 가서 그 많은 날들 동안 외로움과 고초를 겪으면서 하느님과 대화를 나누었기에 어린 나이에 그런 위대한 사업을 부모에게 형에게 조카에게 안기고 갔을 것이다.

하늘이여 하늘이여 영원히 영원히 돌봐 주시옵소서!

사랑의 꽃, 사랑의 열매

● 큰딸 성희와 손주들

결혼해 남편의 사랑을 느낄 새도 없이 나는 첫딸 성희를 임신했다. 일명 허니문 베이비였다. 신혼여행을 다녀 온 후 나는 생시 같은 묘한 꿈을 꾸었다.

햇살 맑은 날 나는 상상과 감성을 즐기며 유유자적 어느 시냇가 오솔길을 거닐고 있었다. 양 옆으로는 이름을 알 수 없는 꽃들이 지천으로 피어 있었고, 흐르는 시냇물은 어찌나 맑은지 물아래 돌들이 훤히 들여다보였다. 꽃들은 나를 동화의 환상세계로 이끌어 주었고 나는 이상한 나라의 앨리스가 되어 행복했다. 그때 난데없이 돼지 다섯 마리가 나타나 물속으로 풍덩 뛰어 들어왔다. 나는 너무나 놀라 소리를 질렀다.

꿈이었다. 너무나도 선명했다. 조금 전 일들이 그대로인 듯 콩닥콩닥 가슴은 뛰었고 이마에 식은땀이 흘렀다.

사랑이란 게 어떤 수치로 계산되는 것은 아니지만 시부모, 시누이, 시동생들과 한 집에 살던 때라 우리는 신랑 각시로 그 어떤 사랑의 감정도 표현하지 못했다. 그는 나와 결혼은 했으되 여전히 어머니의 아들이었으며 시누이 시동생들의 맏이였다.

나의 행복은 아무도 가져다주지 않았다. 내 정신과 의지로 내 자신과 맞서 싸우는 일이었다. 꿈으로 갈구하던 나의 사랑은 봄눈처럼 허망하게 녹아 버렸고 다이아몬드의 광채는 한 줌 미풍에 날아가 버렸다. 그렇지만 머잖아 엄마가 된다는 기대는 내 삶을 지탱해주는 원동력이 되었다.

아내이기보다는 엄마이고 싶었다. 여자라고 남자에게 모성애를 풍기는 현모양처가 되기보다는 차라리 범모우처(凡母愚妻)로 사는 게 나를 위해서도 좋을 것 같았다. 내가 살아가는 데 희망을 뒷받침해 준 것은 뱃속의 아이였다. 만약 아기가 없었다면 그때 그 상황을 어찌 이겨낼 수 있었을까 싶다.

1964년 여름 7월 4일(음 6.6) 모진 태풍과도 같은 진통 끝에 큰딸 성희가 태어났다. 엄마가 된다는 것은 이전에 알지 못한 세상을 배우는 일이었다. 하루가 어떻게 가는지, 일상도, 아이를 기르는 일도, 모든 게 엉망진창 시행착오의 연속이었다. 꼬물꼬물 단풍잎 같은 손가락을 움직이며 젖을 빠는 아가를 바라볼 때마다 이 애가 정말 내 뱃속에서 나온 건가 신기하기만 했다. 그리고 나는 여자로, 엄마로, 성숙해 갔다.

성희는 1년 6개월 만에 동생 지희가 태어나는 바람에 나는 여러 식구를 밥해 먹여가며 두 딸을 감당할 수 없었다. 채 두 살도 안 된 성희를 한여름 동안 시골 친정어머니에게 키워달라고 보냈다. 어린 것이 시골 뙤약볕에 노출되어 화상을 입었다고 한다. 어린 것이 등에 화상을 입었으니 밤에는 똑바로 뉘어 재울 수가 없어서 외할머니

등에 업혀서 잠을 잤다. 6개월여 만에 남편이 데리러 갔더니 제 아빠를 까맣게 잊고는 외할머니 치마폭에 얼굴을 묻고는 아빠를 안 따라오려고 해서 간신히 데려오는데 조치원역까지 울었다고 한다. 성희가 기차 안에서 잠이 들어 무사히 집에까지 데려오긴 했는데 엄마인 나를 보자마자 또 울어댔다. 어미도 몰라보나 해서 기가 막혀서 나도 성희를 안고 따라 울었다. 그러나 제 동생을 보더니 "아기야, 언니다." 하면서 지희에게 관심을 기울이더니 차츰 안정을 찾는 것이었다.

성희가 초등학교는 수송동 시댁 주소 덕에 학군이 좋다는 수송초등학교에 입학시킬 수 있었다. 나는 마포에서 약국을 하느라 성희는 시댁에서 학교를 다니다가 주말이면 저 혼자서 집을 찾아오곤 했다. 그러다 어느 토요일, 그만 길을 잃어버린 모양이었다. 약국 단골손님 할머니가 공덕동 친구 집에 갔다가 오는데 약국집 딸인 우리 성희가 이리저리 헤매는 걸 발견했단다. "너 왜 여기 있니?"하니까 그냥 울어버리더란다. 책가방을 멘 성희 손을 붙잡고 오셔서는 "내가 이 약국 단골손님이어서 딸 찾았다."면서 한 턱 내라고 하셨다. 그때 박카스 한 병으로 때운 생각을 하면 미안한 마음 그지없다. 나는 그 이튿날로 성희를 집근처 신석초등학교로 전학을 시켰다.

그때 그 단골손님과 성희가 마주치지 않았더라면 우리 성희와 우리는 어떻게 되었을까 생각만으로도 모골이 송연하다.

성희가 서울여중 일학년 때 일화도 잊혀지지 않는다. 학부형 회의가 끝나고 딸과 함께 교문을 걸어 나오는데 어떤 거지 할머니가 갑자기 성희 손을 잡았다. "너 어디 있다가 이제야 나타났느냐?"며 우시는 게 아닌가. 그러자 성희는 주머니를 부시럭 부시럭하더니 그분께 동전을 건네 드렸다. 옆에 서 있던 어떤 아주머니가 "이 할머니가 교문 앞에서 찾던 아이가 너였구나. 키가 크고 하얀 얼굴에 복 있고 착하게 생긴 아이가 안 보인다고 많이 찾았다."고 거들었다.

사연을 알고 보니 성희는 돈을 달라고 구걸하는 할머니가 꼭 시골제 할머니 같아서 동전 한 개라도 꼭 드렸다고 한다.

성희가 예고를 진학하던 때의 입학 방침은 학과 공부가 80%이고 실기가 20%였다. 일반 중학교에서 예고를 가려면 전교 최상위권 안에 들지 않고는 입학원서조차 써주지 않았다. 성희는 특차로 시험을 보고 합격을 하였다. 집안은 물론 친구와 지인들에게 축하의 인사가 빗발쳤다. 마치 내가 성공해 큰 벼슬이라도 얻은듯 나는 목에 기브스한 깃처럼 우쭐대며 자랑했다.

입학식 날 학교에 가보니 운동장에 많은 외제차가 즐비하게 주차해 있었다. 뿐만 아니라 학부형들의 옷차림이 거기 서있기에는 대조적으로 내 모습이 초라했다. 그러나 내 딸 성희만은 그 많은 아이들 중에 가장 복스럽고 의젓한 게 현모양처로는 부족함이 없어 보였다.

나는 딸애들이 큰일하기를 바라지도 않았다. 세계적 피아니스트보다는 동네 피아노 선생을 하면서 남편 내조를 잘하고 사랑받는 아내면 족하다는 생각이었다.

나는 성희가 예고를 졸업하고 서울대 음대를 가기를 소망했다. 그러나 성희의 생각은 달랐다. 자기는 청음이 부족해 음악에 소질이 없는데 엄마 희망에 따라 서울예고에 진학을 했다고 극성인 엄마에게는 차마 말 못하고 이모와 고모에게 하소연을 했다고 한다.

늦었지만 지금 와서 성희에게 나는 무척 미안하다. 그애가 원하는 일반 고교에 진학하여 영문학을 전공했다면 성희의 인생도 많이 달라졌을까 싶기도 하다. 그럼에도 나는 예고에 진학한 것만을 영광으로 알고 닦달했던 것이다. 성희는 엄마를 실망시킬 수 없어 본인의 의중과는 상관없이 진학을 했다. 딸의 마음을 헤아리지 못한 것은 순전히 내 중심적인 오만과 내가 못한 것을 자식을 통해 보상받고 싶은 어미의 욕심 때문이었다.

다행히 착한 성희가 잘 커서 착실하게 신앙생활을 하며 가정을 행복하게 꾸리고 있으니 고맙기만 하다.

위만 보는 엄마의 기대치와는 다르게 성희는 한양대 음대 피아노과에 들어갔다. 그리고는 졸업도 하기 전에 결혼을 했다. 사위는 서울대 재료공학과를 나오고 카이스트 공학박사로 한국과학기술연구원에서 근무하는 재원이었다. 부모가 없는 막내라는 게 걸렸지만 두 사람의 사랑의 힘은 푸른 소망과 드높은 기대를 안고 출발했다. 알콩달콩 사는 것도 예뻤지만 시집 간 지 얼마 되지 않아 첫딸을 낳더니 두 번째로 아들을 낳았다. 미국 시애틀에 있는 Washington Statate University 연구원으로 가더니 큰아들 성욱이를 불러들였다. 처음엔 어학연수를 목적으로 간 것이었는데 성욱이는 지금 미국 시민권자가 되어 그곳에서 살고 있다.

큰딸 내외는 다시 한국으로 들어와 사위는 한국기술연구소에서 책임연구원으로 일하다 지금은 GL Materials 회사의 이사로 재직 중이다. 큰손녀는 고대 고고미술학과를 나와 개성 강한 큐레이터로 갤러리에서 근무 중이고, 손자는 군복무를 마치고 현재 숭실대 아이티학과 4학년 재학 중으로 공무원 취직공부를 하고 있다.

세상 부모의 마음은 다 똑 같다. 아무리 애를 쓰고 노력해도 고쳐지지 않는 것이 있다면 자식에 대한 부모의 애착인 듯싶다. 제 자식이 가장 멋지고 훌륭하며 영향력이 있는 인물이 되길 바란다. 그러나 그건 어디까지나 부모만이 갖는 애틋한 소망일 뿐, 자식은 날개를 달아주면 제 살길 찾아 훨훨 날아가는 것이 아니던가.

'나는 엄마처럼 살지 않을 거야.'라는 말을 시도때도 없이 하던 성희의 항변이었지만 나도 그랬고, 내 딸도 그랬으니 아마 손녀도 닮지 않았을까. 마음은 언제나 서른 살, 마흔 살로 살아가는 것 같은데 겹겹이 둘러진 세월은 어쩔 수 없는 모양이다.

나는 요즘 자식들보다도 손자 손녀들과 더 가까이 지낸다. 할미가 품은 마음을 제일 많이 이해해 주는 것도 손주들이다. 내가 뒤늦게 공부를 하도록 새로운 행복을 찾아 준 것도 큰손녀 희정이다.

"할머니는 공부를 좋아하니까 사이버대학에 입학해 보세요. 그러면 슬픔을 이겨내는데 도움이 될 것 같아요." 자식을 잃고 슬픔이 빠져 아무 일도 할 수 없었던 나에게 공부를 하라고 권유했다. 그러면서 컴퓨터도 가르쳐 주고 사이버대학 입학수속까지 밟아 주었다. 희정이 덕에 슬픔을 잊고 다시 일어서는 계기가 되었다.

내가 이제 누구보다 대화가 제일 잘 통하는 것도 사랑하는 손주들이다. 그 녀석들이 없었다면 내 무슨 힘으로 그 모진 고통을 견디었을까. 생각만 해도 고맙고 든든하다.

나는 믿는다. 손주들의 앞날에 희망의 꽃이 활짝 필 것을… 부모는 누구나 자기 자식만은 한 떨기 화려한 꽃으로 살아가기를 갈망한다. 그러나 꽃처럼 사는 인생만이 아름다운 것은 아니다. 내 몸을 썩혀 한 줌 거름이 되어주는 풀과 같은 인생이 더 아름답고 숭고한 것이다. 세상이 아무 일 없는 듯 날마다 유유히 흘러갈 수 있는 것도 꽃으로 산 사람보다 거름으로 살다간 사람이 많기 때문이다.

● 작은딸 지희네

나의 둘째딸 지희는 고대 법대 출신 고시생하고 연애결혼을 하였다. 우선 인물도 준수하고 성격도 좋은 사윗감이 마음에 들었다. 지희는 결혼하고 첫째로 딸을 낳았고 두 번째로 이란성 아들 쌍둥이를 낳았다. 지희의 쌍둥이 출산은 조씨 가문의 축복의 유전인자이기에 마음껏 축하하는 마음이었다.

내가 갓 시집 왔을 때 시어머님은 쌍둥이 시고모에 대한 일화를 들려 주셨다. 두 분은 결혼하여 서로 다른 지역에 사셨고 전화나 전보 같은 통신망도 없던 시절이어서 사전에 서로 어떤 연락도 없이 친정 부모님 기일이나 대소사에 오실 때였다. 그런데 그분의 차림이 마치도 서로 연락하여 맞춘 것처럼 빨간 댕기로 머리를 땋아 쪽진 모습이나 치마저고리 입은 옷매무새가 똑 같았다고 한다. 또 옷 색깔마저 비슷해서 분간할 방법이 없어 앞치마를 서로 다른 색깔로 입혀 드려서 구분했다는 이야기였다.

둘째딸의 쌍둥이 외손자의 탄생은 생물학적인 유전인자에 의한 하느님의 축복이며 기적 같은 탄생이 아닌가 싶다. 그때 사위는 고시 준비 중이었고, 음대를 나온 지희는 연예인 자녀들에게 방문 레슨을 하던 시절이었다. 그래서 피임 중이었음에도 하느님 선물로 태어난 쌍둥이들이어서 정말 신비롭고 자랑스러웠다.

그애들이 지금은 고등학교 2학년이다. 184cm의 키에 잘생긴 훈남 스타일이어서 연예인이 되어도 손색이 없을 정도다. 손녀딸도 172cm에 숙대 신문방송학과에 입학하더니 학비는 자기가 해결한다고 자진 휴학하고 아르바이트를 하고 있는 중이다.

지희는 결혼 초부터 시부모님 모시고 알뜰살뜰 근검절약하여 재개발 아파트까지 분양받아 모델하우스같이 꾸며놓고 잘 산다. 그애의 부지런함은 제 외할머니를 닮은 것 같다. 나의 친정어머니는 일꾼들 60명을 아침 새참 점심 저녁 새참까지 손수 준비하여 대접하셨을 정도로 그 부지런함이 근동 사람들에게 자자했고 친정아버지는 '너희 어머니는 팔랑개비'라는 별명을 붙여 주었다.

여전히 피아노 레슨을 하며 생활에 보탬을 주고자 하는 지희를 생각하면 마음이 아프다. 그러나 사위는 열심히 내조하는 자기 아내를 자랑스러워한다. 검사가 되고 싶었던 사위가 비록 검사는 되지 못했지만 현재의 삶에 만족하며 행복하다고 한다. "미술은 고등학교 때부터 해도 전공을 할 수 있으나 피아노는 아주 어려서부터 하지 않으면 전공할 수 없는 어려운 과목인데 장모님이 어려서부터 피아노를 가르치시느라 수고 많으셨다."며 고마워할 줄 하는 사위이다.

딸은 귀하게 키워야 한다는 마음 한구석에 자리잡고 있으면서도 한편으로는 물고기를 잡아주지 말고 잡는 법을 가르쳐 주라는 유태인의 교육 철학이 머릿속에 박혀 있는 나는 내 아이들을 키우면서 못할 짓을 많이 한 것 같다.

한번은 지희가 "공부 하면 피아노 치라고 하고 피아노 치면 공부하라고 해서 엄마가 무섭기만 했다. 피아노 치기 싫어서 반포 교수님 댁으로 레슨을 받으러 갈 때 이 버스가 한강 다리 밑으로 떨어졌으면 하는 생각을 얼마나 많이 했는지 아느냐?"고 했었다.

어쩌면 나는 아이들을 통해서 내가 이루지 못할 꿈을 보상받으려 했는지 모른다. 중학교 1학년 때 친구 언니 집(언니가 교회 전도사라 교회 사택에 풍금이 있었음)에 가서 풍금을 배우고 집에 오곤 했는데 그때마다 아버지께서 불호령을 내리곤 했다. 소에게 풀을 먹여야 하는데 늦게 왔다며 책가방을 마당에 내동댕이치기도 했다.

아버지 불호령에 바깥마당을 나가면 소는 아가씨를 기다렸다는 듯이 눈을 끔벅끔벅하고 서있었다가 나를 보면 꼬리를 마구 흔들며 반가워했다.

'머리에서 쏟은 물은 발끝까지 내려간다.'는 속담처럼 현대 심리학으로 볼 때 어렸을 때의 트라우마가 중년 노년에까지도 잠재해 있어 본인을 괴롭히는 것 같다.

나도 어렸을 때 시골이라는 환경과 부모님한데 불만이 많았듯 나의 자녀들도 마찬가지일 것이다. 세상은 많이 달라졌는데 10년이면 강산도 변한다는데 우리 딸이 나의 사는 모습이 어미에 삶을 답습하며 사는 것 같아 속상한 것이다.

지희가 시부모님 모시고 삶의 고비들을 헤쳐 나오느라고 많은 고생을 텐데도 이 어미는 그 짐을 나누어주지 못했다.

자식은 내 핏줄이기에 생물학적인 정이 흐르고 있지만 법으로 맺어진 시어머니와는 도덕과 법적으로 엮인 관계여서 까딱 잘못했다가는 그 앙금이 가슴속에 영원히 남게 된다. 그래서 이 어미는 멀리서 잘 살라고 응원만 할 뿐이지 딸과의 접촉은 되도록 피해왔다.

지희는 외할머니의 부지런함과 생활력을 많이 물려받았고 친할머니의 끼까지도 닮았다. 다재다능한 지희가 피아니스트가 될 수 있도록 더 많은 뒷받침을 해주었더라면 하는 아쉬움이 늘 마음에 남아 있다.

이제는 가끔 손자 손녀들은 밖에서 애인처럼 만난다. 쌍둥이 손자들의 어렸을 때를 생각하며 미소 번진다.

그애들이 서너 살 때다. 둘이 말타기를 하고 놀 때도 동생은 형 등에 타고 "아! 신난다 이랴~ 이랴!" 하지만 8초 먼저 태어난 형은 동생 등위에 덥석 앉지를 못하고 걸어가면서 "아! 빨리 가?"할 뿐이다. "형 앉아." 하면 "너 힘들고 아프잖아." 한다. 기특하다고 칭찬했더니 "외할머니 태훈이는 어리잖아요." 하며 동생을 끔찍이 생각했다. 겨우 말 배울 때 얘기다.

중학교 들어가서는 외할머니인 내가 선물로 워크맨을 사준다 했더니 둘이 같이 쓰게 하나만 사달라고 한다. 하나씩 사주겠다고 하니까 "엄마는 왜 한꺼번에 둘을 낳아서 외할머니 돈 많이 들게 하느냐?"고 하며 삼촌들한테 세뱃돈 타면 갚겠다고 했다.

이란성 쌍둥이여서 공평하게 친할아버지와 외할아버지를 나누어 닮아서 쌍둥이 같지 않다. 학교도 친구를 넓게 사귀라고 따로 배정을 받아 중학교 때부터 서로 학교가 다르다. 동생 친구들은 지금도 깍듯이 동학년인데도 형이라고 부른다.

어느 날 현대백화점에서 고등학생이 된 형인 태준이와 우연히 마주쳤다. 밥을 먹고 필요한 것 외할머니가 사주겠다고 하니 "할머니, 시계 사려고 모아놓은 돈을 태훈가 자전거 사고 싶다고 해서 빌려주었는데 안 갚아요. 그 자전거를 청계천에서 잃어버렸다고 해요." 한다. "외할머니가 시계 사 줄게. 대신 너는 동생에게 자전거 한 대 사주었다고 생각하면 안 될까?"는 내 제안에 "돈 갚으라고 하려니 마음이 아프고 그냥 있자니 말도 없는 태훈이가 얄미워요." 했다.

그 이튿날 이번에는 동생 태훈이를 현대백화점에서 만났다.

"형에게 시계를 사주었는데 너도 똑같은 걸로 사줄까."

"저는 시계가 있고 할머니 돈 많이 쓰면 제가 미안해서 안 돼요.

나는 추리닝을 사주세요. 어제 형이 다 이야기했어요. 돈을 안 갚아도 되고 대신 외할머니에게 고마워하라고요.”

태준이와 태훈이가 얼마나 기특한지 지희가 자녀 교육은 참 잘 시켰다는 생각을 했다. 또 조부모님과 삼촌들과 함께 대가족 속에서 사랑을 듬뿍 받고 올바로 자랐다. 성서 속에 나오는 카인과 아벨의 질투심은 두 아이에게 전혀 찾아볼 수 없음에 감사했다. 어른이 되어서도 그 마음이 변치 않기를 기도한다.

● 큰아들 성욱이네

딸 둘을 낳고 아들 낳기란 정승 판사하기보다 어렵다고 했던가. 1969년 1월 28일 나는 앞서 딸 둘을 낳고 아들 성욱이를 낳았다. 시누이가 새언니는 왜 누가 오면 애기 기저귀부터 갈아주냐며 은근히 나를 시샘하였다. 사실 나는 부러 의식한 행동은 아니었으나 아들을 볼 때마다 나 또한 조씨 가문의 대를 이을 자식을 생산했다는 게 나 자신도 믿기지 않아 가끔 지저귀를 열어 확인하곤 했다.

고추가 달린 그애를 볼 때마다 나는 가슴이 뿌듯했다. 세 번째 임신했을 때, 혹시나 딸일까 봐 얼마나 노심초사했는지. 그래서 몰래 영등포 근처 산부인과 몇 군데를 찾아가 아들인가를 확인하고는 나 혼자 신이 나 기쁨의 눈물을 흘리며 얼마나 감동했던가. 그리고 마침내 아들 성욱이를 낳고 나는 아내로 엄마로 당당한 자신감이 생겼다.

딸을 둘 낳고 부모님 앞에 무슨 죄인이나 된 것처럼 굴던 남편이 드디어 아들을 얻고 나서는 얼굴이 활짝 피어 자식노릇 다했다는 당당한 표정이라니…. 땅이 꺼지도록 걱정하시던 시어머님은 또 손녀를 볼까봐 미움 아닌 미움의 눈총으로 나를 보시더니 손자탄생 이후 며느리 대하는 눈길이 달라졌고 당신네 죽으면 제사 지내 줄 손자놈이라고 성욱이를 특별히 여기셨다.

돌잔치도 크게 차려주었고 가족사진도 기념으로 찍어 걸어두어 사촌들로부터 부러움을 사기도 했다. 성욱이가 6살 때였다. 마을에 잔치만 있다하면 손자 자랑하고 싶어 늘 성욱이를 앞장세우고 가셨다. 어느 날인가 동네 잔칫집에 데려갔다가 아이들과 숨바꼭질하던 성욱이가 밭 한구석에 파놓은 똥독에 빠져 하마터면 죽을 뻔한 사고가 생긴 이후 다시는 손자를 데려가지 않으셨다. 아이도 얼마나 놀랬던지 밤만 되면 방구석에 쭈그리고 앉아 하도 울어대서 궁여지책으로 태권도를 하면 나아질까 싶어 도장에 보냈다.

그게 바로 치료제가 되었는지 무섬증이 없어졌다. 그때부터 끈기 있게 고등학교 1학년 때까지 같은 도장을 다녔다. 지금도 관장님은 "내가 끌어안으면 고 녀석이 품에 꼭 안겼는데 이제는 같이 늙어 간다."고 해서 웃었다.

1980년도 성욱이가 초등학교 4학년이고 성열이가 2학년일 때였다. 마포에서 목동으로 이사 온 지 얼마 안 돼 내가 바빠 아이들을 미처 전학을 못시켜 미포 용강동까지 버스를 타고 다닌 적이 있었나. 학교 끝나면 둘이서 꼭 타고 오라 일러 주었고 학교 갈 때나 하교해서 돌아올 때나 두 형제는 다정스레 손잡고 집으로 돌아오곤 했다. 어느 날, 동생 성열이는 점심나절 돌아왔는데 형인 성욱이는 해가 질 무렵에야 돌아왔다. 화가 난 나는 전후 사정 듣지도 않고 무조건 형인 큰애를 야단쳤다.

성욱이는 눈물을 뚝뚝 흘리며 동생이 배고프다고 하여 떡볶이를 사 먹이고 나니 차비가 없어 동생만 버스를 태워 보내고 저는 걸어왔다는 것이었다.

"아니 그 먼 길을 걸어왔단 말이냐. 왜 이모네 집에 가서 차비를 달래지 그랬어."

"가서 그랬더니 이모가 잔돈이 없다며 한 사람 차비밖에 안 줘서 성열이만 태워 보내고 난 집까지 걸어오느라 늦었단 말이에요."

"그럼 둘 다 같이 걸어오지 그랬어?"

"그렇지만 어린 동생을 어떻게 그 먼 길을 걸어가게 해요."

성산대교를 걸어 집까지 왔다니 일면 대견스럽기도 했지만 제가 형이라 해도 겨우 두 살 차이가 아닌가. 그 우애, 그 사랑, 동생을 생각하는 성욱이의 고운 마음이 너무나 예뻐 나도 모르게 사랑의 물이 넘쳐 코등이 시큰해지면서 눈물이 났다. 나는 '그래 잘했다'를 연발하며 그애를 꼭 껴안아 주었다.

고등학교 때도 성욱이는 조씨 가문의 맏아들 역할을 톡톡히 했다. 누나 고모들한테는 친정집이 되지만 동생 성열이한테는 형인 제가 큰집이어야 한다며 끝까지 성열이를 책임질 거라고 장담하곤 했다. 장가를 가도 나한테 잘하는 여자보다 시동생이나 집안 식구들에게 잘하는 여자를 아내로 얻겠다는 까다로운 조건을 내걸었다.

아무리 세상이 바뀌고 호주 제도가 없어진다 해도 혈육의 정을 어찌 끊을 수 있으랴. 모든 사람이 그렇듯 형제간에 사랑하고 우애와 예절이 넘친다면 부모로 그런 자식을 둔 게 얼마나 든든한지 모른다. 자고로 자식자랑은 팔불출이라 했지만 나는 기꺼이 그 팔불출이라 해도 마다하지 않으리니.

내가 망원동에서 약국을 경영하고 있을 때였다. 아침에 남들이 출근하는 것처럼 나도 집을 나와 밤 12시나 되어서야 집에 들어갔다. 공부는 잘하는지, 숙제는 잘해 가는지, 집에서 서로 싸우지나 않았는지 아이들 걱정으로 가끔씩 머릿속이 수세미가 되기도 했지만 그렇다고 약국 문을 닫을 수는 없었다.

그래서인지 남들보다 아이들의 성적에 더 예민했던 것 같다. 한문 시험을 보는데 알듯 모를 듯한 게 있어 저도 모르게 한자가 적혀 있는 책받침을 봤다는 것이었다. 그때 그 앞 복도를 지나던 교련선생님은 무조건 성욱이를 부정행위자로 지목하셨고 그 일로 인해 한 달간 정학을 맞아 학교를 못간 일이 있었다. 그애는 엄마인 내게도 말 못하고 도시락은 산속에서 같이 정학 맞은 친구들과 어울려 먹고 시간을 보냈으니 그 괴로움이 오죽했으랴.

그런 사실을 모르고 나는 왜 성적표가 나왔을 터인데 안 보여 주냐며 그애를 닦달했다. 그 후에도 그애는 2학년 전체 수학 성적표만 보여주며 열심히 공부해 반드시 치과대학을 꼭 들어가 엄마를 기쁘게 해드릴 테니 염려 말라며 나를 안심시켜 주었다. 그 위안의 말에 나는 그저 안심이 되어 속으로 은근히 기뻐했지만 그애의 심사는 얼마나 괴로웠을까를 생각하면 지금도 엄마로서 미안하다 못해 부끄럽다.

그런 아들의 마음속의 사연을 꺼내 보여주신 분이 바로 3학년 담임 이선재 선생님이었다.

"성욱이는 가정환경을 보나 중학교 때부터 고등학교 일이학년 성적을 보나 그럴 아이가 아닌데 1학년 2학기 때 부정행위에 걸려 한 달간 정학을 맞은 게 큰 충격이었던 같습니다. 그러나 지금 성적도 올라가는 편이고 인성도 좋으니 분명 제가 원하는 좋은 대학에 들어갈 수 있을 겁니다."는 말로 오히려 나를 위로해 주었다.

3학년 1학기에는 중간등급으로 껑충 뛰더니 이 학기에는 한 등급이 더 올라갔지만 결국 그 해는 대학입학에 실패했지만 이듬해 재수를 하여 강원도 상지대 생물과를 들어갔다. 생물이 의과대학의 기초과목이라고 2학년을 마치고 편입시험을 보겠다고 했다. 생물 실습으로 자생하는 식물들을 채집하고, 동물 실험으로 뱀을 생으로 잡아 술에 담가 학교실습실에 갖다 놓고 관찰하기도 했다. 자연과 더불어 그렇게 다양한 실습을 하더니 생물에 대한 인식과 인간은 자연과 더불어 살면서 공존해야 한다는 기본원리를 깨우쳐 의과대학으로 전과할 것을 생각했던 것 같았다.

담당 교수님들과 같이 연구하며 지내다보니 자연히 인간적으로도 친밀감이 높아지게 되었고 실습실에서는 교수님의 조교처럼 상주해 있기도 했다. 2학년 마치고 군 입대를 한다며 휴학계를 냈다. 국방의 의무를 한 후 더 공부하는 게 좋을 거라며 자원입대했다.

제대 후 미국 시애틀대학의 연구원으로 가 있는 매형의 권유로 어학연수를 간 것이 계기가 되어 지금은 미국 시민권자가 되어 미국에서 살고 있다. 시애틀의 에드먼즈 커뮤니티 칼리지(Edmonds Community College)에서 2년을 공부하고 Washington State University에 들어갔다. 그 당시에도 100년이 넘는 전통의 대학이었다. 대학을 주축으로 발전하면서 Pullman이라는 도시가 형성되었다. 거기서 토목공학과를 전공해 1999년도에 졸업을 했다. 졸업하던 이듬해 시애틀의 CH2M HIll 회사에 입사를 했다.

어느 날 모르는 사람한테서 전화가 왔다. 보름 전에 사촌동생이 사는 미국을 방문하고 오늘 김포공항에 온 사람이라며 아들 성욱씨가 미국에서 좋은 직장에 취직된 걸 아느냐고 전화를 해주었다. 동생이 시애틀에서 슈퍼를 하고 있는데 성욱이가 취직되기 전까지 거기서 아르바이트를 했다는 것과 성욱이 같은 훌륭하고 성실한 사람을 다시는 못 구할 것 같다며 안타까워했다는 말을 전해 주고는 아드님과 통화를 해보라는 것이었다.

웬 취직인가 싶었다. 그런 이야기를 전해들은 바도 없으려니와 그렇게 미국에 눌러앉게 될 줄이야. 취직한 게 확실하냐고 아들에게 물었다. 아들은 더 두고 봐야 할 것 같다며 걱정 말라고 했고 그런 아들이 못미더워 우리 부부는 눈으로 직접 확인하고 싶어 미국행 비행기에 몸을 실었다.

부모님이 오셨다고 하니까 사장님이 회사를 방문해 달라는 부탁을 했다고 했다. 만나본들 말이 통하지 않으니 무슨 말을 어떻게 해야 할지 걱정을 했더니 아들은 나보고 그냥 웃기만 하고 '예스'라고만 하면 된다고 했다. 그 말만 믿고 사장실로 들어갔다.

사장의 말을 자세히 들어본즉 아들을 잘 두시어 우리 회사에 많은 도움을 주고 있는 인재라고 했다. 또한 손재주도 미국사람보다 월등히 뛰어나 컴퓨터 50대가 모조리 조성욱 씨 손을 빌리지 않으면 돌아가지 않는다고 극구 칭찬일색이었다. 남편도 나도 말하지는 못해도 대충은 알아들었다. 그 소리에 들뜬 우리를 보고 아들이 하는 말이 "엄마 너무 좋아하지 마셔요. 그 정도는 미국의 젊은 사람들도 누구나 할 수 있는 일이랍니다." 그러나 나는 자부한다. 내 아들이 얼마나 자랑스러운 사람인가를.

아들 성욱이는 거센 비바람도 몸소 부대끼며 잡초처럼 자란 아이였다. 한국에서도 맞벌이 부부의 결핍된 사랑 속에서 혼자 공부했고 혼자 해결하며 헤쳐나간 아이였다. 미국에서도 각종 아르바이트로 손수 학비와 생활비를 해결하며 대학을 졸업했던 아이가 아닌가. 어디를 다니든 자신의 책임과 의무를 성실하게 수행할 아이였다.

2003년도에는 Comerstone Engineeringinc라는 더 큰 회사로 옮겼다. 그 회사에서도 열심히 일하면서 Professional Engineer 자격증을 땄다. 그 이후 미국생활에 자신감이 더했던 것 같았다. 그리고 또 다시 회사를 Boeing사로 옮겼다. 세계적인 비행기회사로 도시 전체가 보잉사 본사라 해도 과언이 아닐 만큼 큰 박물관도 있고 아들 성욱이가 근무하는 곳은 전투기를 저장하는 건물이라 했다. 그곳은 미국 시민권자가 아니면 들어갈 수 없어 결국엔 시민권을 얻게 되었다. 아들은 전투기 저장하는 건물을 진단하는 역할을 담당하고 있었다. 지금은 세계적으로 전쟁이 없기에 일반여객기도 들락날락할 적마다 건물을 진단하고 있다니 내 아들이 너무도 자랑스럽다.

넥타이 한번 안 매고 편한 평상복 차림으로 출근해도 누구한테도 꿀리는 게 없다는 아들의 당당함이 그렇게 뿌듯할 수가 없다. 본토인 미국의 젊음들 속에서도 대한의 아들로 세계 속으로 걸어가는 모습은 상상만 해도 흐뭇하다.

성욱이는 조씨 가문의 맏아들답게 가족애가 남다르다. 어려서부터도 할머니, 고모, 고종 사촌형제들하고도 관계를 잘 유지해 큰아들다운 의젓함이 있었다.

정암 조광조의 후손임을 자랑스럽게 여겼고 할아버지께서 한문 공부만 하다가 상투를 자르고 만주로 도망가서 신학문을 하셨다는 것과 조상님의 후손다운 학자의 DNA가 있다는 걸 증명이라도 하듯 중·고등학교는 물론 대학에서도 공부만 몰입했다.

할아버지가 동생들을 생각하던 우애가 우리 자식한테도 유전된 것은 아니었을까. 큰매형이 카이스트 연구원으로 시애틀에 있는 대학에 가 있을 때 성욱이를 데려갔고 성욱이 역시 바톤을 이어받듯 제 동생 성열이를 데려갔던 것이다.

● 꽃보다 더 고운 나의 며느리

결혼해 가족을 만든 지도 어언 52년, 사남매 중 성열이는 떠나갔지만 남은 3남매가 결혼해 손주들까지 15명의 대가족을 이루었다. 내 인생의 씨줄과 날줄 같은 어여쁜 무늬들, 누구 하나 귀하지 않은 것이 없다. 그중에서도 꽃보다 어여쁜 내 며느리는 심성도 착하지만 매사 사려 깊고 식견도 뛰어나 우리 집에 복덩이가 굴러 들어온 게 아닌가 싶다. 내게 더없이 귀한 또 하나의 내 딸자식이다.

속담에 이르기를 '외며느리 고운 데 없다'는 말이 있지만 나는 그렇게 생각하고 싶지가 않다. 하나밖에 없는 며느리라서 더 곱고 더 따뜻하게 품어주어야 한다는 생각이다. 솔직히 말해 피 한 방울도 섞이지 않은 며느리를 어찌 딸자식으로 여길 수 있을까 싶지만 그것은 어디까지나 시어머니의 권위에서부터 고부간의 갈등을 불러오는 데서 생겨난 말인 듯싶다. 내 속으로 낳은 딸자식에게는 무조건적인 사랑을 주면서도 며느리에게만큼은 어떤 대접을 받아야 한다는 속성은 오래전부터 우리들 마음속에 나쁜 병을 키우며 살아온 까닭이다.

이 땅의 여인이라면 누구의 며느리로 살면서 젊은 날 얼마나 많은 고초를 겪어야 했던가. 귀머거리 삼 년, 벙어리 삼 년, 소경 삼 년이란 너울을 씌워놓고 이 땅의 많은 여자들의 의식을 짓밟았던 시대가 있지 않았던가. 그래서 여자의 일생은 한(恨) 많은 삶이었고 우물 안 개구리처럼 집안에 못처럼 박혀 살며 손에 물마를 날 없이 일 속에 묻혀 살았다. 모진 풍파, 모진 설움을 당해도 시집간 그 집에 귀신이 되어야 하는 게 여자의 숙명이었다. 한국 근대 개화기의 여성사만 보더라도 문필가 김일엽 스님, 화가 나혜석, 노래하던 윤심덕 등등 타고난 끼와 깨어있는 의식이 있었음에도 시대의 관습에 묶여 자신의 타고난 재능조차 제대로 펼쳐보지도 못하고 불우한 삶을 마감했으니 시대를 잘못 태어난 때문이었다.

여자의 적은 여자라는 말이 있다. 며느리라는 이름으로 색안경을 끼고 바라보면 예쁜 것도 밉게 보이는 법, 다소 부족하고 서운한 게 있다 해도 옛날 며느리로 살았던 내 설움을 생각해 며느리를 딸자식 처럼 여기고 싶은 내 마음을 알아주었으면 좋겠다. 아들이 없어 며느리를 맞이하지 못하는 이들을 생각하면 나는 아들 덕에 며느리가 있는 것만으로도 고맙고 감사한 일이 아닐 수 없다. 뿐이랴, 가문을 위해 손자 손녀까지 낳아주었으니 이보다 더 귀한 자식이 어디 있을까.

나는 연탄을 닮은 시어머니의 사랑법을 마음에 담아두고 싶어 오늘도 하느님께 기도를 올린다. 추운 겨울, 따뜻하게 덥혀주고 험한 세상 미끄러지지 않도록 빙판길의 재가 되어주는 그런 시어머니가 되게 해달라고. 물론 이국땅 머나먼 미국에 살고 있으니 좋다 나쁘다 잔소리 할 일은 없다.

지난해 여름 시아버지 팔순이라고 며느리가 손녀 윤희, 손자 건희를 데리고 들어와 함께 지낸 한 달은 우리 부부에게 있어 꿈같은 나날이었다. 날마다 아침이면 '함께'라는 희망 같은 게 몽실몽실 피어올랐고, 그 희망의 알약은 먹을수록 달콤하고 즐거웠다. 비록 한 달이라는 유효기간이었지만 내게는 지금도 알약에 취한 듯 그때를 생각하면 행복한 웃음이 절로 나온다. 아니 어쩌면 그 희망의 알약은 내가 죽는 날까지 유효한 가장 소중한 선물인지도 모른다.

특히 성당에서 함께 간 여름캠프 3박 4일은 내 인생의 가장 풍요로운 날이었으며 외롭고 노곤한 내 삶에 위로의 무대였다. 고부라기보다 모녀 사이라고 해도 어색할 게 없다는 자매님들의 부러움은 나도 모르게 저절로 어깨가 으쓱해져 별것도 아닌 일에도 그저 헤프게 입을 벌려가며 웃었다.

며느리와 평생 살아도 좋은 것 같다는 욕심을 그때 처음 부려봤다. 그 어떤 언어로도 표현할 수 없는 며느리 사랑, 그 냄새는 아직도 내 빈 가슴속 한편에 그리움으로 남아 있다. 먼 길, 어쩌면 불확실한 바람이지만 나는 따뜻한 봄날을 기약하며 알약 한 알을 삼킨다.

계절은 끊임없이 순환한다. 질긴 무더위도 가고, 감성의 가을도 가고, 서릿발 같은 추위가 문턱에 버티고 서서 잔인하게 웃고 있다. 그렇지만 계절은 다시 또 온다. 사람도 만나고 헤어지고 다시 또 만나고 헤어져야 추억도 생기고 그리움도 피어나는 것이 아니겠는가.

겨울답게 함박눈이 퍼붓는 오늘 같은 날, 따뜻한 차 한 잔을 앞에 두고 창밖 하얀 도화지 위로 내 사랑하는 가족들의 얼굴을 그려본다. 혼자 보기도 아까운 예쁜 꽃 같은 내 며느리! 그 선한 미소를 떠올릴 때면 뭔가 아름답고 선명한 그리움이 가슴 가득 몰려온다. 언제쯤이 될지는 모르지만 며느리 또한 나처럼 시어미가 되리라. 그때쯤이면 내 마음을 알아주겠지.

하늘이 준 선물, 성열

● 성열이의 탄생

1971년 1월 31일 새벽부터 아랫배가 아파오기 시작했다. 진통의 강도가 높아지는 것을 느끼면서 나는 아픈 배를 감싸 안고 병원으로 향했다. 거리엔 어제 내린 눈들이 구석진 곳에 모여 시름시름 졸고 있었고 바람은 앵앵 울고 보채며 내 뒤를 따라왔다. 그날 낮 12시, 하늘이 갈라지는 진통을 겪은 끝에 나는 건장한 사내아이를 낳았다.

간호사의 손놀림은 아주 익숙하고 빨랐다. 피가 엉긴 아가를 금방 깨끗이 씻어 내 곁으로 데려왔다. 세상 밖으로 나오느라 어린것도 힘들었는지 살빛이 온통 불긋불긋 상기되어 있었다. 이목구비가 뚜렷한 건 아버지를 닮은 듯했고 손발이 크고 선이 굵은 건 나를 닮은 듯 했다. 누가 봐도 영락없는 사내아이였다.

오랜 진통을 겪어서인지 나는 손가락 하나 까딱하기도 싫었다. 간호사가 아이를 들어 안아 내 눈에 고정시켜 주었다. 어디선가 본 듯한 낯익은 아가의 얼굴, 눈은 꼭 감고 있었지만 입은 뭔가 할 말이 있다는 듯 꼬물꼬물거리는 게 귀엽기 짝이 없다.

신은 어찌하여 이리도 어여쁜 아이를 내게 주었을까. 고마운 감사의 기도가 절로 나왔다. 슬프고 괴로운 기억들조차 다 용서할 수 있을 것 같았다. 아니 불쑥불쑥 솟구치는 마음속 나쁜 병균까지 모조리 빠져나가는 느낌이었다.

생명은 언제 봐도 신비롭다. 요 앙증맞은 것이 내 뱃속에서 나왔다는 게 믿기지 않았다. 아이의 중심이 내 몸을 잡아당기는지 형언할 수 없는 모정이 솟구쳤다.

딸 둘에 아들 둘이라, 세상을 다 얻은 듯 나는 무한한 행복함과 고마움이 새록새록 피어났다. 남편도 그런 나를 사랑스런 손길로 볼을 만져주며 "수고했소, 고맙소."를 연신 입가에 달아놓고 기분 좋은 웃음을 날렸다.

다행히 순산이라 금방 분만실을 나와 병실로 올라갔다. 그제야 잠들어 있는 어린것을 다시 한 번 꼼꼼히 들여다봤다. 아가의 얼굴에서 또 하나의 내 얼굴이 클로즈업 되었다. 수려한 외모를 지닌 제 아빠를 닮기를 바랐건만 어쩌자고 이 못난 어미를 닮았을까 싶은 게 약간의 아쉬움이 스쳐 지나갔다. 분명 나를 닮긴 했지만 그 느낌은 뭔가 달라 보였다. 이담에 크면 대통령이 될 것도 같고, 귀를 보면 오래오래 장수할 것도 같은 게…. 나는 이 아이가 세계적인 유명한 학자가 되었으면 하는 상상으로 가득 찼다.

간호사도 덩달아 신이 났는지 왔다갔다 발걸음이 가볍고 빨랐다. 아들 낳느라 수고했다며 아빠 몫까지 식사준비를 해줬다. 푸짐한 미역국에 쌀밥 2인분, 남편은 먹을 생각은 않고 국에 덥석 밥을 말더니 내 입에 한 숟가락 넣어주었다. 아기는 쌕쌕 잠들어 있었고 우리는 그런 아기를 바라보며 부부싸움 한 번 안 해본 사람들처럼 오순도순 구름 위를 거닐며 행복한 웃음을 주고받았다. 새로 태어난 아기 덕에 그와 내가 다정다감한 감정을 소중하게 공유하는 순간이었다.

밥을 먹고 나니 갑자기 잠이 쏟아졌다.

초저녁부터 달게 자고 났더니 새벽녘에는 눈이 말똥말똥 잠이 오지 않았다. 어린것을 바라보며 나 혼자 기와집도 짓고 초가집도 짓다가 문득 집에 있는 삼 남매 생각이 났다. 이제 겨우 7살인 큰딸이 동생들을 잘 보살피기나 하는지 아이들이 눈에 밟혔다. 가사도우미래야 6학년 중퇴를 한 마음 착한 시골소녀가 와 있긴 했지만 맘이 영 놓이지 않았다. 아무래도 편안히 병원에 누워 있을 수가 없어 이튿날 날이 밝기 무섭게 남편에게 퇴원 수속을 해달라고 했다.

엄마라는 나의 배역은 퇴색해 가고 있는 내 꿈의 잔해들을 긁어모으는 것이 아니라 이제부터는 네 아이들에게 꿈을 달고 훨훨 날 수 있도록 다듬고 보듬어 주는 일이었다. 네 아이의 엄마, 과연 내가 해낼 수 있을까, 슬며시 걱정이 되기도 했지만 아이가 배냇짓을 하며 웃는 모습을 보니 기운이 절로 났다. 자식은 내리사랑이란 말이 참이지 싶다. 성열이의 탄생은 생각지도 않던 행운의 복덩이가 굴러 온 듯 이상하게 마음이 뿌듯하고 기뻤다.

나만 그런 게 아니었다. 아이 셋을 낳도록 별다른 감흥을 보이지 않던 남편까지도 뭐가 그리 좋은지 연신 웃음을 날리고 다녔다. 성열이의 탄생은 봄바람이 희망을 데리고 우리 집으로 들어 온 것처럼 집안 가득 훈풍이 돌았다.

자식이란 이름 앞에 행복하지 않은 이 뉘 있으랴. 사랑하고 싶은 내 몸의 분신, 달콤한 목소리, 죽어도 버릴 수 없는 모정은 무능한 여자도 세상을 변화시키는 신비한 마력을 지니는 듯했다. 어머니란 이름이 위대한 것은 어쩌면 자식이란 이름이 있기 때문이 아닐까 싶다.

● 될성부른 나무는 떡잎부터 알아본다

70년대는 연탄보일러가 유행이었으나 제대로 된 기술자가 드물었다. 아파트지만 내부는 각자가 부담해야 하는 공사였다. 와우시민아파트가 허물어지고 김현옥 시장의 특별지시로 전봇대만 한 기둥을 사방으로 박아지은 외부 공사를 제외한 내부공사는 각자 집주인의 몫이었다. 급한 김에 사람을 불렀더니 기술도 없는 보일러공이 왔다. 우리는 그 사람에게 속아 그해 겨울 불운하게도 냉방에서 지내야 했다. 지금도 그 생각만 하면 화가 머리끝까지 치밀어 오른다.

퇴원하고 이튿날, 친정어머니가 청주에서 올라오셨다. 냉방에 갓 난아기를 눕혀놓고 나는 퉁퉁 부어오른 몸을 이끌고 약국 문을 열었다. 애 낳은 산모가 무슨 일을 하느냐며 어머니는 극구 말렸지만 약국을 찾는 손님들이 자꾸만 생겨 어쩔 수 없이 문을 열어야 했다. 그런 딸을 위해 어머니는 약국에 연탄난로를 피워주었다. 성치 않은 몸으로 돈을 번다고 약국에 나와 약을 팔고 있는 딸의 모습이 무척이나 측은하셨던 것 같다.

"얘야! 시골 거지도 이렇게는 안 산다. 구멍가게 같으면 문 닫고 며칠이라도 쉴 수 있으련만, 이거야 원 허울 좋은 약사지. 쉬지도 못한다니…. 이럴 줄 알았으면 너를 뭣하러 대학꺼정 공부시켰는지 모르것다. 후회막급이다."

나는 어머니가 그렇게 정색을 하며 화내는 걸 처음 보았다. 죄라도 지은 양 아무 말도 못하고 나는 창 너머 내리는 눈발만 하염없이 바라보았다. 어머니 맘에 쏙 드는 좋은 집에 시집가서 넉넉하게 살았더라면 얼마나 좋았을까. 따뜻한 아랫목 이불속에 발길 부딪쳐가며 오순도순 모녀의 정을 나눌 수 있었더라면 저토록 서운해 하지는 않으셨을 터인데….

나는 나에게 손가락 꼭꼭 걸고 다짐을 했다. 예쁜 내 자식들만은 절대 절대 고생시키지 않겠노라고…. 언젠가 반드시 잘 사는 모습을 보여 어머니 마음을 기쁘게 해드리겠다는 다짐도 했다.

초등학교 들어가기 전, 6살밖에 안 된 막내 성열이는 누가 가르쳐주지도 않는데도 일찍이 한글을 깨우쳤다. 7살이 되면 학교를 입학 시킬 수 있는 통지서가 나오는데 할아버지가 출생신고를 잘못 기재하셔서 7살에 입학통지서가 나오지 않았다. 그래서 산부인과를 찾아가 출생일자 기록부를 떼어 법원의 재판 판결로 입학허가를 받아냈다.

담임선생님은 우리 약국 단골 손님이셨다. 겸손하시기도 했지만 제자 사랑이 모성애만큼이나 지극했다. 어느 날 우리 약국에 오시더니 듣기에 민망할 정도로 어미인 나에게 성열이 칭찬을 하셨다.

"어쩜 그리도 착한지, 성열이 같은 애라면 백 명을 가르쳐도 힘들지 않을 것 같아요. 반 친구들 하고 친화력도 좋고, 쉬는 시간엔 우리 교실을 웃음바다로 만들 정도로 유머도 풍부하답니다. 공부시간엔 귀를 쫑긋 세워 선생님의 가르침을 한마디도 빼놓지 않고 듣는 걸 보면 집중력도 대단한 것 같고, 공부면 공부, 운동이면 운동 못하는 것이 없답니다."

"과찬의 말씀입니다."

"뿐만이 아닙니다. 어제는 낱말카드 만들어 오는 숙제를 냈는데 글씨가 삐뚤삐뚤 엉망이어서 이거 누가 만들었니 물었더니 '제가 만들었어요.' 하더라구요. 하여 제가 엄마 보고 만들어 달라지 그랬니? 했더니 '우리엄마는 약국에서 손님하고 이야기하기 바빠 말도 못 붙였어요.' 라며 말하는데, 어찌나 귀엽던지, 한참을 웃었답니다."

성열이 말처럼 나는 매일 약국에서 살다시피 했고, 손님은 왕이라고 아이들과 놀아주기는커녕 약국에 얼굴만 들이미는 눈치만 보여도 야단을 치거나 윽박지르기 일쑤였다.

"성열이는 정말이지 모든 면을 앞서가는 아이입니다. 지난 번 체육시간엔 빨지도 않은 체육복을 입고 왔는데 형의 것을 입었는지 체육복이 손등을 다 덮고 바지는 질질 끌리는 것을 걷어 가면서 달리기도 잘하고 공차기도 잘하는 게 하도 기특해, 성열아 요다음 체육시간엔 엄마보고 체육복 좀 새것으로 사 달라 해서 입고 오라했더니 '우리 엄마가 밤에 잘 때 그러는데요, 아버지한테 약국 차리느라고 제약회사에 빚을 많이 졌다며 걱정을 하셨어요. 그래서 사달라기 싫어요?' 하지 않겠어요. 약사님은 효자아들 두셔서 이담에 분명 호강하실 겁니다."

칭찬은 고래도 웃는다고 했던가, 아~ 정말로 실컷 웃고 싶었다. 선생님의 한 말씀 한 말씀이 내 가슴에 꽃으로 피어 향기로 넘쳐흘렀다. 그게 사실이든 아니든 막내 성열이가 의젓하게 잘 커준 게 고맙기도 하려니와 그애가 내 자식이란 게 대견하고 뿌듯했다.

성열이가 2학년 때 마포에서 목동으로 이사를 했다. 남의 약국에 관리약사로 일할 때여서 미처 아이들 전학을 못시켰다. 형제가 잘

다니고 있어 안심되었고 학군도 목동보다는 마포가 좋을 것 같아 그대로 둘까 하는 생각으로 차일피일 미루고 있었다. 그러던 어느 날, 성열이가 학교 갔다 와서는 내게 따지듯 언성을 높이는 게 아닌가.

"엄마! 아무리 학군이 좋아도 교통사고라도 나서 형하고 나하고 죽으면 어떻게 하려고 전학을 안 시켜 주는 거야."

아이답지 않게 조리 있게 나를 설득하는데 나는 그만 정신이 아찔했다. 보호자는 나였는데 내가 그애의 보호자가 된 기분이었다. 나는 성열이 말이라면 그때부터 무조건 믿어 주었고 그애가 하고 싶다면 언제나 그대로 따라 주었다.

공부도 잘해 주었고 운동도 못하는 운동이 없었다. 초등학교를 졸업하고 추첨으로 원하던 당산중학교에 입학을 했다. 예나 지금이나 학군은 학부모들의 극성으로 조성되는 것 같다. 그 시절 당산동은 사방으로 도로가 확 뚫려 지역적으로 볼 때 교육적 환경이 부적절하다며 학군 따라 강남으로 이사를 가는 사람들도 있었다. 그러나 내 생각은 단호했다. 부자동네에 가서 기죽어 키우느니 차라리 평범한 아이들과 어울려 아이답게 놀면서 자신의 길을 개척하는 게 바람직하다는 생각이었다. 젊어 고생은 사서도 한다는 말처럼 돈의 귀함과 인내를 길러주고 싶어 초등학교를 졸업하던 그 해 신문배달을 시킨 적이 있다.

석간신문인 동아일보였다. 어느 날 성열이가 화가 잔뜩 난 듯 시무룩해 돌아왔다. 이유인즉, 어떤 집에 신문을 넣고 나오는 데 누군가 자기 이름을 불러서 돌아보니 같은 반 친구였다는 것이었다. 그 순간 떳떳하지 못한 일을 하는 거만큼이나 부끄럽고 창피해서 뒤도 돌아보지 않고 돌아와 버렸다는 말에 나는 공연한 일을 시킨 것 같아 아이에게 미안했다. 인생을 살다보면 상승과 하락의 운명이 반반씩 일어나지 않던가. 일찍 경험하라는 의미였지만 돌아서 생각해보면 아이의 장래걱정보다는 내 교육열의 성취, 혹은 대리만족을 위해 그랬던 것은 아니었을까 싶다.

지금 생각하면 내가 모진 엄마였던 것 같아 마음이 아프다. 고등학교 진학도 그애는 공부하는 아이들과 어울리고 싶다며 과학고등학교를 가기를 원했지만 나는 못 들은 척 외면을 하고 그냥 등촌동에 있는 영일고등학교에 추첨으로 들어갔다.

성열이는 내리사랑의 표본이었다. 막내라 더 안쓰럽고 더 가까이 곁에 두고 싶었는지도 모른다. 하지만 그애는 막내답지 않게 먹는 것, 입는 것은 물론 성격도 까다롭지 않았다. 남다르게 유머도 풍부했으며 주어진 어떤 상황에서든지 빨리 이해하고 재치 있는 판단력으로 사람들을 놀라게 했다.

나는 가끔 그애에게 이런 말을 하곤 했다.

"성열아! 사람한테는 하느님이 주신 자유의지가 있단다. 네가 공부를 열심히 왜 해야 하는지는 네 판단에 달려있고 네 자유의지로 결정하는 것이란다. 네가 장래 무엇을 위해 어떻게 살 것인지를 생각해서 노는 일도 공부하는 일도 네 자유의지 대로 하면 된단다."

그애는 내가 어떤 말을 해도 거역하는 법이 없었다. 언젠가 내가 기분이 좋아 있을 때 그애가 눈치를 보며 내게 이런 말을 했다. "엄마가 도사라면 엄마 아들인 나는 법사야. 엄마가 쳐 놓은 그물에 걸려 넘어질까 봐 나는 평생 그 안에서 놀기만 했지." 아마도 이기적인 나의 교육관에 질려 그런 소리를 한 것 같다.

유학 갔다 방학 때 돌아와서는 엄마의 흰머리가 자꾸만 늘고 기운도 없어 보여 마음이 아프다며 나를 불쌍한 눈으로 바라보곤 했다. 내 딴에는 그런 어미를 생각해 시간 아끼고 돈 아끼며 밤낮 공부만 하다가 그런 몹쓸 병을 얻어 온 건 아닐까 싶은 생각이 자꾸만 든다. 잠이 오지 않는 밤이면 엄마 고생 하루빨리 덜어드리고 싶어 더 열심히 논문을 썼다고 했다. 내가 바라던 대로 꿈을 향한 질주를 멈추지 않았고 강인한 의지와 풍부한 상상력으로 장밋빛 열정을 불태웠다. 나는 그런 잘난 아들의 대견스러운 마음에 기쁨만 누리며 만나는 사람마다에게 자랑하기 바빴다. 그애가 겪었을 정신적 고통과 육체적 혹사를 따뜻하게 감싸 안아 주지도 못했으니 그러고도 내 어찌 어미라 할 수 있을런가.

사람은 누구나 오래 살기를 갈망한다. 오래 살 수만 있다면 쓰디쓴 물인들 마다할까. 자식을 먼저 보내 놓고도 가끔은 한 모금 얻어 마시다 죽어도 좋다는 참혹한 갈증을 느낄 때가 있으니, 아~ 어쩌랴 이 질긴 목숨을…. 그런 생각을 할 때마다 그애가 겹쳐져 눈물이 난다.

투병 중에도 이런 말을 했다. "나 같은 자식은 엄마가 가만 두었어도 내 갈 길 잘 갔을 텐데 왜 유학을 보냈어…." 그것도 은근히 나를 향한 원망의 말일 수도 있지만, 마지막 그래도 엄마를 믿었기에 모든 걸 말씀대로 따랐다는 대목에서는 나도 모르게 콧등이 시큰해지면서 서슬 퍼런 칼날이 내 몸에 박히는 것같이 가슴이 무너져 내렸다.

왜 하필 우리 모자에게 이런 일이 일어난 것일까? 나는 그 원망을 지울 수 없어 하느님을 향해 따져보고 싶었다. 원망도 컸지만 사람을 만나는 것도 무서웠다. 전생에 죄가 많아 자식을 앞세운 어미라 수군

거리며 손가락질하는 것 같았다. 두문불출, 세상을 외면하고 있어도 내 몸을 감싸고 있는 원망과 슬픔을 감당키가 어려웠다. 참척의 고통을 어찌 글로 표현할 수 있으랴.

나에게만은 절대로 있을 수 없다는 교만이 나를 병들게 한 것은 아니었을까. 내 삶에 깨어진 사금파리가 있어도 그것을 넘어가야 하는 게 모정이지 싶었다. 절제할 수 없는 말들과 살이 녹아져 내리는 듯 짐승 같은 신음을 토해도 오직 한 분, 하느님만은 나를 사랑으로 이해하고 감싸주실 분이란 걸 나는 믿는다.

절대 불가능하다고 생각하면 지레 겁부터 나고 절망하지만 가능하다고 생각하면 박살난 절망의 조각들을 찾아 봉합하는 것처럼 시간은 나를 제자리로 돌려놓기 위해 안간힘을 쓰며 원기를 회복해 주었다.

● 향기로운 삶의 노래

성열이가 초등학교에 입학기 전 계모임이 있어 나갔다 들어와 저녁 준비를 서두르고 있을 때였다.

"엄마! 어니 갔나 온 서야?"

"계모임 갔다 왔지."

"계모임이 어딘데?"

저녁 준비에 정신이 없던 나는 그걸 알아 뭘 하냐며 애들에게 지청구만 주었다. 궁금증을 이기지 못한 큰애가 제 동생 성열이를 붙들고 물었다.

"성열아! 계모임이 뭐냐?"

"아줌마들이 모여서 막 웃고 떠들며 밥 먹는 거야."

순간 나도 모르게 피식 웃음이 나왔다. 그애는 확인 도장을 받을 태세로 내게 다시 되물었다.

"엄마, 내 말이 맞지!"

"글쎄, 네 말이 맞는 건지 엄마도 잘 모르겠구나."

그 다음 달 계모임에 나가 친구들에게 그 이야기를 했더니 몇몇 친구들이 박장대소를 했다.

"애! 네 아들 말이 정답인 것 같다. 봐라 지금 우리는 이렇게 먹고 앉아 떠들며 웃고 있지 않니…."

"똑똑하다. 고놈! 이담에 크면 변호사 시키면 되겠구나."

그날 화제는 성열이가 주인공이 되었다. 그리고 매번 세상 걱정 다하는 사람들처럼 정치, 집값, 명품 등 허세의 말로 돌아갔다. 그러다 젊고 건강하게 사는 비법과 남편의 출세, 아이들 자랑으로 이어졌다. 계를 해 돈을 모은다는 명분도 있었지만 이렇듯 여자들이 모여 함께 웃고 떠드는 것도 어쩌면 마음을 맘껏 발산하지 못한 가슴의 응어리와 스트레스를 풀기 위한 것이 아니었을까. 단 몇 시간, 화려하지도 장엄하지도 않은 일상의 회한을 풀어가며 여인들은 온갖 수다를 마음껏 떨며 내일의 삶을 위한 엔도르핀을 만들곤 했다.

성열이가 고등학교 1학년 때 자율학습반에 들어갔다. 나도 자연스럽게 자율학습반에 들어간 엄마들의 모임에 합류했다. 모임의 주제는 주로 담임선생님을 모시고 식사를 하며 아이들의 성적 및 진로에 관한 의견을 나누는 일이었다.

3학년 1학기 때, 일제고사를 치렀는데 문과 전체 학생 중 성열이가 일등을 하여 부득이 내가 담임선생님 모시고 식사대접을 한 적이 있었다. 담임선생님이 성열이 때문에 아이들한테 큰 창피를 당했노라는 말씀에 나는 깜짝 놀랐다. 여름 날, 삼복더위에 자율학습하는 아이들을 생각해 돈 만 원을 주며 성열이에게 수박 한 통을 사오라고 했단다. 성열이는 만 원을 받아들고 반 아이들 대여섯 명을 데리고 나갔다. 잠시 후, 같이 나간 아이들이 각기 큰 수박 한 통씩을 들고 들어왔다. 선생님이 놀라 돈이 어디서 났느냐 했더니 우리들 각자가 만 원씩을 내고 모자라는 것은 성열이가 보태서 사왔단다.

"선생님! 이 많은 애들이 수박 한 통을 가지고 양을 채울 수가 없을 것 같아서요. 아마 다섯 통도 모자랄 걸요?"

그 소리를 듣곤 선생님 자신이 너무 부끄러워 아이들 앞에 고개를 들지 못했다고 했다. 그런 생각까지 한 성열이가 큰바위얼굴처럼 보여 든든한 제자를 둔 것이 흐뭇하더라고 하셨다.

3학년 여름방학을 넘기고 2학기에 접어들 무렵 같은 반 친구의 아버지가 교통사고로 돌아가셔서 반장인 성열이가 담임선생님을 모시고 몇몇 친구들과 문상을 가겠다고 했다. 아버지가 입던 검은색 잠바와 바지를 차려입고 양말까지 검은색을 신고 나갔다.

며칠 후, 사친회가 있어 갔다. 회의가 끝난 다음 여러 엄마들 앞에서 담임선생님으로부터 성열이에 대한 분에 넘친 칭찬을 들었다.

"요전에 ○○○아버지가 돌아가셨을 때, 장례식장에서 어떻게 인사 드려야 할지 몰라 주춤거리는데 성열이가 앞장서 먼저 봉투를 내고 향을 피우고 망인(돌아가신 분)의 영정 앞에 절을 하고 상주에게 절을 하여 저도 성열이를 따라 문상을 했답니다."

"성열이가 우리 반 반장이라는 게 너무나 자랑스럽습니다. 공부면 공부, 운동이면 운동, 거기다 예의범절까지 어디 한 군데 나무랄 데가 없습니다. 가르쳐야 하는 제가 오히려 성열이를 통해 많이 배우고 있답니다."

과도한 칭찬을 듣고 있자니 기쁨도 기쁨이려니와 민망하여 얼굴이 화끈거렸다. 담임선생님은 교사가 된 이후 학부형 장례식장에 문상을 간 적이 처음이라고 했다. 내 생각으로는 아마도 선생님이 긴장하여 그리하셨던 것 같았다.

후에 장조카 집에 제사 모시러 갔다가 그 이야기를 했더니 원래 한양 조씨는 양반이라 안 배우고 안 들어도 선조 때부터 내려오는 내력이 있어 성열이 몸이 저절로 반응했을 것이라며 자기들끼리 우쭐해 했다.

나중에 성열이한테 물었더니 예의범절이라는 책에서 관혼상제의 예법과 절차는 물론 촌수까지 모두 배우고 익혔노라고 했다.

"엄마의 오빠가 아빠보다 나이가 적다고 해도 아빠는 외삼촌한테 형님이라고 불러야 하잖아요. 남매지간엔 당연히 서열이 있으니 오빠라고 존대어를 쓰지만 아빠가 나이가 많을 경우 굳이 형님이라고 안하고 존대어 사용 안 해도 된다."며 제법 촌수의 서열과 예법의 이치를 아는 듯 말했다.

자신도 이 다음에 어떤 여자와 결혼할지는 모르지만 알아두면 좋을 성싶어 책을 읽어 두었다고 했다. 그렇게도 삶의 이치와 지켜야 할 도리를 잘 알던 아들이 하늘나라에서도 필요했던 것일까?

● 거름의 미학

고대의 상징 호랑이 마크는 우리 성열이에게는 인생의 멘토였다. 고연전(고려대학교와 연세대학교) 체육대회는 기다림의 날이었고 희망의 날개를 펴는 일이었다. 선수로 직접 뛰지는 못했어도 뛰는 선수보다 마음이 더 부풀었던 성열이었다. 선배든 후배든 무엇이든 다 주고 싶어 할 만큼 고대생 모두에게 애착이 많았다. 결혼도 고대 생과 하고 싶은데 우리 과에는 여학생이 없다며 아쉬워했다. 학창시 절 연애를 하여 같이 유학을 보냈더라면 병도 나지 않았을 것 같은 후회가 인다.

3학년 휴학을 하고 자원입대했다. 발이 평발이라는 이유로 방위 병으로 군대를 마쳤다. 그것이 친구들이나 후배들에게 콤플렉스로 작용했던지 그애는 군대 얘기를 달가워하지 않았다. 동네 후배가 형 정도면 헌병대 기수감인데 무슨 방위병이냐며 놀려 꿀밤을 한 대 먹여 주었다고도 했다. 그렇게 남에게 지기 싫어하고 누구보다 앞서 서 달려가기를 좋아하던 성열이었으니 채워지지 못한 그 마음이 오 죽했을까. 그렇지만 남을 돌보는 일이나 헌신적인 봉사에는 서슴없 이 앞장서서 일궈가던 아이였다.

대학을 졸업하고 유학길에 올랐다. 낯선 이국땅에서 돈이 없어 서 러운 속에서도 공부만을 벗삼아 석·박사 6년 동안 나는 단 한 번도 그애에게 달려가 따뜻한 밥 한 끼조차 해준 적이 없다. 사랑이 내 마음 안에도 있다는 걸 모르고 사랑의 행방만을 쫓던 줄기찬 질주, 새 떼처럼 날려 보낸 세월들, 아무리 운명이라 해도 못난 어미를 만 난 탓이란 생각을 아니 할 수가 없다.

지금도 밤이면 나는 가슴을 치고 울부짖는 날이 많다. 금방이라도 성열이가 현관문을 열고 들어오는 환상에 빠져 나도 모르게 벌떡 일어나 멍하니 서 있곤 한다. 대학원 졸업 때 보내온 사진을 큰 액자에 넣어 작은방 보이는 곳에 걸어놓고 그애가 보고 싶을 때마다 바라본다. 양 옆에는 박사학위증과 석사학위증을 걸어 놓았다. 이사 오기 전 집에 성열이가 손수 걸어 둔 그대로를 자리만 옮겨 놓았을 뿐이다. 석사모를 쓴 그 앞에는 성조기가 그려져 있다. 대국의 국기보다도 더 늠름한 내 아들의 모습, 세상 어디를 다 둘러봐도 이제는 찾을 길이 없으니 심장을 파헤치는 이 기막힘을 어이하랴.

생각할수록 눈물이 저절로 흘러내린다. 일어나 사진 속 아들의 손을 가만히 만져본다. 차갑고 딱딱할 뿐, 살아 있는 온기라곤 전혀 느껴지지 않는다. 이렇게라도 하지 않고는 이 상실감으로 미칠 것 같기 때문이다.

꿈이 아니고 환상이었으면 좋겠다. 그애의 우렁우렁한 목소리를 한마디라도 들을 수 있다면 더 바랄 것이 없을 것 같다. 교수가 되어 의젓하게 강의하는 모습, 식구들끼리 놀려가 행복한 듯 장난기 담긴 모습, 행복한 그림들이 살아 있는 그애를 만난 듯 내게는 더없이 소중한 시간이다. 문득 그런 환상에 젖어 있을 때면 내 몸 안에 세포가 재생되는 것 같다. 아무도 모르게 사진 하나를 껴안고 혼자 웃고 울다가 떨리는 손으로 그애의 얼굴을 정성스레 쓰다듬는다.

아비나 어미한테도 따뜻한 사랑을 받지 못한 그애가 나를 물끄러미 바라보며 살짝 올린 입술로 배시시 웃는다. 그애한테 풍기던 향기로운 미소가 내게로 전해온다. 누구 아들인지 볼수록 참 잘도 생겼다. 바라보는 것도 아까워 목이 메인다. 탤런트 누구를 닮은 것도 같고, 젊은 시절 내 가슴을 부풀게 했던 어떤 멋진 남자도 닮았다. 그 모습, 그 미소가 내 가슴에 못이 되어 박힌다.

친구들을 그리도 좋아하더니 어찌 저 혼자 떠나갔을까? 초·중·고를 비롯해 대학 친구들까지 직업도 다양한 친구들이 모였다. 교수, 판사, 변호사, 운전사, 회사원, 노동자에 이르기까지, 껴안고 사랑하며 폭 넓은 우정을 과시하던 아이였다. 그애의 영정 앞에 앉아 하나같이 의리 있는 아까운 친구를 잃었다며 진심어린 슬픈 눈물을 흘렸다.

99평 장례식장 방을 가득 메운 손님 대부분이 그애의 친구들이었다. 자식을 먼저 보낸 죄인인지라 남편도 나도 차마 지인들에게 알리지 못했다. 아니 알리고 싶지 않았는지도 모른다. 단지 가까운 친지 몇 사람만 연락을 했다. 그럼에도 장례식장은 문상 온 손님들로 가득했고 어떻게 알았는지 외국 친구들한테서까지 애도의 물결이 날아들었다. 미국, 중국, 이태리에서 편지 혹은 엽서가 날아 왔지만 나는 한 장의 답도 보내지 못했다.

산천초목은 푸른 잎들로 가득하고 천지는 온통 푸른 물감을 풀어놓은 젊음의 향연이 넘쳐나는 계절, 서른여섯 짧은 생을 마감하고 내 아들 성열이는 이승을 떠나갔다. 8월은 나의 아픈 생채기가 되살아나는 달이 되었다. 세상을 푸르름으로 물들이며 우렁우렁 청춘으로 달려가는 소리도 이제는 차가운 껍질 속으로 숨어 버렸다.

8월 15일은 막내인 내 아들 성열이가 세상을 떠난 날이다. 잊고 싶어도 잊혀질 수 없는 내 생을 통틀어 가장 비극적인 날이기도 하다. 산천은 눈부신 푸르름으로 짙어가며 호들갑을 떨지만 자식을 잃은 내 가슴은 슬픈 한숨과 가혹한 절망이 남긴 화상만이 남아 있다.

말로만 듣던 참척(慘慽)의 고통이란 게 얼마나 큰 형벌인지 내 어찌 알았으랴. 몹쓸 병이란 게 그애의 몸에서 자라고 있을 때 어미인 나는 무엇을 하며 살았던가. 하나쯤은 몰염치한 사치가 내게도 허락되기를… 진정 신이 계신다면 하루, 아니 한 시간만이라도 내 아들을 살려 보내 주시기를….

아직도 눈물샘이 마르지 않았는지 문득문득 그애 생각만 하면 나도 모르게 눈물이 흐른다. 보고 싶을 때 도져오는 이 모진 통증은 언제쯤이나 가라앉을 수 있을 것인가. 아마도 죽어서도 잊혀질 것 같지 않다.

내 아들의 목숨의 대가로 받은 보험금과 내 재산을 모두 합해「효봉장학회」를 설립했다. 공부하고자 하는 학생들에게 장학금을 주며 아름다운 세상을 공유하고 있다. 참혹한 비극의 흔적은 가슴에 묻어 둔 채 또 다른 가슴으로 낳은 자식들을 키우며 살아간다. 이것은 나의 꿈이기도 했지만 성열이의 간절한 바람이기도 했다.

고려사이버대학교 제10회 학위수여식

제46기

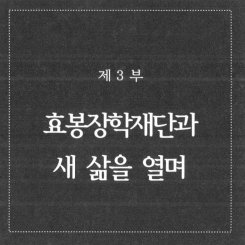

제 3 부

효봉장학재단과
새 삶을 열며

살기 위해 선택한 공부

● 고려대학교 사이버대 심리학과에 입학하다

늦게 배운 도둑질이 더 무섭다고 했던가. 교육학 공부에 깊이 빠졌다. 알 속에 병아리가 생성되면 어미는 밖에서 입으로 알껍데기를 콕콕 쏘고 알속의 병아리도 어미와 같이 맞물려 콕콕 찍어 비로소 알에서 깨어 나온다는 말이 있다. 즉 교학상장(教學相長, 가르치는 사람과 배우는 사람은 모두 함께 자란다) 또는 교육상장(敎育相張)이라고도 한다.

사람이 사는 이치도 마찬가지인 듯싶다. 어른이 아이 되고 아이가 어른 되기도 한다는 말은 세 살 먹은 아이한테서도 배울 것이 있다는 말이다. 나는 손녀딸한테 현대인들의 의식구조와 현대인들이 살아가는 생활양식을 배운다.

아들을 잃고 슬픔에 잠겨 있을 때, 사람들은 진심이 담긴 말로 내게 위로의 말을 건네었다. 그러나 그 모든 것은 듣기 좋은 인사였을 뿐, 내 가슴 깊은 곳의 피멍을 치유하기에는 터무니 없었다. 고뿔도 내가 아파봐야 그 심정을 알듯 자식을 가슴에 묻지 않은 이들이 어찌 참척의 고통을 알 수 있으랴.

　그 어떤 위로의 말을 들어도 성열이가 남기고 간 추억들은 젖은 옷처럼 내 등에 들러붙어 떨어지지 않았다. 삶과 죽음이 팽팽하게 맞서서 하루에도 수백 번씩 나의 가슴을 휩쓸고 지나갔다. 무엇에서도 삶의 의미를 찾을 수 없었다.

　어찌어찌 마음의 안정을 찾다가도 어느 땐 금방이라도 성열이가 대문을 열고 들어설 것만 같아 목이 빠져라 현관문만 바라봤다. 밖에서 작은 소리라도 들릴라치면 벌떡 일어나 현관문을 열고 '성열이 왔니?' 하는 물음이 메아리되어 환영 속으로 사라지곤 했다. 몇날 며칠 잠 못 이루는 밤이 이어졌다. 고통스럽다고 말하지 않고, 울고 싶다고 눈물 흘리지 않고, 고대 죽을 것 같아도 죽지 않고…. 다만 이렇게밖에 살 수 없는 현실 앞에 나는 성실을 다하며 살 수 있게 해 달라고 수없이 기도를 올리면서 무너져 가는 나를 일으켜 세우려 안간힘을 쓴다. 내 아들 성열이는 내게 있어 하루 세끼 밥 같은 존재였다.

　그런 내 마음을 가장 잘 이해해 주었던 건 손녀딸 희정이었다. 평소에도 나를 잘 따랐지만 유독 막내외삼촌을 좋아한 아이다. 외삼촌이 자신의 이상형이라고 했다. 키 182m, 몸무게 82kg에 잘생긴 외모, 거기다 경제학 박사이며 연구원으로 장차 교수로 발탁될 재목이었으니 어디에 내놔도 빠질 게 없는 그야말로 일등 신랑감이었다. 뿐이랴, 유머도 풍부하고 카리스마까지 겸비해 남자로서의 위상이 최고인 삼촌이 아니던가.

　"가끔씩 삼촌이 살아 돌아올 것 같은 망상이 들어요. 내가 이런데 할머니는 오죽할까."

손녀의 진심어린 위로를 들을 때마다 그동안 살아온 나이는 어디로 갔는지 북받치는 설움에 나는 눈물바다를 이루었다. 참척의 고통을 손녀 앞에서는 차마 부인할 수 없었다. 손녀는 어디서부터 어떻게 풀어야 할지 알 수 없는 슬픔이 실타래처럼 가슴속이 엉켜 있는 할미인 나를 어떻게든 일으켜 세워 주고 싶어 하는 노력이 눈물 나게 고마울 수가 없다.

　"이모할머니도 말했잖아요. 생명 있는 모든 것은 언젠가 떠나는 것이라고…. 외삼촌은 하늘로 갔다지만 나는 그렇게 생각하지 않아요. 성열이 삼촌은 고대에 「효봉장학회」란 이름으로 남아 있잖아요. 비록 몸은 갔지만 삼촌의 아름다운 영혼은 백 년이고 천 년이고 고대에 남아 있을 거예요. 늙지 않고 지금 이 모습 그대로 효봉장학금을 받는 모든 분들의 가슴에 살아 있을 거라고 저는 믿어요."

　손녀는 언제든 내 마음을 가장 잘 다독여 주었고 따습게 데워주었다. 손녀의 진심어린 마음이 전이되었는지 어둡고 습한 내 마음이 조금씩 녹아들기 시작했고 풀어진 죽처럼 무력해진 몸뚱이는 점차 기운을 찾아갔다.

　"하늘에서 삼촌이 내려다 볼 때 할머니가 울고 있으면 삼촌도 슬플 거고, 할머니가 기쁘고 행복하게 살면 삼촌도 즐겁고 기쁠 거예요. 그러니 더 울지 말고 생전의 삼촌처럼 씩씩하게 살아요."

　어디서부터 내 인생이 잘못 접힌 것일까. 이제 좀 걱정 없이 사는가 싶었더니 자식을 앞세우는 청천벽락이 내 앞에 떨어질 줄이야. 삶의 현실은 활짝 펴진 부채의 다른 끝처럼 수시로 내 생각에서 멀어져 갔다. 아무리 생각을 하고 또 해봐도 풀리지 않을 수학문제처럼 삶은 언제나 나를 옥죄려 들었다.

"할머니! 친구들 만나 수다를 떨어보면 어떨까요. 아니면 여행을 하시던가. 근력을 키우기 위해서라도 운동을 하면 어떨까요."

"나도 내가 왜 사는지도 모르겠다. 몸도 마음도 내 의지와는 다른 생판 남이 된 것 같으니 어쩌면 좋으냐?"

"할머니! 그럼 공부하는 건 어때요? 할머니는 책을 좋아하니깐 공부를 하면 무척 잘 하실 것 같아요."

"공부? 에구, 내 나이가 몇인데 공부를 하누. 눈도 침침하고 기억도 흐릿하고 무릎도 다 망가진 늙은이가 공부라니 가당키나 한 소리냐?"

"할머니, 공부하면 재미있을 걸요. 돌아다니면서 하는 게 아니고 집에서 컴퓨터만 할 줄 알면 얼마든지 공부할 수 있어요. 참! 삼촌이 심리학 공부하겠다고 했을 때 할머니가 안 된다고 했던 게 후회된다고 했지요. 이참에 할머니가 삼촌을 대신해 심리학 공부하면 좋겠네요. 고려사이버대 심리학과를 지망하면 되겠네요."

손녀는 금방 컴퓨터를 켜놓고 고대 사이버대 사이트로 들어가 상담심리학과 교수진들의 약력을 보여주며 종알종알 저 혼자 신이 났는지 휙휙 페이지를 넘겼다. 손녀의 말대로 약력을 훑어보니 놀라우리만치 훌륭했고 거기다 얼굴들이 하나같이 모두 미남 미녀들이었다.

눈이 뜨이고 귀가 쫑긋, 향긋한 풋내 같은 호기심이 일어났다. 어떤 막연한 생각들이 갑자기 감사하는 마음으로 바뀌었다. 그 날로 충북대학에 성적증명서와 졸업증명서를 신청하여 서류를 갖추었다. 손녀의 도움을 받아 컴퓨터로 신청을 완료했다. 그날부터 손녀에게 컴퓨터를 배웠고 날마다 시집가는 새아씨처럼 입학식 날을 손꼽아 기다렸다.

조금 늦게 학교에 도착했다. 학교 강당 입구에 우두커니 서 있는데 누군가 갑자기 내 손을 잡더니 단상으로 데려갔다. 얼떨결에 영문도 모르고 끌려가 단상 앞에 선 나는 그야말로 하늘이 노랗고 가슴이 벌렁대고, 눈을 어디에 두어야 할지 정신까지 아득했다. 고대 총장, 중앙학원 이사장, 사이버대 총장 그리고 2,000여 명의 젊은 학생들의 눈동자가 일순간 내게로 쏠려 있었다.

"여러분! 여기 단상에 올라와 있는 이 아름답고 젊은 여인은 아들의 유지를 이어가기 위해 우리 고려대학교에 20억이라는 거액을 내놓고 고대생 여러분을 위한 장학사업을 하시는 훌륭한 분이십니다. 충북대 약학과를 나오신 약사님이기도 하구요."

우레와 같은 박수갈채가 터져 나왔다. 순간 밝은 빛이 내 눈에 보석처럼 반짝 빛났다. 환희의 함성이 거침없는 아름다운 시선으로 내게로 쏟아져 내렸다. 죽은 성열이가 살아 돌아온 것 같은 느낌이랄까, 한 순간 현기증이 일어났다. 그것은 아들에 의해 내가 잘 살고 있다는 것과 가슴으로 또 다른 자식을 키우고 있다는 뿌듯한 감격이 온 몸을 에워싸 나도 모르게 눈시울이 뜨거워졌다.

입학식을 끝내고 나오는데 사람들이 나를 쳐다보며 메아리처럼 웅성웅성거렸지만 나는 알아들을 수가 없었다. 칭찬 같기도 하고 존경의 눈빛 같기도 했다. 어째서 깨달음의 눈이 이제야 열리는 것인가. 똑같은 날들을 살았으면서도 오늘처럼 무상의 선물이 삶 속에 많다는 걸 처음 느꼈다.

현관으로 나오니 내가 주인공이나 된 듯 학우들이 달려와 내 팔짱을 끼며 함께 사진찍자고 했다. 그들과 어울려 사진을 찍는 동안 나는 나이를 흘려버린 채 희희낙락 즐거운 웃음꽃을 피웠다. 굳이 이런 분위기에서까지 생물학적 나이를 의식할 필요는 없을 것 같았다. 단풍이 들기도 전에 비실비실한 잎새들을 미리 털어내는 나무처럼 내 마음에 차 있는 질펀한 한숨, 속절없이 흐르는 눈물, 괜스레 춥고 어둡고 그 모든 슬픔을 비워내고 싶었다.

저녁에는 안국동 음식점에서 상담학과 입학생 사은회가 있었다. 지승희 교수님, 김원경 교수님, 방기현 교수님을 모시고 각자 한 사람씩 돌아가며 자기 소개의 시간을 가졌다. 나와 비슷한 마음으로 사이버대 문을 두드린 분도 있었다.

지난여름 바닷가에서 아들을 잃었다고 했다. 날마다 온 몸을 찌르는 가시 같은 슬픔을 잊고 싶어 공부에 몰입하고 싶다고 했다. 삶이 가파르게 빠져 나가버린 쓸쓸한 얼굴, 몸은 공중에 떠오른 종잇장처럼 가벼워 보이는 저 여자도 나처럼 참척의 고통을 겪었다 생각하니 연민의 정이 솟구쳐 올라 목이 멨다. 이 넓은 세상에 나만 그런 고통을 겪은 줄 알았더니 하늘 아래 똑 같은 슬픔을 겪은 사람이 또 있구나 싶은 게 그녀의 말 한마디 한마디가 금방 물에서 건져낸 미역처럼 내 가슴에 찰싹 엉겨 붙었다.

동병상련, 아니 이것도 인연이런가. 식사를 마치고 나가면서 나는 부러 그 여자 가까이로 다가가 인사를 했다. 몸이 시원찮아 절룩이며 걸었더니 그 여자는 황망하고 안타까운 시선으로 나를 내려다 봤다.

"어찌 그 몸을 하시고 공부를 하시려 합니까. 가까운 복지관이나 다니시지요."

"살고 싶어서요. 우리 손녀딸의 충고로 여기까지 왔답니다. 공부를 하면 살 수 있다기에…."

그런 내 마음과 통했는지 그녀는 고개를 주억거리며 오랜 동무처럼 나와 어깨를 곁해 주었다. 혼자 있을 때 시리던 마음이 둘이 있으니 따스해진다.

● 방안에서 강의를 듣다

내 삶에서 얻을 수 있는 최상의 평화가 그 안에 있었다. 손녀딸한테 약간의 용돈을 줘가며 컴퓨터를 배웠다. 동영상도 보고 인터넷도 하고 한글 자판도 톡톡 두드리던 실력이 하루가 다르게 늘어갔다. 초등학교부터 대학까지 16년간 학교를 다녔지만 지금 이 나이에도 배움의 재미를 느낀다는 게 신기했다. 창고에 쌓여 있던 삶의 언어들이 창조의 날개를 달고 세상구경 나서는 데 신이 났다.

정작 학교에 다닐 때는 먼 거리 통학을 하느라 날마다 허겁지겁 시간에 쫓기었다. 하루의 일상이 나를 피곤하게 하는 데도 내 가슴은 하찮은 탐욕들로 꿈틀댔다. 그림도 그려보고 싶었고, 글도 써보고 싶었고, 더 좋은 상급학교에 진학하고도 싶었다. 꿈으로 키워보고 싶었던 그 기고만장한 만용들은 내 의지와는 상관없이 자라온 환경에 따라 번번이 거사조차 못해보고 주저앉곤 했다.

그러나 지금, 내 의지만 확고하다면 무엇으로라도 충족한 삶을 누릴 수 있음은 분명한 사실이었다. 사이버공부는 굳이 시간에 얽매이지 않아도 되고 장소가 정해진 것도 아니었다. 컴퓨터 한 대면 어디서나 공부할 수 있는 편리함이 있었다. 학비까지 저렴한 데다 나만 시간을 잘 활용하면 얼마든지 다른 일 봐가며 공부할 수 있다는 게 커다란 장점이다.

나는 잊어버릴까 봐 내 나름 시간을 정했다. 월, 화, 수 3일은 출석을 체크하고 나머지 요일은 여유롭게 젊은 교수님들의 열강을 재청해 듣기로 하고 간혹 인터넷에 들어가 이런저런 세상구경도 하면서 희망이란 성채를 향해 갔다.

부부 사이도 공부 때문에 더 좋아진 것 같다. 시험 볼 때는 남편이 나 대신 잡다한 생활에 비상령을 내려 차단해 준다. 전화 벨 소리도 나지 않게 해놓고, 초인종 소리라도 날까봐 현관문을 열어 둔다. 뿐만 아니라 내가 공부라도 할 듯이 책상 앞에 앉아 있기만 해도 커피도 끓이고 과일도 깎아다 준다. 이런 남편의 성의를 생각하면 최소한 D학점이라도 맞아야 한다는 결심을 하게 된다.

"여보! 감사해요."라며 두 손을 머리 위에 얹고 하트를 그려본다. 젊었을 때도 안 해본 사랑놀이를 뒤늦은 나이에 하자니 나도 계면쩍어 웃고 그도 따라 웃는다. 그런 행복이 좋아 어느 땐 이대로 시간이 정지해 버렸으면 하는 마음도 인다.

죽음이 갈라놓는 이별은 망극의 슬픔이다. 어쩔 수 없는 생이별일지라도 지극한 슬픔이 아닐 수 없다. 사람, 아니 지나가는 무심한 바람일지라도 눈물을 그렁그렁하게 하는 게 참척의 슬픔이다. 정들었던 대상을 잃어 버렸을 때 사람은 누구나 방황하게 마련이다. 그게 부모든 자식이든 배우자든 사랑의 성분이 다르다 해서 그리움의 감정에서 해방될 수 있는 게 아니다. 그렇지만 좋아하는 것이라 해서 항상 내 손에 쥐고 있을 수는 없는 노릇이 아닌가. 눈감을 때까지 애착을 끊을 수 없기에 우리의 삶은 상처의 연속인 듯싶다.

이제라도 화상처럼 남아 있는 상처를 달래주고 싶다. 모래밭 같은 서걱이는 내 마음 밭에 원시적 향수를 불러오는 흙냄새, 풀냄새, 자연의 정취를 불러들이고 싶다. 거기다 공부라는 희망의 푸른 나무도 심고 맑은 공기를 가득 채워 봄이면 꽃이 피고, 여름이면 녹음이 우거진 숲을 만들고, 가을이면 울긋불긋 단풍잔치를 열고, 겨울이면 모두 다 비워내는 의연함도 배우리라.

인생을 마라톤 경주에 비유한다면 나는 무조건 달리기만 한 것 같다. 요땡! 신호음이 울리는 순간부터 앞뒤 돌아보지 않고 일등을 해야 한다는 이기심 앞에서 마라톤 선수처럼 달렸건만 지금은 아무것도 없는 빈 손일 뿐, 자식들도 남편도 어쩌면 내 욕망과 대리만족을 실현하기 위한 희생자였을지 모른다. 남에게 뒤지는 걸 죽도록 싫어했던 나의 성정이 생각 없이 그들을 내몰기만 했던 것은 아니었을까 하는 후회가 인다.

심리학은 남의 마음을 훔쳐보는 재미도 있지만 남을 통해 내 마음을 되돌아보게도 하는 묘미도 있다. 아프로디테가 두르고 있다는 '부끄러움의 띠'를 나도 평생 두르고 살아야 할 것 같다. 자식을 앞세운 어미의 죄책감은 나를 부끄럽게도 하고 나를 뉘우치게도 한다. 아무리 잊고자 하여도 가슴에 엉겨드는 천륜지정을 어찌하랴.

그러나 나는 매일 기도한다. 아침에 일어나서 기도하고 잠들기 전에 기도한다. 하느님! 이 죄 많은 어미를 대신해 내 아들 성열이를 꼭 지켜 주시고 어여삐 거두어 달라고~. 애착의 가슴속에 무수한 아픔들이 시름없이 뒤척이는 밤이다. 삶의 진통은 아흔아홉 굽이 넘어가는 판소리가락처럼 나를 서럽게 하지만 지금 내가 배우는 사이버심리학은 나를 일깨워주는 치유의 장으로 죽어가고 있던 내 몸의 세포들에게 물을 주고 햇볕을 쬐고 양분을 주며 건강하게 되살아나게 한다.

효봉장학회

● 효봉장학회를 통해 얻은 자녀들

인생은 결코 총천연색이 아닌 것 같다. 화려한 삶만을 동경하면 후회를 만들뿐, 삶은 그저 흐르는 물처럼 자연스럽고 평범한 것이 곧 행복인 것을 뒤늦게 깨달았다. 가족의 끈끈한 정이 바로 그렇다. 내 생명과도 같은 아들 하나를 잃고 가슴으로 낳은 자식을 한 학기에 15명, 다시 말해 한 해에 30여 명을 낳고 기른다.

혈육으로 낳은 손주가 7명이고 아들의 가슴을 빌려 낳은 나의 손주가 어느덧 160명이나 된다. 새해마다 새롭게 탄생하는 자식들을 볼 때마다 혈육의 흐름을 느낀다. 당당하게 세상을 향해 나아갈 젊은 이들에게 희망의 불빛이 되어준다는 뿌듯함도 있지만 세월이 비켜간 듯 나 또한 젊어지는 것 같다.

평생 우물 안 개구리처럼 가정에 못 박혀 살았던 나는 장학사업을 하면서부터 도수 높은 안경을 쓴 듯 딴 세상에서 살고 있다. 지금껏 나는 나 자신의 행복만 찾기 위해 살았던 것 같다. 남에게 복 짓는 일은 하지 않고 날마다 내 복만 달라고 기도했던 것은 아니었을까.

아들을 잃고 세상에 나 혼자 외딴섬에 홀로 남겨진 줄만 알고 한때나마 하느님을 원망했던 시간들을 되돌아본다.

"산은 어진 사람이 즐기는 것이다. 그래서 산을 보면 나도 어질어진다. 물은 지혜로운 사람이 즐기는 것이다. 그래서 강을 보면 나의 지혜가 생긴다. 눈이 겨울을 덮어 따뜻하게 해주는 것이요, 달이 밤에 나와 밝으니 세상을 비춰주는 것이다." 라고 하는 옛 선사의 말씀에 공감이 간다.

새로운 경험을 통해 새로운 시각으로 세상을 보는 즐거움은 내가 잘 살고 있다는 용기를 준다. 받는 행복에만 길들여 살아온 나, 그러나 지금은 주는 사랑이 더 행복하다는 사실을 배운다.

세상은 동전의 양면과 같다. 삶과 죽음은 종이 한 장 차이라는 것, 우리는 항상 그것들을 곁에 두고 살아갈 수밖에 없는 모순덩어리 인생인 것이다. 행복과 불행, 웃음과 눈물, 평화와 고통 등등….

변덕 많은 날씨처럼, 사람이 살다보면 삶이 고통스러워 괴로울 때도 있고 참으려 해도 웃음이 절로 나오는 행복할 때도 있다. 장점이 있으면 단점이 있듯 사람은 누구에게나 슬픈 허물이 있다. 나이에 상관없이 죽기 전 꼭 뉘우쳐야 할 것은 마음 밭에 개과(改過) 나무를 심는 일이다. 그리하여 천하의 영장(靈長)으로 신성한 권리와 의무를 지키는 삶이라면 결코 후회 없는 인생을 살 수 있지 않을까.

산다는 건 미래가 아니다. 내가 서 있는 지금 이 자리, 이 순간인 것이다. 황금, 소금보다 귀한 것은 '지금'이며 좋은 날을 원한다면 지금부터라도 좋은 일을 시작해야 한다.

삶은 작은 일에서 시작된다. 나에서, 집안에서, 사회에서, 국가에서, 세계로 간다. 문득 차를 마시다 창밖의 하늘을 올려다본다. 석양

끝에 시간이 매달려 있다. 머잖아 넘어가 버릴 석양, 마지막 빛을 품어내듯 혼신을 다해 하늘을 온통 아름다운 황금빛으로 물들인다. 사람의 삶도 저 석양을 닮을 수만 있다면….

영화 속의 한 장면, 혹은 꿈으로 이루고 싶은 소망들을 그려본다. 지나간 나의 70년 인생은 진정한 나를 잃어버리고 살아온 것 같다. 이제라도 나를 찾았으니 참으로 다행한 일이 아닐 수 없다.

중년의 고개를 넘기면서 허리디스크가 생긴 남편, 화장실조차 자기 마음대로 오가지 못하면서도 수술을 거부하고 민간요법을 동원한 자신과의 싸움으로 어느덧 80고개에 와 있다. 시누이들이 오빠가 이만큼 건강을 지키며 살 수 있는 것이 모두 다 내 덕이라 치사하니 한편으론 미안한 마음이 들면서도 어깨가 으쓱해진다.

그러나 정작 사그라지는 내 건강은 잘 챙기지 못한 것 같다. 물론 아들을 잃은 슬픔으로 오랜 시간 몸도 마음도 진흙탕 속에서 뒹굴었으니 몸인들 성할까. 그렇지만 아직은 내가 살아 있어야 할 분명한 이유가 있다. 그것은 아들이 내게 남긴 장학사업을 백년이고 천년이고 완벽하고 튼튼하게 설 수 있도록 기반을 다져가는 일이 남아있다.

나를 비우고 산다는 건 힘든 일이다. 새로운 각오와 결심을 배우며 나 자신 내가 꿈꾸던 새로운 세상을 만난다. 새해, 새날, 새 학기, 내 마음 빈자리에 새 마음을 채운다. 나를 버리면 세상이 채워지고, 내 것을 나누면 행복이 채워진다는 진리를 되새기며 다시 한 번 각오를 다져본다.

● 세상을 밝히는 등불이 되어

속담에 이르기를 선무당이 사람 잡는다는 말이 있다. 학교에서 배운 지식도 필요하지만 현실적인 삶의 현장에서의 경험이 더 중요한 것 같다. 전문직도 마찬가지다. 어느 조직에 들어가 실무를 배우고 경험을 쌓는다면 거기서 학문적 식견도 넓어지게 마련이다. 그런 과정이 없다면 알아도 아는 척할 수가 없다.

지금처럼 의약이 분업되어 처방대로 약을 짓던 시대가 아니었다. 그렇다고 돈을 벌지 않으면 안 될 입장이라 장사꾼으로 타락할 양심도 없으면서 남의 슈퍼로, 독서실로, 관리약사로 돌아다녔다. 전문직이라지만 나는 돌팔이 약사가 되어가고 있었다. 다만 약의 효능은 잘 아는지라 부작용은 미연에 방지했고, 가급적 병원은 물론 약도 안 먹이며 4남매를 키웠다.

두 딸도 어미를 닮았는지 사위들에게 경제적 부담을 주지 않는 한도 내에서 자식들을 키우려 애쓴다. 제 기능을 살려 피아노 레슨도 하고 직장에 열중하면서도 자식들의 건강은 잘 챙겼다. 세대는 달라도 자식들 또한 어머니, 또 그 어머니처럼 살아간다. 가족이란 모두가 다 그렇게 뿌리내리며 닮아가는 것이 아닐까.

막내 성열이가 혈액암이라는 진단을 받았을 때 갑자기 내 머릿속은 텅 비어 버린 듯 하얘졌고 온 몸은 소름이 돋듯 실핏줄까지 떨렸다. 남에게만 일어나는 일이 내게도 떨어진다는 것을 나는 왜 진작 알지 못했을까. 조금이라도 건강을 챙겨 주었더라면 살릴 수도 있었을 터인데 소위 약사라고 자부하던 내가 자식이 병들고 있다는 사실조차 몰랐으니 이러고도 어찌 어미라 할 수 있으랴. 내게 있어 성열이가 누구던가, 눈에 넣어도 아프지 않을 자식이 아니던가. 사랑하던 성열이를 속절없이 보내고 믿음이 무너지듯 하느님을 처음으로 원망했다. 왜 하필 금쪽같은 내 자식을 데려가야만 했느냐고…….

나는 지금껏 믿음으로 살았다 해도 과언이 아니다. 아이들이 말 잘 듣고 공부를 잘해 줄 때도 제일 먼저 하느님의 은총인가 싶어 진심어린 감사의 기도를 드렸고 하느님의 아들로 부디 잘 보살펴 달라고 수없이 기도를 드리곤 했다. 삶이 주는 절망의 상태에서도 오직 한 분만이 나의 동아줄이 되어 보듬고 지켜 주실 것이라 믿었다. 그게 나의 신앙이고 믿음이었다.

나약한 인간에게 신(神)이란 높고도 귀한 존재가 아닌가. 누구든 일생을 걸고 기댈 수 있는 마음의 안식처요, 험난한 세상을 용기 있게 살아갈 힘이 된다. 살아가는 어느 순간이든 오로지 내 편이 되어 주실 분, 내 슬픔을 다독여주고 내 마음을 평화롭게 해주던 분으로 언제나 반짝이는 보석이고, 영원히 죽지 않고, 사라지지 않고, 변하지 않고, 지워지지 않은 분으로 섬기었다. 떠올릴수록 어머니의 품속으로 기억되는 성모 마리아님은 죽어서도 내 영혼의 안식처가 되기를 간절히 바랐다.

목마른 사람이 우물을 판다고 했다. 물은 결코 남이 떠주는 것이 아니라 스스로 파서 얻어야 함을 이르는 말이다. 목마른 사람이 물을 마시기 위해 우물을 파듯 아들의 목숨 역시 내가 잘 보살펴 주었더라면 그토록 짧은 생을 살다 가지는 않았을 것이 아닌가. 미련한 나는 내 잘못도 모르고 실성한 사람처럼 하느님을 원망했다. 이 죄를 어찌해야 할는지….

나는 오늘도 기도를 한다. 성열이의 유언을 살려 그 영혼을 대대손

손 더 장한 아들들을 키워 나갈 수 있게 용기와 힘을 보태달라고….

성열이는 막내이면서도 부모에게 걱정은커녕 어리광 한 번 부리지 않고 제 스스로 자신을 곧추세우며 올곧게 살던 아이다. 태어나 죽는 순간까지 우리에게 기쁨만 주던 아들이다. 아버지의 따뜻한 정도, 내 살뜰한 모정도 제대로 받지 못했던 것 같다. 부모로서 너무나 해준 것 없이 떠나보낸 것을 생각하면 지금도 불에 덴 것처럼 가슴이 쓰리고 아프다.

어쩌면 아물지 않을 내 상처의 고통으로 영원히 남아 있을 것이다. 나이를 먹고 많은 세월이 흐른다 해도 단단한 수피로 마음이 다져진다 해도 가슴에 남은 화상은 지워지지 않을 것 같다. 삭일 줄을 모르는 편안함은 산정처럼 멀기만 하나니, 사는 동안 내 몸 내 마음을 내 맘대로 가누고 살 수 있으려나 싶다.

이렇듯 육신의 고통 속에도 내 아린 마음을 잠재워주는 일이 있다면 그것은 성열이의 유언을 받들어 매년 30명의 고대생들에게 「효봉장학금」을 전달하는 일이다. 비록 작은 장학사업이지만 내게는 잃어버린 아들을 만난 것처럼 가슴에 따뜻함을 채우는 일이다. 허심무욕(虛心無慾)이라는 말처럼 마음 비우고 욕심내지 말고 살라고 기도하고 다짐해 본다. 고려 말 고승 나옹선사의 말씀이 새삼 맑은 물이 되어 가슴을 적신다.

靑山兮要我以無語 蒼空兮要我以無垢
聊無愛而無惜兮 如水如風而終我
청산은 나를 보고 말없이 살라하고

창공은 나를 보고 티 없이 살라하네
사랑도 벗어 놓고 미움도 벗어 놓고
물같이 바람같이 살다가 가라하네

그래, 삶이란 게 별거던가. 어쩌면 내가 너무 많은 것을 바라고 있는 건지도 모른다. 쓸쓸하게 늙어가는 노년을 아름답게 마무리 짓기 위해서라도 성열이의 소박한 소망을 이루어 주고 싶다. 공부를 하고 싶어도 형편이 어려워 더 이상 공부를 할 수 없는 학생들에게 더 많은 장학금을 주어 나라의 동량으로, 세계의 인재로 키워간다면 오늘의 내 슬픔이 내일의 희망으로 향기롭게 피어나리라 기대한다.

1년에 오천사백만 원이 넘는 장학금을 전달하려면 몸도 마음도 열심히 뛰어야 한다. 노년의 힘든 몸이지만 우리 부부는 알뜰살뜰 저축을 위해 장학재단에 내놓은 건물도 손수 청소하고 그 외 허드렛일도 마다하지 않는다. 자식을 먼저 보낸 고통의 때를 씻을 수만 있다면 무슨 일이든 못하랴. 의미 있는 일, 살아가는 보람을 느낄 수 있는 일 오직 하나, 그것은 오늘도 내일도 성열의 꿈이 세상의 등불로 환하게 빛날 수 있기를 간절히 기도하는 일이다.

● 장학생이 건넨 쪽지 한 장

2014년 8월 23일 제13회 장학금 수여식을 끝내고 나오는데 한 학생이 내 손에 작은 쪽지 한 장을 쥐어주었다. 뭔가 하여 펼쳐 보니 장학금 전액을 받을 수 있게 되어 감사하다는 내용이었다.

"아버지 사업이 잘되더니 갑자기 쇠락의 길을 걷는 바람에 식구들이 길에 나앉게 된 처지에 이르렀습니다. 그런 마당에 2학기 등록금을 마련할 길 없어 휴학을 해야 하나 싶은 게 여름방학 내내 고민과 시름에 잠겨 지냈습니다. 2학기가 다 되도록 해결책을 강구하지 못한 저에게 등불 같은 희망이 보였습니다. 바로 우리 과를 위해 세워진 효봉장학회가 있다는 데 눈이 번쩍 띄었습니다. 장학금을 신청하면서도 반신반의 걱정의 시간이었습니다. 그런데 뜻밖에도 전액 장학금을 받게 되어 소망하던 학업을 계속할 수 있게 되어, 너무나 감사합니다."

꼬깃꼬깃 접은 종이는 수첩을 한 장 뜯은 줄 쳐진 누런 종이였다. 순간 울컥 성열이가 숨을 거둘 때의 모습이 떠올랐다. 너는 한 가정을 구해내는 큰일을 했구나. 살아 숨 쉬고 있는 사람도 감히 실천하지 못하는 일을 못난 어미를 통해 누군가를 도울 수 있게 했다는 감동의 물결이 전기처럼 온 몸으로 흘렀다.

아들로 하여금 제 2의 인생을 이렇게 보람차게 살아 갈 수 있다는 게 꿈만 같았다. 비록 눈에 넣어도 안 아플 자식을 잃었지만 해마다 가슴으로 낳은 자식이 벌써 160명이나 되었으니 이 뿌듯함을 뉘라서 알까. 그중에는 조 박사가 청소년기를 보낸 영일고등학교 학생들도 몇 명 있다. 학기마다 새로 탄생되는 새로운 학생들을 맞이할 때면 나는 다동이 엄마로서 새로운 다짐을 하게 된다.

소설가 박완서씨가 아들을 잃고 쓴 책 ≪한 말씀만 하소서≫에 전체적인 내용은 하느님을 향한 절규요 반항이었다. 왜 하필 자식 다섯 중에 하나뿐인 외아들을 데려 가셨느냐고 하느님한테 따졌다는 그분의 심정을 십분 이해가 된다. 더군다나 남편 보내고 두 달

만에 참척을 당하다니, 어찌 그러고도 숨 쉬고 살았을까. 결국 그대로 있을 수 없어 이해인 수녀님이 계시는 부산수도원으로 갔다. 그래도 안 되어 막내딸이 사는 미국 L.A로 갔지만 여전히 마음 안에 솟구치는 분노와 원망은 사그라지지 않았다. 오히려 얼굴 생김도 틀리고 말도 알아듣지 못하는 미국을 상대로 당신의 현실이 적대적 존재로 보이더라는 것이다. 그리하여 내 나라 내 조국으로 되돌아와 오랫동안 집안에 칩거하면서 『호미』라는 대작을 상재하여 세상을 놀라게 하지 않았던가.

나 역시 자식을 잃은 한 사람으로 내 마음에 엿가락처럼 달라붙은 가슴 아픈 사연들을 누군가에게 보여주고 싶어 고해성사하듯 나의 삶 나의 인생을 한 편의 책으로 엮어 보고 싶었다.

무릇 세상에 태어나 뚜렷한 업적을 남긴 것은 없어도 내 아들 성열이가 남기고 간 숭고한 정신과 사랑이 담긴 메시지는 세상 모든 사람들에게 전해주고 싶은 간절함 때문이다. 이 또한 죽어서도 변치 않을 자식을 향한 사랑일 터이다.

내 생활이 힘들 때는 남을 돕는 것도 사치라고 생각했다. 그러나 지금 생각해 보면 그게 얼마나 어리석은 생각이었는지 부끄럽기 짝이 없다. 나와 가까운 사람만이 내 이웃이 아니다. 세계는 하나이듯 지구의 한 모퉁이에서 일어나는 일도 강 건너 불구경하듯 보아서는 안 될 일이다.

주위를 돌아보면 내 도움을 필요로 하는 이는 얼마든지 있다. 꼭 경제적인 것이 아니더라도 한 마디의 따뜻한 말이나 진심을 갖고 대해주는 따뜻한 등불이 되어주는 것, 그게 바로 세상을 밝히는 지혜이고 행복한 인생이 아니겠는가.

'효' 사모회

금을 주면 너를 사랴, 은을 주면 너를 사랴 세상 모든 것 다주어도 바꾸지 않을 자식이 아니던가. 그런 자식을 먼저 보내야 하는 설움이라니….

보기에도 아까운 내 자식을 떠나보내고도 어김없이 도는 자연의 순환처럼 나는 매일 숨 쉬며 살고 있고 세월은 아무 일 없던 것처럼 시침을 뚝 떼고 흘러간다.

한 평생 일에 허덕이며 늙을 시간도 없을 것 같더니 어느덧 칠순 고개를 넘어간다. 때 묻은 주름살, 서리서리 내린 머리가 영락없는 초로의 노인이다. 산전수전 다 겪은 인생의 패잔병 같은 내 모습이 낯설게 느껴진다. 아들을 잃은 절망의 늪에서 마음은 갈기갈기 찢어져 매일 슬픈 눈물을 흘리다 뒤늦게 정신을 차린 것은 아들의 유언이었다.

나이테만큼 기대치에 이르지 못할지라도 누군가의 등불이 되고자 어렵사리 장학회를 설립했다. 평생 내가 바라던 꿈이기도 했지만 손수 직접 운영해 일을 해보니 이런저런 어려움이 많다. 일의 수순은 물론 지불 방법이라든가, 학생을 선발하는 과정 등 법이 정해진 테두리 안에서 진행해야 하는 것 모두가 내게는 생소한 일이다.

황금만능시대, 사람의 욕망은 한이 없다. 겉으론 무심한 척 하지만 막상 돈이란 게 앞에 있으면 누구나 마음속 유혹이 일어나기 마련이다. 하지만 남의 것을 두고 자신의 영달을 위해 온갖 수단과 방법을 동원해서라도 차지하려 든다는 것은 차마 사람으로 할 짓이 아닌 것이다. 남의 것, 내 것 가릴 줄 모르는 욕망의 잔치가 곳곳에서 벌어지고 있다는 것도 그때 처음 알았다.

'수행하는 데 마(魔) 없기를 바라지 말라'는 말씀처럼 소금꽃을 피우는 데 바람과 햇살의 간섭이 없으면 온전한 소금이 되기 어려운 일이다. 그래서 나는 직접 부딪치기로 마음먹고 손수 뛰어 다녔다.

세상이 아름다운 것은 좋은 사람이 더 많아서인 것 같다. 웃음 뒤에 탐욕을 부르는 사람도 있었지만 진심으로 나를 도와주는 이도 많았다. 그런 좋은 분들 덕분에 오늘 날「효봉장학회」를 잘 이끌 수 있게 되었다.

일일이 거론할 수는 없지만 나는 그 모든 분들께 머리 숙여 깊이 감사 인사를 드린다. 행복의 티켓을 누군가에게 나누어 주는 기쁨은 내 평생 느껴보지 못한 즐거움이다. 황량한 빈 들판의 삶에서 불운과 고통을 인내하면서도 결코 좌초하지 않고 이렇게 세상의 중심에 서게 된 것도 장한 내 아들 성열이 덕이라 할 수 있다.

나의 무대에 등장한 친구들 역시 아픈 내 마음을 다독여 주었다. 어떤 친구는 60여년 만에 보는 친구도 있다. 만나자마자 금방 타임머신을 타고 단발머리 소녀로 되돌아 가 귀소본능을 자극하듯 수다가 끝이 없었다. 그 순간만큼은 할머니가 아닌 꽃다운 열여덟 소녀들이 옹기종기 모여 있는 것 같았다.

이제는 사회적으로나 경제적으로나 모두 부러울 것이 없는 나이들이다. 아니 설령 삶이 곤고하다 해도 '산 개가 죽은 정승보다 낫다'고 하지 않던가. 건강을 위한 필수적인 엔도르핀 생성을 위한 여념이라 해도 부끄러울 것이 없다.

나이테만큼 쌓여진 공든 탑의 이야기가 풍성하다. 가끔은 허세로 돌아가 감이 잡히지 않는 거액이 힘들지 않고도 입에서 귀로 드나든다. 얼마 남지 않은 인생이라는 말에 모두가 공감을 한다. 그동안 못 만난 한이라도 풀고 싶은지 자주 만나고 싶다는 데 약속이나 한 듯 박수가 쏟아진다. 그야말로 일치단결, 우리는 번갯불에 콩 구워 먹듯 그 자리에서 모임을 만들었고 모임 이름을 '효 사모회'라 지었다.

이것도 아들이 내게 준 선물이라고나 할까. 장학회 설립을 기념하는 자리에 친구들이 찾아온 게 인연이 되어 모임을 만들어서 그런지 사랑과 감동이 더하다. 바쁜 세상에 살자니 모임은 두 달에 한번으로 정했다. 김경옥, 김이늘, 민병순, 박문자, 반영자, 정행자, 정정자, 지효순, 이명자, 유인자, 양영자 이상 11명이 효 사모회 회원들이다.

내 인생의 가장 힘들었던 그때, 비극의 눈물이 가슴을 파고드는 고통으로 절망에 빠진 나를 진심으로 안아주며 위로해준 고마운 친구들이다. 퍼내도 퍼내도 솟아나는 신선한 샘물처럼 그 친구들은 만나면 만날수록 진솔한 사람냄새가 난다. 친구란 불행이나 좌절, 절망의 상황 속에서도 찾아지는 사람이 아닐까. 즐겁고 행복할 때 찾는 친구는 많지만 불행한 일이 있거나 정작 도움이 필요한 때 보면 진정한 친구가 누구인지 알 수 있다.

재력이 있어도 권력이 있어도 마음을 열어놓는 친구가 없다면 무슨 소용이랴. 더구나 노년의 친구는 황금보다도 소중한 존재들이다. 친구들을 만나면 멋진 축배도 좋지만 격의 없이 옛날 옛적, 갓날갓적 꿈꾸던 철부지로 돌아가 그때처럼 감성의 꽃을 피워가며 박장대소 환하게 웃을 수 있어서 좋다.

우리 모두는 누군가에 기억되는 사람으로 살고 싶어 한다. 그 누구의 일생에 결코 지워질 수 없는 자국이 된다면 성공한 사람이다. 어떤 순간에 문득문득 떠오르는 얼굴, 청순하고 소박한 추억으로 살고 싶은 것이야 누구나 꿈꾸는 소망일 터. 누군가의 가슴에 반짝이는 보석 같은 존재로 영원히 죽지 않고, 사라지지 않고, 지워지지 않고, 변색되지 않고 살 수 있다면 얼마나 좋으랴.

'같이' 나누는 행복은 두 배다. 기쁨도 두 배고 슬픔은 반으로 줄일 수 있다. 효봉장학회를 통해 많은 사람들을 만났다. 물심양면으로 그림자처럼 나를 도와준 모든 이들에게 다시 한 번 감사드린다.

뒤늦게 찾은 마음의 평화

● 검은 머리 파뿌리 될 때까지

한 여자와 한 남자가 만나 결혼을 했다. 주례는 말했다. 검은 머리 파뿌리 될 때까지 서로 사랑하며 살라고…. 그런 인연으로 두 사람은 오십 년 넘게 살고 있다. 소나무잎새처럼 푸르던 머리칼도 이제는 서리가 앉은 늙은이가 되어 고독한 인생의 끝자락에 매달려 있다. 남편과 아내로, 아버지와 어머니로, 할아버지와 할머니가 된 지금, 그 여자와 그 남자는 공허의 뜰에 앉아 외롭고 고독하게 시들어 간다.

우이동 삼각산 밑자락에 둥지를 튼 지도 꽤 오래이다. 무거운 삶의 무게를 다 내려놓고 나니 힘이 소진되어버린 것인지 부부라는 무늬로 살면서 그저 서로가 소 닭 보듯이 산다. 그래도 아침이면 식사를 함께 하고, 10시쯤 컴퓨터 앞에 나란히 앉아 세상관광길을 나선다. 남 보기엔 꽤나 다정스런 노부부 같지만 마음은 제각기 다른 세상을 걷고 있다.

소설 『좀머 씨 이야기』가 생각난다. 하루 종일 걷지 않으면 뭔가 불안하다는 좀머씨처럼 우리 부부도 세월의 길을 함께 걸어가고 있지만 뭔가 불안하다. 돈을 벌기 위해, 영달을 위해, 욕망을 채우기 위해 하늘 한 번 쳐다보고 물 한 모금 먹을 새 없이 지금껏 걸어왔다. 아니 걷는 것이 성에 차지 않아 숨이 턱에 차오르게 헉헉거리며 뛰어왔다. 행복이 무엇인지 사랑이 무엇인지 음미할 줄도 모르고 꿈과 이상을 상실한 채 남 따라 그저 정신없이 뛰어온 세월이다. 황혼을 바라보는 지금, 이 부부에게 남은 게 무엇일까?

아직도 그 남겨진 게 무엇인지 모른다. 그저 습관처럼 걸었을 뿐, 왜 굳이 같이 걸어야 하는지도 모르면서 나란히 정답게 앞을 향해 걸어간다. 마치 자동차의 행렬처럼 남들 눈치, 자식들 눈치 보며 때로는 끼어들기도 하고 때로는 차가운 시선을 의식하면서 걷는다.

더도 덜도 말고 60쯤이면 어떨까. 생각 같아서는 불혹의 나이에 머물고 싶지만 그건 아무래도 지나친 욕심인 것 같아 차마 말을 꺼낼 수가 없다. 그 시절로 되돌아 다시 걷는다면 우리의 인생은 지금과 다른 길을 걷고 있지 않을까. 아니 어쩌면 되돌아간다 해도 지금의 이 길을 걷고 있을지도 모른다. 내가 원하든 원치 않든 여기 이 길이 자리에 서 있을 수밖에 없는 필연일지도….

뭔가 억울한 것 같기도 하고 뭔가 소중한 나의 꿈을 잃어버린 것 같다. 요즘 들어 그것을 되찾고 싶은 충동이 인다. 겨울 김칫독에서 잘 익은 김치를 꺼내먹듯 기억과 추억의 일들을 샅샅이 뒤져보며 웃고 울던 일들을 떠올린다. 그런 일련의 욕망들을 부추기며 나는 내 삶의 여정이란 색깔을 찾아 밑그림을 그린다.

머릿속에서 일어나는 생각에 따라 자판기를 두드린다. 나를 만나고 나의 솔직함을 고백하는 마음의 문을 열고 들어가 나 자신에게 고해성사를 한다. 그렇게 한 자 한 자 단어의 색깔들이 어우러져 한 문장이 이루어지고 한 작품이 완성된다. 내가 재료가 되어 글이 이어지는 걸 볼 때마다 열일곱 소녀처럼 가슴이 뛴다. 감성이 한껏 부푼 날은 마음이 정화되어 아름다운 향기를 품어낸다. 그러나 몸을 괴롭히는 불청객이 찾아오는 날은 기억마저 시름시름 앓아누운 채 재능 없음을 자인한다. 그 많은 웃음, 그 많은 눈물이 다 어디로 갔는지 머릿속까지 텅 빈 듯 아무 생각도 나지 않는다.

세월이 화살처럼 스쳐가고 있다. 남편 역시 몇 달째 컴퓨터를 배웠지만 아직도 기초 상식을 면치 못하고 있다. 복지관에서 배운 지 반년은 족히 넘었다. 3개월을 한학기로 보면, 재수에 삼수생이다. 그런데도 뭔가 마음대로 되지 않는지 매번 고개를 갸우뚱거리며 혼잣말로 궁시렁댄다. 워드 또한 독수리 타법이다. 하기야 80 나이에 기계에 익숙한 이 누가 있을까. 그건 나 역시도 마찬가지다. 노력해도 늘지 않은 건 기계를 다루는 일이다. 걸핏하면 저장한다는 문서를 날려 보내기 일쑤다. 나이가 숫자에 불과하다지만 손가락 사이로 빠져 나간 한 줌의 모래 같은 세월을 절감하지 않을 수 없다.

내가 실수라도 해서 안타까워 할라치면 그의 입에서는 위로의 말보다 땅이 갈라지는 퉁명스런 소리부터 튀어 나온다. 습관인 것인지는 몰라도 그는 매번 그런 식이다. 지배자 같은 사고방식이 아직도 가슴에 남아 있는 모양이다. 그런 소리를 들을 때마다 내 가슴에 냉기가 흐른다. 그렇다고 굳이 나에 대해 어떤 적개심이나 불만이 있어서는 아닌 듯싶다.

과학문명이 발달하여 누리는 행복 속에 살면서도 사람들 마음 밭은 오히려 황량하고 삭막해져 가는 것 같다. 다행한 것은 못난 나를 외면하지 않고 검은 머리 파뿌리된 지금까지 부부로 살고 있다는 사실이다.

넋을 잃고 텔레비전 앞에 혹은 컴퓨터 앞에서 속절없이 허물어져 가는 일상의 반복, 그래도 아직은 여자이고 싶은 욕망이 꿈틀댄다. 한 남자의 여자로 사랑 받고 싶은 것도 욕심일까. 여자라면 누구나 멋진 왕자님을 꿈꾼다. 동화 속 신데렐라가 되기를 소망한다. 세상사 모든 외풍을 막아줄 든든한 어깨를 가진 남자가 곁에 있어 주기를 바란다. 그게 늙든 젊든 모든 여자들이 꿈꾸는 삶이다.

그 남자의 눈에는 내 모습이 어떻게 보일까. 나를 만나지 않았더라면 멋진 인생, 멋진 남자로 살지 않았을까. 내가 남편에게 기대가 컸던 만큼 그 또한 나에 대해 기대가 컸을 것이다. 내가 생각해도 아내로 여자로 마음에 들었을 리 만무하다. 큰 키에 큰 얼굴, 생김새부터 품속에 껴안기에는 벅찬 여자다. 거기다 나는 성격까지 달달하지 못하다. 나오는 대로 울근불근 펄펄 끓는 쇳물 같은 소리를 내지르기만 하니 어떤 남자가 귀여운 여인으로 봐주겠는가.

어찌 평생을 함께 살 수 있을 것인가 싶었는데 그 생각이 거대한 삶에서 한 조각 비늘에 지나지 않았음을 이제야 깨닫는다. 이성으로 시작하여 중성이 되었다가 마침내 동성이 된 우리, 서로를 인간으로 키워내는 부부의 삶에서 보면 평생 손해 본 쪽은 아내인 나 같지만 아내의 성공이 남편의 성공이며 남편의 성공이 아내의 승리가 아닌가. 밑져야 본전이듯 살아보니 나만 손해 본 것은 아닌 듯하다.

정한(情恨)과 고달픔! 그것은 아주 강렬하고 비현실적인 그림으로 남아 오랫동안 꿈의 장면이거나, 몽상이거나, 상상으로 내 머릿속 그림으로 기억되곤 한다.

● 날마다 아침을 그리는 여자

처음, 그 남자를 만났을 때 가슴이 한없이 두근거렸고 얼마나 많은 꿈을 꾸었는지 모른다. 결혼이 무덤이라던 말처럼 내 꿈이 한갓 무지갯빛 환상이란 걸 깨우치는 데는 그리 많은 시간이 걸리지 않았다. 삶의 무게가 무거워지면서 사랑도 사치로 느껴졌다. 매달 모자라는 생활비 메울 궁리를 해야 하는 현실 속 내 삶의 뒷은 너무나 튼튼하고 완강했다.

화성여자, 금성남자란 말은 어쩌면 우리 부부를 두고 생긴 말인 것 같다. 완전히 다른 성격과 살아온 생활 방식은 하늘과 땅 차이였다. 자식이 생겨나면서 그 어떤 고난도 역경도 다 이겨내려 했던 것도 따지고 보면 사랑이라기보다는 부모의 책임을 통감하여 어떻게든 꿰맞추며 살아보겠다는 생각이었다. 나만의 생각으로 간절했던 진실한 사랑, 간절한 애정은 나눌 틈도 없었다.

남들은 잘도 잃어버리고 잘도 용서하고 언제 그랬느냐 싶게 칼로 물 베듯 상처도 화상도 감쪽같이 아물며 살아간다는 데 나는 그게 잘 안 된다. 때론 보상 받고 싶기도 하고, 나 혼자 피해 입고 산 것 같아 가끔씩 억울한 마음이 생긴다. 요즘은 그런 마음도 시들해졌다. 식탁에 마주앉아 식사를 하면서 바라본 그는 그 잘생긴 얼굴에서 메마르고 지친 노인의 환영을 본다. 남자의 모습이 사라진 지도 오래다.

가끔, 아주 가끔 나는 항명하듯 그에게 큰소리를 친다. 그의 머릿속 깊이 박힌 가장의 위엄은 아직도 유효한지 요즘도 여전히 남자는 하늘, 여자는 땅이라는 의식은 여전히 확고하다. 부부싸움에는 여러

종류가 있겠지만 지지고 볶고 나서 되돌아보면 대게는 별일도 아니다. 물질적인 손해보다는 정신적인 손해를 참지 못한 자존심 싸움이 많다. 승자도 패자도 없는 싸움이지만 지지 않으려는 오기는 남자나 여자, 둘 다 같은 것 같다. 하기야 손뼉도 마주쳐야 소리가 난다고 하지 않던가.

컴퓨터를 사이에 두고 우리 사이에 침묵이 흐른다. 창 너머로 어젯밤 일기예보대로 눈이 내린다. 싸우고 나서 언제나 그랬나 싶게 매번 무거운 침묵을 깨는 건 남편이다.

"잃어버렸다는 문서는 찾았소?"

"네, 찾았어요."

그의 말이 눈송이처럼 귓가에서 흩날린다. 추억을 붙잡기라도 하려는 듯 그가 되짚어 묻는다.

"찾은 문서는 잘 보관해 두었소?"

"당연한 걸 뭐 하러 물어요."

그 양반이나 나나 말본새 없기는 마찬가지다. 완연히 다른 두 사람이지만 이럴 때 보면 영락없이 닮았다. 이것도 천생연분이런가?

어쩌면 내 꿈은 처음부터 너무 먼 거리에 있었는지 모른다. 기대는 늘 화려하기만 했다. 나는 늘 왜 이 모양 이 꼴로 사는 걸까, 나만 돌려놓고 남을 비교하는 습관이 나 자신 마음의 병을 키웠던 것 같다. 꿈이라기보다 세상사 모든 걸 내 눈의 잣대로 재고 산 것이 내 마음을 괴롭게 했다. 현실의 삶은 결코 신데렐라가 될 수가 없다는 생각이 든다.

인생은 노력한 만큼 꿈이 이루어질 것에 만족해야 한다. 그게 바로 현실이다. '혹시나' 했던 기대는 '역시나' 하는 실망으로 끝나기 마련이다. 행복이든 불행이든 일구는 밭만큼 기대는 충족된다. 내 삶의 여정에서 내가 행복하지 못했던 것도 어쩌면 내 부덕의 소치에서 비롯된 것인지 모른다.

생각에 따라 자판기를 두드린다. 내 삶의 여정을 발가벗기는 게 대견한지 빙그레 미소 짓는 그 남자, 무심코 눈과 눈이 마주치면 서로가 무안한 듯 얼른 눈길을 거둔다.

간간이 흩뿌리던 눈발이 점점 거세지고 있다. 생각이 막힐 때면 희끗희끗 눈송이가 허공을 떠다니는 창밖을 바라본다.

세월은 우리 앞에 정신없이 덮쳐온다. 어제 일도 십 년 전의 일처럼 기억이 아리송하다. 걸핏하면 허둥대기 일쑤고 냉장고 문을 열었다가도 뭘 꺼내려 했는지 까맣게 잊어버리곤 한다. 그는 과묵하리만치 말이 없다. 젊었을 땐 그게 답답했는데 지금은 오히려 그게 나를 편케 한다. 50여 년을 한 지붕 아래 살다보니 굳이 말을 하지 않아도 눈빛만 봐도 무엇을 원하는지 대충 짐작이 간다. 느낌과 분위기에 따라 좋은 건지 싫은 건지 전달되는 게 신기하다.

그도 나도 웬만한 일에는 화를 내지 않는다. 완행열차처럼 산다. 참고 살아온 인고의 세월이 몸에 밴 덕도 있지만 다 늙은 나이에 굳이 서로의 잘못을 들쑤셔낸들 뭣하랴. 고독하면 고독한 대로 기쁘면 기쁜 대로 슬프면 슬픈 대로 달래고 얼러 줄 수밖에.

인생을 한마디로 '어느 날 갑자기'라고 표현했던 버나드 쇼의 말처럼 그나 나나 우물쭈물 미워할 시간이 어디 있겠는가. 여생의 부피가 얼마만큼 남았는지 모르는 마당에 서로가 보듬고 기대며 살아갈 일이다. 누가 먼저 저 머나먼 강을 건너갈지, 우리에게 그날은 그리 멀지 않은 것 같다. 종잇장보다도 얇은 자비심으로라도 온전한 내 남편으로 아끼며 사랑하리라.

'님'이라는 글자에 점 하나를 찍으면 '남'이 된다는 노랫말이 나를 아프게 한다. 온 세상 그 무엇과도 바꿀 수 없는 아들을 떠나보낸 우리가 아닌가, 자식 잃은 슬픔을 이만큼 이겨 낼 수 있었던 것도 함께였기에 가능했지 싶다.

"여보! 정정자의 남편님! 얼마 남지 않은 여생, 우리 서로 미워하지도, 손 놓지도 말고, 보고 있어도 보고 싶은 그런 사람으로 살아갑시다. 사후에 만날 일이 있거들랑 우리가 살아온 추억을 얘기하며 오래도록 오순도순 행복합시다. 사랑합니다."

벌써 여섯 시다. 저녁밥을 지을 시간이다. 하루 세 끼 먹는 것도 예삿일이 아니다. 옛날이나 지금이나 끼니때만 돌아오면 뭘 해 먹나 걱정부터 앞선다. 시원한 무국이나 끓일까, 냉장고를 열어 본다. 국을 끓이고 싶어 무를 찾아보았지만 역시나 없다. 썰렁한 야채 통에 며칠 전 겉절이 해먹고 남은 배추 몇 잎이 지쳐 쓰러진 듯 잠들어 있다. 된장 놓고 배춧국이라도 끓여야겠다. 역시 현실은 구체적이고 생생하게 내게 다가온다.

● 뒤늦게 찾은 행복

슬프도록 따뜻한 겨울 햇살이 창문을 타고 슬금슬금 올라오는 걸 보고 아침을 서두른다. 둘 만의 오붓한 아침 성찬, 청국장과 김치, 밑반찬 두서너 가지가 전부다. 웃음꽃 향기를 발산하며 신나게 웃고 떠들며 먹는 건 아니지만 이렇듯 매일 아침 둘이 마주 앉아 먹을 수 있는 것만으로도 동화책 속에 사는 것처럼 평화롭고 따뜻한 행복감이 흐른다.

차 한 잔을 들고 나오니 햇살이 소리 없이 거실로 내려와 얌전히 앉아 있다. 안락한 의자에 몸을 깊숙이 파묻고 앉아 느긋한 일요일 아침 같은 분위기를 즐기며 차를 마신다. 입 안을 통과해 목젖을 타고 내리는 차향이 향긋하고 촉촉하다.

도심에 앉아 하늘을 우러를 수 있는 곳, 마치 휴양처인 콘도에 온 것 같은 느낌이랄까. 유리창 너머로 보이는 도봉산 인수봉이 오래 함께 산 동반자인 듯 든든해 보인다. 뿐이랴, 계절 따라 다양한 표정으로 옷을 갈아입는 숲을 콘크리트 울안에서 감상할 수 있는 것은 뒤늦게 찾은 나만의 행복이다. 봄엔 꽃 잔치가 펼쳐지고, 여름엔 짙푸른 숲이 하늘을 가리고, 가을엔 곱게 물든 단풍을 창문 너머 두고 있어 세상을 한 발짝 물러나 여유롭게 관조(觀照)할 수 있다. 집은 비록 소박하리만치 작지만 내게는 오래 신은 신발처럼 몸도 마음도 편안한 소왕국이다.

우이동으로 이사를 온 것은 아들(성열)이 투병할 때 마음을 추스르지 못하자 집이라도 옮겨보면 어쨌게냐는 큰딸의 제안을 긍정적으로 받아들인 게 결정적 계기였다. 조용하고 공기 맑은 동네를 찾던 중, 휴양소처럼 아늑한 이 집이 마음에 들어 주저없이 이사한 것이다.

처음 이사 와서, 낯설음에 조금은 후회도 했다. 늙어 이사하는 게 아니라는 말을 실감했다. 더구나 다니던 등촌동 성당을 떠나올 때는 정들었던 교우들과 헤어지는 게 어찌나 섭섭했던지, 민들레 홀씨 같은 그리움이 가슴을 휘젓는 통에 한동안 마음이 뒤숭숭했다. 내 가슴이 흔들릴 때마다 바람을 잠재워 주듯 '고향이란 게 별 거든가, 정들면 고향이란 남편의 말이 내게는 힘이 되었다. 약국 운영하랴, 집안 살림하랴, 평생 나 혼자 애쓰고 살아온 것 같지만 실은 나 혼자의 힘이 아니라 내 인생의 짐꾼으로 기댈 수 있었던 남편이 있기에 가능한 일이었다.

세월이 약이라고 했던가. 우이동 성당을 나간 지 1년쯤 되고부터 새로이 교우들과도 친분을 쌓고, 동네도 눈에 익어 정들기 시작하면서 남편의 말처럼 정말로 제2의 고향 같은 맛이 났다. 먹물 같은 절망감을 달래줄 것 같은 예감 그대로, 동네 인심도 후하고 이웃 간 오가는 정도 따뜻했다. 또 계절에 상관없이 산을 찾는 등산객들의 건강한 발걸음은 나로 하여금 여생을 건강하게 살아야 한다는 의욕을 부추겼다.

성당은 내 마음의 안식처가 되어주었다. 틈나는 대로 성전의 십자가에 의탁하며 아들을 위한 기도를 올렸다. 교우지정도 깊어갔다. 마음과 마음이 모여 '시니어 성가대'가 탄생되었고 나는 주저없이 합류했다. 교우들과 입을 맞춰 성가를 부를 때면 나도 모르게 어둡고 시리던 마음에 새 하늘이 열린 듯 밝아지는 게 느껴졌다.

영성이 남다르게 아름다운 김충섭 안드레아 신부님은 생미사에 들어온 나의 사정을 알고 따뜻한 손으로 잡아주시며 위로의 말씀을 해 주셨다. 어찌나 고맙던지 부끄러움도 잊은 채 신부님 품에 안겨 내 설움에 겨운 눈물을 펑펑 쏟아냈다.

성열이가 입원한 병원도 몇 번인가 찾아오시어 정성어린 기도와 위로의 말씀을 주었고 그때마다 어둡고 춥던 우리 모자의 마음에 온기가 돌곤 했다. "주님의 도구가 되어 여러분과 함께 하고자 사제의 길을 선택했으니 나를 필요로 할 때는 언제든 불러주시고 함께 손잡아 주시기를 기도합니다.”라는 신부님의 말씀은 처연한 우리 가족에게 커다란 위로가 되었고, 어떤 경우든 하나님은 나의 든든한 동아줄이 되어 줄 거라는 믿음이 들었다.

어느 날 우연히 작은 모임에 나갔다가 사제님의 어머니를 만났다. 아들을 성직자의 길을 걷게 한 어머니라서인지 그분 역시 덕망과 은혜로움이 충만한 분이란 걸 금방 느낄 수 있었다. 교우들 대부분이 신앙심이 깊은 게 사실이지만 그 중 한명숙 카타리나는 나보다 너댓 살 아래인데도 어찌나 신앙심이 돈독한지 온갖 봉사 일에 빠짐없이 참여하여 나눔의 희생을 마다하지 않았다. 그녀의 대녀 이희숙 마카엘의 박학다식함과 총명한 지혜는 매번 우리 모두를 신나고 즐겁게 해주는 분으로 교우들 간에도 인기 만점인 분이다. 이렇듯 마음의 문을 열고 계신 분들과 어울리게 된 것도 주님께서 내게 주신 감사의 선물이란 생각이 든다.

언젠가 책에서 읽은 것 가운데 내 가슴에 와 닿는 글이 있어 그걸 써서 책상 앞에 붙여놓고 눈이 오갈 적마다 읽는다.

인생엔 아무런 책임도 묻지 말자/ 하나하나 헤기엔 너무도 많아/ 고뇌와 고통의 존재의 괴로움이….

그리고 이런 시구도 붙여 놓았다.

봄빛 흐드러져 새소리 울어대거든/ 소슬바람 불어 흰눈 내리거든/ 잠시 눈을 감고 이 몸 생각하여 주오 내가 너를 잊지 못하듯 너도 나를 잊지 말아 달라는데 애절한 마음을 노래한 시구가 마치 내 마음을 대변하는 듯하여 그 또한 매일 읽는다. 가슴을 울리는 구절은 마음에 난로가 켜진 듯 따뜻하다. 작은 것에도 이렇듯 매일 매일 고마움과 감사의 마음이 충만한 것도 아들을 잃은 나를 불쌍히 여기사 하느님께서 주신 위로의 선물인 것 같다.

희망과 꿈의 성찰로 들썩이는 새해, 어느덧 인생 가을을 지나 겨울철로 접어든 나를 의식하지 않을 수 없다. 안톤 슈낙의 「우리를 슬프게 하는 것들」보다 더 나를 슬프게 하는 것은 나이란 숫자를 앞세워 미래를 무너뜨리는 마음이다. 그 절망에 빠지지 않기 위해 나는 매일 책을 읽고 컴퓨터에 앉아 세상을 펼쳐보기도 한다. 가끔 잠 안 오는 밤이면 인생불멸의 기적을 불러오듯 내 안에 깃든 감성을 들추어보며 글을 쓴다. 그것은 내게 더없이 행복한 시간이다.

제 4 부

효봉의 깃발!
세상의 빛이 되다

故 조성열 박사!
효봉(曉峰)의 이름으로 빛나는 이 뜰에서

조성열 박사 효봉.
그 이름 자랑스런 高大의 아들아!

오늘 조 박사의 모친이신 鄭 여사의 친구로서 이 뜻 깊은 자리에서
실로 萬感이 交叉하는 벅찬 감정을 누를 길이 없습니다.

목숨이 있는 者. 언젠가는 반드시 사라지고야 만다는 그 엄연한
生者必滅의 진리를 누군들 모르리까마는, 너무도 짧은 生을 그렇게
서둘러 떠나면서도 母校의 많은 후배들을 걱정하며 길이길이 좋은
뜻 펼치려 했던 그 순수한 熱望을 이제 여기 그대의 남은 후배들이
그 순수한 뜻을 품을지니 이제 마음 놓고 영원한 安息에 취하기를….

여기 또 그 아들의 崇高한 意志와 순수한 熱望을 헛되지 않게 하기
위해 부모님 또한 그 높은 뜻 聖스럽게 펼친 자리 마련했나니….
자신만의 榮達과 이익을 위해 온갖 폭력과 비행이 亂舞하는 이
삭막한 세상에서 이런 너무도 高貴한 아름다운 가치의 善行이, 이런

아름다운 交流가 마치 아득한 전설처럼 신선한 神話처럼 들려지리라, 먼 훗날까지….

선후배간의 그 至高한 眞善美의 흐름이 저 도도한 강물처럼 퍼져 가리라. 멀리멀리….

여기 참석하게 되신 가장 모범적인 여러분들에게 진심으로 祝賀의 인사를 보냅니다.

끝으로 최고의 知性과 맑은 영혼으로 밝은 미래를 열어주실 것을 믿습니다.

그리고 그대들이 달리는 힘찬 발걸음 앞에 더없는 神의 加護와 幸運이 늘 힘께하길 마음 모아 祈願합니다.

2013년 3월 10일
閔丙彩 드림
(시인)

殺身成仁의 맑고 향기로운 삶 외1

염철현(고려사이버대 교수)

故 조성열 박사님을 추모하는 글을 쓰기 위해 고인의 모친되는 정정자 님이 전해준 봉투를 꺼내 보았다. 봉투 안에는 그동안 고인을 기리기 위해 쓴 글과 시, 그리고 고인의 부모가 쓴 글이 들어 있었다. 이리저리 글들을 보다가 고인의 부모님이 쓴 글을 읽고 나도 모르게 펑펑 울었다. 나도 구십을 훨씬 넘은 부모가 계시고, 이십 대의 자녀를 두었으니 어찌 동병상련의 마음이 생기지 않겠는가. '부모는 자식이 죽으면 가슴에 묻는다'고 했던가. 고인을 보내고 쓴 부모의 마음이 너무 잘 나타나 있다. 부모가 손으로 쓴 글이 아니라, 대못 박힌 가슴으로 쓴 외국 유학생활, 병원 투병, 장례, 그리고 유언 등에 대한 내용이 실루엣처럼 잠깐잠깐 스쳐 가듯 그려져 있다.

효봉(曉峰)장학회! 난 그저 고려대학교에 존재하는 수많은 외부 장학단체 중 하나 정도로만 여겼다. 그것은 큰 착각이었다. 이 장학회의 연혁을 찾아 읽어보았더니, 피워보지도 못하고 꽃다운 나이에 삶을 마감한 고인의 유지를 존중한 부모와 그 가족들이 뜻과 정성을 모아 만든 장학회였다. 고인과 부모님은 나의 짧은 식견과 무지를 용서하기 바란다.

효봉장학회의 유래는 이랬다. 부모는 고인이 태어난 해에 고향에 당시 평당 1,000원 상당의 땅을 샀다. 그리고 고인이 박사학위를 받고 귀국하여 대학교수나 공무원이 될 경우에 물려 주려고 마음먹고 있었다고 한다. "너는 교수가 아니면 공무원이 될 터인데, 교수나 공무원이 '돈'에 탐을 내면 추하고 인간 이하로 보이니까…. 고향에 있는 땅 너에게 줄게." 그러나 하느님도 무심하시지. 고인은 미국 워싱턴주립대학에서 박사학위를 받고 귀국하여 한국농촌경제연구원(KREI)의 연구원으로 봉직한 지 불과 몇 개월 만에 암선고를 받게 된 것이었다. 오호통재라! 하늘도 키 크고 잘 생기고, 공부도 잘하며, 마음씨도 좋고, 자립심 강한 인재를 시샘했던 것인가…. 이렇게 해서 부모가 고인을 위해 사두었던 고향의 땅은 효봉장학회의 종잣돈이 되었다.

나는 효봉장학회를 살신성인(殺身成仁)의 장학회라고 생각한다. '살신성인'이란 무엇인가? 논어 위령공편에 나오는 살신성인의 뜻은 이런 것이다. "뜻 있는 선비와 어진 사람은 살기 위하여 인(仁)을 해치는 일이 없고, 오히려 자신의 목숨을 바쳐 인(仁)을 행할 뿐이다 (志士仁人, 無求生以害仁, 有殺身以成仁)." 故 조성열 박사의 삶은 살신성인의 삶이다. 그는 맑고 향기로운 마음을 가졌으며, 학문 이전에 사람을 사랑했다. 자신의 삶을 송두리째 타자를 위해 내던졌으며, 자신의 목숨을 바쳐 인(仁)을 행하였다.

고인의 부모는 고인을 보내는 편지 글에서 이렇게 쓰고 있다. "장학사업으로 아빠, 엄마는 인생을 건다. 너를 영원히 살리기 위하여! 너는 우리 모두의 가슴속에 영원히 살아있다. 고려대학교가 존속하는 한 너 역시 살아 숨 쉬고 있는 거다." 부모보다 먼저 세상을 작별한 자식을 위하는 방법은 여러 가지가 있을 것이다. 고인의 부모님

되는 아버지 조덕행 님과 어머니 정정자 님은 자식처럼 열심히 공부하는 학생들을 위한 장학사업에 모든 것을 걸었다. 고인의 후배들이 장학금을 받고 잘되는 것을 보는 것이 가장 큰 낙이고 보람이라고 한다.

　고인 부모의 꿈은 소박하지만 위대하다. 효봉장학회를 잘 키워 고려대 식품자원학과 학생들 전원에게 장학금을 지급하는 꿈을 가지고 있다. 자식은 부모를 닮는다고 한다. 어떤 부모나 먼저 간 자식의 유지를 다 따를 수는 없을 것이다. 현실적으로나 경제적, 관계적인 어려움이 있기 마련이기 때문이다. 그러나 故 조성열 박사와 고인의 부모님을 보면, 그 부모에 그 자녀임에 틀림없다. 고인은 불치병의 연구를 위해 시신을 기증했고, 자신의 몫으로 떼놓은 유산을 고스란히 후배들을 위한 장학금으로 써달라고 했다. 이제 고인의 부모님은 이승에서 생이별을 한 자식을 영원히 살리는 길을 알고 있다. 우리말의 승화(昇華)라는 말은 이런 경우에 쓰는 것일 것이다.

　나는 고인의 어머니되는 정정자 님을 2013년 1학기 교육학개론 수업을 통해 알게 되었다. 그녀는 내가 봉직하는 고려사이버대 학생 중 최고령의 학생으로 상담심리학을 전공하고 있다. 언젠가 연구실을 찾아오신 고인의 어머니는 효봉장학회 이름이 찍힌 대봉투를 들고 와서 장학회의 유래에 대해 자초지종을 얘기했다. 간혹 눈물도 흘렀다. 이 눈물은 자신도 어떻게 해볼 수 없는 눈물이었으리라. 그러나 자식을 잃은 어머니의 얼굴은 슬픔과 고뇌와 비통함을 뛰어넘어 고인에 대한 자긍심으로 가득 채워져 있었다. 또한 어렸을 적 여자라는 이유로—집안 환경이 어렵지 않았음에도—학교를 다니지 못한 것에 대한 한(恨)도 내비쳤다. 그러나 그녀는 배움을 포기하지 않고 악착같이 공부하여 대학까지 마쳤지만, 배우면 배울수록 배움에 대한 갈증은 컸다고 한다. 그녀는 나에게 이렇게 질문을 했다. "어떻게 하면 졸업하지 않고 계속 공부할 수 있는가?" 이런 생각이 들었다. 먼저 떠난 자식이 어렵게 배웠던 학문을 이 땅에서 풀지 못한 것에 대한 한을 풀기 위해서라고…. 부모는 이런가 보다. 자식이 하고 싶었던 것, 자식이 미처 해보지 못했던 것까지 다 품고 살아간다.

잘 모르는 낯선 장학회에 실릴 글을 쓰는 것은 쉽지 않은 일이다. 나는 고인의 어머니 정정자 님의 얼굴을 보는 순간 사명감을 느꼈다. 나는 고려대학교 81학번이다. 고인이 90학번이니 9년 선배인 셈이다. 지금 이 순간 나는 안암의 동산에서 함께 공부한 선배로서, 자신의 삶을 멋지고 값지게 마감한 그러면서도 자랑스럽고 숭고한 후배를 추모하는 글을 쓰게 된 것을 매우 뜻 깊게 생각한다. 그는 호랑이의 기백과 기품으로 자유, 정의, 진리를 추구하는 진정한 고대인(高大人)으로 수많은 후배들의 가슴속에 영원히 살아 있을 것이다.

고인이시여! 당신은 우리 곁을 떠나갔지만, 당신이 남긴 사랑과 희생, 그리고 실천하는 지성의 맑고 아름다운 향기는 효봉장학회와 함께 영원히 남을 것입니다. 삼가 故 조성열 박사님의 명복을 빌며, 지면으로나마 고인을 추모할 소중한 기회를 준 고인의 부모님께 삼사의 인사를 드린다.

2013년 7월 5일

부모만한 자식이 어디 있으랴!

"부모는 자식이 죽으면 가슴에 묻어둔다"고 했던가! 2006년 8월 15일은 대한민국이 해방의 기쁨을 맞이한 날이었지만, 「효봉(曉峰) 장학재단」의 조덕행·정정자 이사장님에게는 자신의 몸이 떨어져나가고 창자가 끊어지는 참담한 날이었다. 이 날 두 분의 막내아들 조성열 박사가 2년 가까운 투병 끝에 이 세상에 하직 인사를 고하였다.

어느덧 조성열 박사가 우리 곁을 떠난 지 햇수로 9년째가 되었다. 솔직히 조 박사가 세상을 떠난 뒤 우리 모두는 한 번도 그를 잊어본 적이 없었다. 오히려 우리 모두는 그를 더 알고 추모하기 위해 노력해 왔다고 해야 할 것이다. 이러한 노력들이 하나 둘 모여 마침내 조성열 박사와 효봉장학재단에 관한 저술이 출간되기에 이르게 되었다. 이 작업은 이 땅에 남아 있는 그를 낳고 길러 준 부모, 그를 학문적으로나 인격적으로 가르친 스승, 그리고 그와 인간적인 관계를 맺은 친구와 선후배가 인간 조성열 박사에 대한 생애를 재조명해 보고자 하는 노력의 일환이다. 필자 또한 이 기회를 빌어 모친이 가슴에 묻어둔 아들에 대한 소회를 되새겨보고 조성열 박사를 추모하는 영광을 가지게 되었다.

모친 정정자 여사님은 35세의 젊은 나이로 고인이 된 막내아들 조성열 박사에 대한 각별한 사랑을 이렇게 토해냈다. "아들의 실체는 없지만 환상에 젖어 있을 때 내 몸에 세포가 재생되는 것 같다." 이처럼 조 박사는 살아서나 죽어서나 부모에게 기쁨과 행복을 안겨

준 자랑스러운 아들이었다. 고인은 2남 2녀 중 막내로 태어났고, 어렸을 적부터 유달리 성격이 활달하고 남을 배려하는 마음이 컸다고 한다. 놀기도 잘하고 공부도 잘했으니 요즘 식으로 말하자면 가장 이상적인 청소년이라고 할 것이다. 그러나 부모의 사랑과 보살핌이 없이 어찌 그 혼자 컸으리.

팔순을 바라보는 고인의 어머니 정 여사님은 지금도 조 박사가 어렸을 적에 좀 더 시간을 많이 보내지 못한 것에 대해 미안함을 되새긴다. 그녀는 생업에 바쁘다는 핑계로 아이들을 잘 돌보지 못해 아들이 먼저 저 세상으로 갔다고 후회도 했다고 한다. 약국을 경영하면서 다른 사람들의 건강에 대해서는 관심을 가졌지만, 진즉 자신의 막내아들의 건강에 대해서는 무관심했다는 자책을 했다. 그러나 워낙 건강한 체질에 병치레를 하지 않던 자식에게 갑자기 찾아온 임파선암을 당해낼 재간은 없었을 것이다. 또 여사님은 30년 가까이 교회봉사를 충실히 했는데 왜 하느님은 아들을 먼저 데려갔느냐고 원망도 해보았다고 한다.

그러나 정 여사님은 자식을 잃은 단장(斷腸)의 아픔을 대승적으로 계승하였다. 고인의 죽음을 하느님의 축복으로 또 자신의 삶의 대전환점으로 삼았다. 강하고 위대한 어머니시다. 자신의 분신을 가슴에 묻어둔 것으로 끝나는 것이 아니라, 그 가슴속에서 "과연 아들의 유지를 어떻게 승화시킬 것인가? 사람은 태어나 육체적으로 죽을 수밖에 없는 유한한 존재이지만, 하늘나라로 먼저 간 아들을 어떻게 하면 명예롭고 자랑스럽게 할 것인가?"를 생각했다.

부모보다 먼저 세상을 떠난 자식을 더 아름답게 더 자랑스럽게 만드는 것도 부모의 몫이던가. 그래서 이 세상에 부모만한 자식은 없는 법이다. 고인은 생전에도 부모의 뜻을 미리 헤아려 행동하고 타인을 위한 봉사를 실천했다. 죽어서도 자신의 시신을 의학 연구를 위해 기증했다. 고인은 고려대학교를 무척 사랑했고 고대인의 기질과 정신을 고스란히 물려받았다. 고대정신(高大精神)이 자유, 정의, 진리라고 하지만, 고인이야말로 고대인의 얼과 혼을 실천하기에 남달랐다. 30대에 요절했지만, 그가 남긴 정신과 기품은 삼십이란 숫자를 훨씬 넘어서는 커다란 족적이 아닐 수 없다. 그래서 우리 모두가 고인을 추모하는 정은 깊을 수밖에 없다.

「효봉장학회」는 고인의 사후 호(號)를 따 이름 붙인 것인데, 자식을 가슴에 묻어 둔 부모의 슬픔, 자책, 서운함, 희비, 추억, 사랑, 희망, 비전이 한데 어우러져 발족되었다. 효봉(曉峰)은 '새벽녘에 우뚝 솟은 봉우리'라는 뜻이니, 고인에게 잘 어울리는 호임에 틀림없다. '효봉'은 어둠이 걷힌 상서로운 아침에 찬연히 그 존재를 드러내는 고산(高山)의 고봉(高峰)이리라. 또한 이것은 점점 각박해지고 인간성이 메말라가는 이 세상의 희망의 봉우리임에 틀림없다.

나는 정정자 여사님의 고인에 대한 추념을 다 헤아릴 수 없는 부족함과 아둔함을 안타깝게 생각할 뿐이다. 나 또한 자식이 있지만, 과연 자식에 대한 사랑의 깊이가 저렇게 깊을 수 있을까 하는 경외감마저 들뿐이다. 조성열 박사를 회고하는 편지글을 읽는 행간은 자식에 대한 그리움과 자랑스러움으로 채워져 있었다. 세상 사람들은 나이 젊어 죽음을 맞이한 경우를 요절(夭折)이라고 하던가. 그러나 유한 존재로서 인간에게 죽음이란 피해갈 수 없는 본질적인 차원의 문제라고 하면, 한 인간이 죽음 뒤에 어떤 존재로 어떤 모습으로 기억되느냐는 인간의 존엄과 관련된다고 하겠다. 그런 점에서 조성열 박사는 학문을 사랑하고 인류의 삶을 풍요롭게 하고자하는 고귀한 사명을 실천했고, 후학들을 위한 장학사업의 밀알로 다시 태어났다. 그는 이 세상에 잠시 머물다 갔지만 그가 남긴 살신성인의 숭고한 유산과 정신은 영원할 것이다. 한 마디로 인간 존엄의 모델을 보여주었다.

정정자 여사님은 이렇게 회고한다. "하느님은 아들에게 죽음의 축복을 주셨다. 하느님도 인재가 필요했나 보다." 이 세상에 자식을 잃은 부모치고 슬퍼하지 않는 이가 없겠지만, 그녀는 아들의 죽음을 단지 슬픔이 아니라 축복으로 승화하였다. 그래서 그녀의 자식 사랑은 값지고 위대하다. 그녀는 자식 한 명을 가슴에 묻었지만, 「효봉장학재단」의 수혜자가 된 160여 명의 아들을 얻는 기쁨을 누리고 있다.

이 저술이 이 세상에서 아들을 먼저 떠나보낸 부모의 마음을 헤아리는 평범한 추모 도서로 그치는 것이 아니라, 보기 드문 젊은 지성이요 인간 존엄의 표상이 된 조성열 박사가 이 땅에 남긴 숭고한 유산이 어떻게 한 알의 밀알이 되어 열매로 맺어지는가를 확인하는 기회가 되었으면 한다. 삼가 고인의 명복을 빌어마지 않는다.

2015년 1월 5일

조성열 박사와의 남다른 인연

최지현(한국농촌경제연구원 부원장)

Pullman에서의 첫 만남

필자는 1981년 11월부터 한국농촌경제연구원(KREI)에 근무하다가 1989년 미국 워싱턴주 Pullman에 위치한 워싱턴 주립대학교(Washington State University)으로 유학을 떠나 1993년 농업경제학 박사학위를 취득하고, KREI에 복직을 하였다.

당시 워싱턴 주립대학교(WSU)가 한국에서 많이 알려지진 않아 유학생 수가 다른 주립대학에 비해 많지 않았다. 당시 농업경제학과에 한국 학생으로는 현재 동아대 교수로 재직 중인 김진수 교수가 곧 졸업을 앞두고 있었고, 오세익 KREI 전원장님과 지금 같이 근무하고 있는 권태진 박사님이 1~2년 먼저 와서 공부를 하고 있었다.

학교가 위치한 풀만은 학생과 교직원으로 구성된 인구 2만 남짓의 작은(college town)으로서 조용하고 공부하기는 좋은 지역이다.

KREI에 복직한 이후 식품소비, 식품유통, 과수산업 등의 연구를 수행하던 중 2002년 모교인 WSU로 졸업 후 9년 만에 안식년(Sabbatical leave)을 선택하게 되었다. 애들이 다 커서 온 가족이 학생이 아닌 겸임교수로 풀만으로 돌아왔을 때 감회는 또 남달랐던 것으로 기억된다.

그런데 무엇보다도 반가웠던 것은 농업경제학과 박사과정에 한국학생이 있었다는 사실이었다. 그 당시 2명의 학생 중 하나가 조성열 박사였다. 조 박사는 논문제출 자격시험(prelim)을 통과하고 박사학위논문을 막 준비하는 중이었다.

　조 박사의 논문 지도교수는 2명이었는데 그 이유는 미국사과 관련 계량모형을 추정하는데 품목전문가와 계량경제전문가의 자문이 필요했기 때문이었다. 지도교수인 Tom Schotzko 교수는 미국 사과 산업분야 최고의 전문가였고, 또 다른 지도교수인 Ron Mittelhammer 교수는 2011년 미국 농업경제학회장을 지낸 바 있고, 통계학과 계량경제학 분야에 많은 교과서와 논문을 저술한 저명인사이다. 이처럼 조 박사의 논문작업은 막강한 교수들과 함께 준비되고 있었다.

　조 박사에 대한 나의 첫인상은 매우 신체건강하고 활발한 대학원생이었다. 한국유학생으로는 필자가 1993년 졸업 이후 여준호 박사(현재 경북대 교수)가 1990년대 후반 졸업하였고, 조 박사가 한국학생의 맥을 잇고 있어서 개인적으로 매우 반갑고 대견했다.

　조 박사는 주말이면 외국유학생들과 잔디밭에서 축구를 즐겼고, 체육관에서 농구도 열심히 했다. 180센티가 넘는 큰 키에 스포츠는 다 잘했다. 제가 개인적으로 농구를 좋아해서 주말마다 Smith Gym에서 같이 농구를 하곤 했다. 또한 성격이 활발해 학과학생들과도 잘 어울렸으며, 대학원생 모임에서도 주도적으로 활동했던 것으로 기억한다.

　조 박사는 캠퍼스 인근 North Campus Heights Apts에서 자취생활을 했는데 평소 한식을 자주 먹지 못해 명절은 물론 평상시에도 종종 필자의 집에서 식사를 같이했던 추억이 있다.

KREI 입사

조 박사는 오랜 유학기간을 빨리 정리하고 싶은 생각이 강했다. 그래서 밤늦게까지 남아서 모형분석을 위한 전산작업을 하였고, 주말에도 학교에 나와 논문작성에 전념하였다. 모형추정 작업은 시간이 많이 소요되는 작업으로 조 박사도 모형추정에 많은 시간을 투입했다.

당시 나는 조 박사에게 빠른 시간 내에 논문을 완성하고 KREI 에 지원할 것을 제안하였다. KREI는 국내에서 농업경제학박사가 근무할 수 있는 최고의 국책연구기관으로서 자부심을 가질 수 있고, 향후 대학을 가더라도 좋은 연구경험을 축적할 수 있다고 설명하였다. 조 박사는 유학 가기 전 국내에서 직장경험이 없는 터라 학위취득 후 연구경험을 쌓는 것이 필요하다고 판단했다. 당시 KREI에는 필자를 포함해 WSU출신 선배가 3명이나 근무하고 있어 응원군도 든든하였다.

나는 1년 후 2003년 7월 KREI에 복직을 했고, 가족은 2년 더 풀만에서 생활을 했기 때문에 그 후 몇 차례 풀만을 방문할 기회가 있어 조 박사의 논문작성을 독려하였고, 마침 2003년 연구원 공채에 합격하게 되었다. 당시 KREI 이정환 원장님께서는 직접 조 박사 논문 발표도 보고 농업전망모형작업을 완성하는데 필요한 인재라고 판단하여 매우 흡족해 하셨다.

조 박사가 연구원시험에는 합격하였지만 아직 논문을 완성하지 못한 상황이어서 논문 완성이 시급하였다. 당시 지도교수 두 분도 조 박사의 빠른 KREI 합류를 위해 도움을 주셨다.

조 박사는 연구원에서 김배성 박사(현 제주대 교수)와 한 팀이되어 농업전망모형작업을 하게 되어 있었다. 그러나 조 박사의 건강이 나빠지면서 휴직을 하게 되었다. 당시 원인을 알 수 없는 상황에서 많은 사람들이 안타깝게 생각하고 있었다. 가끔씩 통화도 하고, 연구원에 들러 같이 차 한 잔하고 돌아가던 모습이 아직도 생생하다. 당시만 해도 조 박사가 건강하고, 의지가 강해서 완쾌되어 같이 생활할 수 있을 것으로 많은 사람들이 기대했었다.

2006년 조 박사를 그렇게 떠나보내고 슬픔에 젖어 있던 필자는 조 박사가 6년 이상 공부했던 WSU에 이 소식을 알려야겠다고 생각했다. 두 지도교수는 바로 필자에게 진심이 담긴 애도메일을 보내왔다.

필자와 조 박사의 인연은 유학선배로서 WSU 유학생활과 직장선배로서 KREI 직장생활을 곁에서 지켜볼 수 있었다는 것은 남다른 것으로 생각된다. 지금 생각하면 생전에 보다 많은 시간을 같이 못했던 것이 후회된다.

조 박사는 사후에 신체를 모교에 기증했고, 부모님은 조 박사 이름으로 장학재단을 설립해 후학 양성에 일조하는 등 살신성인의 아름다운 선행을 펼친 것은 다 아는 사실이다. 이러한 조 박사와 가족의 희생정신은 남아 있는 KREI 직원에게 큰 귀감이 되고 있으며, 후세에도 영원히 기억될 것이다.

그리운 친구에게

허주녕(한국농촌경제연구원)

연구원에서 처음 그를 만났네요.
나이도 비슷한 또래에 멋있는 친구를 만났네요.
그냥, 좋았습니다.

막걸리 한 잔에도
라면 한 그릇에도
마냥 즐거웠습니다.

심야버스를 타고, 배를 타고
여행을 함께한 친구
그렇게 좋았습니다.

호탕한 웃음에 환한 미소
보고 싶네요.
그냥, 그립습니다.
오늘도 친구를 생각하며
지난 시절 함께한 사진을 보며
마냥, 웃고 있습니다.

아름다운 인생, 아름다운 세상

김배성(제주대 경제학 교수)

  우리는 멋진 풍광의 경치를 볼 때 아름답다고 한다. 또한 심연의 심금을 울리는 선율의 음악을 들으며 아름답다고 한다. 그럼 인생의 아름다움이란 무엇을 말하는 것일까?

  개념적 혹은 예술적 정의를 떠나서 아름다운 인생이란 남에게 본받을 만한 착한 교훈이나 감동을 주는 삶을 일컫는 것 같다. 전주 노송동사무소 앞에 매년 불우한 이웃을 도우라며 적지 않은 돈을 10년을 넘게 익명으로 기부하는 삶, 자신은 돌보지 않고 평생을 아프리카 오지에서 헐벗고 가난한 아이들을 위해 헌신하다 가신 신부님의 삶, 곤궁한 형편에 아이들과 남편을 위해 평생을 베풀다가만 가신 어머님들의 삶 등 우리 주변에 많은 아름다움 인생들이 있는 것 같다.

  필자는 평범한 가정을 이루며 넉넉치 않은 삶을 살고 있는 자식들을 뒤로 하고, 거의 모든 재산인 20여억 원을 장학재단에 기부하신 노인 내외분을 알고 있다. 남은 여생을 편안히 경제적으로 더 여유롭게 자식들에게 대우받으며 보내실 수도 있으셨을 텐데… 노 부부의 그런 선택은 35세 나이에 세상을 먼저 떠난 막내 아들의 유언을 지키기 위한 것이라고 한다.

필자는 그 막내아들인 고 조성열 박사의 대학 선배이자 직장 선임이다. 조성열 박사는 고려대 농업경제학과 90학번으로 대학을 졸업하고 미국 워싱턴주립대에서 석박사과정을 수학하고, 2003년 한국농촌경제연구원(이하 농경연)에 입사하였다. 입사당시 조 박사는 박사논문 최종심사 일정이 일부 남아 있었으나, 한국농업과 농경연을 위한 우수한 인재라는 평가하에 박사학위 취득 이전에 입사가 결정되는 당시로선 파격적인 대우를 받았다. 조 박사는 박사학위 취득 후 2004년 초부터 연구원에 출근하였다. 당시에 필자는 농경연에서 한국농업전망모형과 세계농업전망모형이라는 매우 방대한 모형의 담당자로 혼자 일을 하면서 같이 일할 사람이 필요한 때였다.

워싱턴주립대에서 사과에 대한 계량경제 모형을 연구한 조 박사가 합류하게 되어 나는 무척 기뻤다. 더욱이 성격이 쾌활하고, 일에 대한 애착이 많은 대학 후배인 조 박사를 보고, 천군만마를 얻은 기분이었다. 농경연 신관 2층에 있던 같은 연구실에서 모형에 대한 얘기, 논문에 대한 얘기, 연구자로서의 길에 대한 얘기 등을 나눈 일들이 이 글을 쓰며 새록새록 생각난다.

훤칠한 키에 새하얀 피부, 두툼한 입술의 신참박사, 결혼을 하지 않은 상태라 미혼인 여직원들한테도 인기가 많았던 것 같다. 또한 같은 연배의 동료들과 울릉도 여행을 다녀오는 등 동료들 사이에서도 인기가 매우 높았다. 조 박사가 나와 같은 모형분야에 배치되었으나, 같이 끝마친 연구가 안타깝게도 없다. 모형에 대한 많은 일들을 같이 하기로 계획하였으나 애석하게도 입사한 해 10월 암 판정을 받았다. 이후 고난하고, 지루한 투병생활이 시작되었다. 옆에서 지켜보는 삼자의 눈에도 고통스러운 투병 생활, 본인의 심경을 어찌했겠는가? 얼마나 고통스러웠을까. 국립암센터 병실에 누워있으면서도 연구원 일원임을 자랑스럽게 생각하던 조 박사, 얼른 나아서 연구원 나가고 싶다던 조 박사의 얼굴이 아직도 생생한데…. 2006년 4월 경엔 몇 차에 걸친 항암치료 중에 수유리 집에 잠시 왔다고 전화가 와서 만났다. 많이 마른 상태로 치료에 대한 희망보다 생활을 정리한다는 느낌이 들었다.

"형님, 차 가지고 왔어요? 답답하니 시간이 괜찮으면 드라이브 가요."라는 말이 아직도 귓전에 맴돈다. 목적지 없이 여기저기를 돌아다니다 경기도 남양주에 있는 모 식당에 들러 같이 설렁탕을 먹었던 것이 조 박사와 같이한 마지막 만찬이 되었다. 2006년 5월 경인가 병실에서 조 박사를 마지막으로 보게 되었다. 많이 야위였고, 암세포의 전이로 눈이 보이지 않은 상태였으나 조 박사의 말과 태도는 여전히 늠름하고 의연했다.

조 박사와 같이 한 시간과 일들은 많지 않지만 옆에서 본 그의 생활은 자신의 몸이나 자신의 이익보다 남들을 위하는 삶이였던 것으로 기억된다. 그러한 조 박사의 삶과 정신이 고인의 유언에 따라 설립된 효봉장학회에 전해 내려오고 있는 것 같아 다행스럽고, 감사하다.

마지막까지 남을 위해, 어려운 이웃을 위해 고귀한 유언을 남긴 조성열 박사를 추억하며, 그 유언을 지키기 위해 여생을 헌신하고 계시는 조 박사 부모님의 숭고한 일생을 기리며, 오늘 인생의 아름다움과 세상의 아름다움에 대해 다시 한번 생각해본다.

조성열 박사를 기리며

지인배(한국농촌경제연구원)

조성열 박사와의 만남

조성열 박사를 처음 만난 건 조성열 박사가 연구원에 입사한 2003
년이다. 그 당시 유학을 준비하고 있던 나는 유학을 마치고 돌아온
조성열 박사가 많이 부러웠다. 조성열 박사는 훤칠한 키에 희고 잘생
긴 얼굴, 사람들과 잘 어울리고, 술도 잘 먹고, 운동도 잘하고….
훤칠한 키 빼고는 나와 비슷한 점이 많았다.

그 당시 나는 허주녕 씨와 자주 어울렸고 조성열 박사도 허주녕
씨와 자주 어울리면서 우리는 함께 자주 만났다. 조성열 박사가 나보
다 두 살이 위어서 호형호제하며 지냈다. 나는 조성열 박사가 마음
씀씀이가 넓고, 내 말을 잘 들어주어 좋았다.

어느 날 술을 먹고 집 방향이 같아 함께 택시를 타고 가면서 한
얘기가 생각난다. 그때 나는 조성열 박사에게 "형은 연구원 원장감
이야."라고 했다. 나의 이런 충언(?)에 조성열 박사는 대답을 못하고
좀 머뭇거렸다. 머뭇거리는 모습을 본 나는 '원장이 좀 약한가?' 속
으로 생각하고, 그럼 농림부 장관감이라고 했다. 그만큼 조성열 박
사는 사람들과 잘 어울렸고, 리더십이 있었다. 나는 "그래? 고마워!
그럼 우리 같이 열심히 해보자!" 하는 대답을 기대했다. 그러나 조성

열 박사는 말없이 미소만 지었다. 지금 생각하면 그 때 조성열 박사가 그런 반응을 보인 것은 원장감이라는 말이 마음에 안 들어서가 아니라 자신에게 그런 미래가 없다는 것을 이미 알았기 때문이 아니었을까 하는 생각이 든다. 큰일을 할 사람이었는데….

휘모리와의 한판

조성열 박사와 함께 어울리면서 조 박사가 축구를 좋아하는 것도 알게 되었다. 고려대 농업경제학과 축구팀 휘모리의 창단멤버라는 것과 요즘에도 휘모리에서 공을 찬다는 것을 알게 되었다. 나 또한 성균관대에서 농업경제학과가 주축이 된 터불런스라는 축구동아리의 창단멤버로 주말마다 축구를 하고 있었다. 이 사실을 알게 우리는 즉석에서 축구경기를 하기로 했고, 얼마 지나지 않아 축구경기가 열렸다. 이 축구경기는 성균관대 농업경제학과와 고려대농업경제학과 간의 경기이기도 했지만 10년 넘게 축구를 사랑해 온 둘 간의 자존심 대결이기도 했다.

토요일 오후, 여름의 초입이라 무지 더웠다. 경기는 고려대학교 대운동장에서 벌어졌다. 휘모리는 경기를 위해 우리의 거의 두 배나 많은 30여 명이 나와 있었다. 양팀의 대부분 멤버는 학부생들이었고, 조성열 박사가 나이가 제일 많은 축에 속했다. 두 팀 모두 나이가 많은 OB들을 주축으로 선발을 짰다. 휘모리는 조성열 박사를 중앙 미드필더로 세웠고, 나는 우리 팀의 스트라이커로 뛰었다. 조성열 박사는 키가 커서 몸이 좀 느려보였지만, 개인기도 좋고 생각보다 잘 찼다. 휘모리는 거칠고 적극적인 플레이를 하는 팀이었다. 조성열 박사의 활약으로 경기 내내 휘모리가 미드필드를 장악했고, 우리

팀은 밀렸다. 하지만 휘모리의 골 운은 좋지 않았다. 휘모리의 스트라이커가 조성열 박사와 동기였는데 한동안 축구를 안 하다 이번 경기를 위해 조성열 박사의 초청으로 오래간만에 나온 모양이었다. 상대편 스트라이커가 실수만 많이 안 했어도 경기는 일방적이었을 것이다. 경기 결과는 아마도 우리 팀이 한두 골 차이로 진 것으로 기억된다. 경기 후 우리는 고대 앞 호프집에서 시원한 생맥주로 갈증을 가시며 2라운드를 즐겼다.

울릉도 여행

조성열 박사, 허주녕, 나 이렇게 셋은 여름휴가 계획을 세웠다. 당시 셋 모두 여자 친구가 없어서 가능했다. 여자 친구는 현지에서 조달하기로 하고…. 어디론가 멀리 떠나고 싶었고, 안 가 본 곳으로 선택했다. 그렇게 결정된 곳이 울릉도였다. 사실 나는 울릉도를 반대했다. 젊은 여자들끼리 울릉도까지 여름휴가는 잘 안가니까…. 그러나 조성열 박사와 허주녕의 고집으로 울릉도로 낙찰됐다. 이 사람들은 애초부터 여자에 관심이 없었던 것 같다.

2004년 여름의 끝 무렵 울릉도로 떠났다. 동서울버스터미널에서 심야버스를 타고 동해로 출발했다. 동해시에 도착했을 때는 이미 밤 2시가 한참 지난 시간이었다. 울릉도로 출발하는 뱃시간이 아침 9시여서 7시간을 기다려야 했다. 숙소를 예약하지 않은 우리는 찜질방을 찾았다. 그런데 찜질방에 무슨 외박하는 사람이 그리 많은지 잘 곳은 고사하고 도대체 발 디딜 틈조차 없었다. 우리는 할 수 없이 그나마 누울 자리가 남아있는 문턱에 자리를 잡았다. 하지만 들락거리는 사람들과 문을 열고 닫을 때마다 들어오는 찬바람에 거의 뜬

눈으로 밤을 지새울 수밖에 없었다. 집나오면 고생이란 말을 뼈저리게 느끼는 여행의 시작이었다.

다음날 아침 우리는 따뜻한 해장국으로 배를 채우고, 동해항으로 가 울릉도행 배를 탔다. 쾌속선이라 배는 쏜살같이 달렸고, 우리는 창문 밖으로 바다풍경을 구경했다. 하지만 어젯밤에 잠을 제대로 자지 못해 출항한 지 얼마 되지 않아 우리 셋은 머리를 맞대고 졸기 시작했다. 배의 좌석이 플라스틱의자에 등받이가 낮아 무거운 머리를 기댈 곳이 없었다. 졸면서도 자세가 너무 힘들어 자다 깨다를 계속 반복했다.

울릉도에 도착한 우리는 우선 부둣가에서 싱싱한 오징어회에 노오란 호박막걸리로 점심을 때웠다. 취기가 오르자 어젯밤과 아침의 피로가 싹 가셨다. 막걸리로 배를 채우고 이제 울릉도에서 놀 생각을 하니 세상에 부러울 것이 없었다. 우리는 울릉도에 오기를 잘했다며 신나게 떠들어댔다.

배를 채운 우리는 택시를 타고 숙소로 이동했다. 숙소는 저동항이 내려다보이는 작은 연립주택이었는데, 연구원 이경미 씨의 친척집이었던 것으로 기억된다. 울릉도 출신인 경미 씨가 아버지를 통해 일반 살림집이 빈 동안을 우리가 싸게 사용할 수 있게 주선해 주었다. 남의 살림집이어서 사용이 좀 조심스러웠지만 잠자리는 편안했다. 저녁에 숙소 근처를 산책했는데 도동약수터가 집에서 가까웠다. 우리 셋은 한적한 울릉도 산길을 한가로이 거닐며 약수터로 향했다. 도동약수는 탄산과 철분이 섞여 있다고 했다. 그래서인지 약수가 나오는 곳은 온통 녹이 슨 것처럼 누렇고 붉었다. 물맛은 사이다 맛을 기대했는데 쇠 맛이 났다. 몸에 좋다고 했지만 많이 먹을 수는 없었다.

다음날 우리는 택시를 타고 울릉도 일주를 했다. 해안도로를 타고 울릉도를 한 바퀴 돌아 나리분지까지 둘러보았다. 그러나 해안도로는 섬의 북서쪽에서 끝나 우리가 온 길을 다시 돌아갈 수밖에 없었다. 그 다음날은 선인봉 등산을 할 것인지 배를 타고 다시 울릉도를 일주할 것인지 의견이 갈렸다. 등산코스가 어렵다고 판단한 우리는 울릉도 선상일주를 선택했다. 배를 타고 해안가를 도는 코스가 육로보다는 더 멋있었다. 코끼리 바위 등 멋진 경치를 즐기면서 사진을 많이 찍었다. 하지만 안타깝게도 지금은 남아있는 사진이 없다. 유학 동안에 사진이 저장된 하드디스크를 잃어버렸기 때문이다. 재래식 앨범이었다면 사진이 남아있으련만 기술발달이 좋은 것만은 아닌 거 같다!

3일째, 출발할 때부터 계속 날씨가 안 좋아 쌀쌀했는데 간만에 햇살이 비쳤다. 우리는 몽돌해수욕장으로 향했다. 몽돌해수욕장은 말 그대로 해변이 동글동글한 돌밭이었다. 몽돌들이 햇빛에 반사되어 반짝반짝 우리를 반기고 있었다. 자갈돌로 이루어진 해수욕장은 처음이라 마냥 신기했다. 조성열 박사와 나는 신나게 수영을 했다. 허주녕은 수영을 안 좋아한다고 바닷가에 앉아 맥주만 마셨다. 옆에서 동네아이들이 수영을 하고 있었는데, 높은 선착장에서 무섭지도 않은지 바닷물로 잘도 뛰어내렸다. 우리도 다이빙을 할 요량으로 가보았다. 바닷물 속이 훤히 들여다보여서 얕아 보였다. 그러나 막상 물에 들어가 보니 아무리 깊이 들어가도 바닥에 닿을 수가 없었다. 동해바닷물이 참으로 맑기는 맑은가 보다!

어느 날 저녁이었다. 새벽에 국가대표 축구경기가 있었고, 우리는 밤새도록 맥주를 마시면서 축구를 보기로 했다. 그런데 축구를 그렇게 좋아하는 조성열 박사가 술도 제대로 못 마시고 잠이 들었다. 나중에 알았지만 이미 조성열 박사는 그때부터 몸이 안 좋았던 것이다. 배를 타고 갈 때도, 등산을 포기한 것도, 수영할 때도, 축구를 볼 때도 매우 피곤해 하던 모습이 떠올랐다. 미리 알았으며, 조성열 박사를 위해 좀더 무리하지 않게 여행을 계획했을 텐데…. 아쉽고 서운한 마음이 들었다!

조성열 박사와의 이별

울릉도 여행을 다녀온 후 얼마 지나지 않아 조성열 박사가 몸이 안 좋은 것을 알게 되었다. 그래서 나는 될 수 있으면 조성열 박사를 술자리에 부르지 않았다. 그러나 조성열 박사는 술자리를 피하지 않았고, 다른 사람들과 자주 술을 마셨다. 어느 날 연구원 앞 술집에 들렀는데 조성열 박사가 연구원 사람들과 술자리를 하고 있었다. 차마 그 자리에서는 말을 못했지만 몸도 안 좋은 사람이 몸 관리를 해야지 왜 그렇게 술을 먹는지…. 참 속상했다. 마지막 얼마 남지 않은 세상을 즐기고 싶었던 것이리라! 차라리 같이 놀아줄 것을….

그리고 얼마 지나지 않아 조성열 박사가 병원에 입원했다는 얘기를 들었다. 상태가 어떤지 알고 싶어서 전화를 했지만 조성열 박사는 전화를 받지 않았다. 나중에 전해들은 얘기로는 조성열 박사가 사람들을 만나고 싶어 하지 않는다고 했다. 이후로도 여러 번을 전화했지만 통화할 수 없었다. 그렇게 시간은 흘렀고 조성열 박사가 세상을 떠났다는 소식을 들었다. 참으로 가슴이 아팠다. 병원에 가보지도 못하고, 제대로 인사도 못했는데…. 그냥 가버리다니…. 몹쓸 사람….

지금은 하늘나라에서 행복하게 지내고 있겠지. 이 세상에서 못 다한 연애도 하고, 연구도 하고, 운동도 하고, 술도 먹고, 친구들과 즐겁게 지내면서…. 짧은 시간이었지만 조성열 박사와 함께 했던 즐거운 시간들을 기리며….

울릉도 나리분지 너와집 앞에서…

효봉(曉峰)이 꿈꾸었던 것들…

김진성(솔브릿지 국제경영대학 학장)

우리가 즐겨 부르는 노래 중에 다음과 같은 노래가 있습니다.

> 낙엽이 우수수 떨어질 때/ 겨울에 기나긴 밤/ 어머님하고 둘이 앉아/
> 옛 이야기 들어라/ 나는 어쩌면 생겨 나와/ 이 이야기 듣는가/ 묻지도 말아
> 라 내일 날을/ 내가 부모되어서 알아보리라

원래 시를 쓴 김소월 시인이 의도했던 것과는 전혀 달리 해석되고, 재창작되기는 하였으나 이 노랫말을 떠올리면 우리가 스스로 부모가 되어야 부모님의 애틋한 마음을 알게 된다는 뜻을 담고 있어 늘 마음이 뭉클해지곤 합니다.

그런데 정말 부모가 되면 그 마음을 알 수는 있는 것일까요? 얼마나 나이가 들면 우리 부모님들의 마음을 알 수 있을까요? 제 생각에는 우리가 나이를 들어가면서 부모님을 이해하는 부분이 조금씩 늘어나기는 해도 그 마음을 완전히 알아낼 수는 없다고 생각됩니다. 그것은 자식이 아무리 나이가 들고 변하여도 부모님들은 언제나 우리가 상상하지도, 알지도 못할 또 다른 꿈을 꾸고 계실 테니까요.

효봉장학회를 설립하신 조덕행 이사장님과 정정자 여사님은 아주 특별한 꿈을 가지고 계십니다. 그것은 사랑하는 아들을 하늘나라로 먼저 보내고 그 마음을 추스르기도 힘이 부치셨을 텐데도 불구하고 아들이 소원하던 꿈들을 찾아내어, 그 꿈까지도 대신 짊어지고 가시겠다는 '위대한 꿈'입니다. 얼마 전 두 분이 하늘나라에 있는 아들에게 보낸 편지글에 '장학 사업으로 아빠·엄마는 인생을 건다. 너를 영원히 살리기 위하여'라는 글귀를 읽으며 눈시울이 붉어지며 품으신 그 큰 뜻을 다시금 떠올리게 되었습니다. 아무쪼록 이 장학회를 통해 짧지만 큰 사람으로 살다 간 조성열 박사의 꿈들이 두 분께서 인생을 걸고 하시는 이 사업을 통해 영원히 이어지고, 큰 열매로 나타나 이 사회를 바꾸는 초석이 되기를 기원합니다.

이미 효봉장학회의 장학생들이 석, 박사학위를 받기도 하고, 사회의 곳곳에서 여러 가지 모양으로 왕성하게 활동하고 있음은 작은 씨앗이 얼마나 큰 나무로 자랄 수 있는지를 잘 보여주는 사례라고 하겠습니다. 아무쪼록 이 장학회를 거쳐 가는 모든 장학생들이 조성열 박사와 같이 자기 자신의 영달을 위한 꿈이 아니라 다른 사람을 위한 꿈을 꾸는 사람들이 되기를 바랍니다. 또한 조성열 박사가 생전에 우리에게 보여준 것처럼 그저 꿈만 꾸는 것이 아니라 자기가 하는 일에 최선을 다해 노력하기 바랍니다. 존경받는 모든 사람들이 그저 꿈꾸다가 우연히 인생역전의 기회를 만나게 된 것이 아니라 나름대로 자기가 하는 일에 혼신의 힘을 쏟았기 때문에 가능했었음을 기억해야 합니다.

다시금 정정자 여사님께서 경험하지 못한 사람들은 상상하지도 못할 견디기 힘든 '아픔' 중에서 자식을 영원히 살리려는 '희망'으로 쓰신 이 귀한 책을 출간하게 되심을 진심으로 축하드리며, 여사님과 함께 장학회를 설립하시어 우리 모두에게 꿈꾸는 법을 가르쳐 주신 이사장님께도 큰 감사의 말씀을 드립니다. 진정으로 두 분은 이 세상이 본받아야 할 모범(模範)이십니다.

끝으로, 새벽 봉우리(曉峰)에 우뚝 세우신 두 분의 뜻이 하늘에 닿아 고 조성열 박사의 혼을 만나 환한 웃음을 짓게 하길 기원하며 효봉장학회를 위해 협력하시는 모든 분들께서도 그동안 보내주신 관심과 사랑의 마음으로 장학회가 더욱 발전될 수 있도록 늘 기도와 후원을 더해 주시기를 부탁드립니다.

2014년 12월 매섭게 추운 날에

효봉과 효봉장학재단을 위하여!

조동재

(사)한중투자교역협회장, (주)매방회장

효봉 조성열 박사!

그는 속말로 나의 새까만 후배(26년 후배)로서, 내가 농경/식자경영과 교우회장을 할 때인 어느 봄철 토요일 오후 잠실 고수부지 운동장에서 젊은 과선후배들의 모임인 휘모리 축구팀 간의 축구경기를 구경 겸 격려차 갔던 자리에서 만난 적이 있었다.

이때 성백수(78학번) 수석총무와 후배 몇 분과 동행하여 간식과 음료수를 마시며 짧은 인사와 즉석 간담회를 가진 후 홀짝기로 나누어 하는 축구를 구경한 바가 있다.

이때 내가 크게 놀랐던 것은 대부분의 선수(?)님들이 학위가 석사 박사라는 점과 맞춰입은 유니폼이 너무 멋지고 폼 났다는 점, 그리고 모두 하나같이 잘 생기고 말도 잘하고 똘방똘방해서 반해 버렸고 그중에서 대표적인 후배가 바로 효봉이었다.

그 후 모르는 사이에 효봉은 멀리 갔고 하늘의 풀향기처럼 효봉장학재단이 발족되었으며 학교행사 때 효봉의 부모님들은 뵙게 되었으나 무슨 말을 할 수 있었겠는가, 단지 명함의 함자를 보고 같은 한양 조(趙)가 일가가 되는 듯하다는 말과 멋쩍은 웃음교환 뿐이었다.

효봉은 36세에 요절하여 화려한 자아실천의 보람도 일상의 현란

한 삶의 행복도 많은 사람들이 주목할 시간도 없이 그냥 사라졌다.

부모님들은 오죽했겠는가? 슬픔은 다해도 모자라고 통탄을 거듭해도 부족했으리라. 이치로 말하지만 이치는 알 수 없고 천지는 무정하여 못본 척 했겠지…. 애석한 마음은 고인의 유지로 모였고 이 유지는 효봉장학재단으로 겸손하게 탄생된 것이라 할 수 있다.

사람의 도량이 이처럼 넓고 멋까지 갖춘 건 그 젊은 나이에 이미 인격의 완성기에나 생기는 두터운 덕(德) 때문 아닐진고…. 후배들 걱정은 흔하지 않는 일이거늘 어찌 각박한 세상 이처럼 모범이 되는 유지를 남겼을고….

효봉과 같은 연배인 35세에 오직 공부만 하다가 요절하신 나의 증조부의 유고집 ≪용산일고(溶山逸稿)≫에서 요절한 선비를 애통해 하는 구절 한 수 옮긴다.

胡奈蒼天不愁遺 어찌 푸른 하늘은 남겨두지 않았단 말인가
欲言情地淚先揮 정다웠던 시절 말하려 하나 눈물 먼저 흐른다
家庭倚杖期非少 가정이 서로 의지하여 기댄 바가 적지 않았고
門戶烌張望有歸 문호가 활짝 열려 희망이 돌아올 줄 알았었다
駸駸駕車登道折 준마는 수레를 몰고 먼 길에 오르다 그쳤고
蘭芝播馥未秋萎 향기로운 난초와 지초, 가을도 오기 전에 시들었다
嗚呼壽殀難容力 아아! 목숨의 길고 짧음 힘으로도 어찌하기 어려우니
只恨百身莫贖之 다만 백 개의 몸으로 대신할 수 없어 한스럽다

이제 조심스럽게 제안한다.

젊은 효봉의 유지는 정말 멋졌고, 연로하신 효봉의 양친 조덕행,

정정자 님은 고결한 정성과 비범한 결단을 소유하셨고 이를 실천하신 분이다. 그러나 이제는 효봉에 대한 아쉬움을 지고한 가치로, 집착은 사랑으로, 추억은 기념으로 승화시키고 싶으실 것이다.

우리는 무엇을 어떻게 하는 것이 효봉과 효봉장학재단을 가치, 사랑, 기념으로 승화시킬 수 있는가를 모두 고민해보자.

고대 농경과교우회 2대회장(64학번)

애국인 효봉을 추모하다

김재숙(전 정발중학교장)

요절한 조성열 박사의 호는 효봉이다. 새벽 산봉우리란 뜻이다. 효봉은 1971년 1월 31일 서울에서 2남 2녀 중 막내로 태어났다. 거시적 안목에서 나라의 미래를 내다보며 고려대학교 농업경제학과(식품자원경제학과의 전신)에서 향학열을 불태웠다.

이때 휘모리라는 축구동아리에서 맹활약하며 심신을 다지기도 하였다. 졸업 후 효봉은 학문의 세계를 깊고 넓게하기 위하여 미국 워싱턴 주립대학으로 유학을 떠났다. 6년 만에 석박사 과정을 마친 효봉은 귀국하여 한국농촌경제연구원에서 근무를 하던 중 악성 림프종(임파선암)이 발병하여 2005년 8월 15일 자정, 이때 효봉의 나이 서른여섯 열매를 맺기도 전에 하늘의 부르심을 받았으니 애통할 뿐이다. 임종 시 효봉은 시신을 모교인 고려대학교 안암병원에 기증하고 상속유산을 후배를 위해 장학사업에 써달라는 유언을 남기고 떠났다.

이에 오직 학문의 길에 매진하다 살신성인의 삶을 살다간 그의 짧았지만 아름답고 숭고한 생애를 돌아보며 그를 추모하는 기회를 갖고자 한다.

1. 출생

효봉은 1971년 1월 31일 정오에 서울 마포에서 아버님 조덕행 선생님과 어머님 정정자 여사 사이에서 2남 2녀 중 막내로 태어났다. 충북대학에서 약학을 공부하던 정 여사가 졸업과 동시에 결혼한 해가 1963년 10월 13일. 신혼살림은 종로구 수송동 23번지(현재 한국일보사 근처)에서 시작하였다. 아버님은 처음에는 어머님을 도우셨으나 뒤에는 동일방직에 입사한다.

효봉의 부친은 평생 효자로 사신 분이다. 특히 효봉의 할머니가 돌아가신 뒤에는 홀로 남으신 아버님을 위해 함께 기거하시며 식사와 잠자리를 손수 보살피는 등 정성을 다하셨다. 생전의 할머니께서도 아드님과 영화관이나 백화점 다니시기를 좋아하셨다고 하니 부친의 효심이 어떠하였을까 짐작이 간다. 부친의 효성이 특히 지극했던 것은 아버님의 오랜 출타생활로 어릴 때부터 목말랐던 아버님에 대한 그리움 때문이 아니었던가 생각된다.

효봉의 할아버님은 12세에 조혼하고 상투를 자르고 만주로 가 봉천중학교에서 공부하였으며 광복 후 귀국하여 동일방직을 설립하신 분이다. 할아버지는 효봉의 부친과 나이차가 얼마 되지 않았으므로 아버지라 부르는 것을 부끄럽게 여겨 남이 보는 데서 아버지라 부르는 것을 금하셨다고 한다. 만 7년 만에 만난 아버지로부터 이런 소리를 들은 부친의 마음이 어떠했을까? 나중에는 퇴근하는 길에도 구둣소리를 내지 않으려고 구두를 벗고 귀가할 정도였다고 한다.

그럼에도 부친의 할아버님에 대한 효성은 남달리 지극하였다. 부친은 효봉의 할아버지께서 돌아가실 때까지 한 방에 기거하며 잠자리를 지켜드렸다. 잠자리를 함께 하실 때에도 만일의 경우 침상에서 떨어지시더라도 자신의 배 위로 떨어지시라고 바짝 붙어 자곤 하였다. 거동이 불편하여 대소변을 가릴 수 없게 되자 손수 9개월간을 간병하였다.

어머니 정정자 여사는 4남매의 맏이로 청주에서 출생하였다. 가정형편이 여의치 않아 학업을 계속하기 어려웠음에도 한 시간이 넘는 거리를 걸어 다니며 향학열을 불태웠다. 읍내에 있는 중고등학교를 갖은 고생 끝에 마치고 드디어 충북대학 최초의 약학대학에 입학하는 영광을 안았다.

그러나 당시에는 농가대학에 가는 것보다는 덜 힘들 것이라는 막연한 생각 외에는 진학에 대한 뚜렷한 정보지식이 없어 약사가 되어 평생을 함께 하리라는 개념도 뚜렷하지 않았다고 한다. 지금도 가정형편상 오랫동안 약국을 운영하여 왔지만 마지못해 장사를 하였다고 한다.

학창시절에 우연히 퀴리부인전을 읽고 깊은 인상을 받은 어머니에게는 퀴리부인이 평생의 모델로 남아있다. 모친께서는 출가한 뒤에도 힘드신 부모님을 대신하여 동생들의 학구열을 고취시키고 연마하게 함은 물론, 자립성가할 때까지 물심양면으로 도왔다.

2. 효봉의 성장과 성품

5남매의 막내로 태어난 효봉은 어린시절부터 누님들과 형님의 보호와 사랑 아래 무럭무럭 자랐다.

마포로 이사한 후 효봉은 마포 용강동에 있는 신석초등학교에 입학하였다. 효봉은 늘 형의 옷을 물려받아 입고 다녔으므로 크고 헐렁하였다. 그러나 조금도 개의치 않고 늘 즐겁게 생활하였다. 선생님께서

"너 왜 그리 큰 옷을 입고도 좋아하느냐?" 하고 물으신 적이 있다고 한다. 어린 효봉은 나이에 걸맞지 않게 어머님께서 고생하시는 것을 생각해서 그런다고 답하더라는 것이다. 후에 이 말은 담임선생님으로부터 전해 들은 어머님께서는 아직도 잊지 않고 떠올리신다. 당시에는 약국을 운영한다고 하여도 방 2칸 살림의 몹시 어려운 상황이었기에 효봉은 누구보다도 어머님의 고충을 이해하고 있었던 것이다.

중·고등학교를 다니는 동안 효봉은 친구를 많이 사귀는 활달한 성품이었고 학업에 두각을 나타냈으며 반장이나 회장으로 활약한 경력을 지닌 것을 보면 리더십도 갖춘 우수한 인재였다고 보여진다.

초등학교 시절부터 낱말카드를 손수 만들어 선생님과 학우들을 놀라게 하는가 하면 수학에 능하면서도 언어영역에도 뛰어났다. 하루는 선생님께서 우수반 학생들을 지도하시다가 날이 더워 수박 한 통을 사오라고 하셨다. 그런데 효봉은 친구들을 불러 함께 나가자고 하더니 수박 다섯 통을 사오더라는 것이다. 얼른 가늠해보니 한 통으로 안될 것 같았던 모양이다. 그날 받은 용돈을 모두 털어 수박 다섯 통을 사온 것이다. 미안해하시는 선생님과 땀범벅이 된 친구들이 시원한 수박을 먹으며 한여름의 더위를 통쾌하게 날렸다는 선생님의 이야기를 듣고 어머님께서 일찍이 효봉의 인품을 가늠하셨으리라. 이 일을 자주 떠올리시는 것을 보면 당시 아들의 대견함에 깊은 감명을 받으신 듯하다.

어린 시절 효봉은 어머님께서 "나는 법사다, 모든 것을 다본다." 며 말씀하신 것을 평생 잊지 않고 살았던 것 같다.

그의 모든 언행과 활동에는 늘 지켜보시는 어머님의 눈동자가 살아 존재하였던 것이 아닐까?

3. 효봉의 학업

효봉이 서울의 영일고등학교를 졸업하고 고려대학교 농업경제학과 (식품자원경제학과 전신 90학번)에 들어간 것은 1997년 3월이었다.

원래 하루 열 시간을 공부해도 싫증이 나지 않는다고 할 만큼 수학 공부를 좋아하고 논리적이고 유머러스한 언변으로 주위를 즐겁게 하는 탁월한 능력을 지닌 효봉이었다. 집안에서는 의대나 법대를 추천한 것이 당연한 일이었다. 그러나 농업경제학을 공부하고 있는 친구를 곁에서 지켜보며 뜻한 바가 있었던 어머니 정정자 님은 훌륭한 미래 학문이라 여기고 아들에게 추천하였다. 나라와 사회를 위해 무엇을 할까 고민하던 효봉은 어머님의 권유에 따라 고려대학교 식품자원경제학과에 입학을 하기로 하였다.

대학에 들어가자 친구들을 좋아하고 활달하였던 효봉은 학업에 전념하는 가운데서도 교내 휘모리 축구 동아리에 들어가 능동적이고 적극적으로 활동하며 심신을 단련하였다.

효봉이 도미 유학을 결심하게 된 배경에는 큰 형님이 있었다.

군대에 돌아와 영어에 능통해진 형님을 보는 순간 효봉은 새로운 학문에 대한 호기심과 열의가 활활 불타올랐다.

부모님께 상의 드리고 곧바로 미국의 워싱턴주립대학교로 유학을 떠났다. 효봉은 일반적인 사회현상을 수학적으로 분석하고 응용하기를 좋아하였다. 효봉이 관심을 보인 학문은 다양하였다. 그중에서도 미시, 거시경제이론 및 자원, 환경, 유통, 계량 경제학 등 경제학자로서 이론적 토대를 세웠으며 특히 수리경제학에 특별한 관심을 갖고 있었다. 학부를 마치고 미국행을 하는 배경에는 이러한 연구방

법이나 지식 정보에 대한 무한한 학문적 욕구가 내재되어 있었다.

워싱턴주립대학에서 자원경제학 특히 수자원 쪽에서 석사과정을 밟았고 석사 취득 후에는 계량경제학의 이론적 구축과 실증적 적용에 관심을 갖게 되어 박사과정의 연구방향을 잡았다.

따라서 박사과정에서는 응용계량 경제와 식품산업 중에서도 과수산업에 관한 연구에 집중하였다. 박사과정의 논문은 '비선형 수익분석모형을 이용한 워싱턴 주의 사과재배농가의 수익극대화를 위한 처적 출하시기 결정'이었다.

미국에서 공부하는 6년 동안 효봉은 학비와 생활비 일체를 스스로 해결하였다. 장학금과 생활비 150불! 그리고 모자라는 돈은 아르바이트 생활로 충당하였다. 마음고생이 심하신 어머님을 도와드리고 기대에 부응하고자 하는 피나는 노력의 일환이었다.

4. 효봉의 귀국

미국에서의 혹독한 학문연구와 열정으로 6년 만에 박사학위를 취득한 효봉이 드디어 귀국하였다.

효봉은 2003년 박사학위 논문 최종심사 과정이 아직 남아있는 상태에서 한국 농업과 농촌경제연구소에 필요한 우수한 인재라는 평가를 받고 입사가 결정되는 파격적 인사의 대상이 되었다.

2004년 박사학위 취득 후 고국으로 돌아온 효봉은 한국농촌경제연구원에 들어가 연구를 계속 이어나갔다. 당시 연구원에는 한국농업 전망모형과 세계농업전망 모형이라는 방대한 모형을 혼자서 연구하시던 김배성 교수님이 계셨다. 김 교수님은 새로 입사한 효봉과 합류하게 되어 큰 힘을 얻었다고 했다. 성격이 쾌활한데다 일에 대해 애착이 많은 후배가 천군만마를 얻은 듯하였다고도 하였다.

훤칠한 키에 새하얀 피부, 두툼한 입술의 호남아이면서도 미혼인 상태라 여성들에게도 인기가 좋았던 신참 박사 효봉. 동료직원들과 여행을 다니던 효봉 그를 낱낱이 기억하고 있었다. 그러나 안타깝게도 짧은 기간의 합류로 일을 이루지 못하고 간 효봉에 대해 김 교수는 안타까움을 금할 길이 없다고 하였다.

효봉은 유학 중에 배운 새로운 학문을 바탕으로 짧은 기간이었지만 새로운 열의를 불태우며 연구와 프로젝트를 수행하면서 겨레의 먹거리요 나아가 겨레가 살아갈 길을 염려했던 것이다.

5. 효봉의 최후

효봉은 어린 시절부터 활달한 성품에 운동을 통해 친구들과 뛰놀기를 좋아하고 대학에서도 축구 동아리에 들어 활약이 뛰어나 모르는 이가 없을 정도였다. 평소 그러한 그였기에 그를 아는 이들은 그에게 악성 림프종이라는 이름도 낯선 종양이 가까이 하리라곤 상상도 못할 일이었다.

그러나 미국에서의 혹독하다 할 정도의 치열한 삶을 이겨내는 동안 굳센 바위에도 치명적 균열이 생긴 것일까? 갑작스럽고 이해하기 어려운 시련이 너무나 일찍 닥쳐왔다. 그러나 삶에 있어서 최선을 다한 사람만이 갖는 신에 가까운 여유였을까?

병마가 찾아든 것을 안 효봉은 너무나도 침착하였다. 한순간 왜 당황하지 않았으랴! 그러나 경악하는 가족과 친지들, 친구와 선후배, 지인들 앞에서 효봉은 담대할 만큼 침착함을 보였다. 사랑하는 어머님과 아버님 가족들의 흔들림을 염려한 탓이었을까? 긴 투병생

활과 견디기 힘든 항암 치료과정에서도 묵묵히 자신을 통제하면서
병마를 이겨내는 그의 모습은 주위 사람들에게 깊은 감명을 주었다.

마침내 효봉은 어머니와 마주앉았다.

평생 존경하고 공경하며 사랑해 마지않던 어머니 앞에서 효봉은
침착하게 사후의 계획을 의논하였다. 자신의 시신을 사랑하는 후배
와 존경하는 선배들과 훌륭하신 스승님들이 계신 학문의 전당 고려
대학교 안암병원에 기증할 것을 말이다.

미국에서 돌아왔을 때 어머님께서 네가 교수나 공무원이 되면 돈
과 거리가 멀어야 하니 고향에 있는 땅을 줄 터이니 금전에 얽매이지
말라던 어머님의 말씀을 받아들이되 그것을 고려대학교의 후배들을
위해 장학금으로 써달라는 것이었다.

이때가 효봉이 떠나기 3주전이었다. 효봉이 간 뒤에 효봉의 부모
는 가족을 모아놓고 의논을 하였다. 사랑하는 누이와 존경하던 형
님, 매형 등이었다. 효봉의 유언을 전해들은 가족들은 동생의 유지
를 받드는 일에 의견을 모았다.

바로 3주 뒤 2006년 8월 15일 밤 자정에 맞추어 짧았지만 순수하
기만 한 청년 효봉은 살신성인의 삶을 마감하고 영원한 정신의 세계
로 갔다.

6. 효봉에 대한 추모

호랑이는 죽으면 가죽을 남기고 사람은 죽으면 이름을 남긴다 하
였으되 내 생전에 그와 같은 인물을 만나거나 들어보지 못하였다.
효봉의 인물됨을 살펴보건대 현실에서 보기 드문 위인이다. 천재는
요절한다는 옛말이 있으되 이 또한 옛일이라 여겼다. 그런데 난데 없는

효봉의 요절에 쿵! 하는 충격을 금할 길 없다.

효봉의 시신은 살신성인하려는 그의 유지에 따라 고려대학교 안암병원에 후배들의 배움을 위해 기증되었다. 언젠가 효봉이 안암병원에 들렀을 때 후줄그레한 의사 가운을 걸친 후배를 보았는데 불쌍해 보였다고 하더라는 것이다. 자신의 심한 고통 가운데서도 발동하였던 측은지심을 쉽게 떨쳐버릴 수 없었던 것일까?

효봉이 태어날 때부터 효봉의 앞날에 도움이 되라고 사두었던 땅은 고려대학교의 장학재단으로 승화되었다.

"내가 만약 더 살지 못하고 죽으면 나에게 주려는 몫으로 된 땅을 공부 잘하고 놀 줄도 알고 돈이 없어 애쓰는 놈들에게 장학금으로 내놓아! 나같이 불치병 걸린 사람들 살리는 연구에 써달라고 내 시신도 고려대 병원에 기증해 주세요. 또 내가 보고 싶으면 원용이 불러다 보고 장가갈 때는 나 장가보내는 것처럼 생각해 주세요."

평소에 누이를 좋아하고 매형을 좋아하던 효봉이었다. 어릴 때부터 큰누님의 사랑을 많이 받고 자란 효봉이었다. 늘 누님을 위해 많은 것을 해주고 싶어하던 동생 효봉이었다.

바다같이 넓고 컸던 효봉의 인물 됨됨이는 일찍이 효성이 지극하였던 부친 조덕행 선생님과 남다른 학구열과 앞날을 예견하며 자식을 키우셨던 어머님 정정자 여사의 넓고 깊은 품안에서 비롯된 것이라는 생각이 든다. 효봉의 집을 드나들던 효봉의 친구들은 어려운 가운데서도 늘 푸짐하게 배를 불려 주시고 따스하게 웃어주시던 어머님을 통하여 힘을 얻었고 지금까지도 힘이 된다고 하였다.

효봉이 갔을 때 장례식장에 방이 2개 남아 있었다. 하나는 20평짜리 소형이고, 하나는 최고로 큰 99평짜리 방이었다. 처음에는 장가도 아니 간 아들인데 하고 작은 방을 택하려고 하였으나 어머님께서 효봉의 성품을 생각하니 선후배 친구들이나 지인들을 편히 모셔야 겠다는 생각이 들어 넓은 방을 썼다고 한다.

아니나 다를까. 오래된 학창시절 친구들이며 선후배 교수님들이 지방이나 외국에서까지 오는 바람에 큰방을 선택한 것을 잘하였다고 하셨다.

어머님 정정자 여사는 어머님 가르침을 가슴에 새겨 잘 따르고 어머님의 고충을 예사로이 넘기지 않고 헤아렸던 효봉에게 많은 정을 두셨던 것 같다. 특히 두 사람이 지녔던 타고난 향학열이 모자를 더욱 견고하고 강하게 엮어주었던 것 같다. 서로 말하지 않아도 이심 전심으로 통하였고 텔레파시가 통한다고 할 정도였다. 이로 볼 때 그 어머니에 그 아들이라 하지 않을 수 없다.

7. 효봉장학회 탄생

형제간에 우애가 깊고 친구와 돈독한 사귐을 좋아하고 부모를 공경하던 효봉. 농업경제학으로 농자천하지대본의 근본국가 이념을 부흥시키려던 효봉의 애틋한 희생과 사랑의 정신으로 예측할 수 없을 정도의 큰 희망이 싹트게 되었다.

효봉이 떠난 지 2주년이 되는 2008년 3월 29일에 재단법인 효봉 글로벌장학회가 창립총회를 개최하고 그해 9월 6일에 제1회 글로벌 효봉장학금 수여식이 있었다.

재단법인 효봉글로벌장학회는 효봉(조성열 박사)의 유지에 따라 식품자원경제학에 대한 열의와 사회에 대한 봉사정신을 기리고 식 품자원 환경분야의 발전을 위해 설립되었다. 또한 모교인 고려대학교 생명공학대학 식품자원경제학과를 중심으로 모교 후배들(학부와 석박사과정)에게 경제적 어려움없이 학문 발전에 전념할 수 있게 하고자 설립되었다. 이제까지(2013년 8월) 수혜를 받은 학부생이 ○○ 명이고 석사가 ○○, 박사가 ○○, 총 ○○명에 이르고 수혜액은 ○○○○에 이른다.

　고려대학교의 효봉글로벌장학회는 이웃과 나라를 사랑할 줄 알던 평범하지만 비범했던 한 젊은이의 살신성인 정신에서 피어난 꽃이라는 점에서 의미가 깊다고 하겠다.

　일찍이 이웃을 사랑하고 나라와 겨레의 앞길을 열고자 했던 이 시대의 선각자 고 조성열 박사! 그의 존재는 효봉장학회와 더불어 새벽 하늘에 꺼질 줄 모르는 빛을 발하고 있을 것이다. 또한 그 뒤를 이어갈 수혜자들의 앞날과 더불어 영원할 것이다.

　8. 후기

　현재 효봉의 아버님 조덕행 선생과 어머님 정정자 여사는 효봉장학회의 운영 발전에 심혈을 기울이고 계시다. 특히 어머님께서는 아들이 생전에 공부하고 싶어했던 상담심리학을 공부하고 계시다. 고려대학교 사이버대학의 최고령자라고 한다. 그래도 평생 졸업하지 않고 다닐 수 있었으면 좋겠다고 할 정도로 뜨거운 학구열을 지니고 계시다. 아들이 언젠가 한번 공부해 보고 싶다던 상담심리학!

　살아생전 모자가 공유했던 향학열을 통해 떠나간 효봉을 다시 한번 안아보고자 하는 어머님의 애틋한 모정을 헤아려본다.

2013년 9월 18일
효봉을 기리는 어머님을 생각하며

시련과 고난으로 점철된 나의 대학시절
– 부시일번 한철골, 쟁득매화 박비향

정운천(전 농림수산식품부 장관)

1975년, 나는 세 번의 도전 끝에 마침내 고려대학교 농업경제학과에 합격했다. 합격자 명단에서 이름을 확인한 순간, 짜릿한 전율이 온몸을 휘감았다. 하지만 벅찬 감격이 채 가시기도 전, 또 다른 시련 앞에 흥분된 가슴을 억눌러야 했다.

입학등록금 224,740원. 쌀 한 가마가 15,000원 하던 시절이었다. 끼니조차 거르기 일쑤인 집안에 그 많은 돈이 있을 리 없었다. 지금처럼 학자금 융자 같은 것도 없던 시절이었다. 등록일까지 남은 기간은 채 한 달 남짓. 독지가를 찾아가 사정을 해 볼까? 친척 어른들께 도와 달라 부탁해 볼까?… 이런 저런 생각이 떠올랐지만 내키지 않았다. 어떻게든 내 힘으로 해결하고 싶었다.

고민 끝에 형에게 들은 '경약산업사'라는 보약회사를 찾아 갔다.

"등록금을 마련해야 합니다. 도와주십시오."

어렵게 얻은 면담 자리에서, 그곳 상무님께 간곡히 부탁했다. 상무님은 고맙게도 9,900원 하는 보약 50개를 원가 3,300원에 외상으로 빌려주었다. 그것들을 다 팔기만 한다면, 원가를 정산하고 등록금을 마련할 수 있었다. 그 길로 나는 보약 판매를 시작했다. 가까운 친척부터 중고등학교 선생님, 선배들, 그리고 일면식만 있는 지인들까지 일일이 찾아다녔다.

"이것은 당신의 몸을 살리는 보약일 뿐만 아니라, 한 청년의 인생을 구해줄 귀한 약입니다. 도와주시면 열심히 공부해 사회와 나라를 위해 봉사하는 것으로 보답하겠습니다."

등록일까지 한 달. 나는 발이 닳도록 뛰어다녔지만, 쌀 한 가마에 15,000원 하던 시절 9,900원이나 하는 보약을 선뜻 사줄 사람은 많지 않았다. 애간장이 타들어갔지만, 결코 약해질 수 없었다. 대학진학을 포기하는 것은 상상할 수 없었기 때문이다. 끼니를 거르고, 며칠 밤을 지새우며 발품을 팔았다. 하늘이 도우셨을까, 기적처럼 외상 받은 보약을 등록일까지 다 팔 수 있었다. 그렇게 고려대 농업경제학과에 당당히 입학했다.

무사히 입학한 안도감도 잠시, 나의 대학생활은 결코 평탄하지 않았다. 1975년 당시 나라는 유신헌법 철폐 시위로 어지러웠다. 학생들이 주축이 된 시위가 전국으로 확산되자 정부는 대학에 휴교령을 내렸다. 결국 그 해 11월 나는 군에 입대했다. 강원도 양구의 백선산 고지에 배치, 영하 27도의 삭풍을 이겨내며 병역의무를 수행했다. 3년 뒤, 병장으로 만기 제대했을 때는 이미 스물다섯의 장년이었다.

군복무를 마치고 집으로 돌아왔을 때도 어려운 집안 처지는 그대로였다. 가족들은 뿔뿔이 흩어졌고 홀로 남은 어머니는 마굿간 같은 남의 집 쪽방에 몸을 의지하고 있었다. 나는 어머니를 모시고 학교 근처에 단칸방을 마련했고, 복학과 동시에 생활전선에 뛰어들었다. 다행히 산학협동재단에서 장학금을 받아 등록금은 해결했지만, 생활비가 필요했다. 나는 닥치는대로 아르바이트를 시작했다. 학교 공부와 아르바이트를 병행하는 것이 무척 고되었지만, 졸업 후 취업 준비로 공인감정사 시험에도 매달렸다. 다행히 이듬해인 1979년 시험에 합격했다.

그러나 하늘은 무심했다. 2년 가까이 무리하는 동안 몸이 극도로 쇠약해졌고 결국 그 당시 암 말기와도 같은 '폐결핵 3기' 진단을 받았다. 나의 삶은 더할 수 없이 처절해졌다.

쇠약해진 몸으로 한국 현대사의 분수령이 된 1980년 5월을 맞았다. 국민들의 민주화 요구를 힘으로 억누르는 신군부에 맞서 학생과 시민들의 시위가 연일 계속되었고, 마침내 빛고을 광주에서 민주화운동으로 폭발했다. 그러나 분연히 일어난 민주화운동은 무력 진압에 나선 신군부의 총칼에 무너졌고, 수많은 학생과 시민들이 쓰러지고 투옥되었다.

당시 나는 4학년 복학생이었지만, 적극적으로 투쟁에 뛰어들지 못했다. 투쟁에 나서는 동료와 선후배를 보면서도, 온전치 못한 몸과 홀로 계신 어머니가 나를 붙잡았다. 이 일은 두고두고 나를 괴롭혔다. 시간과 공간, 생각을 공유하면서도 행동을 함께 하지 못했다는 자책감이 나를 괴롭혔다.

결국 나는 서울을 빠져 나와 남쪽으로 무작정 내려갔다. 몇 달간 진도를 비롯해 완도, 해남, 신안 등 남해안의 곳곳을 정처 없이 떠돌아 다녔다. 그러던 중 국내에 도입되던 키위를 만났고, 그것이 인연이 되어 키위 재배 농민으로의 새로운 삶을 시작하게 되었다.

그 후로 30년 동안 성공한 농업 CEO 그리고 농림수산식품부 장관이 되기까지 더한 좌절과 실패를 끊임없이 겪었다. 하지만 이 시련들에 맞설 때마다, 아무것도 없는 맨몸으로 대학등록금을 마련하고,

폐병을 앓으며 죽음의 공포까지도 이겨냈던 나의 이십 대가 힘이 되어 주었다.

不是一番 寒徹骨 , 爭得梅花 撲鼻香(불시일번 한철골, 쟁득매화 박비향)
뼈를 깎는 추위를 한번 만나지 않았던들, 어찌 매화가 코를 찌르는 향기를 얻을 수 있으리오

나는 믿는다. 나의 이십 대가 그러했듯, 여러분들의 이십 대가 살을 에는 칼바람마저도 맞설 수 있는 용암과 같은 폭발력을 지니고 있다는 것을 말이다. 여러분의 가슴속에 지닌 소중한 열정과 잠재력, 그리고 용기라면 그 어떤 고난도 능히 이겨내고 아름다운 삶을 개척해 나갈 수 있을 것이다.

만약 나의 20대에 효봉장학회가 존재했더라면, 아마도 지금과 또 다른 나의 인생이 펼쳐졌을 거라고 믿는다. 몇 자 안 되는 이 글과 효봉장학회가 지금 어려운 환경 속에서도 용기를 잃지 않고 미래를 위해 열심히 살고 있는 20대의 식품자원경제학과 여러분에게 큰 힘이 되리라 믿는다.

故 조성열 박사 추모하며

윤석원(고모부, 춘천교육대학 외래교수)

본인은 故 조성열 박사의 셋째 고모부입니다. 우선 고인의 부모 관련 집안 배경에 대하여 먼저 말씀드리고 그 다음 故 조성열 박사에 관한 이야기를 하고자 합니다.

故 조성열 박사의 부친이시며 본인의 처남형님이신 조덕행 님은 충청북도 청주시에서 한양 조씨의 양반 가문에서 2남5녀 중 장남으로 태어나시어 같은 고향의 정씨 가문 정정자 님과 결혼하시었으며, 그 후 위로 따님 둘 아래로 아들 둘, 2녀 2남의 자녀를 둔 정말 누가 보아도 다복한 가정을 이루었습니다.

특히 처남형님이신 조덕행 님은 고려대학교에 다니셨으며 재학당시 축구에 남다른 소질과 운동의 소질을 보이시기도 한 수재였습니다. 대학을 졸업하신 후 (주)동일방직에 입사하시어 오랜 기간 동안 고위직으로 근무하다 퇴임하신 엘리트이십니다. 또한 처남댁인 정정자 님은 충북대학교 약대를 졸업하신 후 약사로 약국을 10여 년 이상 운영하시었으며 사실 어느 면으로 보나 아쉬울 것이 없는 유복하고 남의 부러움을 살만한 집안이었습니다.

특히 이들 부부는 자녀에 대한 교육열이 남달랐습니다. 2녀2남을 모두 유수한 대학까지 보내는 데 성공했으며, 그 후 위로 2명의 따님은 결혼하여 출가하였고 큰아들은 미국에서 사업을 시작하여 그런대로 자리를 굳혀가고 있습니다. 특히 막내아들인 고인은 아버지의 모교인 고려대학교 농경제학과를 졸업한 후, 1997년 8월 미국으로 건너가서 농업자원경제학 공부를 계속하게 되었습니다.

이제부터 고인이 된 故 조성열 박사에 대한 그동안의 생전 과정을 좀 더 자세히 회상해 보고자 합니다.

지금부터 약 30여 년 전, 1980년대 초쯤으로 생각되는데… 너무 오랜 시간이 흘러서 기억이 가물가물하지만 하여간 강서구 등촌동 성열이네 집에 본인이 처남댁 정정자 님의 요구로 일부러 시간을 내어 방문한 적이 있었습니다. 그때 처조카인 성열이는 초등학교 6학년(?)인가 그랬고, 형 성욱이는 중2정도가 되었던 것으로 생각되었습니다. 두 형제와 이들 엄마인 정정자 님과 함께 별도의 방에서 이들 두 형제의 성적에 관한 이야기를 나누는 자리가 되었습니다.

이들 형제의 고모부인 본인은 S대를 졸업하고 그때 서울시내 중등학교 교사로 있었기 때문에 이들 두 형제가 앞으로 공부를 어떻게 해야 하고 또 학교 성적을 어떻게 올려야 할지에 대한 어머니의 걱정스런 마음으로 특별히 부탁을 해주셔서 소위 상담을 해드리는 시간이었다고 생각되었습니다. 그 당시 이들 형제 모두 학교 성적을 올려야 하고 좋은 상급학교를 가야하는 중요한 시기이지만, 학교 공부에 집중이 안 되고 성적도 안 오르고 앞으로 공부를 어떻게 해야 할지 매우 걱정이 된다고 하였습니다. 이에 대하여 본인은 그 당시 두 형제가 한참 사춘기 전후의 시기였음을 감안하여, 본인이 어렸을 때의 경험과 여러 가지 교육 경험을 소개하면서 약 1시간 이상 상담 겸 조언을 해 준 일이 있었습니다.

그런데 그때의 기억은 성열이가 그동안 중·고등학교를 마치고 아버지의 모교인 고려대에 합격했다는 소식을 들었을 때, 그 후 한국의 농업경제의 심도 있는 연구를 위하여 미국에 유학 갔다는 소식을 들었을 때 등 성열이의 소식을 접할 때마다 훌륭하게 성장하고 성공할 것이라는 예견과 함께 조카의 어렸을 때의 생각이 항상 뇌리에 떠오르곤 하였습니다.

이와 같이 성열이는 미국에서 약 6년 동안 각고의 노력 끝에 마침내 2003년 12월 워싱턴대학에서 농업경제학 석·박사 학위를 취득하였고, 그 이듬해 바로 귀국하여 2004년 2월부터 한국농촌경제연구원(KREI)에 연구원으로 취직하여 희망에 찬 엘리트 직장생활을 시작하게 되었습니다. 그야말로 처남 형님과 처남댁의 뒷받침도 중요하지만 본인의 피나는 노력과 각고의 결과라 생각되어 청주의 한양 조씨 가문에서 전무후무한 성공사례가 아닌가 생각되었습니다.

그런데 훌륭한 학업성취와 함께 좋은 직장에 취직한 후 고모부와 한번 축하의 자리도 만들기 전에 성열이가 서울대학병원에서의 임파선암 진단, 정말 날벼락 같은 소식을 전해 받았을 때 그 순간의 당혹감과 충격은 이루 말할 수가 없었습니다. 미국에서의 어려운 과정을 마치고 한국의 유수한 직장에서 자랑스럽게 직장생활을 즐겨야 하고…. 곧 희망에 찬 결혼도 해야 하고… 등등 이제 막 꽃피워야 할 시기였건만, 2004년 10월 서울대학병원에서 악성 임파선암 진단을 받고 일산 국립암센터에 입원했다는 소식, 이게 웬말입니까?

그야말로 희망 없는 지루한 시간… 끝없는 고통의 시간을 생각할 때 정말 안타깝기만 하였습니다. 그 후 바로 병문안을 가려고 했으나 일체의 외부인 방문을 거절하는 바람에 초기에는 가보지도 못했습니다. 간혹 병간호를 하고 계신 처남형 조덕행 님이나 처남댁 정정자 님의 전화 통화로만 알 수 있었습니다. 어떤 때는 상태가 좋아질 때도 있었고… 어떤 때는 다소 악화될 때도 있었음을 멀리서나마 감지할 수 있었습니다.

이렇게 병의 상태가 양호해지고 악화되고를 수없이 반복하면서 2년여 시간이 흐른 후 어느 날, 성열이가 갑자기 고모와 고모부가 보고 싶다고 하여 바로 일산 암센터를 방문하게 되었습니다. 멀리 분당에서 일산까지 달려갔습니다. 병실의 의자에 앉아있는 성열이를 보는 순간 순행 고모는 눈물을 감추지 못했고, 성열이는 말은 없었지만 고모와 고모부를 알아보고 인사하는 듯한 반응을 보였습니다. 그리고 성열이는 몸이 전체적으로 약간 부은 듯이 보였고 시력이 떨어져서 희미하게 보인다고 하였습니다. 처남형 조덕행 님과 처남댁 정정자 님은 연신 교대로 병간호를 하고 계셨으며, 2년여의 긴 시간에 걸쳐 고생하셨으므로 마음으로나 힘에서 소진한 상태가 역력해 보였습니다. 그러나 그동안 아끼고 사랑하는 막내자식인지라 전혀 내색을 하시지 않고 병간호를 하고 있는 모습을 볼 수 있었습니다.

병문안을 마치고 집에 돌아온 후 약 1주일이 지났을까…. 성열이가 끝내 임종했다는 소식이 전해 왔습니다. 정말 예견된 순간이긴 했어도 그 충격 앞에 조카의 불쌍한 모습만 한없이 넘실거렸습니다. 본인은 물론 그 부모의 노력과 각고가 수포로 돌아가는 순간, 그동안의 과정이 주마등처럼 지나가면서 그를 아는 주변의 모든 사람들은 소리 없는 눈물을 감출 수가 없었습니다. 하물며, 그의 부모 마음은 말로 표현할 길이 없었을 것입니다. 무한한 허탈감, 가눌 수 없는 슬픔, 표현할 수 없는 자괴감…. 기약 없는 뜨거운 눈물 속에 망연자실 그 자체일 것입니다.

2006년 8월 17인가 어느 날, 고려대학교 안암병원 장례식장에 갔습니다. 장례식이라기보다는 시신 기증식이 진행되었습니다. 고인의 아름다운 뜻에 따라 모교인 고대 안암병원에 후학들의 연구를 위해 시신을 기증하기로 한 것이었습니다. 이렇게라도 하는 것이 부모에게는 다소의 위안이 되는 듯 보였습니다. 어쨌든 이날 한없는 슬픔과 기약 없는 헤어짐을 뒤로하고 집에 돌아왔습니다.

그 후 1년여 시간이 흐른 후 2008년초 고려대학교 생명과학관 강당에서 효봉장학회 창립총회가 있어서 연락받고 참가하게 되었습니다. 참가하여 알고 보니, 故 조성열 박사의 유지에 따라 그 부모인 조덕행 님과 정정자 님이 고인의 모교인 고려대학교 식품자원학과 후학들을 위하여 설립하는 장학재단이었습니다. 설립자이신 정정자 님과 이사장이신 조덕행 님이 고인의 출생과 함께 생활밑천으로 마련해 두었던 재산을 털어서 그동안 이루지 못한 자식 故 조성열 박사의 생각을 계승하고 국가와 사회를 위하여 장학재단을 통하여 환원함으로써 고인의 생각을 영원히 승화시키려는 고귀한 사업이라 생각되었습니다.

본인도 창립 초기에 재단 홈페이지 제작에 일조한 바가 있었습니다. 아마도 이후로 조카인 故 조성열 박사의 아름다운 명성과 함께 그 부모인 조덕행 님과 정정자 님의 자녀 잃은 슬픔 및 부모-자식

사랑 이야기는 효봉장학재단으로 승화하여 고려대학교 생명과학대학에서 영원히 살아 숨 쉬는 후학들의 본보기가 될 것입니다.

2014. 7. 6 고인의 고모부 윤석원

[참고] 본인의 한 대학 친구도 몇 년 전 잘 키우고 잘생기고 좋은 직장에 다니는 아들을 결혼도 못 시키고 빛을 보지 못한 채 어느 날 갑자기 하늘나라로 보냈습니다. 그 후 사랑하는 아들을 잃은 슬픔을 이기지 못해 매일 하늘나라로 간 아들에게 편지를 쓰는 것이었습니다. 후에 그 수백 통의 편지를 책으로 펴냈는데, 그 책의 이름은 『아들아, 대답 좀 해다오』였습니다. 본인은 그 책을 잃고 부모와 자식 간의 한없는 사랑을 새삼 느끼는 계기가 되었습니다.

우리는 식량이 무기인 시대에 살고 있다

황민영

(사)식생활교육국민네트워크 상임대표

우리는 식량이 무기인 시대에 살고 있다. 세계적 먹을거리시스템의 지속가능성을 고민하는 사람들은 식량주권을 말하고 식량안보를 걱정한다. 최근에는 식량을 인권적 차원에서 다뤄야 한다고 주장하고, 식량 정의(Food Justice)라는 명제까지 제기하고 있는 상황이다. 그만큼 한 나라의 정책에서 식량, 먹을거리의 중요성을 말하고 있는 것이다.

그것은 기후변화에 따라 장기적으로는 식량부족시대의 도래가 예측되고 있는 가운데, 지금도 세계 인구의 10억 5천만 명이 굶주림에 처해 있고, 상황은 개선되지 않고 있다. 체제상 문제이기는 하지만 한반도 이북인 북한 역시 식량이 절대 부족인 현상은 크게 다르지 않다.

해월 최시형(崔時亨) 선생은 일찍이 '식위천(食爲天)이요, 식즉명야(食卽命也)'라 했다. 그리고 "오늘 내가 먹는 것이 바로 나다"라는 말도 있다. 그 사람을 알려면 그 사람이 무엇을 어떻게 먹고 있는가를 보면 알 수 있다고 한다. 이처럼 생명을 잉태하고 유지하는 데 있어서 먹을거리는 필수조건이고, 기본이다.

우리나라는 식량자급률이 OECD 국가 중 최하위 수준이다. 그동안 식량자급을 위한 다양한 정책을 추진해 왔지만, 상황은 개선되지 않을 뿐만 아니라 더욱 악화되고 있다. 더욱 걱정스러운 것은 자급률이 낮은 수준이지만, 유지될 수 있었던 것은 주식인 쌀 자급률이 100%였던 덕이었다. 그런데 이제 그것도 무너지고 말았다. 국민들이 소득이 향상되고, 먹을거리가 다양화되면서 쌀 소비가 급격히 감소하기 때문이다. 앞으로 쌀시장의 관세화 전면개방은 식량자급률의 급격한 하락으로 이어질 것이 분명하다.

그동안 식량주권, 식량안보를 나라의 기본과제로 채택하여 추진하기를 주장했던 것은 식량이 안정적으로 공급할 수 있는 기반이 붕괴되면, 먹을거리의 안전성을 담보할 수 없고, 국민들이 안심하고 먹을거리에 접근할 수 없다는 사실이다. 대표적인 사건이 '광우병 사태'였다. 우리나라는 세계 곡물메이저에 의해 식탁이 점령당해 왔는데, 이런 현상은 전면적인 FTA 체결로 빠르게 심화될 것이다. 우리의 밥상은 탐욕스런 식량자본의 식민지로 전락한 것이다. 이런 조건에서 우리 밥상의 안정, 안전, 안심을 담보될 수 있겠는가?

세계는 이미 자원전쟁시대이다. 석유자원, 지하자원, 물자원, 식량자원, 환경자원, 문화자원에 이르기까지. 특히 식량자원은 인간과 가축과의 전쟁을 뛰어 넘어 에너지까지 가세하고 있는 형국이다. 식량자원을 가축의 사료, 바이오에너지자원으로 활용되면서 먹을거리로서 식량 위기는 더욱 가속될 것이고, 기후변화에 따라 위기는 더더욱 심화될 것이다. 그렇기 때문에 선진국들은 이미 '식량무기화'에 나섰던 것이다. 이런 식량에 대한 위기의식이 고조되고 있는 가운데, 국제식량시장에서 투기자본까지 가세하면서, 2008년 금융위기 시 '오렌지혁명'으로 정권이 무너지고, 정정 불안사태가 일어났던 것이다. 아무리 국가 재정이 충분할지라도 식량이 투기자본의 대상이 되고, 수출이 중단될 경우를 상정하지 않을 수 없다.

더욱 문제인 것은 식량산업인 농업만의 문제가 아니다. 농업관련 전후방 산업이 무너지면, 농민의 문제만이 아닌 전체 경제에 미치는 영향이 크지 않을 수 없다. 농업, 농촌이 무너지고 농민이 떠난 지역을 생각해 보라! 우리가 그토록 백보를 양보해서 지속가능한 농업, 농촌을 주창했던 것은 알량한 '농본주의적' 관점이 아니다. 농업, 농촌이 유지되고 지역이 활성화되어야 국민경제, 국가경제가 경쟁력을 가질 수 있다. 그동안 우리 경제는 농업·농촌·농민의 희생, 노동자들의 피와 땀, 국민들의 나라사랑이 여기까지 오는 원동력이었다고 생각한다. 한강의 기적을 세계가 놀라고, 우리도 향유하고 있다. 그러나 이제 어떻게 할 것인가이다.

농민은 삶이 어려워 농업을 농촌을 떠나고 있다. 젊은이가 떠난 농촌은 노인촌이 되고 있다. 농업이 활력을 잃고 농촌이 공동화되기 전에 서둘러, 지역사회가 지속가능한 공간으로 유지되고 발전할 수 있어야 한다. 수도권 중심, 도시 중심의 정책으로는 지속가능한 발전을 기대할 수 없다. 선진국은 농업인구가 2% 선을 유지하고 있지만, 농업 농촌의 유지는 물론이고 지역균형 발전정책을 추진함으로써, 지역이 유지되기 때문에 농촌 농업도 유지되고, 그 가운데 농민도 안정된 삶을 살고 있는 것이다. 그러나 우리 현실은 그 균형이 철저히 깨져버렸다.

1920년대 독립운동가이시고 농촌운동가이신 우리의 영원한 스승이신 매헌 윤봉길 의사께서는 그의 저서 ≪농민독본≫에서 "우리나라가 어느 날 홀연히 상공업의 나라로 발전하더라도 인류의 생명창

고인 농업은 다른 어느 나라 농민의 손에 쥐어져 있을 것"이라는 취지의 말씀을 했다. 농업은 단순히 먹을거리만을 생산하는 산업이 아니다. 자연 생태계인 토지 물 공기 등 자연생태계를 아우르는 복합산업이고, 주거·휴식·관광·문화 공간 등 다원적 기능과 역할을 수행하는 융복합적 종합산업이다. 우리는 이를 두고 '국민농업'으로서 가치를 역할의 소중함을 역설하는 것이다.

이제 신자유주의 세계화가 시장 개방을 압박하고 재촉한다 할지라도 농업. 농촌의 가치와 역할은 더욱 유지되고 발전되도록 국민적 관심과 지원이 필요한 시기다. 그것은 한 나라의 기본산업이기 때문이다. 세계적인 로컬푸드운동, 슬로푸드운동에서도 생·소(生·消) 분리를 말하지 않고, 도·농(都·農) 분리를 생각하지 않는다. 그래서 프로슈머(Pro-sumer)라는 어휘까지 등장했다. 이제 인간 생명의 원천인 농업이 단순히 시장가격, 경쟁 원리로만 치부되지 않아야 한다.

이제 농업 농촌의 미래는 현명한 국민의 선택에 달렸다. 소비자인 국민이 농업 농촌의 소중한 가치와 역할을 깊이 인식하고 공동생산자이자 공동소비자로서 당당히 나서야 할 때다. 이러한 사회적 요구를 국민운동화하기 위하여, 정부는 식생활교육지원법을 제정하고 민간이 주체가 되는 식생활교육네트워크를 구축하여 바른 먹을거리 운동을 전개하고 있다. 식생활교육운동은 우리나라만이 아니라 세계적으로 확산되고 있는 시대적 명제가 되고 있다. 그것은 음식, 먹을거리가 산업화되면서 안전성도 담보할 수 없고 안정적이지도 않다는 현실에 바탕을 두고 있다. WHO, 세계보건기구에서는 비만을 '전염병'으로 선언하고 먹을거리와 건강문제를 연계하여 고심하고 있다. '생활습관병'이 만연하고, 비만, 당뇨병, 고혈압, 심혈관계 질환, 암 등 성인병이 청소년, 유아로 연령이 낮아지고 있는 현실을 우리는 간과하지 않아야 한다.

"음식이 세상을 바꾼다!"라고 한다.

"음식으로 치유되지 않는 질병은 약으로도 치유할 수 없다." 고 일찍이 현대 의학의 아버지인 히포크라테스는 기원전에 설파했다. 현대병은 대부분 잘못된 생활 습관, 특히 바르지 않은 식습관에서 비롯되고 있다. "오늘 내가 먹는 것이 3대를 간다."고 한다. 치료의학이 아닌 예방의학으로서 현대의학의 패러다임 전환이 필요하다. 가공식품에에 사용되고 있는 식품첨가물에 대한 경각심이 필요하고, 화학 농약, 비료에 의존하는 건강하지 않은 먹을거리 생산시스템도 획기적으로 변해야 한다. 과학의 진보가 인간 생명의 진화에 기여해야 하는 시대적 명제를 우리는 깊이 천착하고 적극 행동해야 한다. 그래야 우리의 행복한 미래가 있다.

 * 나는 고려대학교 농업경제학과 63학번이다. 우리의 자랑스런 후배였던 고 조 박사께서 뜻을 제대로 펴지 못하고 먼저 세상을 떠난데, 큰 아쉬움을 갖고 있는 선배 중 한 사람이다. 더욱 큰 아쉬움은 조성열 박사께서 '식품자원경제학'에 대한 꿈과 열정이 크고 높았다는 사실이다. 큰 꿈을 멋지게 펼쳐보지도 못한 채 접어야 한 '야속한 운명' 앞에 애석함이 크다. 머리를 조아려 그를 애도한다.

고 조성열 박사는 운명하기 전에 부모님과 절친한 동문 친구들에게 약속했다. 자신이 펼치지 못한 꿈을 후배들에게 전하려고 어려운 가운데서도 '효봉장학회'를 설립하도록 당부했다. 참으로 고매한 뜻과 숭고한 마음을 간직한 동문 후배가 자랑스럽다. 더욱이 아드님의 유지를 보듬고 펼치시기 위하여, 노력하시는 부모님의 높은 뜻에 경의를 표하지 않을 수 없다.

우리 고려대학교 식품자원경제학과는 찬란한 50년 역사를 자랑하고 있으며, 미래가 있는 학과이다. 우리 동문 후학들은 고 조 박사의 높은 유지를 마음으로 새기고 몸으로 받들어, 그의 뜻이 보다 장한 후배들을 통하여 세상에 빛이 되고 인류의 평화에 기여할 수 있도록 다같이 헌신하는 계기가 되기를 기대해 본다.

행복의 꽃, 내 인생의 표창장

학과 설립55주년 기념-
식품 자원 경제인의 밤
안암 동산에서 꿈을 키운 선배님들의 이야기
이제는 직접 들어보고 싶습니다.

초대의 글

1959년 설립된 우리학과는
우리나라가 경제적 도약과 농업발전을 거듭하는 동안
그 전진을 견인하면서 함께 발전해 왔습니다.
50여 년이 지난 지금
우리 식품 자원 경제학과는 식품과 자원의 문제를
국경의 한계를 넘어 지구적 차원에서 풀어내고 이끌어 나아갈 인재들을
배출하는 민족에 요람이 되었습니다.

이번 식품자원 경제인의 밤은 만찬은 물론 각종 콘텐츠를 통해 졸업 교우는
물론 재학생 선후배 사이의 친목도모를 목적으로 하고 있습니다. 모쪼록
이번 행사에 참석하는 모든 분들께 지난 추억을 나누고 되새기는 소중한
시간이 되었으면 합니다.

2014.10

고려대학교 식품자원 경제학과 교우회장 김진성

아들 성열이의 모교 교우회장으로부터 초대장을 받았다. '안암 동산에서 꿈을 키운 선배들의 이야기를 이제는 직접 들어보고 싶다.'는 것이다.

행사시간 15분전, 교우회관에 도착해 보니 관중들로 꽉 차 있다. 재학생 100여 명, 졸업생 170명, 교수님들까지 삼백여 명이 입추의 여지없이 실내를 가득 메우고 있다. 안내하는 학생을 따라 앞으로 나가 '효봉 장학회 설립자 정정자' 팻말이 놓인 자리에 앉았다. 양옆으로 동창회장 김진성 교수님과 전 농림부 장관 정운찬 님이 함께 했다. 정운찬 의원님은 몇 년 전 교우회에서 만났고 김진성 교수님은 하나고등학교 교장으로 있을 때 방문 요청을 받은 적이 있다.

식지경 55주년기념 문학의 밤이 시작되었다. 교우회장님의 인사 말씀이 있고, 전 장관을 역임하고 현재 양재동에서 식품관련 사업을 하신다는 황민성 한국 식생활 개선 교육회 회장님의 〈먹거리가 인류를 지배 한다〉는 주제로 강연을 했다. 히포크라테스의 말에 의하면 '음식으로 고치지 못하는 병은 약으로도 못 고친다'고 했다. 그만큼 우리가 무엇을 먹는지가 건강을 좌우한다는 것이다. 식품이 인류를 지배한다는 것은 훌륭한 명언이 될 수 있다는 생각이 든다.

후배들을 격려하는 차원인지 몰라도 국회의원 한 분이 나와 고대 이과에서 국회의원이 4명이나 나왔다고 하사 상내가 벼닐 길 듯 빅 수갈채가 쏟아진다. 네 분 의원님들 보고 나오시어 한 말씀씩 하시라 하자 서로 먼저 하라며 양보를 한다. 결국 제일 먼저 체격 좋은 박성호 의원님이 단상에 나와 본인은 학교 다닐 때 공부를 못해 C,D학점을 면치 못했지만 지금은 국회의원이 되어 이 나라를 위해 일하고 있다고 힘주어 말한다.

뒤이어 조용성 학과장님이 나와 효봉장학회재단의 조성열 박사의
봉사와 희생정신을 깊이 평가하는 감사패를 나에게 전달하고는 한
말씀하라며 나에게 마이크를 넘겨준다. 너무나 갑작스런 일이라 인
사말을 뭐라고 어떻게 해야 하는지 생각이 나지 않았다. 그냥 감사합
니다. 고맙습니다. 라고만 하고 얼른 내 자리로 와 앉았다.

감사패

재단법인 효봉 장학회
설립자 정정자

故 조성열 효봉장학회를 설립하시고 고려대학교 식품 자원 경제학과의
발전을 위해 끝없는 사랑과 후원을 보내주시는
귀하께 진심으로 감사드립니다.
세계 최고의 학과로 도약하여 그 숭고한 뜻에 보답 하겠습니다.

2014년 11월 14일
고려대학교 식품경제학과
학과장 조 용 성

끝나고 나니 아쉬움이 컸다. 만약 나에게 다시 그런 기회가 주어진
다면 후배사랑이 지극한 성열이의 이야기를 해주고 싶었다. 민족 고
대의 자부심이 대단한 아들로 언제나 호랑이 마크가 새겨져 있는
티셔츠를 입는 걸 좋아했다고 말해주지 못한 게 후회되었다. 또한
우리 효봉장학회가 커지고 커져 세계로 퍼져 나가 많은 인재를 키울

수 있었으면 좋겠다는 말을 해주고 싶었다.

　슬픔을 기쁨으로 전환시키는 작업은 힘들다. 그러나 정신적인 힘은 자신이 마음을 어떻게 먹느냐에 따라 얼마든지 달라질 수 있다. 소유하고 경쟁하는 마음보다 나눔을 실천하는 마음을 키워 나가야 한다. 테레사 수녀님의 말씀처럼 무엇이든 실천하다보면 어떤 고통과 슬픔을 이겨낼 수 있는 사랑의 힘이 생기는 것 같다. 내가 가지고 있는 사랑을 나눌 수 있는 대상이 있다는 것에 감사할 일이다. 이 세상 마지막 가는 길, 평생 움켜쥐고 있을 뻔한 사랑을 모두 나누어 주고나면 한 줌 미련도 없이 떠날 수 있지 않을까.

감은제 초대장

존경하는 기증인 유가족 귀하

저희 고려대학교는 고인의 시신기증 의사를 기꺼이 받아들이신 유가족 여러분께 진심으로 감사와 존경의 예를 표하고자 합니다. 시신을 의학교육과 연구를 위하여 바치신 고인의 높으신 뜻에 저희 고려대학교 의과대학은 거듭 감사의 말씀을 드립니다. 저희 고려대학교 의과대학은 고인의 뜻을 받들어, 장차 이 나라 의학계를 짊어지고 나아갈 젊은 의학도들이 의학교육에 있어서 가장 기본이 되는 인체의 구조와 신비를 이해하고 그 경이로움을 배우는데 조금의 소홀함이 없도록 최선의 노력을 다하고 있습니다.

또한, 고인의 숭고한 뜻을 기리고 자기 희생을 통해 인류 건강의 증진을 염원하신 고인과의 무언의 약속을 지켜 나가기 위하여 이 안암의 언덕에 세워져 있는 감은탑에 성함을 새겨 영원히 보존하고 있습니다. 고인께서는 우리 곁을 떠나셨지만 그 고귀한 뜻은 감은탑을 통해 우리 가슴속에 영원히 남을 것입니다.

다름이 아니오라 고인을 모시고 올 때 말씀을 드렸던 감은제 행사를 4월 말에 하기로 하였으나 학교 행사 및 학회 관계로 부득이 일주일 연기함을 사죄를 드리며, 2007년 5월 3일(목) 오후 4시 30분에 감은탑 앞에서 하게 되었음을 알려드립니다. 2007년도 감은제 행사를 2006년 5월 이후 기증을 하신 유가족과 현재 의학 교육 및 임상 연구 실험이 진행 중인 기증인의 유가족을 초대하여 거행하게 되었음을 알려 드립니다.

유가족께서는 감은제 행사에 많이 참석을 하시여 고인의 숭고한 뜻을 저희 학교 교수님, 교직원, 학생과 더불어 길이 빛내 주시기를 바랍니다.

또한 행사 준비 관계로 참석여부를 저희 학교에 연락하여 주시면 감사하겠습니다. 감은제 행사 장소와 시간은 아래와 같습니다. 댁내에 행복과 건강을 빌면서 5월 3일 뵐 것을 약속드리며 안녕히 계십시오.

— 아   래—

행사명 : 감은제

일 시 : 2007년 5월3일(목요일) 오후 4시30분

장 소 : 고려대학교 의과대학 감은탑 앞

연락번호 : (02) 920-6383(해부학교실)

H.P : 018-252-4272(엄기천)

※ 감은제 행사 식순 중 유가족께서 개별적으로 헌화하시는 시간이 마련되어 있습니다. 저희 학교에서 준비하겠으나 유가족께서 헌화에 따른 간단한 화환을 준비하셔도 무관합니다.

효봉장학금 수여식

- 축사, 격려사, 기념사 -

격려사

조덕행(부친, 효봉장학회 이사장)

존경하는 학장님과 여러 교수님, 친애하는 재단이사진 그리고 오늘의 주인공인 글로벌 효봉장학생 여러분 반갑습니다.

주지하고 계신 바와 같이 본 장학회는 유명을 달리한 고 조성열 박사의 뜻을 기리기 위해 설립되었습니다. 고인의 부모로서 자식의 마지막 소망만은 반드시 지켜주겠노라고 굳게 다짐하였습니다.

장학재단을 설립하는 것은 생각만큼 쉬운 일이 아니었습니다. 하나의 생명이 잉태되어 세상에 빛을 보기까지 10개월이라는 긴 시간과 출산의 고통이 필요하듯 재단법인 효봉장학회가 태어나기까지 1년이 훨씬 넘는 시간이 필요했고 재단의 주요 목적이자 임무인 장학금 수여가 이루어지기까지 2년이 넘는 시간이 필요했습니다. 재단을 설립하기 위한 허가절차라든가 그리 넉넉한 재산은 아니지만 증여를 통해 이전하는 절차 등 경험과 능력부족으로 많은 시행착오를 겪어야만 했습니다. 그러나 이 모든 것을 극복하고 오늘의 영광된 자리를 갖게 된 것은 물심양면으로 도와주신 장효일 학장님과 김진성 교수님, 그리고 재단에 대한 많은 관심과 지원을 해주신 한두봉 학과장님의 도움이 컸습니다. 깊은 감사를 드립니다. 또한 저희 재단이사이신 양승룡 교수님은 고 조성열 박사의 유지를 이해하시고 적극 동참해 주셔서 효봉장학회와 식품자원경제학과가 서로 유기적인 동반자관계를 맺는데 지대한 공헌을 해주셨습니다. 바쁜 연구일정 속에서도 양 교수님은 항상 장학회가 바른 길로 순항할 수 있도록 노력해 주고 계십니다. 이 자리를 빌어 다시 한 번 감사의 말씀을 드립니다.

오늘 여기 11명의 유능한 젊은 인재들이 모여 있습니다. 장학생 선발은 쉬운 절차가 아니었습니다. 참여한 많은 학생들이 높은 학업 성취도를 지녔고 저마다 미래에 대한 당찬 계획과 자신감 그리고 훌륭한 자기 표현력을 가진 학생들이었습니다. 그러하기에 옥석을 가리는데 매우 힘들었고 이 자리에 참석치 못한 많은 지원 학생들에게도 미안함과 감사의 말을 남깁니다.

저는 이번 선발과정에서 우리나라의 미래 좀더 구체적으로 말하면 고대 식품자원학과의 미래가 매우 밝다는 것을 알았습니다. 저도 대학생 손주를 두고 있는 입장에서 언제나 응석받이처럼 한없이 어리게 그리고 피상적으로 나약한 존재로만 대학생들을 인식했던 것이었습니다. 그러나 그것은 저의 잘못된 생각이었습니다. 저희 손주가 믿음직한 미래를 짊어질 희망이듯 오늘 참석한 장학생들도 우리의 희망이라는 것을 확신합니다.

이런 훌륭한 인재들에게 제가 당부 드리고 싶은 것은 지금이나 미래에 개인적으로 또는 사회적으로 큰 시련이 닥치더라도 지금 우리에게 보여준 확고한 의지와 자신감으로 이겨 내주길 바란다는 것입니다. 그리하여 식자경의 학문적 발전에 일익을 담당하거나 각자 소망한 분야로 진출하여 식품자원경제학과의 위상을 널리 알리는 인재가 되고 더불어 글로벌 효봉장학생으로서 자부심과 긍지를 가지고 효봉장학회가 영원히 번창하여 더 많은 혜택이 후배들에게 돌아갈 수 있도록 개인적 능력을 키워나가기를 부탁합니다. 인간의 역할은 시간의 흐름 속에서 등장과 퇴장을, 주연과 조연을 하면서 다음 세대로 이어주는 것입니다. 지금 제가 하고 있는 일들을 10년, 20년 후에 우리 장학생들이 자연스럽게 이어 나아갈 때 우리재단의 설립목적과 취지는 달성되는 것입니다. 글로벌 장학생 여러분, 다시 한 번 건승을 빕니다.

끝으로 오늘이 있기까지 모든 힘든 일을 정신력하나로 버티고 이겨낸 인생의 동반자 정정자 여사께 진심으로 감사의 마음을 전합니다. 그리고 힘들었을 부모를 생각하면서 많은 도움을 준 성희, 지희, 성욱이 그리고 사위와 며느리에게도 고마움을 전하고 싶고 그간 많은 일을 같이 한 재단 이사와 감사님들께도 심심한 사의를 표합니다. 감사합니다.

2008년 9월 6일
글로벌 효봉장학생 수여식장에서

축사

심건섭(영일고등학교 교장)

안녕하십니까? 영일고등학교 교장입니다.

오늘 13번째 맞이하는 '글로벌 효봉장학생 장학금 수여식'을 모든 관계자 여러분들과 함께 축하하며 또 본교학생들에게 베풀어주신 은혜에 대해서 감사의 말씀을 드립니다.

마침 수여식이 열리는 이곳 고려대학교는 효봉 조성열 박사가 대학시절을 보냈던 모교이자 대한민국 사학의 요람이면서 효봉의 정신을 느낄 수 있는 곳이기에 더욱 감개무량합니다.

주지의 사실입니다만 본 장학회는 평소 경제적인 어려움을 겪는 후배들이 공부에 전념하여 졸업 후 국가와 사회에 기여할 수 있는 동량으로 성장하기를 바라는 효봉의 숭고한 뜻을 받들어 설립된 장학회입니다.

나는 본 장학회의 정신적 지주인 효봉 조성열 박사의 고등학교시절 은사로서 본 장학회를 설립하신 효봉의 아버님이신 조덕행 이사장님과 어머니이신 정정자 여사님에게 깊이 머리 숙여 존경의 말씀을 드리고 싶습니다.

교육은 국가발전의 원동력이며 우리의 미래를 준비하는 작업입니다.

우리는 장차 이 나라의 주인공인 학생들에게 행복한 삶을 누릴 수 있도록 좋은 교육환경을 만들어 주어야 합니다.

　　그런 의미에서 본 장학회야말로 우리의 풍요로운 미래를 준비하는 초석이라고 생각합니다.

　　앞으로도 효봉의 나라사랑하는 마음이 온 세상에 두루 퍼지기를 기원하면서 보람차고 알찬 백년의 계획을 세우는 숭고한 마음으로 장학재단의 발전을 기원합니다.

　　또한 학창시절 본 장학재단의 도움을 받은 학생들이 대한민국을 짊어질 버팀목으로 성장하리라 굳게 믿고 있습니다.

　　다시 한 번 '13번째 글로벌 효봉 장학생 장학금 수여식'을 축하드리면서 효봉 부모님의 건강하심과 효봉장학회의 번창 및 장학금 수혜자 여러분들의 무궁한 발전을 축원합니다.

　　감사합니다.

2014. 8. 23

성열이에 대한 기억

이진(형 성욱의 친구)

개인적으로 어울릴 수 있었던 기회가 많지 않았던 나의 기억 속에 남아있는 성열이에 관한 추억들은 지면에 가지런히 정리할만큼 많은 분량이 결코 아니다. 그런 나에게 성열이의 친형인 성욱이가 부탁하는 동생 성열이의 모습을 회고해 봐 달라는 청을 선뜻 허락하게 된 상황을 생각하면 그런 중대한 결정을 어찌 그리 쉽게 해버렸는지 지금도 어리둥절할 뿐이다. 그러나 한편으로는 마음에 두고 나를 생각해 주는 성욱이의 지극함이 고마울 수밖에 없으며 그런 생각에서 비롯한 발상이라고 생각하자니 새삼 어깨가 무거워진다.

화살같이 지나간 세월들 속에서도 간혹 치솟는 영상들을 기억하노라면 성욱 형제와의 인연은 잠시 스쳐 지나간 바람 같은 연분이 아닌 것만은 분명하다. 내 아들놈과는 신앙의 힘으로 영적인 부자인연을 맺은이가 성열이의 친형인 성욱이고, 나에게는 실오라기 같은 신앙심이라도 있었기에 생전 듣지도 보지도 못한 워싱턴 주의 풀만이라고 하는 시골 촌구석에까지 가서 성욱이 형제를 만날 수 있었으니 말이다.

풀만을 떠난 이후 강산이 변하기를 두 번째로 접어드는 세월 속에서 이젠 두 아이의 듬직한 아버지가 된 성욱이 이름을 쉽게 부르기가 어려워지고 '조서방'이라고 호명하는 것이 편해졌으니 쉽게만 접하던 시절은 이제 아득하게 지나가 버린 것 같다. 그러나 나에게는 어정쩡하고 고리타분한 풀만의 생활 속에서 가끔 만날 때마다 편하게 일컬으며 활력을 불어넣어 주던 사람 중의 한사람이 성욱이었다.

한참 동안 소식이 끊기어 만날 기회가 없던 중 성당에서 십여 년 만에 다시 만나 그의 동생 성열이가 이젠 이 세상 사람이 아니라는 소식을 전하면서 조금은 담담해보이려는 그의 모습 속에서 기억조차 힘들던 성열이의 모습이 섬광처럼 선명하게 떠오르던 일을 생각하면 성열이 또한 나의 가슴속에 잔잔히 남아있는 기억하고 싶은 사람 중의 한 사람인 것만은 분명하다.

같은 피를 나눈 형제라고는 하지만 동생 성열이는 형 성욱과는 대조적으로 성격이나 취향이 많이 달랐던 것 같다. 성욱이가 남녀를 불구하고 한국 학생들 사이에서 많은 호감을 사고 친숙하게 정겨움을 나누며 사교적이던 반면에 동생 성열은 개성이 유별나고 자신의 주장이 명백하고 확실하여 자기 관철이 유독 강했던 같다.

성열이가 어느 날 갑자기 멀쩡하던 머리를 검붉게 물들이고 밖에 나와 후련하고 시원하게 웃고 소리지르며 동무들과 열심히 운동에 전념하던 모습이 문득 떠오른다. 그런 모습 속에서 자신의 의지나 확신을 남들의 눈총에 거리낌 없이 실행하고 추구하는 그의 진취적이며 쾌활한 성격을 확인할 수 있었으며 한편으로 부럽기도 했었다. 남의 허드렛일까지 도맡아 동분서주하는 형 성욱이가 못마땅해 말꼬리를 쥐어틀며 질책하는 모습은 형님의 헌신적인 심사를 이해하면서도 수고하는 형에 대한 안쓰러움과 형의 심신을 우려하는 진심으로 형님을 아끼고 위하는 상심과 혈육의 정에서 우러난 *끈끈한*

사랑의 모습이었다.

언젠가 농담 섞인 말투로 건넨 나의 부탁을 한마디로 거절하던 그의 심정은 형님 성욱과 친하다는 명목으로 종종 성욱이에게 도움을 부탁하던 내가 은근히 못마땅할 수도 있었으리라 짐작한다. 그 또한 형님을 아끼고 사랑하는 마음에서 우러난 순수하고 애틋한 심정의 형제애에서 비롯된 당연한 행위였다.

무슨 일이든 목표를 세우고 목적 달성을 위하여 자신의 작업에 정진한다는 것은 자신이 좋아하는 일이라 할지라도 때로는 고독한 길목에서 자신만의 갈등과 싸워야 하는 시간들이 많을 수밖에 없다. 성열이의 박사학위는 비전문가인 나로서는 그가 몰두하였던 학문에 대한 심도나 전문성에 대한 우월한 평가로 이해되기보다는 그가 자신의 목적 성취를 위하여 몰두하였을 정진의 시간들과 함께 인간적인 끈기와 노력의 증거로 판단된다. 자신의 독특한 진로에 대한 확신과 진취적인 실행능력이 돋보이던 성열이의 천성에서 우러나온 원동력의 결과로 보인다. 그런 진취적인 모습으로 거침없이 자유롭고 호탕한 웃음으로 가득하던 그의 모습이 확연하게 천진스럽고 정겹게 다가온다.

내가 간직하고 있는 귀한 사진들 중엔 생전에 계시던 김수환 추기경님이 미국방문 중 풀만에 들렀을 당시 풀만의 신도들이 추기경님을 중앙에 모시고 둘러 모여서 한 가족같이 정겨운 모습으로 찍어놓은 사진들이 있다. 나의 뒷줄 바로 옆에 바짝 붙어 서 있는 성열이와 성욱이 형제가 유난히도 정겹게 보이던 그 모습은 지금도 생생한 기억으로 훈훈하게 되살아난다. 내가 자주 기억하던 성열이의 모습은 많은 대중 앞에서도 스스럼 없이 자신의 생각을 명백하게 표시하던 패기와 용기가 넘치던 씩씩한 젊은이였다. 사진 속에서도 약간은 조심스러워 보이지만 보일듯 말듯 내미는 그의 미소는 그를 아는 모든 사람들이 기억하는 특유의 웃음으로 따뜻하고 은은하게 다가온다.

내 나이 이제 불혹의 세월을 거의 다 지내고 지천명이라고 하는 오십 대의 문턱에 올랐으나 아직도 사리 분명이 흐리고 심정의 결말을 확정하지 못하여 20년 동안의 신앙생활이 나태하고 무료한 세월로만 느껴진다. 그러나 한편으로 그런 시간 속에서도 때묻어나듯 곁들어진 만남들이 얽히고 설키어서 나와 나의 가족에게 마음의 양식을 제공하는 아름다운 만남들이었으며 분명 나의 기억속에 역력히 살아있음을 확인한다.

아까부터 주방 식탁에서 학교 숙제에 열중하고 있는 아들녀석을 물끄러미 바라보고 있자니 불현듯 그의 대부 성욱이의 보채는 목소리가 들리는 듯하다. 난 그저 추기경님 뒤편에서 잔잔한 미소를 띠며 형님 곁에 서있는 성열이 모습을 한 번 더 보고 싶을 뿐인데….

2014년

시애틀에서　루치아노 이진

그리운 조성열 박사!

강철(머니투데이 경제부 기자, 후배)

2004년 1월…첫 만남

"네가 철이구나. 반갑다. 나 90학번 조성열이야."

말로만 듣던 조성열 박사를 처음 만난 건 2004년 1월이었다. 당시 모교 축구 동아리인 '휘모리'의 주장을 맡은 후 처음으로 소집한 연습 자리였다. 장비를 챙겨 녹지 캠퍼스에 도착했을 때 멀리서 검은 옷을 입은 낯선 남자가 축구 골대 뒤에서 몸을 풀고 있는 모습이 눈에 들어왔는데 그가 바로 조 박사였다.

조 박사의 첫인상은 10년이 넘은 지금도 생생하게 기억날 정도로 강렬했다. 180㎝가 넘는 훤칠한 키에 날렵한 몸매, 하얀 피부, 갈색 빛이 나는 머리…. 박사학위를 받기 위해 오랜 기간 학업에만 전념해 온 사람 같지 않았다. 학자들을 비꼴 때 쓰는 소위 '샌님' 같은 느낌을 전혀 받을 수 없었다. 오히려 샐러리맨 내지는 사업가가 더 어울렸다고 해야 할까.

조 박사는 간단하게 몸을 푼 후 이어진 연습 게임에서 빼어난 축구 실력을 보여줬다. 넓은 시야를 토대로 좌우 가리지 않고 패스를 돌렸고, 경합 시에는 몸싸움을 통해 안전하게 공을 확보할 줄도 알았다. 골키퍼 출신답지 않게 드리블 능력도 뛰어났다. '미국에서 공부 안하고 축구만 했나' 하는 생각이 들 정도였다.

축구 실력 못지않게 승부욕도 강했다. 경기가 뜻대로 풀리지 않자 강한 어조로 팀원들을 독려했고, 한 후배가 결정적인 찬스를 놓치자 "야 이 새끼야~"라고 욕설을 던지기도 했다. 새파란 후배들과의 연습 경기일지라도 절대 질 수 없다는 단호한 결의가 조 박사 마음속에 자리 잡고 있었던 것 같다.

열정 가득한 상남자. 당시 조 박사에게서 받았던 느낌을 한 마디로 함축할 수 있는 표현이 아닌가 싶다. 조 박사가 운동장에서 보여준 열정적이고 사내다운 모습은 지금까지 뇌리에 남아 있다. 7년이라는 긴 시간 동안 타지에서 홀로 묵묵하게 학업에 정진할 수 있었던 것도 이 같은 커다란 열정을 지녔기에 가능했을 거란 생각이다.

2004년 봄… 광란의 선후배 경기

2004년 1학기 첫 휘모리 선후배 경기는 벚꽃 잎이 흩날리던 4월 초 여의도에서 열렸다. 한강 둔치의 허름한 운동장에 최고 선배인 86학번부터 막내인 04학번까지 40~50명에 달하는 선후배들이 모였다. 주장으로서 처음으로 주관하는 큰 행사였던 만큼 연락과 이벤트 준비에 어느 때보다 공을 들였던 기억이 난다.

조 박사에게는 귀국 후 처음으로 갖는 휘모리 행사인 동시에 애석하게도 마지막이 돼 버린 모임이었다. 오랜만에 재회하는 선후배들과 반갑게 인사를 나눌 때 이 자리가 마지막이 될 거라고는 꿈에도 생각하지 못했을 것이다.

조 박사는 행사 내내 큰 목소리로 활기 넘치는 분위기를 이끌었다. 경기 중간 쉬는 시간마다 선후배들에게 막걸리를 권했고, 자기소개

자리에서 우물쭈물하는 후배에게 "똑바로 안 해!" 하며 장난 섞인 핀잔을 던졌다. 본인의 소개 순서에서는 축구화에 가득 담긴 막걸리를 한 번에 들이켜며 건재를 과시하기도 했다.

축구 경기와 사발식을 비롯한 본 행사가 끝나고 영등포의 한적한 중국집에서 2차 자리가 이어졌다. 조 박사는 필자에게 "너는 주장이니까 자리가 끝날 때까지 취해서는 안 된다. 술을 조절해서 마셔라."고 당부했다. 혈기 왕성했던 당시에는 이해할 수 없었으나 지금 생각하면 참으로 연륜이 담긴 조언이었다. 실제로 그날 술을 조절한 덕분에 모임 끝까지 선후배들을 챙길 수 있었다.

2차 자리는 50명이 넘게 들어가는 방이 꽉 찰 정도로 성황을 이뤘다. 조 박사는 축구 경기에 참석하지 않았던 인원들이 속속 합류할 때마다 진심으로 반가워했다. 여자 후배가 도착했을 때는 "너 아직 시집 안 갔니? 이제 못 알아보겠다."라며 짓궂은 농담을 던지기도 했다. 미국으로 떠날 때만 해도 철부지 학생이었던 후배들(93~96학번)이 어엿한 사회 구성원이 된 모습이 무척 대견했던 것 같다.

분위기는 한층 고조됐고, 학번별 대표가 선후배경기의 소회를 밝히는 순서가 이어졌다. 평소에는 점잖던 선배들이 취기에 너도 나도 한 마디씩 하겠다고 일어섰다. 특히 이성규, 허문호, 김홍진 등 95학번 선배들은 서로 대표 발언을 하겠다며 알아듣지 못할 언쟁을 벌였다.

조 박사는 후배들의 소요(騷擾)를 한 번에 제압했다.

"한 명씩만 해. 너는 임마 앉아. 다음 순서도 있잖아. 또 자꾸 일어설래?" 어떻게 해서든 한 마디 하려 했던 형들이 조 박사의 통제로 잠잠해졌다. 지금 생각해보면 조 박사는 술도 무척 셌던 것 같다.

운동장에서부터 이어진 사발식으로 적잖이 취기가 올랐을 건데도 후배들을 이성적으로 제어했으니 말이다. 여하튼 조 박사 눈치를 보던 95학번 형들의 모습을 떠올릴 때마다 한참 웃게 된다.

2차 자리가 끝나자마자 골목 한복판에 한데 엉켜 응원을 했다. 조 박사도 예외는 아니었다. 같이 어깨동무를 하고 뛰고, 노래하고, 소리 질렀다. 응원가가 바뀔 때마다 포효하던 조 박사의 모습을 아직도 잊을 수 없다. 오랜만에 하는 응원인지라 감회가 남달랐던 것 같다.

선후배경기의 후유증은 컸다. 준비했던 현수막의 각목은 두 동강이 났고 축구 장비와 가방은 먼지와 막걸리에 젖었다. 만취한 후배 몇몇은 몸을 가누지 못하고 길바닥에 쓰러졌고 휴대폰, 유니폼, 외투를 비롯한 분실물이 속출했다. 조 박사와 처음이자 마지막으로 함께한 광란의 봄날이었다.

2005년 여름… 서울대학교 병원

그렇게 1년이 넘는 시간이 지났다. 그 사이 조 박사가 한국농촌경제연구원(KREI)에서 본격적인 연구를 시작했다는 것을 전해 들었을 뿐 그와 개인적으로 연락을 주고받지는 않았다. 10년이라는 연배 차이가 같잖은 부담감으로 다가왔고, 이것이 조 박사와의 교신을 주저하게 만들었던 것 같다. 지금 생각해도 정말 바보 같은 처사였다.

조 박사가 투병 중이라는 소식을 들은 건 2004년 말이었다. 2004년 9월 평소와 달리 심한 피로 증세를 느낀 조 박사는 병원에 가서 진찰을 받았고 임파선 암이라는 청천 벽력같은 진단을 받았다. 이후 연구 활동을 멈추고 서울대학교 병원에 입원해 치료에 전념하고 있던 중이었다.

조 박사가 느낀 당혹감과 충격은 말할 수 없이 컸던 것 같다. 원체 건강한 체질이었기에 몸 안에 림프종이라는 암 덩어리가 자라고 있다고는 전혀 상상치 못했을 것이다. 그래서였을까. 조 박사는 친한 동기 몇 명 외에는 꽤 오랜 기간 동안 투병 사실을 외부에 알리지 않았다.

2005년 여름 99학번 이순석 선배와 휘모리 후배 4~5명과 함께 조 박사를 찾아갔다. 1년 반 만에 재회하는 장소가 병원이라는 사실이 무척 안타까웠다. 조 박사가 병고로 인해 필자를 포함한 후배들을 알아보지 못하면 어쩌나 하는 걱정도 적잖이 들었다.

걱정과 달리 조 박사는 무척 건강해보였다. 큰 키와 건장한 체격은 여전했고, 살도 많이 빠지지 않은 것 같았다. 다만 얼굴 한켠에 드리워진 그림자에서 1년 가까이 병마와 싸워온 데 따른 피로감과 스트레스를 어렴풋이 느낄 수 있었다.

조 박사는 오랜만에 보는 후배들이 반가웠는지 밝은 얼굴로 각각의 안부를 물었다. 이순석 선배의 꽁지머리를 보고는 "헤어스타일 죽여준다. 나도 해보고 싶다."며 파안대소하기도 했다. 헤어질 때는 몸소 병실 밖까지 나와 후배들을 배웅했는데 그 순간까지 농담을 던지며 유머러스한 모습을 잃지 않았다.

지금 생각해보면 당시 조 박사의 건강하고 밝았던 모습 때문에 투병을 심각하게 받아들이지 않게 된 것 같다. 오히려 병문안을 다녀온 이후 조 박사가 금방 쾌차할 거란 확신이 생겼던 것 같다. 같이 갔던 후배들은 지금도 "그때 성열이형의 상태가 전혀 심각해 보이지 않았다."고 회상한다.

조 박사는 2005년 추석 즈음 서울대학교 병원을 나와 강원도의 공기 좋은 산골에서 요양 생활을 시작했다. 그 후 서울 삼성병원, 대전대학교 한방병원, 일산 국립암센터를 오가며 힘겨운 투병 생활을 이어갔다. 생과 사를 넘나드는 고통의 연속이었다. 그럼에도 불구하고 조 박사는 강인한 의지로 자신을 통제했고, 투병 생활 내내 아픈 기색 한 번 보이지 않았다.

2006년 8월… 소천(召天) 그리고 기적

또 다시 1년이 흘렀다. 바쁘다는 핑계로 조 박사를 잊고 살았다. 선배들을 통해 조 박사의 병환이 위중해지고 있다는 소식을 전해 들었으나 다시 찾아갈 마음을 먹지는 않았다. 어린 마음에 조 박사가 겪고 있는 고통을 지켜보는 게 싫었던 것 같다. 아직까지 당시의 어리석음을 후회하고 있다.

2006년 8월 15일 조 박사의 부고를 들었다. 심도 있는 계량학적 이론을 접목해 국내 농업경제학을 한 단계 발전시키려 했던 만 35세의 젊은 박사는 너무도 이른 나이에 하늘의 부름을 받았다. 하늘이 그의 재능을 세상보다 중히 쓰기 위해 일부러 먼저 데려간 것은 아닐까.

당시 개인적인 일로 경주에서 장기 체류 중이었던 터라 부득이 영전에 가지 못했다. 다만 마음으로나마 조 박사의 명복과 영원한 안식을 빌었다. 다행히도 휘모리 선후배들을 비롯한 많은 사람들이 고인의 마지막 가는 길을 함께 했다는 이야기를 들었다.

휘모리 재학생들은 조 박사를 보내고 얼마 안 있어 강원도 낙산으로 여름 전지훈련을 떠났다. 필자도 경주 일정이 끝나자마자 곧바로 전지훈련에 합류했다. 재학생들은 여운이 아직 가시지 않은 듯 전지훈련 기간 내내 조 박사와의 추억을 떠올렸다. 조 박사가 후학 양성을 위해 자신의 몸을 모교 병원에 기증했다는 사실은 그때 처음 알았다.

전지훈련은 10년 가까이 지난 지금까지 회자되고 있는 '성열이형 파도'로 마무리 됐다. 그 파도가 아니었으면 7명의 휘모리 부원들은 낙산 앞바다에서 영원히 잠들었을 것이다. 앞으로 살아가면서 당시 같은 기적을 또 경험할 수 있을까.

마지막 날 오후 12~13명 남짓한 인원들이 단체로 해변에 가서 물놀이를 즐겼다. 날씨가 흐리고 파도도 제법 높았지만 깊게 들어가지만 않으면 괜찮을 듯 싶었다. 그런데 필자를 포함해 3~4명의 부원들은 그날 뭐에 씌었는지 주변의 우려를 무시한 채 만용을 부리며 점점 바다 깊숙이 들어갔다.

한참을 놀다 뒤를 돌아보니 해변으로부터 제법 멀어져 있었다. 물은 어느 새 목까지 차고 올라왔다. 그제야 정신이 번쩍 들었다. 혼신을 다해 뭍을 향해 헤엄쳤다. 그러나 바다로 되돌아가는 강한 파도 때문에 도통 나아갈 수가 없었다. 마치 뒤에서 누군가 다리를 잡아당기는 듯 했다.

옆에 있던 후배들은 이미 이성을 잃은 상태였다. 한 후배는 삶을 포기한 듯 뒤로 드러누웠고, 다른 친구는 육두문자를 내뱉으며 파도와 사투를 벌였다. 더 이상 두고 볼 수 없었던지 뭍에 있던 후배 3명이 동료들을 구하겠다고 바다로 뛰어 들었다. 그러나 그들도 이내 거친 물살에 휩쓸렸다. 순식간에 7명의 목숨이 위태로워졌다.

1분이 1시간 같았던 절박했던 그 순간 기적이 일어났다. 해변 쪽으로 큰 파도가 하나 치는가 싶더니 머리 꼭대기까지 올라왔던 물이 어느새 무릎 밑으로 내려와 있었다. 너도 나도 할 것 없이 허겁지겁 뭍으로 기어 올라와 그대로 쓰러졌다.

죽음의 문턱에서 돌아온 생존자들은 거친 숨을 몰아쉬며 "성열이 형이 우리를 살렸다"를 반복했다. 그 파도는 그 후 '성열이형 파도'가 됐다. 생존자들을 비롯해 당시 현장에 있었던 동료들은 그 파도가 임종의 순간까지 후배들을 사랑했던 조 박사가 마지막으로 보낸 선물이었다고 굳게 믿고 있다.

효봉장학회… 숭고한 희생의 결정체

"내 시신이 불치병 연구에 쓰일 수 있도록 모교 병원에 기증해 달라. 사망 보험금도 모교 후배들이 마음 놓고 공부할 수 있도록 장학금으로 써 달라."

조 박사는 임종 직전 이같은 유언을 남겼다. 부친인 조덕행 이사장은 자식의 뜻을 받들어 2007년 8월부터 본격적으로 장학재단 설립에 나섰다. 기금을 마련하기 위해 고향의 땅과 건물을 모두 처분했고, 고려대학교에 정식으로 재단 설립을 제의했다. 장학회 이름은 조 박사의 호인 '효봉'으로 정해졌다.

그 즈음 재단 이사직 제의를 받았다. 조덕행 이사장은 재단에 젊은 기운을 불어 넣기 위해서는 후배들 중에서도 이사를 선발해야 한다고 생각했다. 한 치의 망설임도 없이 수락했다. 조 박사의 숭고한 희생정신이 담긴 재단에 몸담는다는 사실만으로도 무한한 영광이었다.

효봉장학회는 2008년 3월 창립총회를 갖고 정식으로 출범했다. 지난 7년 동안 총 13번의 수여식이 열렸고, 총 5억 원이 넘는 장학금

이 지급됐다. 학부생, 대학원생, 중·고등학생을 포함해 약 150명에 달하는 학생들이 혜택을 받았다.

매 학기 장학생 선발과 수여식에 참여할 때마다 가슴 벅차는 감동을 느끼곤 한다. 장학금을 받은 학생들이 졸업 이후 어엿한 사회인이 되어 살아가는 모습을 보는 것도 큰 기쁨이다. 부디 그들이 조 박사에게 받은 은혜를 평생 마음속에 간직하고 살았으면 한다.

조 박사가 세상을 떠난 지 어느덧 8년이 지났다. 조 박사의 빈자리는 효봉장학회가 대신하고 있다. 하지만 재단의 연륜이 쌓일수록 조 박사의 빈자리가 오히려 더 크게 느껴지는 것 같다. 요즘 들어 종종 조 박사가 우리 곁에 남아 있었다면 어땠을까 하는 생각을 해본다. 자주는 아니더라도 가끔 만나는 조 박사에게서 큰 힘을 얻지 않았을까. 오늘따라 그가 더욱 그립다.

창립총회에서

백진규(효봉장학회 이사, 04학번)

따스한 봄볕아리 이곳 캠퍼스에도 봄에 기운이 완연하여 무언가 솟아오르는 강한 생명력마저 느껴집니다. 작년 5월 3일이었으니까 벌써 1년이나 지나가 버렸네요. 선배님!

전 난생 처음 감은제라는 행사에 참석하게 되었지요. 안암병원에 시신을 기증한 분들에 대해 의대 교수님들과 관계자 그리고 의대생들이 고인에 대한 명복을 빌고 다시금 생을 달리하고서도 사회에 도움이 되고자 했던 기증자의 숭고한 뜻에 대해 끝없는 고마움과 존경을 표하는 자리였습니다.

저도 어느덧 많은 후배가 생기고, 학교생활에 대해 선배라는 자격을 지니게 되어 여러 면에서 어느 정도 성숙한 인간이라고 생각하고 있던 터에 감은제의 경험은 새로운 충격이었습니다.

삶에 대해 다시 한 번 진지한 성찰을 할 수 있는 계기가 되었고 내가 언젠가 맞이하게 될 죽음 앞에서 나보다 먼저 남을 생각하고 행동할 수 있겠는가라는 물음 앞에서 머리를 떨굴 수밖에 없었습니다.

선배님의 이러한 희생과 봉사의 정신은 저 뿐만이 아니라 그날 참석한 모든 선배와 후배 마음속에 깊이 새겨져 있습니다.

저는 지금 학과 내에서 운영되고 있는 휘모리라는 축구동아리의 주장을 맡고 있습니다. 저의 학과의 특성상 학과 내에서 이루어지고 있는 동아리나 활동이 다른 학과에 비해 강합니다. 이러한 전통은 선, 후배 사이를 더욱더 끈끈한 정으로, 사랑으로 이어주는 징검다리가 되었고 이런 전통이 자리를 잡게 된 것도 모두 조성열 선배님이 재학하신 시절에 이룩하신 업적이라 들었습니다.

갓 입학했던 1학년 시절에 성열이 형님과 같이 많은 연배 차가 나는 선배님과 공을 차고 함께 즐거운 시간을 보낼 수 있었던 것도 모두 휘모리가 준 값진 선물이 아닌가 합니다.

하늘같은 선배님이셨기 때문에 처음엔 감히 말도 제대로 못하고 때로 엄해 보이는 표정에 공포심도 느꼈습니다. 그러나 누구보다도 후배들을 사랑하시고 한 명 한 명의 이름을 기억하시고 따뜻하게 대해주시는 것을 보고 이런 것이 멋진 선배의 모습이구나 라는 생각이 들었습니다.

오늘 제가 감히 진지하고 의미있는 자리에 서서 창립총회에 대한 재학생 대표로서 축하의 변을 하고 있지만 무척 떨립니다. 하지만 개인적인 영광이기에 기쁘기도 합니다.

오늘 조성열 선배님의 유지를 받들어 저희 식품자원경제학과 학생들을 위한 외부 장학재단이 설립되었습니다. 저를 비롯한 많은 후배들은 고대 식자경인으로서의 자부심과 긍지를 더 한층 높이 가지게 외었고 식품자원경제학과의 발전에 초석이 되리라 믿습니다.

발전은 미래에 대한 비전과 그에 대한 노력으로 이루어진다고 생각합니다. 미래에 주요한 산업으로서 식품과 자원, 생명에 대한 가치를 경제학적 관점에서 고창하고 연구하는 저희 학과의 전공이야

말로 비전과 노력으로 학문 발전과 국가발전에 이바지 할 수 있다고
생각합니다.

　이러한 미래를 내다보시고 실천으로 옮기신 선배님의 큰 뜻을 되
새기면서 저희 후배들도 성심을 다하여 장학회가 더욱 활성화 되고
발전할 수 있도록 노력하겠습니다.

2008년 3월 29일

아, 그리운 벗이여

그리운 벗이여 보고 싶은 친구여…

─창립총회에서

김원용(90학번 동기 대표)

따스한 봄볕아래 이곳 녹지캠퍼스에도 진달래꽃, 개나리꽃 모두 만발하였건만 내 마음속의 허전함은 봄향기 속에서도 채울 수가 없구나! 우리가 그대와 안암동에서 대학생활을 시작한 것이 어제와 같이 생생하거늘 벌써 15년이 훌쩍 지나가 버렸네.

오늘, 우리가 함께 했던 교정을 걸으며 너와 함께 했던 모든 기억들이 너무도 생생하게 펼쳐져서 어느 한곳도 그냥 지나칠 수가 없더구나.

아, 보고 싶은 님이여!!

아, 그리운 벗이여!!

그대가 우리 곁을 떠나 해가 지나고 계절이 바뀌어도 함께 했던 수많은 추억들을 시간을 역행하듯 아직 그대로 남아있다.

아, 보고 싶은 성열아. 내 친구 성열아.

너는 항상 건강하고 활기찼기에 어려서부터 감기 한번 걸리지 않고 지냈지. 그러던 너에게 큰 시련이 닥쳤을 때 우린 믿을 수 없는 충격과 허무함을 느꼈지. 허나 너는 너무도 냉정하리만큼 침착했고 2년이 넘는 긴 투병생활 동안에도 엄청난 고통과 절망감을 잘도 이겨냈지….

그 긴 고통의 시간 속에서도 너는 항상 너 자신보다 너의 소중한 모든 이들을 먼저 생각하고 챙겼지. 무뚝뚝하고 인정 없는 말투 속에서도 너는 항상 내면의 따스함으로 인간에 대한 진실된 믿음과 사랑을 누구보다 잘 보여준 놈이었어. 극한 상황에서도 남을 배려하는 자세야 말로 참된 신앙인의 자세가 아닌가 싶구나. 비록 성당과 십자가를 통한 실천이 아니었더라도 너는 이미 훌륭한 신앙인으로서 하느님의 자녀였다고 나는 확신한다.

투병생활을 수발하시는 아버지, 어머니를 챙기고 누나, 매형을 챙기고 심지어는 어쩌다 한 번씩 들르는 친구까지 챙기는 깊은 배려는 순수하고 깨끗한 영혼을 가지지 않고는 보여줄 수 없는 것이지. 그래서 너와의 이별은 더더욱 가슴 아프고 찢어지고 패이고 고통스럽고 허전하고 슬프고 안타깝다.

성열아. 우린 지금 다시금 너의 꿋꿋했던 발자취에 대해서 떠올리고자 한다.

오늘날과 같이 초고속의 첨단산업화의 물결 속에서도 전공에 대한 소신과 깊은 이해를 저버리지 않고 머나먼 타국 땅 미국에서 참으로 길고 힘든 세월을 꿋꿋이 버티고 농업경제학박사를 취득한 너의 노력과 끈기에 대해 우리는 다시한번 박수를 보낸다. 또한 귀국해서도 네가 항상 자랑하던 최고의 훌륭한 직장(한국농촌경제연구원)에서 너의 연구에 매진하면서 기뻐하는 모습을 보았을 때 우리들의 기쁨도 너와 다르지 않았단다.

유학과 연구원 시절에 네가 뿌린 좋은 씨앗들은 비록 네가 거둘 수는 없지만 튼튼한 묘목으로 성장하여 너와 이 사회를 빛내는 소금이 될 것이다.

사랑하는 내 친구 성열아.

우리는 지금, 서로 만날 수는 없지만 네가 묶어 논 수많은 매듭들은 서로 연결되고 합쳐져서 더 큰 매듭으로 다시, 더 큰 밧줄로 이어져 세상을 이끄는 동아줄이 될 것이다.

우리는 네가 사회에 봉사하고 보탬이 되는 삶을 살고 싶어 했다는 것을 잘 안다.

네가 우리에게 해준 당부의 말을 지금도 생생히 기억한다. 아직은 작고 보잘 것 없는 출발이 될 수도 있지만 남은 우리들의 의지와 노력이 합쳐져 너의 뜻을 이어받고 우리 사회에 도움이 되는 장학재단으로 거듭날 것을 감히 맹세한다.

성열아!! 우리는 지금 만날 수는 없지만 우리는 결코 헤어진 것이 아니야. 어머님의 마음속에, 아버님의 마음속에 그리고 우리들의 마음속에 너는 항상 살아 숨 쉬고 있다. 오늘, 너의 숭고한 정신과 여러 기증자분들의 깊은 뜻은 이렇게 의미 있는 자리에서 더욱 빛나게 될 것이다.

친구여, 친구여!!

이제 무거운 짐을 우리에게 조금씩 나누어주고 고통과 괴로움의 수레바퀴에서 벗어나서 하느님의 가르침을 따르는 훌륭한 자녀가 되길 바라며 늘 너와 함께하는 우리들을 지켜봐 주길 바랄께…. 그리운 친구, 보고 싶은 친구 그대, 조성열 박사여!!!

2007년 5월 3일
고려대학교 농업경제학과 90학번 동기일동
대표낭송자 김원용

내 친구 성열이 그리고 휘모리

고광림(90학번 동기)

첫 만남

성열이를 첨 만난 건 입학식 날이었다. 성열이는 피부가 희고 훤칠한 큰 키에 잘 생겨서 '아 저 친구는 서울 출신이겠구나.' 생각했다. 그날 서녁 처음으로 가진 선배들과의 술자리에서 자기소개 시간이 있었는데 유일하게 지금까지의 기억나는 게 성열이의 자기소개다.

성열이는 차례가 되자 일어서서 "안녕하세요? 목동의 스메끼리 조성열입니다."라고 자신 있게 이야기 했다. 보통은 '어디어디에서 온' 또는 '어느 도시 무슨 고등학교를 나온'이라고 자기를 소개했는데 성열이는 남들과 다르게 그렇게 자기를 표현했다. 그리고 그때 있던 모든 사람들에게 '조성열'이라는 이름을 확실하게 각인시켰다. 그렇게 성열이는 뭔가 다른 것이 있는 친구였다.

너 운동부 아니었어?

성열이와는 처음부터 특별한 이유 없이 가까워졌지만 운동을 잘하는 공통점이 있어 남들보다 더 빨리 친해질 수 있었던 것 같다. 그때만 해도 틈만 나면 족구, 농구를 할 때인데 성열이는 족구도 농구도 참 잘했다. 특히 농구 실력은 금새 애기능에서도 소문이 날 정도였다. 그리고 애기능 신입생 체육대회에서 성열이가 주축이 된 우리 과 농구팀이 당당하게 우승을 했다. 과가 생긴 이후로 신입생 체육대회에서 농구로 우승한 것이 처음이었다고 했다. 그렇게 성열이는 운동을 정말 잘하는 친구였다. 그래서 가끔 교수님들이 수업 시간에 성열이를 보고 '너 운동부 아니었어?'라는 농담을 하시고는 했다.

단과 체육대회 축구 우승

1학년 2학기였던 1990년 가을 단과대학교 체육대회가 있었다. 가장 비중이 큰 종목이 축구였고 우리 과도 축구 우승을 위해 정예 멤버를 모았다. 대부분의 과에서 복학생 위주로 선수가 짜여지는 것과 달리 우리 과는 복학생과 재학생의 조화가 잘 이루어졌다. 지금 기억으로 1학년 중에는 성열이와 성대 그리고 나 이렇게 3명이 주전으로 뛴 것 같다. 성열이는 그때 골키퍼를 봤는데 다른 과 골키퍼와는 비교가 안될 정도로 전문 선수같이 골키퍼를 잘 봤다. 특히 바운드킥으로 구사하는 골킥은 거리와 정확도가 상당했다. 대회 결과는 압도적인 경기력으로 우리 과의 우승!

휘모리의 탄생

단과 체육대회를 치르면서 우리 과에 축구를 좋아하고 잘하는 사람이 많다는 걸 알게 됐고 자연스럽게 축구 동아리를 하나 만들어서 자주 축구를 하자는 이야기가 계속 나왔다. 그리고 2학기가 끝나갈 무렵 성열이와 나를 포함한 90학번들과 88학번 명우형, 원익형, 86학번 오성형, 성용형 등이 주축이 되어서 축구 동아리를 만들게 됐다. 휘모리라는 이름은 처음 여러 가지 후보 중 국악 장단의 하나인

'휘몰이'에 대한 선호도가 높아서 선택했고 최종 확정 단계에서 휘몰이가 아닌 '휘몰아치다'라는 의미까지 포함하는 '휘모리'로 바뀌게 된 것이다. 휘모리라는 이름은 모든 구성원들의 아이디어가 모여 만들어진 공동작업이었고 그래서 더 애착이 가는 이름이 됐다.

휘모리와 빨간 유니폼

휘모리 첫 번째 유니폼은 짙은 빨간색의 긴 팔 상의였는데 11명이 입고 그라운드에 서면 상대가 위압감을 느낄 수 있을 만큼 강렬했다. 이 유니폼은 당시 모 그룹 고위임원이셨던 88학번 원익형의 아버님께서 지원해 주셨다. 다들 빠듯한 용돈으로 생활하던 대학생들에게 한 벌에 만원이 넘는 유니폼 비는 엄청 큰 부담이었는데 그걸 한번에 해결할 수 있어 정말 좋았다. 다음 해 처음 출전한 교내경기 2부 리그에서 3위를 차지하고 받은 트로피를 원익형 아버님께 감사 선물로 드릴 수 있어서 그나마 다행이었다.

안암장 그리고 도이치호프

정확한 기억은 아니지만 매주 화요일 오후에 지금은 건물이 들어선 애기능 축구장에서 축구 연습을 했다. 2시간 정도 신나게 뛴 후 항상 가는 곳은 안암장과 도이치호프. 짬뽕을 시켜놓고 고량주에 라이터로 불을 붙여서 순서대로 마시는 '불주'는 정말 재미있는 의식이었다. 그리고 2차는 어김없이 도이치호프로 갔다. 도이치호프 사장님은 휘모리 명예회원일 정도로 휘모리 멤버들을 좋아하고 지원도 많이 해주셨다. 이후 사장님이 안암동을 떠날 때까지 휘모리 행사의 대부분은 도이치호프에서 열렸을 정도로 각별한 곳이 됐다.

첫번째 전지훈련

1990년 1학년이 끝나고 겨울방학을 맞았다. 나를 포함한 지방학생들은 대부분 방학과 동시에 고향으로 내려갔다. 하지만 서울에 남아 있는 휘모리 멤버들은 방학 중에도 가끔씩 모여서 축구도 하고 술도 마시면서 우애를 다졌고 성열이는 매번 빠짐없이 참석했다. 그리고 겨울방학이 한창이던 91년 1월말 휘모리 최초의 겨울 전지훈련을 가게 됐다. 장소는 낙산에 있는 학교 수련원이었고 10명 정도가 참석한 것 같다. 당연히 성열이와 성대 그리고 나도 참석을 했다. 3박4일 간 진행된 전지훈련은 말이 전지훈련이지 MT였고 즐거운 여행이었다. 낮에 잠깐 수련원 건너편 중학교 운동장에서 미니게임을 하고 나머지 대부분의 시간은 낙산해수욕장을 걸어 다니며 즐거운 시간을 보냈다. 그 이후도 매년 겨울 전지훈련을 다녔지만 첫번 전지훈련만큼 기억에 남는 해는 없다.

내 친구 성열이 그리고 휘모리

그 후로도 성열이와 휘모리의 기억은 일일이 거론하기조차 힘들 정도로 많다. 언제나 성열이를 생각하면 같이 떠오른 것이 휘모리고 반대로 휘모리를 생각할 때마다 생각나는 것이 성열이기도 하다. 그런 성열이가 떠나고 나도 나이가 들면서 물리적으로 휘모리와 함께 하는 시간은 아주 많이 줄었지만 마음은 언제나 성열이와 휘모리 안에 있음을 느낀다. 그리고 앞으로도 오랫동안 그럴 것이다.

친구 성열이에게 쓰는 편지

윤장한(90학번 동기)

성열아!

8월이 다가오고 있어. 무거운 삶에 짓눌려 잘 떠오르지 않다가 8월이 되면 어김없이 명확하게 다가오는 모습….   내 기억력이 아직 살아있다는 것을 알려주는 달력 속의 8월 15일….

지금 글을 쓰고 있어 너를 생각하며 어느덧 마흔이 훌쩍 넘어버리는 나의 기억력은 많은 것을 담아낼 수도 끄집어 낼 수 도 없지만, 곰곰이 생각하니 아직 너에 대한 기억은 많이도 남아 있구나.

대학 다닐 때 많이 붙어도 다녔지만, 때론 마음이 서로 잘 맞지 않는 것 같아 심한 주먹다짐도 하곤 했던 기억 속에 너.   좋은 친구이면서도 때로는 유치한 경쟁심에 사로 잡혀서 서로 으르렁거리기도 했구나.

19살 기쁨과 두려움을 안고 서울로 갔을 때, 지방희생인 나는 정말 기댈 곳이 없는 마음이었어. 서울생활에 적응하고 서울 친구들에게 적응하려고 노력하고 노력해도 정말 쉬운 건 아니었어. 결국 학교에 자주 가지 않게 되고 항상 주위를 맴돌았던 기억들이 나. 그러나 예상보다 빨리 나에게는 너를 비롯한 정말 좋은 서울 친구들이 나를 구제해 주었고, 아웃사이더로 돌던 나에게는 정말 광명 같은 일이었지. 수많은 음주와 과에 여학우들이 없기에 더욱 광분하며 매달렸던 미팅들, 여대 조인트 엠티, 그리고 개똥철학의 진지한 대화들. 그리고 가끔씩 나의 보신을 위해 취식을 했던 친구들의 집.

언제였던가, 성열이 너네 집에 이틀 연속 술 먹고 자러 갔을 때, 다음날 네 어머님이 끓여주셨던 닭도리탕은 지금도 나의 뇌 한 군데에 콕 박혀서 가끔씩 꿈에도 생각이 난다. 큰 국솥을 열었을 때 정말 깜짝 놀랐다. 닭머리가 통째로 삶겨서 나를 쳐다보고 있어서… 성열이 왈… 원래 어머니가 음식을 크게 크게 하신다며 아주 크게 썰어진 깍두기도 같이 내오던 그날… 그날은 정말 지방학생인 나는 몸보신의 끝장을 봤던 것 같아.

그리고 정말 너를 잊게 만들 수 없는 애기능 주먹다짐. 솔직히 둘 다 술에 많이 취했었고, 무슨 일로 싸움을 했는지 (아마도 여자 친구 문제가 아니었을까?) 그날 우리의 싸움은 대단했고 옆에 있던 친구들도 대단히 걱정을 많이 했던 사건이었지…. 결과는 나는 널 두 대인가 때리고, 나는 너에게 더 많이 맞았고…. 왜냐고, 그땐 네가 나보다 덩치와 힘이 훨씬 셌지…. 문제는 싸움 끝나고 나니 둘 다 얼굴이 통통 부어서 (물론 내가 너보다 두 배로 부었고 코피는 쌍코피가 났었다!!) 집에 들어가지 못하고 학생회 실에서 잤다는 거. 새벽에 둘 다 깨서 자뎅(자대 2층)에서 커피 한 잔에 속을 달래고, 아침 같이 먹고 아침 농구를 같이 하고 집에 갔었지…. 근데 정말 웃기는 건, 그렇게 둘이 전날 싸웠는데, 다음날 헤어졌을 때는 아무일 없이 간단히 화해하고 갔었지…. 지금도 왜인지 기억은 안 나!!

그런데 그거 아니? 내 인생에서 선생님한테 얼굴을 맞아본 적은 있어도 친구한테 얼굴 맞아본 적은 그때가 처음이자 지금도 마지막이다.

　너는 이 사건으로 내 아름다운 얼굴을 처음이자 마지막으로 때린 사람으로 영원히 내 마음속에 남아 있단다!!!

　내가 너를 어떻게 잊겠니!

　성열이⋯. 언제나 미팅 갔을 때나 여대와 조인트 엠티를 갔을 때는 선봉에 서서 아름다운 여학우들에게 돌진하던 모습이 선하다. 새벽까지 남는 자가 진정한 미인 여자친구를 차지할 수 있다며, 페이스 조절 못하고 취해 자던 나와는 달리, 끝까지 살아 남아서 남아 있던 퀸카들에게 보트 타러 가자고 졸라대던 모습도 선하다. 언제나 미모와 지성을 겸비한 여자친구를 꿈꾸던 너! 그런 여자친구를 쉽게 만들지 못해 많이도 괴로워했었지! 특히 다른 친구들이 미모의 여자 친구를 학교 축제 주막에 데려왔을 때는 둘다 끓어오르는 시기와 질투를 감당하지 못해 술잔을 기울이며 폭음을 했던 기억이 난다. 성열이와 미모와 지성의 여인은 정말 풀래야 풀 수 없었던 고민이었지!

　참! 엠티 때 술에 취해 숙소를 이탈해서 강가에 자던 나를 찾아 깨워서 끌고 왔던 기억도 선하네!

　성열이⋯. 언제나 친구 좋아하고, 의리 따지고, 술 좋아하고, 운동은 대단히 좋아하고, 공부 열심히 해보려고 하고, 내가 지방에서 듣던 새침데기 서울 사람들 상과는 전혀 다른 모습이었다.

　많은 선배들과 친하게 지내던 너를 보며 부러워했던 적도 많았다. 나는 아직도 사람을 사귀고 친분을 유지하는게 너무 어렵고 힘들어. 너도 알다시피 외향적으로 보여도 나는 정말 내성적이고 여린 면이 너무 많은 사람이라 그렇지. 아마 나는 고대에서 너와 친구들이 아니었으면, 아마 서울 사람들에 대한 많은 잘못된 편견을 가지고 살았을지도 몰라…. 지금도 고등학교 친구들만큼이나 많은 그리움과 정을 느꼈던 내 친구들, 그리고 성열이. 지금도 고맙고 감사한다.

작년 회사 그만 두고 개인사업 오픈했을 때 초반에 정신적으로 많이도 힘들었다. 정말이다. 8월에 접어들고 달력을 보았을 때, 8월 15일을 보았고 와이프한테 그랬다. 성열이 보고 싶다고. 그때는 정말 네가 많이 보고 싶었다. 마음이 왜 그랬는지는 모르겠다. 아마 내 삶이 힘들어서 그랬나 보다. 하늘에 있는 너에게 기대려고 했나 보다. 그러나 가보지 못했다. 용기가 없어서였을까 아니면 무거운 삶이라는 족쇄를 벗어나지 못했다는 핑계 때문이었을까…. 넋두리다. 나도 정말 많이도 아팠었다. 혈압이 210이 넘어서 안압이 터져서 앞이 안 보여 응급실에 실려가고, 그로부터 발생한 당뇨, 만성신부전 이 모든 것을 지금도 안고 살아가고 있다. 그러나 어찌 너에 비할까? 언제인가 어버이날 일산의 병원에 입원해 있던 너를 방문 했을 때 본 너의 힘들어 하는 모습…. 어머님 아버님의 모습. 어찌 보면 그 모습이 나의 모습 같아 겁을 먹어 너를 찾아가지 못했었나 보다. 이런 내용을 써야 할까 지금 쓰는 순간도 고민이지만 이게 사실인 것이고 나의 넋두리고 나의 친구 성열이는 이런 넋두리쯤은 넉넉히 받아 줄 거라고 생각한다.

성열아.

솔개라는 새가 있다. 70년 이상을 넘게 사는 특이한 새이지.

솔개는 나이가 40이 되면 발톱이 노화되고, 날카롭던 부리도 구부러져 가슴에 닿을 정도로 길게 자라고, 깃털 역시 짙고 두꺼워 진단다. 그래서 날개가 무거워 하늘 높이 날아오르기 힘들어진다고 한다. 이때 솔개는 중대한 선택을 해야 한다고. 무거운 날개로 죽은 고기만 찾아 헤매는 낙오자가 되든지, 아니면 재활을 통해서 다시 태어나든지.

솔개의 재활은 눈물겹게 처절하다고…. 깊은 산 정상에 둥지를 틀고, 먼저 부리로 바위를 쪼아 부리가 깨지고, 터져서 피투성이가 되어 다 빠진 며칠간은 아무것도 먹지 못하고 고행의 고통을 겪어야 새 부리가 돋아나기 시작한단다. 그러고 새로 나온 부리로 발톱을 하나하나 다 뽑아내고, 새로운 발톱이 새로 자라나면 다시 그 발톱과 부리로 날개의 깃털을 하나하나 뽑아낸다.

그 후로 반 년이 지나면 새 깃털이 돋아나는데, 이처럼 뼈를 깎는 고통과 고난을 극복하면 솔개는 완전히 새로운 솔개로 다시 태어난다. 그리고 다시 힘차게 하늘로 더 높이 날아올라 남은 30년의 삶을 시작한다고 한다.

작년에 우연히 지하철에서 〈솔개닮기〉 라는 시를 봤어. 그리고 솔개라는 새를 알게 되었지. 정말 말할 수 없이 굳건한 삶을 살아가는 새가 아닌가 싶어 마흔을 넘긴 내가 정말 실천해야 할 일이고, 내 친구들 내 주위의 모든 사람들이 실천해야 할 일이 아닌가 하고 생각했다.

나는 이제 그렇게 살아가보려고 해. 이런 이야기를 하는 것은 내가 여기에 있고 네가 거기에 있어서가 아니야. 어찌보면 여기에 없지만 너는 거기에서 솔개처럼 살아야 해. 거기에서 굳건히 살면서 여기에 남아 너의 삶을 대신 살아가고 있는 어머님 아버님을 위해 많이 기도하고 마음으로 보살펴 드리고, 여기에 있는 것처럼 거기에서 살아야 한다. 성열아.

나는 여기에서 솔개처럼 살고, 너는 거기에서 솔개처럼 살고….
그리고 여기와 거기가 없는 곳에서 언젠가 만나게 될 것이고 올 8월
은 용기를 내서 너를 만나 보러 가려고 한다.

나에게 힘을 주렴!

성열아! 많이 생각나고, 그립고, 사랑한다.

너의 친구 장볼이가

추억 속의 그리움

—효봉 조성열을 기리며

하돈철(90학번 동기)

추억은 언제나 아름답다고 누군가가 말한 기억이 난다. 하지만 나는 다른 생각이다. 떠오르는 것이 있을 때 그 떠오르는 생각이 나를 기쁘게 하고 싶을 때만이 아름답다고 정의내리고 싶다.

누군가에게는 과거의 기억이라는 게 다시는 가고 싶지 않은, 일어나서는 안 되었던 그런 아픈 기억일 수 있고, 그것은 추억이라고 불리우지 않기 때문이다.

44살. 어느덧 아저씨 소리가 어색하지 않다. 먼저 떠난 친구를 기리며 20여 년 전 우리의 기억들을 되새겨 본다.

1. 만남

나는 법조인을 꿈꾸었다. 법복을 입고 법에 따라 양심에 따라 사회의 정의를 실현한다는 그 생각에 법대를 지원하고 싶었고, 그렇게 밤잠을 설치며 고교시절을 보냈다. 고3때 담임선생님과 심하게 다투고 내가 비뚤어지기 전까지 나는 서울대 법대가 꿈이었고 나의 목표였다.

고3 여름방학 때 3개의 학급 담임선생님들이 모여서 반에서 20등까지의 학생들을 모아서 안양의 한 독서실을 잡아서 집중관리 자율학습을 하겠다고 했다. 학생들 중 어느 놈은 그 그룹에 끼기를 바라는 놈이 있었고, 나 같은 경우 좀 반감이 있었다. 집은 영등포 신길동인데, 아침 7시까지 안양에 있는 독서실로 집합해서 도시락은 2개…. 밤 10시 까지 선생님들이 돌아가며 지킨다고….

　학부모들이 사석에서 모이고, 생전 학교 일에는 관심 없던 우리 엄마도 다른 친구들 엄마의 성화에 나가셨고, 결국 사건이 발생되었다.

　"니들이 공부하는데 왜 선생님들에게 수고비를 줘야 하니? 나보고 도시락을 2개나 싸라고? 무슨 공부를 저리도 요란하게 한다니?"

　나는 그날 밤에 바로 담임선생님께 전화를 걸었다. 선생님들에게 실망했다고. 공부는 내가 하는데 왜 선생님들이 수고비를 챙기냐고. 담임선생님이 그냥…. 미안하다 했으면 사건을 발생되지 않았을 뻔했는데 바로 이 말, "아, 돈철이 너에게는 돈을 안 받으라고 했는데…. 넌 1등이니까 공짜로 하자." 난 분노했고, 다음날 난 학교를 가지 않았다. 그 다음날부터 일주일간 화장실 청소에 자리도 맨 뒷줄로 밀려나고. 담임선생님의 복수가 시작되었고, 이는 전교생이 다 알 정도로 큰 사건이었다. 난 방황했고, 결국 모의고사 점수는 조금씩 떨어졌다.

　선지원 후시험제로 치러졌던 1990년 대입학력고사는 담임선생님들의 원서 써주는 권한을 더 강하게 만들었고, 담임과 사이가 갈 때까지 간 나는 원서를 모든 학생이 다 쓴 다음에야 면담을 할 수 있었다.

담임선생님의 설득으로 법대보다는 경제 경영분야를 선택하자고
합의를 하게 되었다. 사실 법대를 나와서 사법시험이라는 어마한 산
을 넘지 못하면 또 다른 인생의 패배를 느낄 수 있다는 것을 미리
알았기에….

나의 가정형편까지 고려해서 결국…. 어서 대학졸업해서 경제활
동을 하는 것이 현명하다는 실리를 택했던 것이다. 그렇게 나는 고려
대학교 농업경제학과를 수석으로 입학하게 되었다. 그렇게도 소원
하던 대학진학에 어떡하다 보니 1등도 먹게 되어 입학장학금까지….
흐뭇 나쁘지 않은 출발이었다.

입학식 전날 친구의 생일이어서, 술을 많이 먹었다. 그래도 입학
식은 가봐야지 싶어서 점퍼에, 랜드로버에, 긴 머리를 하고, 부랴부
랴 걸어 올라갔다. 노천극장까지. "이야, 학교가 산에 있네! 여긴
뭔가? 이야, 산을 절개해서 야외극장을 만들었네~~!!"

신기하고, 놀랍고, 너무도 큰 캠퍼스에 내가 대학생이 되었다는,
이런 캠퍼스라이프가 시작된다는 생각에 잠시 기쁨. 한편 다른 입학
생들은 양복에, 넥타이에, 부모님 대동에 사진 찍는데 열중이다. 나
는… 내내 담배를
피우고 있었다.

첫 수업이 〈경제
학원론〉이었다. 배
순근 교수님은 우리
학과 교수님은 아니
었다. 넓은 강의실.
나와는 반대편 벽에

어느 잘생긴 청년이 눈에 띄었다. '이야, 대학에 오니… 저렇게 잘생긴 친구도 생기겠구나.' 난 생각했고, 그가 바로 '효봉 조성열 박사'였다.

성열이는 당시 회색 야상점퍼를 입고, 잠자리 안경을 쓰고, 생머리에 누가 보더라도 한눈에 알아볼 정도로 훤칠한 키. 아주 훈남이었다. 나 또한 외모로는 밀리지 않았다. 머리는 다듬지 않은 곱슬머리, 그것도 매우 길었다. 기르고 싶었기 때문. 대학생이니까. 안경은 두꺼운 검정색 뿔테. 청바지에 청자켓…. 나도 키가 매우 크다.

2. 농구

성열과의 첫 만남은 의외로 마당에서 이루어졌다.

마당 농구장.

맨땅으로 이루어진 농구장이 수돗가 옆에 있었다. 지금은 산학관으로 올라가는 길과 이과대학 신관이 바로 그 곳. 어린 시절부터 농구를 했던 나는 당연히 농구를 하는 사람들을 보았고, 우리 학과 선배들이라고 얘기하는 형들과 자연스레 농구를 하게 되었다. 성열이도 그때 만나게 되었다.

성열과 나는 매일 한두 게임씩 농구를 했고, 자연스레 친구가 되었다. 그리고 우리는 4월 애기능캠퍼스 농과대학 신입생 농구대회에서 우승을 차지했다. 어쩌면 내가 1학기만 다니고 재수를 하겠다고 생각한 것을 포기한 것이 이때쯤이 아닌가 싶다.

'재수 해봐야 뭐 하겠는가. 법조인 되어봐야 뭐 하겠는가. 지금 내가 누리는 이 대학생활에서 앞으로 뭔가를 찾아내면 그 또한 나의 꿈이고, 나의 인생 아닌가. 여기 있는 친구들도 뭐 다 마찬가지겠지.'

난 그래서 이 잘생긴 친구와 좀 더 재밌게 놀고 싶어서 여기에 남기로 한 셈이다. 하하.

3. M.T

90학번 농경과는 여학생이 한 명도 없었다. 89학번 선배도 없었다. 88학번도, 그리고 1년 후배인 91학번도 모두 남학생들만 입학했다. 이쯤 되면, 여기는 군대와 다를 바 없다봐야 한다. 그래서 첫 동기 MT를 다녀온 후에 우리는 결심했다. 다음 번 MT는 무조건 여학생들과 MT를 가야겠다

고. 그래서 우린 90년 2학기 MT는 동덕여대 식품영양학과와 함께 하게 되었다. 그 이후로 주욱~ 여대와 Joint MT를 갔다. 하하.

확실히 그림이 다르다. 그리고 이 후에 만남이 이루어진 커플들도 생겼다. 지금 보니 확실히 내가 성얼이보다 조금 크고 얼굴도 작았나 보다.

여기 전사들이 다음날 아침까지 살아남은 91년도 9월 MT의 승자들이다. 난 늘 성열이와 함께 했고, 우리 둘과 친구들이 번갈아가면서 밤을 지새우는 일이 많았다. 어린 시절, 맥주 한 박스가 순식간에 없어졌던 그 시절이… 그립다.

(왼쪽부터) 고광림, 신동진, 조성열, 하돈철   (왼쪽부터) 하돈철, 조성열, 고광림, 임성대

4. 설악산 겨울 여행

1991년 겨울, 원용이와 성열이 그리고 나는 설악산 여행을 감행하였다. 우리 엄마는 내가 집밖에서 돌아다니는 것을 사고 위험 때문에 꺼려하셨고, 경비 발생 등의 이유로 그냥 학교와 집만을 다니시길 원했기 때문에…. 나에게 여행은 고1 수학여행, 고2 간부수련회를 제외하고 이번이 처음이었다. 내겐 반항이었고, 감히 상상도 못했을 이벤트다.

그것도 성열이네 콘도!

"콘도미니엄? 그게 뭐냐?"

"응, 호텔 같은 건데, 밥도 해먹을 수 있고, 나두 처음 가봐."

설악산에서 조금 떨어진 콘도미니엄. 지금은 매우 낙후되었다고 여겨지지만, 당시 내 눈에는 너무도 예쁜 호텔 수준이었다.

우리는 눈 쌓인 설악산에 올라가기로 했다. 눈이 얼마나 많이 왔던지…. 올라가는 도중에 무릎까지 빠지고, 친구의 아픔을 기념하자며 사진기를 들이대는 자식들.

설악산 흔들바위는 그냥 바위였을 뿐이다. 정말 추웠던 기억뿐이다. 제일 기억에 남는 건, 성열이 자식이 너무 쪼잔해서 대부분 우리는 콘도 안에서 밥해 먹고, 라면도 끓여먹고, 물론 술도 많이 먹었다. 이제 만 20살이 된 어린 대학생들에겐 집을 떠나 우리끼리 재미있게 놀아보는 게 소원이었나 보다. 부모님의 걱정은 뒤로 한 채, 그저 3박 4일이 총알같이 지나갔다.

5. 군 입대

1992년, 3학년이 될 우리들은 이제 뭔가를 해야 한다고 생각했다. 나는 행정고시 재경직을 준비하겠다고 선언을 했고, 성열이는 군대를 가겠다고, 그리고 빨리 다녀와서 그동안 안 했던 '공부'를 다시 하겠다고 했고, 원용이는 아무 말 없이 여전히 열심히 '카투사' 준비에 열중이었다.

성열이 녀석은 92년 2월에 방위 복무를 하게 되었다고 선언. 우리 모두를 놀라게 했다. 너무 빠른 거 아닌가 싶을 정도로 서둘러 갔던 것. 허나 모두들 한 번씩은 가야 하는 군입대이기 때문에…. 우리의 3학년은 군대를 가는 학기가 된 듯한 기분으로 하나둘씩 사라지기 시작했다.

나는 눈이 워낙 나빠서 현역을 가지 않을 것으로 기대하고, 준비하기로 한 고시공부를 하기 위해 여러 가지 책도 구입하고, 3학년 준비도 해야하니 성열이 입소한 후에 정신 없이 바빴다.

그런데 3월에 징병검사 통지가 나오고, 예상대로 방위병 판정을 받고, 4월에 입대하라는 통지까지. 아주 군행정이 초 스피드로 진행되는 것이 아닌가!

고시공부하겠다고 마음도 잡고, 책도 샀고, 새학기 시작한다고 교

재도 구입하고 수강신청도 마쳤는데…. 소집통지서라니 결국 나는 모든 결심을 나중으로 미루고, 성열이 따라서 4월에 방위병으로 군대에 갔고, 원용이는 5월에 현역으로 입대했다. 불쌍한 놈.

8사단 오뚜기부대에서 완전….

우리 젊은 청춘들이 22살의 어린 나이에…. 짧은 이별을 하게된 것이다. 그리고 모두 제대하고 복학을 하고 난 다음, 우리는 우리 인생을 위한 행보를 하게 되었다. 그러고 보니 재미있게 놀았던 날도 그리 길지는 않았었구나.

6. 졸업 그리고 이별

1995년 1월 무지 추운 겨울에 엄마가 심장마비로 갑자기 돌아가셨다. 이는 내 인생에 큰 변화를 가져다 준 사건이었다.

6남매의 막내아들로 형 누나들과 터울이 많이 져서 대학교 4학년씩이나 되었는데도, 아직 세상을 살 준비가 안 되어 있었다.

오후 3시에 엄마와 통화를 했었는데, 5시에 돌아가셨다고 했다. 너무도 큰 충격에 장염에 거식증까지, 나의 1995년은 내 몸뚱아리와의 전쟁이었다.

엄마가 돌아가시고, 나는 준비하던 행정고시를 접었다. 인생이 이렇게 허무한데 무슨 책상에서 공부냐라는 객기가 발동되고, 공무원보다는 좀더 넓은 세상 속에서 인생을 보내고 싶기도 했다. 그리고는 다시 내 친구들을 돌아보게 되었다.

그동안 원용이는 제대하자마자 사법고시를 준비한다고 과학도서관에서 아침부터 저녁까지 있었고, 수업도 전공과목을 제외하고는 모두 법대과목을 들어왔었다.

성열이 또한 입대 전 미뤄두었던 공부를 시작해서, 공부만 하게 생긴 놈들과 스터디그룹을 결성하여, 공부하면서 놀면서 아주 잘 살고 있었다. 그 스터디그룹에 김만근이라는 친구가 대학원을 가겠다고 해서인지, 성열이도 뜬금없이 대학원을 하셨나고 했고, 나중엔 유학을 간다고 했던 기억이 난다.

유학! 그것은 "공부를 열심히 해서 나중에 교수가 되거나 연구원이 되는 매우 어렵고 험한 그리고 돈도 많이 드는 행위"라고 알고 있었는데, 가난한 만근이도 국비유학을 준비하겠다고 하고, 그나마형편이 나은 성열이는 그냥 용기를 내어 보는 것 같았다. 하긴 성열이는 대학교 내내 아르바이트 한 번 안 했지.

1995년 4학년에는 수업도 별로 없고, 고시공부를 포기하겠다고 선언을 한 후 과외 아르바이트를 많이 잡아서, 나는 일주일에 하루 학교를 나오게 되었고, 그 날은 술을 먹었다.

원용이는 안 보이고, 성열이는 학과 내 축구동호회 '휘모리' 멤버들과 스터디그룹과 어울리니 우리는 자연스레 안 보게 되었고, 나 또한 애기능연합 농구동아리 '호농회' 선후배들과 많은 시간을 보내서, 졸업이 다가 올 때서야 비로소 얼굴이나마 보게 된 것이다.

나는 장기신용은행의 자회사인 장은증권에 입사하여, 성열이가 유학을 떠날 때 공항에 가보지 못했다.

그때 나는 성열이가 그렇게 오랫동안 유학생활을 할 것이라는 것도 당시에는 몰랐다. 길고긴 유학생활 기간 중에 성열이가 한국에 돌아와서 뚱뚱해진 그 얼굴을 봤을 때, 이미 나는 IMF라는 구조조정 한파를 겪어 매우 힘든 상태. 첫 직장이었던 장은증권은 퇴출되었고, 이직을 하여 삼성증권에 입사했던 2001년으로 기억이 난다.

이미 성열이가 유학을 간 지 6년이 다 되어, 성열이는 진로 문제로 걱정이 많은 상태였고, 나는 성열에게 희망을 심어주었다.

"성열아, 농협, 농촌경제연구원 등 우리 학과 선배들이 많이 포진되어 있는 곳에서 너같이 공부 많이 한 우리과 출신을 분명 뽑을 것이니, 굳이 교수가 아니더라도 걱정 말고 잘 마무리하고 들어와라."

그게 들어온 성열이가 농촌경제연구원에 취직하게 된 초석이 되었다고 나중에 들었고, 나는 성열이가 아파서 누워있는 서울대병원에서 본 마지막이었다.

아프다는 소리를 들었을 때, 처음엔 의아했지만 나중엔 오히려 겁이 났다. 솔직히 겁이 나서 그의 얼굴을 볼 수가 없었다. 용기를 내서 문병을 갔을 때 너무도 눈물이 나서 어쩔 줄을 몰랐다. 그렇게 건강하고 뛰어다니던 슈퍼맨이 왜 저러고 누웠는지….

항암 치료를 하고, 조금 좋아졌다고도 하고, 또 아프다고 하고…. 이런 소식은 원용에게 전해 들었고, 나는 오히려 원용을 질책하며 네 앞길이나 걱정하라고 소리치기까지 했다.

아마도 내게 있었던 믿기 힘든 많은 일들이 또 하나 추가 되는 것이 아닌지, 그렇게 되면 나는 어떻게 해야 하는지 그런 것들에 대한 고민의 연속이었던 것 같다. 나도 쉬운 일상은 아니었으니까.

7. 친구의 죽음 앞에 통곡

미안했다.

유학을 가기 전 성열이와 조금 더 많은 얘기를 하지 못했던 게 후회되었다. 돌아와서 번듯한 연구원에 다닐 때 같이 많이 만나지 못한 게 미안했다. 좀더 용기를 내서 문병이라도 한 번 더 갈걸….
나 또한 즐거운 인생을 살지는 못했지만, 그래도 미안하다는 생각말
고는 아무 것도 떠오르지 않았다. 그렇게 2005년 8월 내 친구 성열
이는 저 세상으로 돌아갔다.

추억….

좋은 기억들….

모든 것은 우리 스스로 만들
어 내는 것이 아닌가 싶다. 과거
의 고통과 갈등도 지나고 나면
미화시켜서 굳이 아름답게 만드
는 작업이기도 한 것 같다.

나는 내 친구 성열이와 간직
하고 싶은 추억이 많지 않은 듯하다. 너무 젊고 주체할 수 없는 에너
지에 우린 서로 즐기기에 바빴고, 그렇게 후다닥 지나간 대학시절에
사실 자세히 기억나는 것… 별로 없다.

내가 살고 있는 이 세상은 매일 무언가 사건이 벌어지고, 나 또한
항상 긴장하지 않으면 지금 이 순간도 지킬 수 없다는 생각에, 어쩌
면 과거를 돌아보는 것도 사치일지도 모른다고 생각하며 살게 된지
도 모른다.

지금 이 순간도 세월이 흐르면 기억 저편에서 기억이 날지 안날지
모르니까…. 그래도 기억하기 쉬운 건, 크게 웃고 크게 싸우고 길에
다가 토할 정도로 마셔대고, 길가는 사람들이 쳐다보건 말건 목청껏
노래 부르던 그 젊은 호기. 지금은 할 수 없는 용기들이 대부분이다.

성열이와 많은 얘기를 하지 못해서 아쉽다.

어느덧 불룩해진 아랫배가 43살의 나이를 증명해 주지만, 아직 마음은 애기능 마당 농구장에서 욕하며 먼지 먹으며 뛰어다니던 그때 같은데 말이다.

잔디밭에 털썩 앉아 있는 내게 성열이가 했던 말이 기억난다.

"야, 긴팔원숭이. 힘드냐? 한 게임 더하자! 야 빨리 나와 새꺄~!!"

내 오래된 친구가 보고 싶다…. 그리고 그립다.

1991년 12월 속초시외버스터미널에서 김원용이 찍다가 흔들린 사진이 성열이와 유일하게 환하게 웃는 얼굴을 찍은 사진이다. 22년 전이다.

2013년 고양시 화정동에서

효봉의 장학생들

- 감사의 글, 자기 소개서 -

효봉에게서
예수 그리스도의 못자국을 본다

곽성규(04학번. 프리랜서 기자)

효봉 故 조성열 박사는 내 대학 학과 선배님이시다.

어려웠던 대학시절 나는 그에게서 도움을 받게 됐다. 고인이 된 그로부터의 효봉장학금을 받게 된 것. 나는 그를 생전에 만난 적도 없고, 어떤 분인지 알지도 못했지만 감사하게도 이사장님의 추천으로 장학금 수혜를 입게 됐다.

당시 나는 학점도 좋지 않고, 학과에서 알려진 학생도 아니었다. 집안 사정이 좋지 않아 여러 곳에 장학금을 신청했지만 무엇 하나 내세울 것이 없었던 나를 도와주는 곳은 없었다.

그러던 차에 학과 장학재단에서 장학금 신청을 받는다고 하는 것을 들었다. '효봉장학금' 혹시나 싶어 지원을 했고, 장학재단 설립취지를 보고 고인에 대한 시 한 편을 써서 첨부하며 장학금을 신청했다.

曉(새벽 효) 峰(봉우리 봉) 〈새벽 봉우리〉

새벽 봉우리에 불이 피워졌다.
인류를 위해 이바지하려던 젊은 학자의 별이 졌다.

아아! 어찌 안타깝지 않으리
세상을 바꿀 수도 있었던 젊은 인재의 죽음이여!

죽음에 이르면서도 후진을 생각하는 그 장대한 마음
당신은 갔지만 당신의 뜻은 모교에 계속 전해집니다.

세속의 부귀를 따르지 않고
인류의 발전을 위한 학문을 고집하던 당신
진정한 학자의 자세를 가지셨던 당신
학문연구를 위해 자기의 몸까지 주신 당신

존경을 받아 마땅하고
본이 되어 마땅한 당신
참 학자 참 선배인 당신이 자랑스럽습니다.

아아! 아까웠던 당신의 재능, 당신의 학식
민족을 위해 더 쓰일 수 있었건만
당신의 숭고한 뜻만은 후배들에게 전해집니다.

새벽 봉우리에 별이 진다.
아까운 인재의 별이 졌다.
훌륭한 선배가 갔다.

효봉!
그 높고 위대한 뜻
새벽 산봉우리에서 세상을 깨우듯
그의 뜻을 좇아 후배들이 학문의 여명을 깨우리
식품자원경제의 아침을 열어 젖히리.

효봉!
당신의 세상을 향한 사랑
당신의 학문에 대한 사랑
당신의 학교에 대한 사랑
당신의 후배를 향한 사랑
영원히 잊지 않겠습니다.
당신이 도운 후배님들을 통해
세상에 길이길이 남을 것입니다.

진정한 학자정신을 가졌던 분이여……
후배들을 사랑한 진정한 선배여……
당신을 만나지 못해 진정 아쉽습니다.
한 번도 보지 못한 당신이 그립습니다.

그 당시 장학금을 신청하려면 학과 지도교수의 추천서가 필요했다. 나는 당시 지도교수로 지정돼 있었던 학과의 S교수에게 사정을 이야기하고 추천서를 요청했으나 받아들여지지 않았다. 신임교수였던 그는 나를 '잘 모르는 학생'이라는 것이 이유로 추천서를 거부했다. 하지만 장학금을 포기할 수 없어 당시 안면이 있었던 양승룡 학과장님을 찾아가 부탁드렸다.

학과장님은 걱정하지 말라고 하셨고, 며칠 뒤 장학재단 이사장님으로부터 전화가 와 사정을 잘 안다며 장학금 수혜를 꼭 주겠다고 하셨다. 우여곡절 끝에 장학금을 받게 되어 참 감사하고 눈물이 났다.

나는 예수님을 믿는 크리스천이다. 효봉 故 조성열 박사의 정신에서 예수 그리스도의 못자국을 본다. 그의 숭고한 희생의 정신이 오늘날 많은 후배들이 어려운 환경 속에서도 학업을 지속하며 새로운 삶을 살아갈 수 있도록 돕고 있기 때문이다. 바로 나 같은 부족한 사람도 그의 도움을 받아 떳떳한 사회인으로 살아가고 있다.

故 조성열 선배님은 매우 호탕한 성격이셨던 것 같다. 지인들에 의하면 그는 공부도 잘했고 명석했지만 또한 '잘 놀 줄 아는' 분이었다. 그런 그의 매력 때문에 늘 주위엔 사람들이 많았고, 사람들을 사랑하고 함께 하기를 좋아했던 분이셨다.

예수 그리스도도 늘 민중들과 함께였다. 인류에 대한 따뜻한 사랑이 크셨기 때문이다. 그래서 그의 목숨까지 던져 주셨던 것이다. 죽으면서 자신의 시신까지 후배 의사의 병원에 기증했다는 효봉의 정신도 이와 유사하다. 그래서 우리가 그를 잊지 못하고 계속 기념하게 되는 건지도 모른다. 효봉이 우리에게 계속 기억되는 이유는 단순히 그의 이름 때문이 아니라 그가 남긴 숭고한 정신 때문이다.

효봉의 가르침과 효봉인이 되고 달라진 삶

윤단아(08학번, 제5회, 제9회 장학생)

2010년 8월 어느 토요일, 효봉장학회 수여식이 아직도 기억납니다. 감사한 합격통보를 받고, 설레는 마음으로 생동관을 찾아갔습니다. 이사님 내외분이 계셨습니다. 故 조성열 선배님의 깊은 뜻을 대신 품고 운영하시는 만큼, 내외분께는 따뜻한 기운과 기품이 있으셨습니다. 이사님 내외분께 인사를 드렸고, 저는 여러 수많은 장학생 중 한 명이었기 때문에 저를 기억 못하실 줄 알았습니다. 그런데 정정자 사모님께서 말씀하셨습니다.

"단아 학생, 저번에도 지원했었는데 못 받았지? 내가 기억이나. 이번에 장학생 된 거 축하해요."

얼굴 한 번 보지 못한 저를 먼저 기억해 주시고, 이전 기수에서 지원했던 것까지 알고 계셔서 가슴이 뭉클했습니다. 이전부터 효봉장학회 설립의 깊은 뜻과 故 조성열 선배님의 업적은 알고 있었지만, 이사님 내외분을 직접 뵙고 수여식에 참가해보니 고인의 숭고한 뜻을 몸소 느낄 수 있었습니다. 각박하고 힘든 세상에 이렇게 숭고한 정신을 갖고 계신 분이 나의 선배라는 점이 자랑스러웠고, 특히 이사님을 직접 뵈니 사진으로만 봤던 故 조성열 선배님의 모습이 보여 마음이 아렸습니다. 그리고 아무런 연고 없는 일개 대학생인 저에게 따뜻한 말씀과 정성의 장학금을 주시니, 한 학기를 여느 때와는 다른 단단한 마음가짐으로 시작했습니다.

故 조성열 선배님이 못다하신 학문의 열정을 후배로서 최선을 다하고, 훗날 사회에 진출해서도 나도 누군가에게 베풀 수 있는 아량 넓은 사람이 되겠다고 생각했습니다. 그리고 그 학기 최선을 다한 결과 성적최우수로 전액 장학금을 받았습니다. 모두 故 조성열 선배님의 깊은 뜻에 동기부여를 받고 열심히 한 덕분이었습니다.

故 조성열 선배님은 이사님의 생전에 보다 장래성 있는 MBA를 가라는 권유에도 농업은 이제 1차 산업이 아닌 환경이나 식량주권과 직결된 미래 산업이라며 농경제학 전공을 고집하셨고, 결국 미국행 비행기에 올라 워싱턴주립대에서 석박사 학위를 받으셨다고 알고 있습니다.

제가 효봉장학생이 된 다음 해였습니다. 미국의 중심에서 농경제와 관련한 일을 해보고 싶다는 꿈을 안고 미국으로 떠났습니다. 故 조성열 선배님이 하늘에서 도와주신 덕인지, 미국에서 포기하지 않은 노력 끝에 미국 워싱턴 DC 농림부(U.S. Department of Agriculture)에서 인턴쉽 기회를 얻었습니다. 거대한 대지를 갖고 있는 농업강국인 미국의 중심에서 일해본 경험은 그 어느 때보다 소중한 경험이었습니다. 농촌지역개발부서에서 일하며 농촌개발은 어떻게 이루어지고 있는지, 그 규모는 얼마나 실로 큰지, 농업보조금부서에서는 미국의 농업보조금제도가 얼마나 체계적인지 몸소 배울 수 있었습니다. 6개월 짧은 시간이지만 많은 것을 배웠습니다. 또 앞으로 더욱 학문을 정진하고 매사에 열심히 할 수 있는 명확한 동기부여를 받았습니다.

지금도 생각해 보면 선배님께서 항상 도와주시고 응원해주셨기에 생각지도 못한 좋은 기회를 얻을 수 있었다고 생각합니다.

미국에서 돌아와 복학을 할 때도 효봉장학회와 함께였습니다. 돌아와 다시 지원을 했는데, 감사히도 또 장학생으로 발탁해주셔서 한 번 더 감사의 장학금을 받았습니다. 당시 저와 함께 저만큼 감사하셨던 분들은 저희 부모님이셨습니다. 부모님께서는 두 번이나 베풂을 주셨으니, 사회에 나가면 꼭 두 분께 되갚고 사회에도 환원할 줄 아는 아량있는 사람이 되라고 하셨습니다. 그 당시 수여식에서 이사님 내외분께서 말씀하셨습니다. 당신들께 갚기보다는 이 다음에 사회에 나가서 베푸는 것이 당신들께 갚는 것이라고 하셨습니다. 두 번의 감사한 은혜로 저는 잊을 수 없는 값진 가르침을 얻었습니다.

효봉장학회가 앞으로도 많은 후배들이 힘과 격려를 받고 열심히 학문에 정진할 수 있는 지원군이 되고, 이젠 직접 뵐 수는 없지만 후배들의 마음속에 자랑스런 선배의 모습으로 항상 귀감이 되는 장학재단이기를 바랍니다. 저도 효봉장학회에서 받은 은혜에 항상 감사하며 다시 베풀 줄 아는 사람이 되도록 항상 정진하겠습니다. 식품자원경제학과의 유일무이한 장학재단으로서 효봉장학회의 위상과 위치는 후배들에게 항상 든든하고 숭고할 것입니다.

인재 양성의 못다한 꿈을 안고 돌아가신 故 조성열 박사님의 뜻을 항상 존경하고, 그분의 부모님으로서 이를 존중하고 끝까지 지지해주시는 이사님 내외의 사랑과 지지를 보며 부모님의 무한한 사랑을 느낍니다.

앞으로 효봉장학생으로서 배운 성실과 열정 그리고 부모님의 사랑과 은혜에 항상 감사하는 효(孝)의 미덕을 항상 간직하며 곧 다가올 졸업 후에도 효봉장학회가 자랑스러워할 훌륭한 인재로서 성장하도록 노력할 것입니다. 그리고 훗날 후배들에게 그리고 효봉장학회의 감사한 故 조성열 박사님과 이사님 내외분께도 자랑스러울 수 있는 효봉인이 되겠습니다.

언제나 감사할 줄 아는 사람이 되겠습니다.

자기 소개서

정재한(제1회 장학생)

안녕하십니까? 저는 고려대학교 식품자원경제학과에 재학생 04
학번 정재한입니다. 1984년 7월, 마산에서 출생하였으며 유년기의
대부분은 서울에서 보냈습니다. 2003년 2월, 서울고등학교를 졸업
했으나 실력이 뒷받침되지 못해 원하는 대학에 진학할 수 없어 재수
를 결심하기에 이릅니다. 약 10개월 가량의 피나는 노력 끝에 현재
제가 재학 중인 식품자원경제학과에 입학할 수 있었습니다.

2004년, 대학 입학 이후 2년간 휴학 없이 4학기를 마쳤습니다.
비록 1,2학년의 저학년 시기에 학업에 열중하지 못했지만 또래의 학
우들에 비해 많은 사회경험을 했다고 자부합니다. 학기 중에는 과외
를 해서 제 생활비를 마련하려 노력하였고 방학 동안에는 호텔과
스키장에서 일을 하며 잠시나마 사회경험을 할 수 있었습니다. 그
와중에 과내 축구소모임 '휘모리'에 가입하여 1학년 때는 학번을 대
표하는 기장으로, 2학년 때는 모임의 재정을 담당하는 총무로서 맡
은 바 임무를 다했습니다. 이 시기에 제가 가장 많이 배운 것은 과외
활동으로 번 돈이나 축구를 통한 승리보다는 돌아가신 성렬이 형을
비롯한 다양한 사람들을 만나고 그들과 어떻게 인간관계를 넓혀나
가는 방법이었다고 생각합니다.

저의 군입대 시기는 4학기를 마친 2006년 3월이었습니다. 입대 준비에 한창 바쁘던 2006년 2월, 아버지께서 돌아가셨습니다. 군입 대를 한 달도 채 남기지 않아 맞닥뜨린 일이라 저와 우리 가족의 슬픔은 무척 컸습니다. 돌아가신 아버지를 대신해 가장이 되어야 할 제가 마음도 채 추스르지 못하고 군에 입대하여서 주위 사람들이 걱정했던 것이 아직도 생생하게 기억에 남아있습니다.

하지만 하늘은 그 사람이 극복할 만큼의 시련을 주신다고 하는 말이 있듯이 아버지를 잃은 슬픔과 바로 이어진 군입대를 이겨낼 수 있었습니다. 오히려 다른 청년들이 기피하는 군생활은 저에게 있어서 많은 것을 배울 수 있던 기회였습니다. 주한미군 2보병사단에 서 카투사로 근무하면서 영어공부는 물론, 한국군과 미군들에게도 인정받을 수 있는 모범적인 군생활을 했다고 자부합니다. 지난 2년 간, 각종 훈련과 한미 우호활동을 비롯한 봉사활동까지 다양한 경험 을 할 수 있었습니다. 무엇보다도 각종 편견과 언어적, 신체적 불리 함을 극복하고 최고로 거듭났다는 뿌듯함과 그에서 비롯된 자신감 을 얻은 것이 가장 소중했던 군생활의 소득이었습니다.

자랑스러웠던 군 생활을 마무리하고 지체없이 복학을 했습니다. 저학년 시절과는 달리 이제는 학업에 열중하기로 결심했습니다. 달 라진 저의 모습을 보여주고 싶었고 군생활에서 얻은 자신삼을 바탕 으로 그간 부진했던 4학기를 뒤로 한 채 4.17의 성적을 거두었습니 다. 높은 학점을 얻기 위해 많은 시간을 학업에 투자한 것은 사실이 나 인간관계나 과외 활동도 결코 소홀히 하지 않았습니다. 축구소모 임 '휘모리'에 돌아가 예전과는 달리 선배로서 후배들을 이끌어나가 고 있습니다. 방학 동안에는 카투사에서 배운 영어와 외국인을 대하는 경험을 살려 제주대학교에서 진행된 영어캠프에서 강사로서 일을 했습니다. 또한 전공에 대한 더 높아진 지식을 바탕으로 농업정책대회에서 입상도 할 수 있었습니다.

앞으로의 진로를 결정하는데 있어 다소 미진한 부분을 보여왔지만 농업정책대회는 제 미래에 있어 커다란 전환점이 될 것이라고 생각합니다. 대회를 준비하면서 농업이 우리 국가 경제에 있어 얼마나 커다란 비중을 차지하는지 알 수 있었고 순수경제학보다 더 흥미로운 분야라는 것을 깨달았습니다.

사실 우리 나라의 농업 전망은 그다지 밝지 않습니다. 하지만 앞서 말한 바와 같이 시련은 극복해 나갈 수 있는 것이고 그 과정에서 더 발전할 수 있게 이끌어 주는 것이라 생각합니다. 우리 농업이 당면한 시련을 극복해 나가는데 제가 큰 힘이 되고 싶습니다. 그러한 역량을 갖추기 위해 대학원 진학을 생각하고 있으며 보다 학업에 집중하고자 합니다. 농업의 밝은 미래를 실현시키고자 하는 저의 꿈을 이루기 위해 금번 '효봉장학회'의 장학대상자로 선택되기를 부탁드리는 바입니다.

저라는 사람을 파악하는데 있어서 위의 내용이 부족할 수도 있고 하찮게 생각될 수 있습니다. 하지만 앞서 설명 드린 바와 같이 저는 제가 원하는 바를 위해 끊임없이 노력하고 있고 항상 그 이전보다 발전하고 있다고 자신 있게 말씀드릴 수 있습니다. 지금 저를 어떻게 평가하셨고 저의 미래를 어떻게 상상하시더라도 그 이상의 모습을 보여드릴 수 있습니다. 소모임 '휘모리'에서나, 군대에서나, 영어캠프에서나 저는 항상 남들이 제게 기대하는 몫 이상을 해냈고 앞으로 어디를 가든 마찬가지일 것입니다.

만일 제가 장학금을 수여 받게 된다면 자만하지 않고 그에 걸맞은 노력을 하겠습니다. 수여하신 분의 선택이 후회스럽지 않도록, 오히려 자랑스럽도록 큰 인물이 될 수 있도록 피나는 노력을 할 것을 약속드립니다. '최고가 아니더라도 최선을' 이라는 말이 있습니다. 최선을 다하는 것은 기본이고 최고가 되겠습니다. 제가 왜 이 장학금을 받아야만 했는지, 그 선택이 타당했는지 돌이켜 생각해 볼 필요조차 없도록 노력해서 효봉장학회를 빛낼 수 있는 사람이 되겠습니다.

자기 소개서

고영학(제11회 장학생)

안녕하십니까?

저는 이번 제11회 글로벌 효봉장학생으로 지원하게 된 식품자원경제학과 10학번 재학생 고영학입니다. 제가 신입생 때부터 학과 선배님의 유지로 설립된 효봉장학회에 대해서 들어왔고 마음속으로 동경해왔는데 직접 효봉장학생으로 지원하게 되니 감회가 새롭습니다. 이하에서 저의 성장과정과 대학생활, 그리고 미래포부 및 학업계획을 통해 저 자신을 돌아보며 소개해 드리고자 합니다.

1. 성장과정

저는 91년 8월 21일에 태어나 부천시, 구리시, 서울시 풍납동으로 잦은 이사를 하였습니다. 이후 제가 10살 때 안산시로 이사가, 그곳에서 제가 고려대학교 입학하기 전까지 10년여 간의 청소년기를 보냈습니다. 그렇지만 초등학교, 중학교를 졸업하고 고등학교는 안양외국어고등학교에 진학하게 되어 안산에서 살지만 안양으로 통학하는 고교생활을 하였습니다. 저는 고등학교에 진학하면서 제가 살던 안산시가 아닌 다른 지역에서 입학한 친구들을 만나게 되었는데, 돌아보면 이때가 제 가치관의 전환기가 되었습니다.

제가 안산시에서 살던 동네에는 가정형편이 어려운 급우들이 많았고, 중학교에서는 일상화된 욕설과 폭력, 절도 등이 다소 자연스럽게 받아들여지는 측면이 있었습니다. 그러나 고등학교에 진학해서 본 다른 지역 친구들은 욕설이나 폭력에 대해서 굉장히 다른 면모를 보였습니다. 이에 대한 관찰은 당시 저로서는 상당히 충격적이었고, 이를 통해 지역 간 청소년 문화의 차이가 크다고 느꼈습니다. 이런 체험 속에서 저는 교육과 문화가 청소년들의 가치관, 나아가 그들의 미래를 결정하는데 매우 중요하다는 생각을 하게 되었습니다.

　또 한가지 인상적인 기억은 학교주변 동네의 변화과정을 관찰한 일입니다. 제가 안양에 있는 고등학교에 진학하면서, 당시 학교 앞에 있던 공장폐허부지가 주변 미관 자체를 해치고, 나아가 그 동네 청소년들의 건전한 성장에도 방해가 된다고 느꼈습니다. 그런데 1년이 지날 때쯤, 그 공장부지의 주인이 안양시에 땅을 기부해서 지금의 '삼덕공원'이 생기게 되었습니다. 공원이 생기고 나서의 변화는 단순히 그 존재로 인한 미관개선 차원의 변화가 아니었습니다. 동네 소년들, 어르신들, 아이엄마 등 동네사람들이 모이는 장소, 주민들간 교류가 있는 장소로 변한 것이었습니다. 이때 뜻있는 한 사람의 선행으로 많은 사람들의 삶에 좋은 영향을 미칠 수 있다는 것을 느꼈습니다.

　이러한 고교 진학 후의 일련의 관찰들은 제가 공익적 가치관을 형성하는 결정적인 계기가 되었습니다. 대통령이든, 시장이든, 공무원이든 무엇인가 공익을 위한 일을 할 수 있는 직업에 관심을 가지게 되었고, 고등학교 3학년 수험생 시절에는 제가 살던 안산시장님께 편지를 써서 면담을 가지고 시장의 활동에 대해서 소개받는 시간을 갖기도 하였습니다.

2. 대학생활

2010년도 저의 신입생 시절은 갈등이 계속되는 시기였습니다. 흔히들 신입생시절에는 원 없이 놀아보라는 주변의 권유가 많았습니다. 대학에 입학한 지 3년이 넘은 지금 시점에서는 일리 있는 말이라고 느껴집니다. 물론 기본적인 학생으로서의 본분은 지키며 교우관계를 넓히고 다양한 사람들과 교류하라는 뜻을 가진 말이었을 것입니다.

하지만 신입생 당시 저는 조급했습니다. 신입생의 첫 학기 때 학교공부에 대한 열의가 느껴지지 않았고, 모순되게도 서둘러 무엇인가 꿈을 향해 다가가는 공부를 하고 싶었습니다. 방황하는 와중에 행정고시를 통해 공직자가 되어보겠다는 생각을 가지게 되었습니다. 그리고 여름방학에 신림동에 가서 행정고시 강의를 들었습니다. 이 때 친구와 유럽배낭 여행을 가기로 계획하였으나, 제가 수술을 이유로 비행기를 탈 수 없게 되어 고시공부를 일찍 시작하였습니다. 당시 어린 마음에는 친구와 여행가지 못한 것이 너무 아쉬웠지만, 지금 돌이켜보자면 '여행'이라는 것이 공간적으로 멀리 떠나는 것만을 의미한다고 생각되지는 않습니다. 자신이 어떠한 시점에서 어떠한 상황에 처해 있느냐, 그리고 무엇을 하고 있느냐 자체도 새로운 삶의 시작이라는 점에서는 여행일 것이고, 꿈꾸는 삶의 매 시간이 여행이라고 생각됩니다. 이런 마음으로 외로운 고시준비 시간을 견뎌내며, 학교공부도 소홀히 하지 않기 위해 노력하였습니다. 그 결과로 학기가 지날수록 학업성적도 개선되어가는 모습을 보게 되었습니다. 이로부터 자신감을 얻고 제 꿈을 보다 키워가게 되었습니다.

그럼에도 다소 아쉬운 것은 신입생 때 동기 친구들과 함께 노는 추억을 만들지 못했던 점입니다. 제가 수줍음이 많은 탓에 먼저 인사하며 손을 내밀지 못한 탓이라고 생각합니다. 수줍은 많은 성격을 고치고 싶어 가끔씩 도서관에 있는 친구, 선배들에게는 찾아가 인사를 건네려고도 합니다. 다행히 이후 동기친구들과 공부하며 만든 추억은 있어 위안이 됩니다. 이번 행정고시 2차 시험을 학교 도서관에서 준비하면서 열람실에서 만나는 동기친구들과 선배들의 응원이 큰 힘이 되었습니다.

3. 장래포부 및 학업계획

일찍이 공직자가 되기 위해 공부를 시작한 저는, 청렴한 공무원이 되고 싶은 포부가 있습니다. 세상에서 사람들은 지위가 높은 사람들만 바라보는 경향이 있습니다. 그리고 무엇이 되고자(be somebody) 하는 목표에만 치중하는 사람들도 있습니다. 사람의 본성은 자신이 가진 가치관을 실현하는 데 보다 높은 지위에서, 큰 영향력을 가지고자 하는데 있다고들 합니다. 물론 그런 본성이 있다는 것은 저 또한 마찬가지일 것입니다.

하지만 위인은 만들어진다고 하는 말이 있습니다. 스스로의 인성을 갈고 닦고, 이를 게을리하지 말아야 한다는 뜻으로 생각합니다. 저는 종종 일기를 쓰고 그날의 일을 돌아보는데, 일기를 쓸 때마다 많이 부끄럽기도 합니다. 그럼에도 제가 일기 쓰기를 멈추지 않는 것은 부끄러움을 알아야 실제로 부끄러움을 당하지 않는다고 생각하기 때문입니다. 일기장에 그렇게 반성하는 글을 써놓고도, 2주일만 지난 일기를 다시 읽어도 '내가 이런 생각을 했었던가?' 하며 깜짝 놀라곤 합니다. 이런 점을 생각하면 일기를 계속 써야 하는 이유는 명확합니다. 저는 평생에 걸쳐 일기를 계속 쓰며 수양을 계속하고 싶습니다.

공직자로서는 공익적 가치관을 실현(do something)하는데 충실한 사람이 되고 싶습니다. 누가 자신을 지켜보는 것과 관계없이 스스로의 본분을 다한다면 부끄럽지 않은 공직자가 될 수 있다고 믿습니다.

한편, 그저 성실하기만 해서는 훌륭한 공직자가 되기 어려울 것입니다. 수양에 못지않게 배움을 계속해야만 한다고 생각합니다. 이를 위해서 지금 수험생이지만, 또한 대학생으로서 학과공부에도 충실하며 교양과목도 적극적으로 수강하고 있습니다. 수험공부도 공부라고 하지만 엄연히 수험이기 때문에 이에 매몰되어서는 진정한 배움이 아니라고 생각하기 때문입니다. 앞으로ㄴ 저는 계속해서 경제학 대학원, 혹은 정책대학원에도 진학하여 유능하고 청렴한 공무원이 되기 위한 배움을 더 깊게 하고 싶습니다.

4. 장학금 신청 사유

요즘 많은 장학재단에서 배움의 뜻을 가진 학생들이 금전적인 어려움이 없이 학업에 매진하도록 하기 위한 장학사업을 시행하고 있습니다. 또한 국가적으로도 대학생들의 금전적인 어려움을 해소하기 위해 국가장학금 사업을 확장적으로 시행하여 이전에 비해 대학생들의 학업을 위한 뜻이 좌절되지 않고 있습니다.

저의 누나는 대학을 졸업하여 아직 직장생활을 하지 않고 수험생의 신분이기에 부모님의 부담을 덜어드리고 싶은 마음이 있지만, 사실 저는 공무원 가정에서 자라 크게 부유한 일은 없을지라도 학비를 걱정할 정도로 가정형편이 어려운 것이 아닙니다. 지금 당장 학비를 낼 형편이 아니더라도 학자금 대출을 통해 학업을 마치고 이후에 상환하는 방법도 있습니다. 대다수의 고려대학교 학생들이 이렇듯이 저 또한 학자금 대출을 이후에 상환해낼 능력은 자신 있습니다.

하지만 효봉장학회에서 수혜 받는 장학금은 단순한 장학금 그 자체로 끝나는 것이 아닐 것입니다. 제가 신입생 때부터 들어 알고 있지만, 효봉장학회는 학과 선배이신 조성열 박사님이 젊은 나이에 꽃 피우지 못한 재능을 후배들이 보다 활짝 피워내기를 바라는 마음으로 남기신 유지로 세워진 장학회입니다. 저는 장학금 자체보다는 효봉장학생이 된다는 사실이 보다 뜻 깊을 것이라고 생각합니다.

제가 기업인이 아니라 공직자를 희망하기에 앞으로 많은 돈을 벌지는 못할 것이지만, 친구들과 장학회를 설립해 보려는 뜻을 품고 있습니다. 그 실천계획으로 고시생인 저로서는 돈을 벌고 있지 못하지만, 제가 공부하는 시간 1시간당 100원으로 환산하여 적금을 들고 있습니다. 가끔씩 주변 어른들이 주시는 용돈도 제가 이후 장학회 활동을 하기 위한 자금으로 기여하기 위해 적금에 넣고 있습니다.

장학회는 단순히 금전적인 지원에 그치는 것이 아니라, 후학들에게 꿈을 키워주는데 더 큰 의의가 있다고 봅니다. 지금 효봉장학회도 설립된 이래 꾸준히 장학사업을 계속하여 어느덧 11회 장학생을 선발하게 되었습니다. 장학회의 수혜학생이 되어 선배님의 고귀한 뜻을 이어받는 것은 어느 후배들에게나 큰 영광일 것입니다.

감사의 글

조현제(08학번, 제10회 장학생)

먼저, '재단법인 효봉장학회'의 설립에 힘써주신 조덕행 이사장님, 정정자 여사님, 그리고 생명과학대학 김익환 학장님, 또 많은 관심과 지원을 아끼지 않으신 한두봉 교수님과 양승룡 교수님을 비롯한 효봉장학회의 모든 이사분들, 그리고 특별히 저를 추천해주신 박호정 교수님과 모든 식품자원경제학과 교수님들께 진심어린 감사의 말씀을 전합니다.

故 조성열 박사님의 깊은 뜻이 또 한 번의 결실을 맺는 오늘, 저는 이 자리에서 제10회 효봉장학생들을 대표하여 귀빈 여러분께 감사 인사를 드리게 된 것을 매우 영광으로 생각합니다. 효봉장학회의 적극적인 장학사업과 식품자원경제학과를 아낌없이 사랑해주신 마음 덕분에, 저를 비롯한 많은 학생들이 학비 마련에 대한 경제적인 부담에서 벗어날 수 있었습니다. 이렇듯 효봉장학생들이 공부에 더욱더 정진할 수 있게 해주셔서 진심으로 감사드립니다.

제가 2008년에 고려대학교 식품자원경제학과에 입학하여 신입생이었을 무렵, '재단법인 효봉장학회'가 창립되었습니다. 그 시절에 저는 장학금을 단순히 부유층에서 사회 환원 등의 긍정적 이미지 확립을 위해 제공하는 것이라는 어린 생각을 가지고 있었습니다. 하지만 효봉장학회와 故 조성열 박사님의 유지는 그런 생각들을 180도 바꿔놓는 계기가 되었습니다. 어려운 후배들의 앞길을 밝혀주시고자 했던 故 조성열 박사님의 훌륭한 뜻, 그리고 실제로 이러한 한 개인의 강한 의지를 시작으로 장학재단이 설립될 수 있다는 사실. 이 두 가지는 저에게 큰 감동으로 다가왔습니다.

그리하여 저는 故 조성열 박사님께서 어떤 삶을 사셨는지 자세히 알고자, 인터넷 홈페이지에 있는 약력과 사진들을 포함한 발자취를 살펴보았습니다. 그러한 발자취들을 통해 故 조성열 박사님께서 심신이 밝고 건강하며 얼마나 사람들과 어울리기를 좋아했었는지 조금이나마 그 시절의 모습을 짐작해 볼 수 있었습니다. 故 조성열 박사님께서는 학문에 대한 끝없는 열정, 친구를 소중히 여기는 마음가짐, 자신이 서있는 위치에서 늘 정진하며 남에게 베풀 줄 아는 성실하고 헌신적인 태도와 사회봉사정신을 지닌 분이었습니다. 특히 약력 마지막 줄에 적혀있는 '길고 힘든 투병생활을 뒤로 하고 임종' 이라는 그 짧은 문장을 읽는 순간 그 속에 담겨진 많은 이들의 안타까움과, 그 시절 힘겨웠을 故 조성열 박사님의 시간들, 그럼에도 지금의 효봉장학회가 있게 하신 故 조성열 박사님의 깊은 뜻과 강한 의지를 다시금 느꼈습니다.

제가 느끼기에 저희 효봉장학생들은 단지 장학금을 받아 일시적으로 학비부담을 덜었다는 생각에서 벗어나, 참된 효봉장학회의 일원으로서 앞으로 더 많은 후배들에게 故 조성열 박사님의 유지를 이어나갈 수 있도록 노력해야 할 것입니다. 그러한 노력의 일환으로 꼽을 수 있는 첫 번째는 故 조성열 박사님의 뜨거운 학구열을 본받는 것입니다. 열심히 정진한다면 세계 각 분야에서 손꼽히는 인재로 도약할 것입니다. 그리하여 우리 식품자원경제학과와 효봉장학회의 이름 또한 널리 알릴 것입니다. 다음으로 두 번째는 단순히 받은 만큼 베푸는 것에서 한 발 나아가 자신이 받은 것보다 더 많은 것을 나눌 수 있는 사람이 되는 것입니다. 사랑은 나눌수록 커진다고 합니다. 앞으로 점점 더 커져갈 뜨거운 사랑은 많은 후배들의 가슴을 따뜻하게 해줄 것입니다.

저희 효봉장학생들은 故 조성열 박사님이라는 하나의 굳건한 땅에 뿌리내린 나무와 같습니다. 저희 한 명 한 명이 故 조성열 박사님의 숭고한 유지를 밑거름 삼아 널리 가지를 치고 열매를 맺는 아름드리나무가 되겠습니다. 저희가 이곳에 있을 수 있게 해주신 박사님의 뜻을 잊지 않겠습니다.

저희들은 사회라는 넓은 바다에서 길을 헤매고 있는 배와 같습니다. 그러한 저희에게 효봉장학금은 故 조성열 박사님께서 후배들의 앞날을 따뜻하게 비춰주시고자 남기신 '사랑의 등대'입니다. 저희가 이 소중한 불빛이 영원히 꺼지지 않도록 최선을 다하겠습니다.

마지막으로 조덕행 이사장님을 비롯한 이 자리에 계신 모든 귀빈분들께 감사의 말씀 다시 한 번 올려드리면서, 감사의 글 마치겠습니다.

감사의 글

임세화(제2회, 제4회 석사과정 장학생)

저는 효봉장학회 제2회, 제4회 장학생 임세화입니다.

효봉장학회 장학생으로 선정되어 기뻐하던 때가 얼마 되지 않은
가 같은데 벌써 4년이라는 시간이 흘렀습니다. 어느덧 저는 파릇파
릇했던 20대에서 30대가 되었습니다. 그리고 효봉장학회의 도움으
로 학교를 졸업하고 사회의 일원이 되어 직장을 다니고 있습니다.
나이가 들고 일에 치여 하루하루를 보내다보니 효봉장학회에 대한
감사의 마음은 어느새 마음 한 쪽 케케묵은 먼지에 쌓여 있었네요.
효봉장학회에 관한 책자를 만든다는 어머니의 전화를 받고서야 저
의 망각을 탓하게 됩니다.

스스로 돈을 벌게 되면서 돈이라는 물건이 얼마나 사람을 즐겁게
도, 힘들게도 하는지 알게 되었습니다. 그리고 돈이라는 물건을 흔
쾌히 후배들을 위해 내려놓았던 故 조성열 선생님의 뜻과 그 뜻을
실천하고 이어가고 계시는 아버지, 어머니가 얼마나 고맙고 감사한
지요. 지금 저는 혼자 살기도 바빠 버둥거리고 있는데 병마와 싸우면
서도 후배들을 걱정했던 故 조성열 선생님의 마음이 깊은 울림을
줍니다.

시간이 너무나 빨리 흘러 어느덧 2013년이 가고 2014년이 되었습

니다. 얼마 전에 읽은 명로진의 〈젊음과 늙음〉이라는 글에 이런 구절들이 있더군요.

'젊다'는 형용사이고, '늙다'는 동사다. 형용사는 양태를 나타내고 동사는 움직임을 뜻한다. 그러므로 젊다는 건 순간이고 늙는다는 건 쉼 없이 지속된다. 형용사 시절엔 인생이 늘 젊음으로 가득찰 것이라 생각한다. 그러나 젊은 나날에 저질렀던 실수를 수습하기도 전에, 우린 무지막지한 동사의 침범을 당한다. (중략)

그렇다면 도대체 무엇이 가치 있고, 무엇이 영원한 것인가? 권력? 보석? 맹세? 돈? 예술? 사랑? 모든 가치 있는 것은 부질없다. 모든 영원한 것은 순간적이다. 모든 아름다운 것은 헛되다.

사랑이 형용사가 아닌 세상에 살고 싶다. 살아오면서 사랑 하나 갖지 못했던 이유는, 늘 동사로 늙어가는 내 추함 때문이다. 늙어도 변하지 않는 사랑을 알고 싶다. 타락하고 문란하고 퇴색한 이 땅에서, 오롯이 솟아 오른 뿔 같은 사랑 하나 간직하고 싶다. 온 놈이 온 말을 하여도 짐작하는 님 하나 품고 싶다. 허나 나 스스로의 변덕을 나조차 제어하지 못하니 어느 누가 내 님이 되어 준단 말인가. 강철 같은 사랑, 변하지 않는 사랑, 순수한 사랑을 가진 형용사 시절의 그가, 오늘은 눈물 나도록 그립다.

시시각각 변해가는 세상에서 늙어도 변하지 않는 사랑이 있을까요? 돌려받지 못할 것을 알면서도 주고자 했던 故 조성열 선생님의 사랑이 이런 사랑이 아닐까요. 저에게도 강철 같은 사랑, 변하지 않는 사랑, 순수한 사랑을 나눠주신 선생님께 깊은 감사와 존경을 표합니다.

자기 소개서

이상언(제2회 장학생)

마을의 자랑이었던 아이

드넓은 논과 밭 사이에 드문드문 작은 집들만이 여유롭게 펼쳐져 있고 한 시간에 한 대씩 다니는 버스보다 비행기가 더 자주 지나다닙니다. 김해공항 옆에 위치하여 몇 십 년째 개발제한구역에 묶여 어떻게 할 수 없는 땅이지만 오히려 외지인 없이 조용히 농사지을 수 있어서 좋다고 말씀하시는 할머니들이 계십니다. 앞집, 뒷집, 옆집에는 할머니, 할아버지들뿐인데다 또래 친구들까지 없어 늘 외로웠지만 그들의 모든 관심과 사랑을 독차지하며 자란 아이가 있었습니다. 항상 웃는 얼굴에 인사성이 밝았고 공부도 제법 잘하였던 그 아이는 마을의 자랑이었습니다. 할머니들을 대하시는 부모님을 보며 공경을 익혔고 여유를 가질 수 있었으며 행복을 베풀 줄 아는 청년으로 자랐습니다.

한편으로는 매일매일 열심히 땀 흘려 일하지만 넉넉하지 않은 살림살이에 늘 마음 졸이며 살아가시는 할머니들을 보며 정체된 농촌의 현실을 걱정하는 청년으로 자랐습니다. 시간이 흘러 그 청년은 부산외국어 고등학교 프랑스어과를 졸업하고 고려대학교 식품자원경제학과에 입학하게 되었습니다. 마을 사람 모두가 하나되어 기뻐하였고 축하해 주었습니다. 물론, 마을잔치도 열렸습니다. 돼지를 2마리나 잡았고 마을 어귀 작은 도랑 위 돌다리에는 길다란 현수막도 걸렸습니다.

농업경제학에서 갈증을 해소하다

수능시험을 보고 대학에 지원하였을 무렵 다른 이들과 마찬가지로 저 역시 많은 고민을 하였습니다. 경제학과를 갈 수 있었고 경영학과도 갈 수 있었습니다. 생소한 학문보다 익숙한 학문에 대한 도전이 더 안정적으로 다가오기도 했습니다.

하지만 저는 식품자원경제학과를 선택하였습니다. 제가 나고 자란 농촌의 현실을 누구보다도 더 잘 알기에 그들을 위해 무언가를 꼭 해야겠다고 생각했기 때문입니다. 그러기 위해선 현실을 알아야 했고 학문의 습득이 필요했습니다. 계속적인 보조와 정책개선에도 불구하고 나아지지 않는 농촌의 문제점을 알고 싶었습니다. 더 나아가 해결책을 찾고 싶다는 바람도 있었습니다. 훌륭한 교수님들의 보석 같은 강의 속에서 저의 학문적 갈증은 조금씩 사라질 것만 같았습니다.

그런데 배움이 더해감에 따라 엄청난 크기의 무지가 실체를 드러내며 공부할 것이 점점 더 많아졌고 배움의 갈증은 좀처럼 해소되지 않고 있었습니다. 그럼에도 저는 답답해하거나 마음 졸이지 않습니다. 마르지 않는 샘처럼 항상 저의 갈증을 해소시켜주는 교수님들이 항상 주위에 계시기 때문입니다.

한 걸음 한 걸음 충실히 그리고 천천히…

토머스 프리드먼의 ≪렉서스와 올리브나무≫를 읽었습니다. 모든 나라가 문을 활짝 열었고 세계는 하나라고 외치며 점점 올리브 나무 울타리를 무너뜨리고 있습니다. 어떤 나라는 위기가 되었고 또 다른 나라에는 기회가 되었습니다. 우리나라는 적어도 농업영역에 있어서는, 이 변화를 위기로 인식하였던 것 같습니다. 최근에 들어서야 위기를 기회로 바꾸자는 목소리가 높아지고 덩달아 여러 활동도 생겨나고 있습니다.

이러한 흐름에 작게나마 도움이 되고 싶습니다. 대한민국 농업을 위하여 세계를 상대로 이 문제를 걱정하고 싶고 협상하고 싶고 큰 소리도 치고 싶습니다. 그래서 이중전공으로 프랑스어를 선택하여 공부하고 있으며 완벽한 의사소통을 목표로 설정하고 졸업할 때까지 지속할 예정입니다.

지금까지 공부하였던 경제학의 미시적인 개념을 바탕으로 남은 학기 동안은 협상과 무역부분을 공부할 예정입니다. 그리고 한국의 문제를 세계와 논의할 수 있는 창구인 국제기구에 대해 관심을 가지고 공부하고 있습니다. 이와 같은 맥락으로 이번 2009 korea Model United Nations 회의에 Delegate 자격으로 참가하여 국제기구의 역할을 체험할 수 있었고 여러 이슈에 대한 해결책을 이끌어 내는데 한 몫 하기도 하였습니다. 앞으로도 각종 토론회나 모의 회의에 참가할 예정입니다.

세계 속의 대한민국 그리고 나

해가 갈수록 더 우수한 인재들이 식품자원경제학과의 문으로 들어와 더욱 발전된 모습으로 사회로 나가고 있습니다. 이것은 농촌 경제의 밝은 미래를 의미합니다. 고차원적인 접근이 이루어질 것이고 농업인들만이 걱정하고 연구하는 제한된 문제에서 벗어나 대중의 관심을 끌 수 있는 폭넓은 사회 이슈로 자리매김할 것입니다. 더 나아가 세계무대에서 다루어질 대한민국의 농업 문제에 대한 중요성이 부각될 것이고 발전된 해결을 위한 목소리도 높아질 것입니다.

이러한 앞으로의 분위기에서 사람들의 기대에 부응하는 사람이 되고 싶습니다. 다른 나라와의 지속적인 접촉을 통하여 대한민국 농업이 세계 속에서 중요한 역할을 차지하도록 만들고 싶습니다. 더불어 대한민국의 위상을 드높이고 싶습니다.

마지막으로, 그 옛날 동네 할머니들이 생각납니다. 지금은 이미 돌아가시고 안 계시지만 그들의 자식들에게는 잃어버린 웃음을 되찾게 해주고 싶습니다. 농촌에서 희망을 발견할 수 있다는 사실을 깨우쳐주고 싶습니다.

자기 소개서

1. 성장과정

저는 1988년 6월 4일, 2남 중 장남으로 서울에서 태어났으며, 어린 시절은 과천에서 보내고 초등학교에 입학할 무렵 서울시 동대문구 회기동으로 이사를 왔고 초등학교 2학년 무렵 다시 이사를 가게되어서 지금까지 서울시 서초구 반포본동에서 생활하고 있습니다. 어렸을 적부터 몸이 약해서 자주 아팠지만 부모님의 보살핌 아래에 잘 극복해내고 최근에는 운동을 통해 건강해질 수 있었습니다.

2. 성격 및 삶의 태도

본래 낯을 많이 가리는 성격이라 처음 본 사람과는 말이 별로 없지만 한번 친해진 사람과는 굉장히 끈끈한 관계를 형성하고, 어울리기 좋아합니다. 초등학교 3학년부터 중학교 3학년까지 한 차례를 제외하고 계속해서 학급 임원 일을 해왔기 때문에 한 집단을 통솔하는 일에도 굉장히 능한 편입니다.

또한 평소에는 유순하지만 내가 진정 원하거나 올바르다고 생각하는 일을 위해서는 적극적으로 대처할 자신이 있습니다.

3. 지원 동기

작년 9월에 사업을 하시던 아버지께서 뇌동맥 파열로 갑작스럽게 돌아가셨습니다. 이 때문에 현재까지 가계에 수입이 전혀 없는 상태여서 제가 중·고등학교 학생들을 대상으로 과외 수업을 해서 용돈을 마련하고 있습니다. 학업과 용돈 마련을 동시에 하다 보니 다양한 아르바이트를 하기엔 시간이 부족해서 과외 수업만 하고 있는데 보다 다양한 아르바이트를 통해 여러 가지 사회활동을 못한다는 점이 아쉽습니다. 또한 고려대학교의 등록금도 워낙 고가이다 보니 학업을 계속하기가 부담스러워 효봉장학금을 신청하게 되었습니다.

4. 앞으로의 포부

글로벌 기업의 지도자가 되는 것을 목표로 고려대학교에 입학한 뒤 외국어와 경제학 공부에 힘써왔던 저에게 있어서 이번 효봉장학금은 큰 도움이 될 것입니다. 돌아가신 아버지께서도 생전에 항상 나누며 살아가는 삶을 강조하셨고 뇌사로 인해 돌아가시는 순간에도 장기기증을 통해 다섯 명의 새 생명을 살리셨습니다.

아버지와 같이 나눔의 뜻을 고려대학교에서 널리 펼친 고(故)조성열 박사님이 발족하신 효봉 장학금을 통해 학업을 성취한다면 아버지와 조성열 박사님께서 몸소 실천하신 나누며 살아가는 삶의 자세를 제 가슴속에 더욱 깊이 새기는 계기가 될 것입니다.

이러한 효봉장학금의 지원이 제 꿈인 글로벌 기업의 CEO에 가까이 다가갈 수 있도록 도와 줄 수 있으면 좋겠습니다. 글로벌 리더로 성공한 뒤에는 효봉장학금의 뜻을 이어 받아 저와 같이 어려운 형편에 있는 학생들을 도와주는 일에 적극 동참할 것을 약속드립니다.

자기 소개서

손희정(제5회, 제6회 장학생)

저는 우여곡절 끝에 고려대학교에 입학하게 되었습니다.

고등학교 때 입시를 실패한 후 대학 가기를 포기할까도 생각해 봤었지만, 집안과 엄마, 아빠의 학벌을 생각해 봤을 때, 나도 대학을 가지 않으면 안 되겠다는 생각이 들어 편입이라는 제도를 알게 되어 학사편입을 통해 3학년으로 고려대학교에 편입하게 되었습니다.

중학교 시절에는 잠시 일 년 반 동안 유학을 갔다왔기 때문에 남들보다 한 학년 아래에서 학교를 다녀서 동급생들보다 한 살이 더 많은 채로 학교를 다녔습니다. 그래서 더 남들보다 뒤처지지 않기 위해 더 노력했습니다.

원래 미술을 전공하려고 했으나 실기로 대학을 가는 것이 쉽지 않아서 방향을 틀어 미술을 가르쳐 주는 사람이 되고자 고려대학교 고고미술사학과에 지원하였습니다. 이 과를 나오면 '큐레이터'라는 직업에 많은 도움이 된다고 하여 더 큰 포부를 가질 수 있었습니다.

과 특성상 공부를 많이 하면 할수록 좋다고 하여 이 과를 들어온 이상 대학원까지 진학하여야겠다는 꿈을 자연스레 갖게 된 것 같습니다. 그리하여 밤낮으로 고민한 결과 대학원 진학을 하여 큐레이터가 되지 못한다 하더라도 교수님이라는 직업을 가질 수 있게 노력해

보고자 마음을 먹었습니다. 워낙 성격이 털털하고 사람들과 어울리는 것을 좋아하는 성격이기 때문에 주위에서도 잘 맞을 것 같다고 하였습니다.

이렇게 꿈은 크지만 편입으로 학교를 들어왔을 때 학교생활이 그리 순탄치만은 않았습니다. 3학년으로 편입했기에 갑자기 알 수 없는 내용들이 수두룩했으며, 1~2학년 과정 없이 바로 3학년으로 들어왔기 때문에 더 열심히 공부해야 했습니다. 비록 열심히 공부하고 따라잡으려고 노력했지만 성적이 생각했던 것보다 그리 높지 않게 나와 맘처럼 쉬운 것이 아니다 라는 것을 알았습니다.

하지만 남들보다 같은 조건이 아닌 조금 다른 조건에서 시작한 입시, 편입, 학교생활들이 저의 의지력을 더 불타오르게 만들었습니다. 이번만으로 좌절하지 않고 실패를 딛고 일어나 편입에 성공했듯이 이번에도 좋지 못한 성적을 토대로 더 좋은 성적을 받기 위한 밑거름이라고 생각할 것입니다. 또 저의 장점 중 하나인 '긍정적인 마인드'로 긍정적으로 한 걸음, 한 걸음 더 도약해 나갈 것입니다.

노력이라는 것은 내가 하는 만큼 따라온다고 생각합니다. 앞으로 이 꿈을 위해 또 내가 이루고자 하는 바를 성취하기 위해 노력하고 또 노력할 것입니다.

식자경 마음의 고향 '효봉장학회'

김동원(05번, 장학생)

효봉장학회와의 인연이 시작된 때가 2010년이니 효봉과의 인연이 어느덧 5년이 되었습니다. 세월이 참 빠르네요.

되돌아보면, 효봉과의 인연의 시작은 참 단순했습니다. 대부분의 복학생들이 그렇듯, 군 입대 전 방탕(?)했던 생활을 청산하고 새로운 마음으로 시작하고자 했습니다. 운이 좋게도 학점은 기대보다 잘 나왔고 이에 장학금을 신청해 보고자 했습니다. 그렇게 첫 인연이 닿은 곳이 효봉이었습니다. 사실, 인연이 닿기 전까지 효봉장학회는 많은 장학회 중 하나 그 이상도 그 이하도 아니었습니다. 넉넉하신 와중에 좋은 뜻을 가지고 어려운 일을 하시는구나 라는 생각이었죠. 아마도, 많은 장학생들이 장학재단에 대해서 저 같은 생각을 하시리라고 생각합니다.

그러나 장학금 신청을 위한 에세이를 쓰게 되고, 효봉장학회와 인연을 이어가기 시작하면서 그런 생각들은 바뀌기 시작했습니다. 젊으신 나이에 먼저 세상을 등지신 90학번 조성열 선배님의 이야기를 듣게 되었고, 조 박사님의 뜻을 이어가신 조덕행 이사장님과 정정자 여사님의 말씀을 들을 수 있게 되었습니다.

저는 특히, 돌아가신 조 박사님의 뜻을 이어가신 조덕행 이사장님과 정정자 여사님의 마음에 큰 감동을 받곤 합니다. 지난 5년간의 세월 동안 뵈온 조덕행 이사장님과 정정자 여사님은 다른 장학회를 운영하시는 이사장님들처럼 큰 부자가 아니십니다. 대궐 같은 집에 사시지도 않고, 멋진 자가용을 끄시지도 않습니다. 어르신들은 우리가 흔히 볼 수 있는 소위 국민주택에 기거하시고, 10년도 넘은 국산 승용차를 타고 다니십니다. 장학회라는 것은 소위 경제적으로 크게 성공하신 분들이 후학 양성을 위해서 혹은 여러 가지 목적을 가지고 설립하셨다는 편견을 가지고 있던 저는 제 생각을 되돌아 볼 수밖에 없었습니다.

대신 두 분은 마음은 누구보다 부자이십니다. 효봉 이사진들은 반년에 한 번씩 장학회 운영과 관련한 회의를 위해 두 분 어르신댁을 방문하곤 합니다. 그때마다 어르신들은 항상 상다리가 휘어질 정도로 푸짐한 상을 차려주십니다. 그 중 여사님이 항상 준비해 주시는 오리 고기는 정말 일품입니다. 더불어 홀로 자취하는 04학번 백진규 선배에게는 항상 과일과 밑반찬을 싸 주시면서 모자란 건 없는지 식사에 부족함은 없는지, 친자식을 돌봐주시듯 사랑을 베푸십니다. 당연한 일 아니냐고 반문할 수도 있습니다. 그러나 여든을 앞두신 어르신들께서 장을 보시고, 요리를 준비하시고 하는 번거로움을 생각해 본다면 어르신들 입장에서는 밖에서 맛있는 식사를 사 먹이는 것이 더 쉬운 일입니다. 한 끼의 식사가 아니라 한 끼의 사랑입니다.

식사 후에는 항상 말씀하십니다. 고 조성열 박사께서 우리들 마음속에서 영원히 살아주시면 된다구요. 사실, 생전에 조 박사님을 뵌 적은 한 번도 없지만 두 어르신의 사랑과 정성으로 제 마음 한켠에는 조성열 박사님이 늘 살아 계십니다. 아마, 이는 효봉장학회의 사랑을 맛본 모든 이들에게 마찬가지일 것이라고 생각합니다. 사랑의 씨를 뿌리시고 거름을 주시고 물을 주시는 두 어르신의 뜻은 이렇게 자라나고 있는 것 같습니다.

하지만 두 어르신의 사랑과 더불어 마음의 빛 역시 커지는 것이 사실입니다. 가끔 찾아뵙고 연락드리는 것 외에는 무언가를 하지 못하는 것이 사실이니까요. 사회 초년병으로 제 몫을 찾아가는 과정 속에서 바쁘다는 핑계로 두 어르신들과 장학회를 위한 큰 도움이 된 적은 없는 듯 합니다. 어르신들을 찾아 뵐 때마다 마음 한 켠이 무거운 이유인가 봅니다.

사실, 이 같은 현상은 저만의 부채의식은 아닐 것이라고 생각합니다. 많은 장학생들이 효봉장학회 수여식 공지를 받을 때마다 가야한다는 마음은 있지만 선뜻 발걸음이 떨어지지 않을 겁니다. 재학생은 재학생대로, 졸업생은 졸업생대로 여러 가지 사정이 있으니까요. 하지만 항상 아쉬움은 금할 수 없습니다. 짧지만, 사회생활을 시작해 보니 학교 때 절친했던 친구들을 만나기도 쉽지 않은 것이 사실입니다.

그러다 보니 본인이 속한 집단 외의 이야기를 듣는 것 역시 어려운 일입니다. 효봉장학회 수여 학생들의 반만 모일 수 있어도 들을 수 있는 이야기는 무궁무진할 텐데 말이죠.

저는 효봉인들에게 효봉장학회가 가질 수 있는 가치는 매우 높다고 생각합니다. 먼저, 재학생들의 입장에서 생각해 보면 효봉 장학회는 사회에 진출한 선배들을 만날 수 있는 장입니다. 제 학창 시절을 되돌아보면 제대 후 복학했을 때 가장 안타까웠던 점은 졸업 후 진로에 대한 이야기를 들을 창구가 많지 않았다는 점입니다. 대학원

진학은 어떤지, 내가 취업하고자 하는 진로에는 어떤 장단점이 있는지에 대해서 제한된 정보만 들을 수 있었습니다. 어떤 선배가, 어떤 동기가 어떤 직장에 취업했다더라 말은 듣지만 구체적으로 만날 수 있는 기회는 제한되기 마련이었죠. 이런 점에서 효봉장학회는 만남이라는 기회를 넓힐 수 있는 장소입니다. 선배들은 생각보다 다양한 분야에 진출해 있고 관심만 있다면 그들의 산 경험을 들을 수 있기 때문이죠. 저희 모교 출신중에 합당한 이유 없이 밥 혹은 술을 사달라는 후배를 거절한 사람을 본 적 있나요.^^;

두 번째로 효봉장학회 수여식은 졸업생들의 만남의 장으로서도 훌륭한 기능을 합니다. 앞서 잠시 말씀드린 것처럼 졸업하고 나면 각자의 삶이 바빠서 절친했던 친구들끼리도 만나지 못하는 경우가 허다합니다. 특히, 사회 진출 분야가 달라지면 더욱더 그러기 마련이죠. 저도 제가 속한 산업군의 친구들 이외에는 만나서, 이야기를 듣기 쉽지 않다는 것을 느끼곤 합니다. 저는 효봉 장학회가 이 같은 정기적인 만남의 마당이 될 수 있다고 생각합니다.

아는 것보다 배워야 할 것이 많은 까마득히 어린 나이이지만, 되돌아보면 항상 아쉬웠던 것은 사람이었습니다. 그리고 앞으로도 아쉬움으로 남을 점은 사람이라고 생각합니다. 하지만, 우리가 고려대학교에서, 식품자원경제학과라는 끈으로 이어졌듯이, 효봉장학회는 그 끈을 튼튼히 해줄 수 있는 훌륭한 모임입니다. 우리에게 관계의 터전을 마련해 주신 고 조성열 박사님과 조덕행 이사장님, 정정자 여사님의 마음을 생각한다면 그 소중함은 더 커집니다.

주제에 벗어나는 이야기를 하자면, 이번 교황님이 방한하시면서 느낀 점이 있었습니다. 소셜미디어에는 교황님의 훌륭하신 인품을 칭송하는 글들이 연이어 올라오더군요. 나눔과 사랑에 대해서요. 저는 효봉의 정신이 이런 나눔과 사랑에 근접한 형태가 아닌가 감히 상상해 봤습니다. 부끄러운 점이 많고, 게으른 저지만 효봉의 나눔과 사랑이 좀 더 큰 울림을 줄 수 있도록 아주 조금만 노력해 보고자 합니다.

효봉장학회와 고려대학교 파트너십-조성열 박사 흉상 및 감사패 수여 모습

東亞日報
The Dong-a Ilbo

高大新聞

kukey.com 2010년 4월 12일 1640호

"아들 못다한 연구 후배들이 이어주길"

>>> 효봉장학회

"아들이 유지로 남긴 장학회는 소중한 선물"

효봉장학회의 발전방향

제 5 부

효봉장학재단의
현재와 미래

노부부의 아름다운 삶

변영희(실버넷뉴스 기자)
haeving@silvernetnews.com

효봉장학회 조덕행 이사장, 정정자 설립자

아들 잃은 슬픔을 장학 사업으로

조성열 박사는 2004년 미국에서 박사학위를 취득한 후 귀국하여 한국농촌경제연구원에서 연구원으로 근무하였다. 조 박사는 임파선암이 발생, 2년여의 투병 끝에 2006년 8월, 35세로 생을 마쳤다.

고 조성열 박사의 부모인 조덕행(76), 정정자(72) 부부를 만났다. 노부부는 아들이 임파선암(악성 림프종)을 앓으면서도 '나'라는 개인보다는 우리, 후배, 학교, 나라를 사랑하는 마음이 지극했단다. "경제적 어려움으로 학업을 계속할 수 없는 후배들에게 안심하고 공부하여 졸업 후 국가와 사회에 이바지할 수 있는 인재양성에 힘써 달라"고 부탁을 했다고 말했다.

조덕행, 정정자 부부는 아들의 숭고한 뜻을 받들어 조성열 박사의 호인 효봉을 따서 효봉장학재단을 설립, 2008년 가을 학기부터 1년에 두 차례씩 4회에 걸쳐서 고인이 몸담았던 고려대학교 생명과학대

학 식품자원경제학과의 대학
원생과 학부생 44명에게 장
학금을 수여한 바 있다.

평생 동안 애써 모은 사재
를 몽땅 털어 효봉장학재단
을 설립한 주인공 조덕행, 정
정자 부부가 장학회 사무실

효봉장학회 사무실

로 사용하고 있는 서울시 양천구 목동의 〈효봉장학재단〉을 방문했
다.

큰 길에서 벗어나 목 3동 성당으로 가는 골목길로 들어서자 삼거
리 오른쪽 내리막길 초입에서 화제의 〈효봉장학회〉 간판을 발견할
수 있었다. 사무실 임대료를 절약하기 위해 신협 건물 한 귀퉁이에서
장학재단의 업무를 보고 있다는 이들의 첫인상은 겸허함과 검소함
바로 그것이었다.

—장학재단을 설립하시는 과정에서 혹 가족들의 반대나 어려움은
없으셨는지요?

"물론 전폭적으로 지지를 하거나 찬성을 한 것은 아닙니다만 고인
과 우리의 뜻을 살 이해해 주었습니다."

—적지 않은 금액을 출연하셨는데 장학금 기금조성에 어려움은 없
었으며, 영구적으로 장학사업을 진행시키기 위하여 이 사업을 맡아
줄 후계자 구상은 해 놓으셨는지요?

"미국에 사는 큰아들이 사업 시작에서부터 '빌 게이츠'의 사회 환

원과 기부에 대해 예를 들면서 적극 지지를 했습니다. 현재 가지고 있는 자산을 잘 운용하면 그것은 별 문제가 없을 것으로 봅니다.”

—장학금 수혜자 선정은 어떤 기준과 방식을 적용하고 계십니까?
"교수 2명의 추천서와 성적표, 그리고 자기 소개서를 통하여 장래 계획이나 포부, 인성 등을 조덕행 이사장님과 이사진, 해당 학과 교수님들이 공동으로 면밀히 검토합니다.

—장학사업을 추진 시행하시면서 가장 보람 있었던 일이라면 어떤 것이며, 애로사항이 있다면 무엇입니까?
"선정 후보자로 올라온 학생들의 성적이 좋아서 갈수록 선별하기 어려운 점을 들 수 있습니다. 성적이 뛰어난 학생 수가 점점 늘어나고 근래엔 여학생의 성적이 더 우수한 편입니다.
특기할 것은 이미 제1기 효봉장학금을 받은 학생들 스스로가 자부심을 느끼고 있으며 그들이 학업을 마치고 사회의 일원으로 진출하여 두각을 나타내고 있다는 사실입니다. 직접 찾아오거나 전화로 알려오는데 이는 매우 고무적이고 내 자식의 일처럼 큰 보람이고 감동입니다.
애로사항이라면 장학기금으로 출연한 것이 건물 등 부동산이 대부분이므로 기일 내에 기금 조달이 어려운 경우를 겪기도 합니다. 연간 경비를 포함하여 5천만 원에서 7천만 원에 이르는데 빚을 낼 수도 없고 정말 속이 탈 때가 있습니다.”

—끝으로 정부당국이나 대학본부에 부탁하시고 싶은 점과 앞으로

의 계획에 대해 말씀해 주십시오.

(이 대목에서 남편되는 조덕행 이사장이 부인 정정자 여사에게 말 머리를 돌렸다.)

"이것은 어디까지나 저희 막내아들 고 조성열 박사의 유지와 저의 친정아버님께서 여자라는 이유로 중학교 진학조차 만류하셨어요. 그래서 저는 차후에 성인이 되면 여학교를 설립, 여자들을 교육하겠다는 희망을 품었던 결과라고 생각합니다. 기왕 어렵게 시작한 일이니 대대손손 이 사업을 진행해 나갈 것입니다. 결국 어릴 때부터 하고 싶었던 일을 하는 셈이지요."

그들은 더 많은 학생들의 학업성취를 위하여 출연금을 늘리는 방법을 모색하고 있으며, 학생 한 사람이라도 더 장학금 수혜를 받을 수 있도록 장차 후원회 결성과 부동산 처분 등 구체적이고 다각적인 면에서 연구 노력하고 있다고 말했다.

70대를 넘어선 이들 부부는 오직 한 마음으로 막내아들의 죽음을 육영사업으로 승화시켜 대학과 사회의 등불이 되고자 하는 소원 외엔 다른 것은 일체 찾아볼 수 없었다.

아들의 유언을 받들어 흔쾌히 사재를 털어 아들이 다녔던 학교의 후배들에게 학업성취를 이룰 수 있도록 장학금을 수여하는 이들 부부는 이젠 사랑하는 막내아들을 암으로 잃은 슬픔 대신 더 많은 아들을 얻게 되었다고 말했다.

이러한 학교사랑, 사회사랑, 나라사랑의 정신이 전 세계로 확장되어 나가기를 바라면서 〈효봉장학재단〉을 나섰다.

보고 싶은 아들아

정정자(故 조성열 박사 어머니)

내 가슴속에 묻혀있는 막내아들 조성열 박사!

너를 하늘나라로 보내던 날은 왜 그렇게도 비가 억수같이 쏟아졌는지? 영구차에 너를 싣고 고려대 부속병원 영안실로 가는 동안 나는 몰래 홑이불을 젖히고 네 뺨을 비벼대며 통곡을 했지. 점점 차가움을 느끼며 산 자와 죽은 자는 그렇게 온도 차이로 판가름이 나는 것을 느꼈다. 팔, 다리, 눈, 코는 다 있는데 차가워지고 굳어져 가는 네 몸에 내 따스함으로 녹여 줄 수는 없을까 하고 홑이불 속에 같이 누워도 보았다. 어느새 차는 병원에 다다랐고 네가 냉동실에 들어갈 때 나는 너와 내가 바뀌었어야 하는데 하고 생각하는 순간, 문이 닫히면서 그때 나는 수의(壽衣) 생각이 났다.

"수의를 입혀야지요?"

"아드님은 이제 우리 병원 물건이지 어머님의 아들이 아닙니다. 우리가 다 알아서 할 테니 저리 비키세요!"

하면서 냉정히 떠밀더라.

아니, 내 자식이 아니라니, 그리고 물건이라니? 너는 왜 시신을 기증하라고 했는지 원망스럽기도 했단다. 그러나 현실은 장례식장. 손님을 초대해야 하는데 20평짜리 구석진 방과 가장 넓은 99평 방

2개뿐이었다. 네 아버지는 "장가도 못 가고 떠났는데 작은 방이어야한다."고 했다. 그러나 나는 너의 성격을 안다. 자신의 생활은 짜고아끼지만 남한테 베풀 때는 크고 화려하게 한다는 것을.

"여보! 성열이 성격은 작고 구석진 방 싫어해요. 큰 방으로 합시다."

작은 매형은 "박사가 죽었으니까 신문에 내자."고 하지 않았겠니?그러나 아빠 엄마는 친구들이 알까봐 싫다고 했다. 그러나 까만 양복을 입은 젊은이들이 밀려오는데 그 방이 꽉 차서 열 살도 채 안된너의 쌍둥이 조카들이 신발을 정리하기 바빴단다. 고등학교 때 퇴학맞은 친구, 대학 못 가고 놀던 친구, 박사, 판사, 교수 다양한 친구들이 경상도 전라도 부산 등지에서 몰려오는데 나는 내 아들의 인간성의 폭넓음을 짐작도 못했으니 이게 엄마인가 싶었다.

부모는 자식이 커 가는 것을 모르고 더군다나 6년이란 긴 세월을멀리 떨어져 있었기 때문에 중·고등학교 시절 공부 안 하고 놀기만좋아한다고 야단쳤던 그 모습 그대로만 내 가슴속에 새겨져 있었는데…. 너의 속마음을 전혀 헤아릴 줄 모르고 외국 가서 우리 아들장학금 받고 생활비 150불씩 받아 돈 한 푼 안 들이고 공부한다고자랑만 했다. 인격적으로 이렇게 나무랄 데 없이 성장한 훌륭한 아들을 미처 몰라보았다니.

엄마는 네 장례 때 너의 사회적인 위치, 인간성, 대인관계를 알아보았다. "연구소 부원장(Washington State Universlty에서 박사학위를 받은 선배님)이 있다면 장차 유능한 농림부 장관 감인데 이렇게일찍 가서 우리도 아깝고 아쉬운데 어머님이야 오죽 하시겠습니까?"너를 가리켜 '카리스마가 대단한 사람, 술좌석에서 유머로 좌중을

사로잡던 사람인데….'

외국 교수(프랑스 영국 미국)가 오면 네가 호텔로 가서 접대하고 연구자료 가지고 토론하고 오지 않았니? 어린애로만 보다가 갑자기 박사되어 연구소로 온다 할 때 면접 보러 오는 항공료가 연구소에서 아버지 통장으로 들어왔을 때는 깜짝 놀랐다.

미국, 영국 박사 10명 중 2명 뽑는데 합격된 것도 고마운데 비행기 값까지 주다니, 엄마도 갑자기 신분이 상승된 기분이라 어안이 벙벙하기만 했었는데 너의 죽음으로 인하여 보다 높은 차원의 너의 인격을 인정하게 되었으니. 아들아! 정말 훌륭하다!

네가 떠나기 3주 전에 암병동 10층 특실에서 창밖을 내다보며 "엄마! 아파트 안에 둘러싸여 있는 저 저택들, 정원이 넓디넓고 나무가 얼마나 아름답게 가꾸어져 있어. 저런 집을 짓고 자식새끼 낳아 잘 살아 보려고 그랬는데 일주일이 고비라 하지? 만약 내가 보고 싶거든 원용이 불러다 보고 장가갈 때 나 장가가는 것처럼 생각해 주어. 나같이 불치병(임파암) 걸린 사람을 위해 연구에 써 달라고 내 시신도 고려대 병원에 기증해! 몇 달 전 안과(안암병원 안과)에 갔을 때 후배 의사 가운이 꾀죄죄하니 불쌍한 생각이 들었어.

엄마! 그리고 방학 때 오면 '너는 교수 아니면 공무원이 될 텐데, 교수나 공무원이 돈에 탐을 내면 추하고 인간 이하로 보이니까 아파트 하나 사 주고, 고향에 있는 땅(너 낳은 해에 1,000원 주고 산 땅) 너에게 줄게.' 했잖아. 그러니까 내가 만약 더 살지 못하고 죽으면 나에게 주려던 그 몫으로 공부 잘 하고 놀 줄도 알고, 돈이 없는 놈들한테 장학금으로 내놓아줘."

너는 떠나기에 앞서 엄마에게 후배와 나라의 미래를 위해 고귀한 뜻을 당부했다. 엄마는 교육에 정도는 없지만 과잉보호가 제일 못 쓴다는 철학을 갖고 있어. 호랑이가 새끼 낳아 낭떠러지에 떨어뜨려 올라오는 강한 놈만 자식으로 품에 안는다는 셈 치고 너와 형도 넓고 먼 미국 땅에 내던지고 너는 공부 잘해 장학금으로 생활비까지 받아 공부했고, 형은 아르바이트로 벌어서 공부를 했잖니?

네가 떠나고 어느 고백성사 때 "내가 교리 선생으로 20여 년을 보람있는 삶으로 여겼었는데, 이제는 고상을 내던지고 성경책을 눈에서 멀리하고 싶다."고 했더니 '왜 하느님을 원망하느냐. 보호자가 누구냐? 장가를 갔느냐? 여기는 누가 있느냐?'는 신부님 질문에 형하고 형수가 있다 했더니 형하고 형수, 어머니가 보호를 잘못해서 암병이 걸렸지 왜 하느님 탓을 하느냐고 꾸중을 들었다. 형은 그 말을 듣고 눈물을 짓고 그 이튿날 바자회하는 날은 여러 사람 있는 곳을 피해 마당 뒤쪽에서 크게 울고 있더라. 엄마가 저녁에 봉사자들끼리 무슨 일이 있기에 울었느냐 하니까 '무슨 일은요. 성열이 생각 나서 울었죠.'하더라.

엄마 아빠 형 마음속에는 그렇게 네가 살고 있다.

판단력과 사람 보는 눈이 정확하여 엄마는 아버지한테도 못 하는 말 너한테는 했지? 그러나 이게 웬일이냐. 너는 가고 추억으로 간직되었으니….

그래서 아빠 엄마는 네 뜻을 받들어 네가 부탁한 장학 사업에 인생을 걸고 있다. 너를 영원히 살리기 위하여. 2011년 8월 24일 네가 다닌 고려대학교에서 제7회 장학금 수여식을 했다.

장학금 받은 학생들이 77명이고 그 중에서 박사가 3명, 석사가 4명이 나왔구나. 1회 때 장학금을 받은 학생이 답사에서 자기가 장학금 받게 되었다는 소식을 듣고 아버지(암으로 3년 고생)에게 알렸더니 "젊은 나이에 세상을 떠나면서 (왜 하필 나냐?) 원망도 없이 그런 유언을 하여 너까지 이런 혜택을 받았구나. 이 효봉장학금은 돈 있어 주는 장학금과는 질이 틀리니 네가 잘 되어 꼭 갚아라." 말씀하시고 2시간 후에 숨을 거두셨단다. 그 학생은 지금 공군사관학교 전임교수로 발령 받았다.

어떤 학생들은 수여식날 '다른 장학금은 내가 공부 잘해 받는가보다.'라는 그 이상의 생각은 없었는데 효봉장학금은 선배님의 깊은 뜻 – 후배를 사랑하고 학문을 사랑하는 절절한 마음이 담겨 있기에 가슴이 뭉클하다고 하더라.

성열아! 우리 모두의 가슴속에 너는 살아 있다!

고려대학이 존속하는 한 너 역시 살아 숨 쉬고 있는 거란다. 성열이 너 덕에 아빠 엄마도 고려대학에서 유명인사가 되었고 아빠 엄마는 우리 효봉장학회를 잘 키워서 고려대 식품자원학과 학생들 전원에게 장학금을 지급하고자 꿈을 가지고 있다. 그날을 위해 하늘에서 너도 기도를 많이 하거라.

2011년 10월 2일

우이동에서 엄마, 아빠 보냄

나의 후손들에게 남기는 유언장

정정자(효봉장학회 설립자, 효봉 어머니)

나는 너희들에게 아무것도 해준 것이 없다. 정성을 다해 보살펴 주지도 못했고, 세상은 살만한 곳이라는 아름다운 추억도 만들어 주지 못했으니 너희들끼리 어렸을 때 이야기를 나눈다면 무슨 화젯거리가 있을까? 엄마의 바쁜 모습, 화난 모습 그뿐일 것 같구나. 미안하다.

젊어서는 바쁘게 사는 것이 너희들을 위해서 꽤나 잘사는 것으로 생각했는데…. 아! 나는 왜 그렇게밖에 살지 못했을까? 무릎을 칠 일이 많구나.

너희들 배움의 길에 부족함이 없도록, 늙어서는 자식한테 궁한 소리 하는 부모가 되지 않으려고 생각만으로 죽을 둥 살 둥 돈 버는 데만 노력하느라 내 아들이 외국에서 병들어가는 것도 몰랐다는 사실은 천벌을 받아야 마땅한 어미다.

너희들은 살아서나 죽어서나 왜 그애만 생각하느냐고 하겠지만 그애는 아픈 손가락이 아니더냐? 열 손가락 깨물어 안 아픈 손가락은 없다만 한 손가락에 가시가 박혔다고 해보자. 온 신경이 그 손가락에만 쏠리고 전신이 쑤시고 아파오는 느낌을….

참척의 고통은 그보다 100배 1000배는 된단다. 그런 고통 속에서도 꿋꿋이 너희의 부모인 우리가 살아갈 수 있었던 것은 성열이의 유언이었다. 그애는 부모 앞에 가는 불효에 죄책감을 감추느라고 억지로 태연한 척 하며 엄마를 위로했다.

"엄마! 25세에 가는 사람도 있는데 그보다는 나는 10년은 더 살았잖아? 나 없다고 슬퍼만 하지 말고 장학사업으로 내 친구, 후배들 나와 똑같이 생각하고 살아."

엊그저께(2015년 1월 31일) 성열이 생일이라고 원용이, 광림이, 원상이, 장한이가 다녀가면서 어머니가 10년만 더 젊었으면 좋겠다고 하더구나. 그래서 나는 미국에 있는 형수나 누나들이 나 없으면 너희들에게 더 잘해 낼 것이라고 대답했단다.

나의 사랑하는 자녀들아, 큰말이 나가면 작은 말이 큰말 노릇한다고 하잖니? 효봉장학회의 큰 나무는 생명과학대학 경제학과에 뿌리가 내렸으니 잘 가꾸어 싱싱하게 잘 자라도록 너희들 삼남매가 힘을 합쳐 노력해다오. 성열이가 자기같이 못 고치는 병 연구에 써 달라구 시신도 기증하지 않았니? 덧붙여 말하기를 "의대생도 도와주면 좋을 텐데…" 하고 말머리를 흐렸단다. 부모님께 더 이상 부담시키기가 죄송해서였을 것이다.

나는 늘 네 아버지하고 늘 이야기한다. 그 청 하나를 못 들어 준다고. 먼 훗날 그 꿈도 이루어지도록 이사들과 잘 상의하고 합심하여 최소한도 성열이가 앓은 병(임파선 암)을 연구하는 의대생 한 명만이라도 장학금을 주면 좋겠다.

물도 고여 있으면 썩는다. 흐르는 물에는 자정작용도 있다. 기부는 참 좋은 거란다. 몇 해 전부터는 고등학생 두세 명에게도 장학금을 주고 있다. 성열이가 모교의 후배들에게 "사람이 죽을 때 가장 후회되는 것은 남을 위해 봉사 한 번 못해 본 삶"이다. 비록 성열이의 뜻이었지만 엄마에게도 그나마 작은 자비심이라도 있었기에 실천을 했고, 그 실천은 나에게도 너희들에게도 보람과 행복된 삶도 주었다고 생각한다.

하나의 밀알이 썩어 큰 나무가 되듯이 너희들 막냇동생 하나가 죽어서 조씨 가문에 민주주의 새로운 양반이 태어나지 않았겠니? 아무리 호주제도가 없어졌다 할지라도 가문은 무시 못한다. DNA를 무시할 수 없는 것처럼 돼지도 유전인자가 8대까지 내려간다고 수의대 교수가 말하더구나.

참척의 고통은 엄마 하나로 족하다. 너희들은 성열이의 거룩한 죽음을 기쁨으로 받아들여라. 8월 15일은 민족해방의 날이고 성모 승천대축일이다. 성열이는 하늘 문이 열린다는 날, 12시에 하늘로 올라갔을 게다. 그날은 우리 가족의 축복의 날로 정하고 내가 세상에 없더라도 기쁘게 축배를 마셔라.

엄마가 죽거든 부조금은 받되 절대적으로 장례비로 쓰지는 말아라. 장례비는 너희들 삼남매가 거출해서 조문객들이 넉넉히 먹을 수 있도록 음식은 최고로 장만해서 대접해 드려야 한다. 부조금으로는 농어촌에서 부모가 없이 공부하는 아이, 결손가정으로 불우한 형편으로 학업을 이을 수 없는 아이들에게 학비로 주고 학용품도 사 주는 데 사용하길 바란다.

몇 해 전 완도군청에서 도와달라는 절절한 편지가 왔는데 부모는 서울로 돈 벌러 간다고 가출했거나 이혼을 해서 조부모 슬하에서 자라서 말도 안 듣고 불행의 그늘에서 희망 없이 사는 아이들이 많다는 내용이었다.

엄마는 항상 그 아이들이 머릿속에 남아있어 그날 이후로는 먹을거리 외는 절대로 아무것도 사지 않고 살았다. 돈 많아 무엇 하느냐고 했다만 나눔을 몰랐을 때다. 지금은 좋은 일에 쓸 데가 너무 많구나.

장학재단 사무실을 내 생전 마련하지 못하면 너희들이 이어서 숙원 사업으로 마련하길 부탁한다. 장학회 사무실은 꼭 있어야 할 것 같다. 이사들의 회의장소도 되고 만남의 장소도 되고 몇 년에 한 번씩 문학의 밤도 열었으면 한다. 엄마는 죽어서도 재단 걱정만 한다는 너희들 원망은 마음에 담지 않으련다. 우리 자손들이 아무려면 그럴 리가 있겠냐는 믿음이 나에게는 있구나.

우리 부부는 너희들은 믿는다. 사람은 의리가 있고 사랑이 충만하면 평범하게 사는 데는 별 문제가 없다. 다만 지나친 욕심이 작용하면 문제가 된단다. 엄마가 의리와 사랑이야기 많이 했잖아. 하느님 사랑도 의리 위에 사랑이라고.

나는 너희들이 건강만 하면 부모노릇 자식노릇 잘할 거라는 믿음이 있단다. 修身齊家 治國平天下라 했다. 너희들만 같다면 법이 필요 없을 것이며 우리나라도 편안한 사회가 될 터인데 싶구나.

내가 먼저 떠나게 된다면 너희 아버지를 잘 부탁한다.

효봉 장학회의 현재와 미래

김원용(효봉장학회 총무이사)

재단법인 효봉장학회는 지난 7년간 글로벌 효봉장학금 수여식을 성공적으로 마침으로써 박사과정 3명, 석사과정 6명, 학부생 137명, 중·고생 20명 등 총 166명의 장학생을 배출하였고 약 3억2천여의 장학금을 시급하였습니다. 졸업 후 우수한 인재들은 한국농촌경제 연구원 등의 연구기관으로, 코넬대와 같은 명문대 유학으로, 삼성전자, LG전자, 현대자동차, SK증권, 아시아나 항공, 동부한농, 제일모직, AK백화점, 이랜드 등 글로벌 기업에서, 신한은행, NH농협은행, SK증권, SGI서울보증 등 금융분야에서, pwc 삼일회계법인 등 컨설팅 분야에서 국내외를 대표하는 기업들의 구성원이 되어 자랑스런 효봉인으로서 하루하루 발전하고 있습니다.

이로써 재단법인 효봉장학회는 명실공히 고려대학교 식품자원경제학과를 대표하는 장학재단으로 자리 잡고 있습니다.

또한 홈페이지(www.hyobongsf.com)를 운영과 페이스북, 밴드 등 소셜네트워크를 통하여 동료 장학생간, 장학생 선후배간의 폭넓은 교류가 이루어지고 있습니다.

저희 효봉장학회는 지금까지 고려대학교 생명과학대학과 식품자원경제학과와 좋은 파트너십 관계를 맺고 있습니다. 재단창립총회를 시작으로 지난 6년 간 고려대학교 생명과학대학과 식품자원경제 학과는 물심양면으로 효봉장학회를 지원해 주고 계십니다. 매 학기 장학금 수여식이 원활히 거행될 수 있도록 시설이 우수한 생명과학 대학 동관의 원형강의실을 무상으로 제공하고 있습니다.

또한 교내에서 효봉장학회를 널리 알릴 수 있도록 각종 행사에 효봉장학회를 소개하는 코너를 준비해 주시고 계십니다. 2013년 11 월 2일 고려대학교 화정체육관에서 개최된 생명과학대학 60주년 행 사에서는 효봉장학회 이사장님 내외분과 이사진들을 초대해 주셔서 고대 생명과학대학의 확실한 파트너이자 협력자관계라는 것을 확인 할 수 있었습니다. 60주년 행사가 있을 즈음에 김익환 학장님께서 생명과학대학 동관 1층 로비에 고려대학교 생명과학대학이 탄생한 이래로 생명과학대학에 기여한 공로자들의 흉상패 전시실을 마련하 셨고 고 조성열 박사의 효봉장학회 설립유언과 효봉장학회의 장학 활동의 공로를 인정하시어 전시실에 조박사의 흉상패도 전시하여 식품자원경제학과 학생들을 포함해 많은 생명과학대학 학생들이 관 심을 가지고 관람할 수 있게 해주셨습니다. 또한 2010년 12월 20일 에 고려대학교 교우회관에서 열린 고려대학교 식품자원경제학과 50 년사 출판기념식에서는 조덕행 이사장님께서 우수한 효봉장학생을 배출한 공로로 감사패를 받기도 하였습니다.

이러하듯 고려대학교 본부와 고려대학교 생명과학대학, 고려대학 교 식품자원경제학과, 고려대학교 식품자원경제학과 교우회 등과 건설적 파트너십을 유지하고 있습니다. 향후 장학회의 재정을 확대 하여 생명과학대학 학생들에 제도 장학금 수혜 혜택이 충분히 돌아가도록 노력할 계획입니다. 또한 앞으로도 더욱 굳건한 유대를 통하여 고려대학교의 발전과 재단법인 효봉장학회의 사회적 교육봉사 기여를 위해서 최선을 다할 예정입니다.

장학회의 발전을 통해 수혜범위를 확대라는 궁극적인 목표를 달성하기 위해 본 장학회는 재정 확대를 위해 재단의 기초자산을 확충하고 재단운영의 투명성과 효율성을 재고하고 있습니다. 저희 효봉장학회는 수익을 개선하기 위한 다양한 포트폴리오를 구성하는 노력을 전개하고 있습니다. 수익의 대부분을 장학금 지급에 사용하고 있고 그밖에 운영비용을 최소화하는 전략으로 자금운영에 내실을 기하고 있습니다. 그러나 7년여 동안 장학 사업을 운영해본 결과 본 장학회의 노력만으로는 가시적인 수혜범위 확대와 재단의 지속적인 발전에는 한계가 있다는 사실도 경험하게 되었습니다.

따라서 본 장학회의 설립목적과 정신을 이해하고 동참할 서포터즈가 필요한 상황입니다. 지금도 설립자 정정자 여사님과 친분을 유지하고 있는 여러 단체나 모임에서 효봉장학회를 도와주고 계십니다. 특히 효봉장학회를 지원하기 위해 정정자 여사님 동기동창분들을 위주로 조성된 효사모(효봉장학회를 사랑하는 모임)와 청명회는 정기적으로 기부금을 납부해 주시고 장학금수여식 등 장학회의 행

사가 있을 때마다 물적 지원을 아끼지 않고 있습니다. 이런 효봉장학
회 서포터스가 많아지고 활성화되어야 재정확충을 통한 수혜범위
확대가 가능합니다.

지난 7년 동안 13회의 글로벌효봉장학금 지급을 통해 166명의 효
봉장학생이 배출되었습니다. 앞에서도 말씀드렸다시피 많은 선배
효봉장학생들이 글로벌 무대에서 활동하고 있습니다. 이들의 발전
이 효봉장학회의 발전으로 이어지는 것이 자연스럽고 아름다운 모
습일 것입니다. 서포터즈라는 것은 어려운 것이 아니라 각자가 효봉
장학회를 위해 '결국은 선배 장학생들과 같이 후배 장학생을 위해'
작은 성의를 보이는 것입니다. 성의는 반드시 금전적인 기부에 국한
하는 것이 아니라 효봉장학회나 후배장학생을 위한 것이면 무엇이
든지 가능하다고 봅니다. 선배 효봉장학생들의 적극적인 참여를 부
탁드립니다. 또한 고려대학교 식품자원경제학과 교우님들께도 저희
장학회의 서포터즈가 되어주시길 간곡히 바랍니다. 효봉장학회의
발전을 통해 고려대학교 식품자원경제학과 학생들에게 수혜혜택이
증가한다면 이는 식품자원경제학과의 발전으로 이어지고 이는 식품
자원경제학과 교우님들에게도 큰 기쁨이 될 것이기 때문입니다.
그간 저희 효봉장학회를 응원해주신 많은 분들께 다시 한 번 진심
으로 감사드리며 지속적인 관심과 지원을 부탁드립니다. 감사합니
다.
故 조성열 박사의 유지를 받든 효봉장학회의 무궁한 발전을 기원
하면서….

* 저희 효봉장학회는 언제나 여러분의 관심과 참여를 환영합니다.
* 효봉장학회 열린 기부계좌
  국민은행 : 487101-01-385267(예금주 : 효봉장학회)
* 문의사항 : 02-996-0154(효봉장학회)
  010-2795-0154(이사장), 010-5247-7898(총무이사)
* 홈페이지 : www.hyobongsf.com

글로벌 효봉장학금 수혜자 명단

제1회 글로벌 효봉장학금 수혜자명단

(2008년 9월 8일 지급)

NO	이름	성별	학년	학번	연락처
1	장철호	남	박사과정	2008 010 160	011-9432-7049
2	이춘수	〃	석사과정	2007 020 405	019-9747-4816
3	배태웅	〃	4학년	2002 140 156	010-4520-5557
4	정재한	〃	3 〃	2004 140 350	010-2708-0149
5	이건우	〃	2 〃	2007 140 616	010-3068-8206
6	현태진	〃	2 〃	2005 140 304	010-4403-3192
7	박건우	〃	1 〃	2007 140 609	
8	손희정	여	3 〃	2006 260 461	010-5055-7123
9	조현재	남	1 〃	2008 140 434	
10	조성경	여	1 〃	2008 140 437	
11	최정수	남	4 〃	2004 140 308	010-9866-1552

제2회 글로벌 효봉장학금 수혜자명단

(2009년 3월 9일 지급)

NO	이 름	성별	학년	학 번	연락처
1	임송택	남	박사과정	2007 010 177	017-280-4516
2	임세화	여	석사과정	2009 020 435	010-4583-8147
3	이상언	남	3 학년	2004 140 325	011-9311-4654
4	최승무	〃	3 〃	2004 140 309	010-3375-6332
5	정재훈	〃	3 〃	2004 140 337	010-9999-2982
6	이재상	〃	2 〃	2004 140 353	010-8894-2077
7	연원배	남	1 〃	2008 140 455	010-4181-5714
8	허선범	〃	2 〃	2007 140 638	010-2918-8456
9	김종호	〃	1 〃	2008 140 417	010-2737-9682

제3회 글로벌 효봉장학금 수혜자명단

(2009년 8월 19일 지급)

NO	이 름	성별	학년	학 번	연락처
1	이춘수	남	박사과정	2007 020 405	019-9747-4816
2	허정우	〃	석사과정	2003 140 329	010-8909-4225
3	한애솔	여	3 학년	2006 140 643	010-7550-2588
4	김유연	남	3 〃	2005 140 329	
5	이재상	〃	3 〃	2004 140 353	010-8894-2077
6	이강빈	〃	2 〃	2005 140 356	010-2033-8606
7	강병주	〃	1 〃	2009 140 508	010-6656-7580
8	이동훈	〃	3 〃	2004 140 355	010-3517-3520
9	우현욱	〃	2 〃	2005 140 303	010-8546-2448
10	김지연	여	2 〃	2008 140 424	010-8779-3237

제4회 글로벌 효봉장학금 수혜자명단

(2010년 3월 2일 지급)

NO	이 름	성별	학년	학번	연락처
1	임세화	여	석사과정	2009 020 435	010-4583-8147
2	이상민	남	2학년	2005 140 345	011-9705-1741
3	이보미	여	1 〃	2009 140 541	010-7512-9981
4	지원석	남	4 〃	2004 140 340	011-9961-5676
5	김석래	〃	3 〃	2005 140 355	010-9960-5736
6	전찬우	〃	2 〃	2005 140 320	011-9129-2237
7	이향수	여	2 〃	2008 140 439	016-276-0291
8	이종록	남	3 〃	2004 140 320	010-7137-4738
9	이민형	〃	3 〃	2005 140 312	010-8470-4001
10	김동원	〃	3 〃	2005 140 352	010-8931-3361
11	성민경	여	1 〃	2009 140 519	010-5591-1038
12	박은진	〃	3 〃	2007 140 651	010-2255-1460
13	한정훈	남	2 〃	2006 140 603	010-2504-4007

제5회 글로벌 효봉장학금 수혜자명단

(2010년 8월 25일 지급)

NO	이 름	성별	학 년	학번	연락처
1	김재홍	남	석사과정	2003 140 353	010-4579-5507
2	정석원	〃	3학년	2006 140 609	010-9010-8826
3	박민준	〃	3 〃	2006 140 628	010-3905-8101
4	왕희정	여	3 〃	2007 140 626	010-7115-1648
5	윤단아	〃	3 〃	2008 140 405	010-2329-0369
6	박태수	남	3 〃	2006 140 605	010-6893-8188
7	장휘준	〃	1 〃	2010 140 558	010-9911-9629
8	백진규	〃	3 〃	2004 140 316	010-7220-9661
9	김지환	〃	2 〃	2006 140 606	010-9435-6965
10	곽성규	〃	3 〃	2004 140 345	016-229-4190
11	손희정	여	3고고미술사학	2006 260 461	010-5055-7123
12	민세욱	남	3학년	2006 140 658	010-3271-0025
13	강찬용	〃	2 〃	2007 140 615	010-7328-7370

제6회 글로벌 효봉장학금 수혜자명단

(2011년 3월 2일 지급)

NO	이 름	성별	학년	학번	연락처
1	공민지	여	석사과정		
2	김정태	남	1학년	2010 140 524	
3	박빛나	여	3 〃	2006 140 632	
4	김덕영	남	3 〃	2005 140 305	
5	정희도	〃	3 〃	2005 140 358	
6	손희정	여	3 〃	2006 260 461	
7	임지은	〃	2 〃	2009 140 520	
8	문지민	남	3 〃	2005 140 313	
9	왕희정	여	4학년	2007 140 626	
10	유복준	남	2 〃	2009 140 525	
11	김보미	여	2 〃	2009 140 516	

제7회 글로벌 효봉장학금 수혜자명단

(2011년 8월 29일 지급)

NO	이 름	성별	학년	학 번	연락처
1	박건우	남	2학년	2007 140 609	010-3358-4620
2	김상훈	〃	3 〃	2007 140 627	010-4477-6920
3	양진규	〃	1 〃	2011 140 555	010-2031-9787
4	성민경	여	3 〃	2009 140 519	010-7206-1038
5	주원형	남	3 〃	2005 140 322	010-8967-3705
6	이건주	〃	2 〃	2010 140 521	010-3341-2063
7	김유현	〃	3 〃	2007 140 611	010-2567-1353
8	진소정	여	3 〃	2008 140 420	010-4619-6111
9	이수유	남	3 〃	2006 140 621	010-2942-5279

제8회 글로벌 효봉장학금 수혜자명단

(2012년 3월 12일 지급)

NO	이 름	성별	학년	학 번	연락처
1	김상훈	남	3학년	2007 140 627	010-4477-6920
2	이정민	〃	1 〃	2010 140 528	010-6355-0285
3	이승현	여	4 〃	2008 140 418	010-9112-6997
4	박창언	남	4 〃	2006 140 656	010-3138-6243
5	박현우	〃	2 〃	2008 140 419	010-4320-1514
6	하지민	여	3 〃	2008 140 416	010-6406-0258
7	이형근	남	3 〃	2007 140 602	010-8757-7317
8	박민기	〃	4 〃	2006 140 624	010-8897-6874
9	유한성	〃	4 〃	2006 140 653	010-3740-7068
10	송수진	여	4 〃	2007 140 641	010-6395-3390

제9회 글로벌 효봉장학금 수혜자명단

(2012년 9월 4일 지급)

NO	이 름	성별	학년	학 번	연락처
1	한성빈	남	2학년	2008 140 440	010-9971-2487
2	윤단아	여	4 〃	2008 140 405	010-2329-0369
3	진수형	남	3 〃	2007 140 608	010-5064-8687
4	조성률	〃	3 〃	2008 140 433	010-8991-4552
5	서동원	〃	3 〃	2008 140 452	010-2359-8816
6	윤한진	〃	3 〃	2007 140 613	010-8723-4435
7	장성원	〃	4 〃	2007 140 620	010-9995-7667
8	김지호	〃	3 〃	2007 140 645	010-3302-8589
9	이상원	〃	1 〃	2012 140 511	010-6296-0921
10	강나혜	여	2학년	2010 140 545	010-4187-9108
11	조영주	남	3 〃	2007 140 601	010-3020-5456

제10회 글로벌 효봉장학금 수혜자명단

(2013년 3월 11일 지급)

NO	이 름	성별	학년	학 번	연락처
1	장진희	남	3학년	2008 140 411	010-3312-0882
2	조현재	〃	4 〃	2008 140 434	010-5144-9837
3	이한솔	〃	3 〃	2009 140 548	010-4618-3344
4	이상협	〃	3 〃	2009 140 540	010-2727-6616
5	심이경	여	4 〃	2009 140 534	010-9217-2334
6	김종현	남	3 〃	2007 140 632	010-5660-4178
7	최은숙	여	4 〃	2008 140 444	010-9138-5166
8	김태진	남	3 〃	2007 140 653	010-9179-3974
9	이가경	여	4 〃	2010 140 549	010-6585-8590
10	손주현	남	3 〃	2007 2508	010-4004-1653
11	전예원	여	1 〃	131 6896	010-3007-9800

제11회 글로벌 효봉장학금 수혜자명단

(2013년 9월 9일 지급)

NO	이 름	성별	학 년	학 번	연락처
1	이재연	남	2학년	2010 140519	010-4069-6267
2	성인혜	여	2 〃	2012 140 553	010-6488-4536
3	장휘준	남	2 〃	2010 140 558	010-9911-9629
4	윤두형	〃	3 〃	2009 140 556	010-2261-4637
5	연원배	〃	4 〃	2008 140 455	010-4181-5714
6	조정윤	〃	2 〃	2010 140 553	010-4713-9797
7	신수연	여	3 〃	2010 140 556	010-3386-7320
8	고영학	남	3 〃	2010 140 531	010-9239-6863
9	신희수	여	4 〃	2009 140 558	010-6239-5085
10	한선옥	〃	3 〃	2010 140 552	010-4623-3259
11	강기대	남	3 〃	2009 140 530	010-2700-1950
12	강상민	〃	1 〃	2013 140 517	010-3838-8358
13	손주현	〃	3 〃	2007 2508	010-4004-1653
14	전예원	여	1 〃	131 6896	010-3007-9800

제12회 글로벌 효봉장학금 수혜자명단

(2014년 3월 10일 지급)

NO	이 름	성별	학년	학 번	연락처
1	이승훈	남	3학년	2010 140 522	010-8305-7185
2	이정환	〃	3 〃	2010 140 503	010-3126-7673
3	손주현	〃	4 〃	2007 2508	010-4004-1653
4	김성진	〃	3 〃	2010 140 510	010-7137-6406
5	박영재	〃	3 〃	2009 140 523	010-3944-6029
6	서동원	남	4학년	2008 140 452	010-2359-8816
7	이건주	〃	3 〃	2010 140 521	010-3341-2063
8	김혜정	여	3 〃	2012 140 544	010-8205-6839
9	성인혜	〃	3 〃	2012 140 553	010-6488-4536
10	박혁균	남	3 〃	2012 140 521	010-4538-7032
11	강나혜	여	4 〃	2010 140 545	010-4187-9108

제13회 글로벌 효봉장학금 수혜자명단

(2014년 8월 26일 지급)

NO	이 름	성별	학년	학 번	연락처
1	김성진	남	3학년	2010 140 510	010-7137-6406
2	강상민	〃	2 〃	2013 140 517	010-3838-8358
3	손주현	〃	4 〃	2007 2508	010-4004-1653
4	신수연	여	4 〃	2010 140 555	010-3386-7320
5	이효정	〃	4 〃	2011 140 507	010-2330-4285
6	김소현	〃	2 〃	2013 140 541	010-6239-9447
7	이동욱	남	3 〃	2010 140 533	010-7355-7001
8	김현진	〃	3 〃	2010 140 526	010-2910-6762
9	신우경	〃	4 〃	2009 140 538	010-7262-4900
10	김세준	〃	4 〃	2008 140 430	010-3328-1887
11	김태익	〃	4 〃	2008 140 408	010-5192-0345

효봉장학회 임원

순서	직위	성명	직장명 및 직위	비고
1	설립자	정정자		
2	이사장	조덕행		
3	이 사	진용호	수정부동산 대표	
4	〃	김태송	등촌신용협동조합 전무이사	
5	〃	양승룡	고려대학교 생명과학대학 식품자원경제학과 교수	
6	〃	이정호	경일감정평가법인 북부지사 이사	
7	〃	김원용	식품안전정보원 식품안전정보본부 정보분석팀	
8	〃	고광림	갤럭시아커뮤니케이션(주) 부장	
9	〃	신원상	힘소프트(HIM SOFT) 대표(CEO)	
10	〃	강 철	머니투데이 경제부 기자	
11	〃	백진규	신한은행 반포지점 대리	
12	〃	김동원	에스케이 증권(주) 대리	
13	〃	정재훈	정안통상주식회사 이사	
14	〃	손희정	Able Fine Art NY Gallery 큐레이터	
15	비등기 이 사	장명순	삼성생명보험주식회사 종로타워FA/지점장 (전국여왕3회)	
16	감 사	김배성	제주대학교 생명자원과학대학 산업응용 경제학과 교수	
17	〃	한명우	(주)네모 F&B 부사장